《红楼梦》女性世界研究

胡笑彬　著

中国商务出版社
CHINA COMMERCE AND TRADE PRESS

图书在版编目（CIP）数据

《红楼梦》女性世界研究／胡笑彬著. —北京：
中国商务出版社，2021.3（2023.1重印）

ISBN 978-7-5103-3640-9

Ⅰ.①红… Ⅱ.①胡… Ⅲ.①《红楼梦》人物—女性
—人物研究 Ⅳ.①I207.411

中国版本图书馆 CIP 数据核字（2021）第 061005 号

《红楼梦》女性世界研究
HONGLOUMENG NVXING SHIJIE YANJIU

胡笑彬 著

出　　版：中国商务出版社
地　　址：北京市东城区安定门外大街东后巷 28 号　　邮　　编：100710
责任部门：数字出版事业部（010-64515164）
责任编辑：张永生
总 发 行：中国商务出版社发行部（010-64515164　64515150）
网购零售：010-64515164
网　　址：http：//www. cctpress. com
排　　版：翟艳玲
印　　刷：三河市明华印务有限公司
开　　本：787 毫米×1092 毫米　1/16
印　　张：17. 25　　　　　　　　　　字　　数：335 千字
版　　次：2021 年 3 月第 1 版　　　　印　　次：2023 年 1 月第 2 次印刷
书　　号：ISBN 978-7-5103-3640-9
定　　价：52. 00 元

《红楼梦》作为一部为"闺阁昭传"① 的作品，在其成书至今的 200 余年的研究历程中，女性一直是学者关注、研究的热点。无论是清代评点派研究中，对女性人物及塑造手法的评点，还是当代王昆仑的《红楼梦人物论》、王朝闻的《论凤姐》等专著或文章，或从文化，或从美学，或从心理学等诸角度对《红楼梦》中的女性人物进行了多角度、细致的研究。特别是 20 世纪 80 年代后，女性主义批评随着西方大量文学批评理论的涌入，得到了越来越多学者和研究者的重视，也为《红楼梦》女性研究拓宽了研究视野，更加注重对《红楼梦》女性主体的研究。但是，在对前人研究成果的梳理中发现：从女性主义角度对《红楼梦》女性的研究仍然停留在点对点的研究上，尚未见有从女性主义角度对《红楼梦》女性世界做全面系统考察的专文。

因此，针对女性主义批评对《红楼梦》女性研究的缺憾，本研究将运用女性主义批评的相关理论，以《红楼梦》女性主体性研究为主线，希图对女性的人生理想、女性意识、女性价值、女性审美特征及塑造手法，以及《红楼梦》女性世界中的矛盾冲突和其思想局限，进行全面系统的阐释。

同时，本书在具体研究过程中，为了预防理论与文本的脱节，以及理论的滥用，采用理论与文本分析相结合、历史与逻辑、宏观与微观相统一的方法，明确理论、观点的内涵和外延，梳理前人研究成果，在此基础上，立足文本，对《红楼梦》女性世界做宏观的把握，分析其具体构成层次，再对《红楼梦》中女性主体性、女性意识、女性价值等具体而微的问题进行逐一阐释，从而形成缜密的论述系统，并使本书的研究达到历史的厚度和阐释的深度。

任何的文学作品一方面是作家传递个人思想观念的载体；另一方面，也会展现出其所处历史时代的文化语境，从而使文学作品有了超文本的文化价值。而《红楼梦》作为"凡一代有一代之文学"特质的作品，每个时代都会对其有不同的理解和阐释，因此，本书以文本、文化、文献相统一、比较与对比相统一的研

① 曹雪芹著. 无名氏续：《红楼梦》，中国艺术研究院红楼梦研究所校注，人民文学出版社，2008 年第三版，第 2 页。

究方法，多角度分析《红楼梦》女性群体与个体的独特性，并着重研究从其女性世界中传递出的超时空的文化内涵，从而使《红楼梦》的女性研究更具现代意义。

胡笑彬

2020. 12

目录
CONTENTS

绪 论

一、《红楼梦》女性研究综述

在我国有这样一门特殊的学问：它"不是一门严格的科学。它不完全用严格的逻辑推理，如归纳或演绎的方法，也不完全用验证的方法来研究。更多的时候采用的是一种感悟，一种趣味，一种直观、联想、推测或想象，而这些都是不那么科学的。另外它是非学科的，我们无法把它限制在文艺学、小说学、文体学等学科之内，它扯出来什么就是什么"。① 这就是"红学"。无论是在世界文学史上，还是中国文学史，以一部作品而形成一门学问，都是罕见的。《红楼梦》之所以有如此之大的魅力，其原因：一是由于《红楼梦》自身所蕴含的丰富的文化内涵和超时空的价值；二是《红楼梦》诞生之初所遗留下来的种种未解的疑团，需要后人不断地考证和阐释。正是由这两个原因的支撑，以至于，每个时代都有对《红楼梦》不同的解读，反映了"凡一代有一代之文学"的特质。

《红楼梦》作为一部为"闺阁昭传"② 的作品，自其成书之初至今，两百余年的研究历程中，女性自然是其研究的重点。而在 20 世纪 80 年代中期前，《红楼梦》女性研究从未被明确地提出过。但是，这并不意味着研究者没有涉及，而是被蕴含在主流批评话语中。直至 20 世纪 80 年代女性主义批评理论进入到中国后，《红楼梦》女性研究才逐渐回归到对女性自身的历史、文化价值研究中。因此，笔者以时间为线索，对不同时期《红楼梦》女性研究进行梳理。

（一）清乾隆年间到清末，红学评点派、杂评派中的女性研究

作为《红楼梦》研究的初期，清代的评论形式主要以评点为主要形式，并

---

① 王蒙著：《双飞翼》，三联书店，1996 年，第 339 页。
② 曹雪芹著. 无名氏续：《红楼梦》，中国艺术研究院红楼梦研究所校注，人民文学出版社，2008 年第三版，第 2 页。

辅以随想、论赞、诗词等形式展开的杂评，它们中"既有对《红楼梦》主旨内容和艺术特点的分析、辩证，也有对《红楼梦》总体的概括与评价；既有对《红楼梦》各种艺术典型的褒贬剖析，也有对这些文学形象塑造得失的议论；既有对作品多重描写手法的热情肯定，也有对一些具体问题的探幽索微"。① 就整个清代来看，仅评点本就有十几种之多，杂评派著作的数量也比较可观，其中有关女性的研究，主要集中在对女性人物性格的品评和艺术概括两个方面。

女性人物性格的品评，主要是以道德评价为基础的。譬如，脂砚斋在第二十回的一条批语："写晴雯之疑忌，亦为下文跌扇角口等文伏脉，却又轻轻抹去。正见此时都在幼时，虽微露其疑忌，见得人各禀天真之性，善恶不一，往后渐大渐生心矣。但观者凡见晴雯诸人则恶之，何愚也哉！要知自古及今，愈是尤物，其猜忌愈甚。……故观书诸君子不必恶晴雯，正该感晴雯金闺绣阁中生色方是。"② 在对晴雯的评价中，脂砚斋揭示了"幼年阶段"是人天生禀性的显现阶段，对女儿天性的活泼加以肯定，但是其中不免带有"女色祸水"的观念。

王希廉品评女性人物以"福、寿、才、德"为标准，认为文本中只有贾母一人符合这四个条件。《红楼梦总评》中说："福、寿、才、德四字，人生最难完全，宁荣二府，只有贾母一人，其福其寿，固为稀有。"③其他女性则无才的无才，平庸的平庸，就连天性聪颖的黛玉也被看作是"黛玉一味痴情，心地偏窄，德固不美，只有文墨之才"。④王希廉严格遵循着他所品评的标准，评论也比较符合文本事实，但是对黛玉、秦可卿等评论则不免有失偏颇。

涂瀛的《红楼梦论赞》以人物论为主，是一部较早的人物论专著，其中尊林贬薛的态度明显。在《林黛玉论赞》中"人而不为时辈所推，其人可知矣。林黛玉人品才情，为《红楼梦》最，物色有在矣。乃不得于姊妹，不得于舅母，并不得于外祖母，所谓曲高和寡者，是耶非耶？"⑤《薛宝钗赞》中认为"观人者必于其微。宝钗静慎安详，从容大雅，望之如春。……然斩宝玉之痴，形忘忌器，促雪雁之配，情断故人，热面冷心，殆春行秋令者与！至若规夫而甫听读书，谋待而旋闻泼醋，所为大方家者竟何如也？宝玉观其微矣"。⑥涂瀛的人物论赞，其褒贬大致适宜，但是他的评价带有浓厚的封建思想。例如，对紫鹃的评价，认为紫鹃对黛玉的关爱是"忠臣之事君""故主恩深"，是对封建道德的强调。

二知道人在《红楼梦说梦》中对黛玉的评论较多，认为黛玉是"深情者"，通过"黛玉葬花"突出表现出其性格中"深情"的特质，这是准确的。但是，

---

① 曹雪芹著．高鹗续：《红楼梦》（三家评本），魏同贤校注，上海古籍出版社，1986年，第7页。
②③④ 朱一玄主编：《红楼梦资料汇编》，南开大学出版社，2001年，第327页，第539页，第573页。
⑤⑥ 一粟主编：《红楼梦资料汇编》，中华书局，1964年，第127页。

其中某些评论则有失偏颇。譬如，其认为黛玉和凤姐一样其天性"醋""妒"，"黛玉之泪，醋凝为泪也"，其不同之处就在于"因身为处女，不肯泼之于外，较熙凤稍为蕴藉耳"。这是其以封建思想对黛玉的误读。

另一方面，通过人物来总结、概括《红楼梦》的艺术手法。脂砚斋对《红楼梦》人物形象塑造手法的评论，通常是在与才子佳人小说的比较中进行的。如在第二十回中对史湘云咬字不清的批语："可笑近之野史中，满纸羞花闭月，莺啼燕语。殊不知真正美人方有一陋处，如太真之肥，飞燕之瘦，西子之病，若施于别个不美矣。今见咬舌二字加之湘云，是何大法手眼，敢用此二字哉。不独不见陋，且更觉轻俏娇媚，俨然一娇憨湘云立于纸上，掩卷合目思之，其爱厄娇音如入耳内。然后将满纸莺啼燕语之字样，填粪窖可也。"① 不仅批评了才子佳人小说千篇一律的创作方法，更突出了《红楼梦》人物塑造的独特之处。

其他评点家也通过自己独到的见解，对小说人物塑造的艺术手法进行了概括。譬如，陈其泰受到涂瀛的影响较深，在评论时比较注意人物的"影子"论法。《红楼梦》中："袭人，宝钗之影子也。……晴雯，黛玉之影子也。"② 蒙古族评论家哈斯宝在《新译红楼梦回批》对《红楼梦》的艺术手法有着比较独到的见解。例如，"文章有穿针引线之法。贾雨村月下吟诵一联'玉在匵中求善价，钗于奁中待时飞'这是一整套情节的枢纽。玉是黛玉，钗是宝钗，全书故事写的都是这两人。……"③

当然，除以上所举之例外，还有其他评点家和杂评家对《红楼梦》女性人物研究的范例，其研究范围大致都围绕着以上两个方面而展开。作为研究的初期，评点和杂评是从文学接受的角度，进行的个人感官上地表述，其有自身的缺陷，即它"侧重的是瞬间的感受，而不是哲学思辨；它多为一种即兴式的随想，而较少系统性的阐述"。④ 但是，评点和杂评为《红楼梦》研究及《红楼梦》女性研究，积累了宝贵的经验，奠定了《红楼梦》研究的基础。

（二）清末民初到 1954 年，索隐派、考据派及批评派中的女性研究

清末民初，《红楼梦》研究形成了两大主流研究派别，即索隐派和考据派。《红楼梦》索隐最早出现在乾隆五十九年，周春的《阅红楼梦随笔》中，周春根据《红楼梦》文本所写内容，牵强附会地认为其隐喻的是"金陵张侯家事"。⑤ 这种据文本内的只言片语，而影射历史中的人物或事件，成为了索隐派考证研究的主要方法，被胡适讥讽为"猜谜"。也于此，形成了以胡适为代表的考据派，

①②③ 朱一玄主编：《红楼梦资料汇编》，南开大学出版社，2001 年，第 332 页，第 706 页，第 773 页。

④ 孙逊著：《脂批和我国古典小说评点派》，《红楼梦学刊》，1992 年第 2 辑。

⑤ 一粟主编：《红楼梦资料汇编》，中华书局，1964 年，第 66 页。

标志红学作为当代显学的开端。

在民国初年索隐派的研究中，女性人物也与历史人物或历史事件相对应。例如，对林黛玉的研究中，蔡元培的《石头记索隐》认为："林黛玉，影朱竹垞也，绛珠影其氏也，居潇湘馆，影其竹垞之号也。竹生于秀水，故绛珠草生于灵河岸上。"① 王梦阮、沈瓶庵的《红楼梦索隐》一书认为《红楼梦》是部"艳情小说"，影射的是清世祖和董鄂妃的故事，林黛玉即董鄂妃，但是随即又认为"世祖所为《董妃传》中，叙妃事甚悉，均有与可卿相似处"。② 邓狂言在《红楼梦释真》赞成林黛玉即董小宛的说法，但其后又认为黛玉是孝贤皇后富察氏，又以黛玉前世为绛珠草为根据，认为其影射的是方苞。③ 这样林黛玉一人从董小宛变成了孝贤皇后富察氏、方苞三个人。由此可见，索隐派这种牵强的研究方法其自身的矛盾之处。

索隐派是一种将《红楼梦》历史化了的研究方法，已经脱离了文学艺术的研究范畴，而以胡适为代表的考据派则将考证的范围及对象放置在作者、时代、版本等方面，并注重对文本中疑问问题的考证，是一种文学外部研究辅助内部研究的形式。对于女性研究，比较著名的论断，有俞平伯在《红楼梦辨》中提出的"钗黛合一论"，他认为《红楼梦》引子中所说的"悲金悼玉"，金是指薛宝钗，玉是指林黛玉，"悲金悼玉"是一视同仁的，没有明确的褒贬爱憎倾向。④

真正意义上的《红楼梦》批评研究始于王国维的《红楼梦评论》。王国维吸收了叔本华的悲剧哲学理论认为文学和艺术的重点在于论说生活的不幸。《红楼梦》的主题和思想乃是宣传"人生之苦痛与其解脱之道"。⑤ 其美学价值是"悲剧中的悲剧"，即以其伦理学价值就在于对传统人生的解脱。但是鲜少对女性人物及女性问题的研究。其中从贾宝玉和林黛玉的爱情悲剧来看，认为林黛玉的悲剧是其自身的性格、出身以及封建道德因素所决定的。

此时，在20世纪初的中国正进行着一场声势浩大的思想解放运动，人们第一次发现了独立"人"的觉醒，"女性解放"成为了这场运动的重要一部分。许多进步的批评家，开始从个性解放、民主主义、启蒙主义等方面对《红楼梦》的女性人物，及其所昭示出的"女尊男卑"、男女平等等女性问题进行研究。

鲁迅在《中国小说史略》中通过贾宝玉对女儿的态度即"昵而敬之，恐拂其意，爱博而心劳，而忧患亦日甚矣"。⑥ 暗含了男性对女性主体人格尊重的问

---

① 蔡元培著：《石头记索隐》，上海古籍出版社，2011年，第35页。

② 王梦阮、沈瓶庵著：《红楼梦索隐》（第一卷），中华书局，1916年，第18页。

③ 邓狂言著：《红楼梦释真》（第一卷），辽宁古籍出版社，1997年。

④ 俞平伯著：《红楼梦辨》，岳麓书社，2009年。

⑤ 王国维著：《红楼梦评论》，上海古籍出版社，2011年，第1页。

⑥ 鲁迅著：《中国小说史略》，上海古籍出版社，2004年，第207页。

题。季新以进步的民主主义思想撰写《红楼梦新评》一文，批判封建专制家庭、专制婚姻制度对青年男女地迫害，提倡以"我既重我之爱情，又重人之爱情，缘于自由，归于平等"的爱情观。①虽然没有明确提出女性问题，但是，却在个性解放基础上对男女两性进行整体上的关照。周华在《林黛玉——从一个不健康的个人主义者看中国式的贵族生活》中认为：林黛玉是一个在封建贵族生活中滋长起来的个人主义者，一方面她有着对旧时病态生活的蔑视和反叛，另一方面又无法摆脱自身的生长环境。②譬如《刘姥姥》一文认为刘姥姥是一个典型的自由主义者。③

对于《红楼梦》女性人物品评，批评者们不再以封建道德为评判的唯一标准，而是从现实生活中人的角度，对女性人物进行评价。李辰冬的《红楼梦重要人物的分析》认为薛宝钗是一个十分完美的人物：曹雪芹所要描写她的，想从她的性格里找到中国女性一切的美德，那就是说当代大家都承认的女性道德。④

1948 年，王昆仑的《红楼梦人物论》是 20 世纪人物论的第一部专著，特别对《红楼梦》中女性人物的性格进行了系统地分析，同时考察《红楼梦》一书中进步的思想观念。⑤ 王昆仑的人物论影响了其后的人物论研究。

在艺术手法方面则更加注重对人物性格典型性和复杂性的分析。鲁迅在《中国小说历史的变迁》一文中谈到《红楼梦》的价值时认为："其要点在敢于如实描写，并无讳饰，和从前的小说叙好人完全是好，坏人完全是坏的，大不相同，所以其中所叙的人物，都是真的人物。总之自有《红楼梦》出来以后，传统的思想和写法都打破了。"⑥ 但是并没有做具体地分析论证。端木蕻良的《向〈红楼梦〉学习描写人物》通过对黛玉、宝钗、晴雯等人物形象的分析，认为《红楼梦》人物描写是生动的，运用了反衬、陪衬、心理分析的方法。李辰冬的《〈红楼梦〉重要人物的分析》中认为：曹雪芹所描写的人物，不在于对每个人做出褒贬抑扬，而在于突出一种个性，以此具体分析评价了《红楼梦》中的主要女性人物。

大多数的批评家们还从多角度对《红楼梦》的女性人物进行了研究。牟宗三的《〈红楼梦〉悲剧之演成》从美学的角度，认为宝、黛、钗三人的爱情婚姻悲剧是由其各自的性格所造成的。⑦雅兴的《〈红楼梦〉研究》从心理、文化的角度对林黛玉、薛宝钗的性格进行了细致的分析。⑧青衫的《鸳鸯之死》则细致分析了鸳鸯在封建社会制度被压迫下的阶级心理。⑨诚斋《红楼琐记》中将《红楼

①②③　吕启祥、林东海主编：《红楼梦罕见资料汇编》，人民文学出版社，2001 年。
④⑦⑧⑨　李辰冬著：《红楼梦研究》，中国三峡出版社，2010 年。
⑤　王昆仑著：《红楼梦人物论》，北京出版社，2009 年。
⑥　鲁迅著：《中国小说历史的变迁》，见《鲁迅全集》（第九卷），人民文学出版社，1981 年，第 338 页。

梦》的人物与《水浒传》和《金瓶梅》的人物进行比较，"有谓《红楼》描写人物，脱胎《水浒》者，确也。宝钗似宋江，袭人、熙凤似吴用，黛玉、晴雯似晁盖，探春似林冲，湘云似鲁达，薛蟠似李逵。晁盖中箭，宋江独哭；李逵骂宋江，薛蟠骂宝钗，李妈妈骂袭人；皆为依样葫芦之笔。至顽童闹书房，则以三打大名府为蓝本。金桂戏薛蝌，则师二潘之故智。又有谓《红楼》之衍叙炎凉，系仿造《金瓶梅》者，亦有见地：《金瓶》无一正人，《红楼》亦无一正人，其人物逼肖者，为尤二姐与李瓶儿。"① 萍生的《红楼与子夜》从比较的角度，认为"张素素不但她的地位和史湘云相同，就是她的性格和行为，虽然这位'苹果绿的女郎'未曾醉眠芍药裀，但她是最勇敢，最爽直，最革命的……她和史湘云的直爽和敢做敢言，也是真正的一个模型的人物"。② 英之的《茶花女与红楼梦》一文则较早的进入了世界比较文学领域，将林黛玉和茶花女进行比较，认为"虽茶花女与林黛玉身份不同，二人都是痴情女，为环境铸成大错，为大错而牺牲"。③

这一时期的女性研究，虽然从总体上还是围绕着女性人物和艺术手法而展开，但是在五四新文化运动的影响下，已经有所突破，并在个性解放的基础上提出了女性解放的问题。索隐派、考据派和批评派三者虽然研究手法不同，却在相伐相彰中，共同建筑起了《红楼梦》研究的批评体系。

（三）1954—1979 年，反封建话语下的女性研究

1954 年，针对俞平伯的研究，李希凡、蓝翎在《关于〈红楼梦简论〉及其他》④ 和《评〈红楼梦研究〉》⑤ 两篇论文，批评了俞平伯的研究方法，认为考证并不能正确地阐释和理解《红楼梦》意义。李希凡、蓝翎以马克思主义理论为指导，探讨了《红楼梦》中的反封建倾向。这两篇论文引起了毛泽东的重视，于此展开了一场关于《红楼梦》研究的大型批判运动。女性研究亦在反封建话语下展开。

李希凡、蓝翎的《〈红楼梦〉中的两个对立的典型：林黛玉和薛宝钗》认为林黛玉是一个封建贵族的叛逆者，而薛宝钗是封建礼教的虔诚信徒。"林黛玉和薛宝钗是两个完全对立的典型性格，体现着不同的社会力量。因此，她们生活在这一环境中彼此之间的冲突也是不可避免的。冲突的集结点就在于恋爱婚姻问题

---

① 李辰冬著：《红楼梦研究》，中国三峡出版社，2010 年。
②③ 吕启祥、林东海主编：《红楼梦罕见资料汇编》，人民文学出版社，2001 年，第 457-458 页，第 273 页。
④ 李希凡、蓝翎著：《关于〈红楼梦简论〉及其他》，《文史哲》，1954 年 9 月。
⑤ 李希凡、蓝翎著：《评〈红楼梦研究〉》，《光明日报》，1954 年 10 月。

上，但这冲突的客观意义又远不止于此，而是大大地超过了它。"① 舒芜的《林黛玉和薛宝钗》一文中的观点总体上与李希凡、蓝翎相似。

刘大杰的《薛宝钗的思想本质》认为："薛宝钗是《列女传》里的人物，是封建社会的闺秀典范，是官僚地主家庭的好女儿好媳妇，如果她的丈夫死了，就是一位好寡妇。在这一位'知书达理'的女性形象上，体现了几千年来封建社会所要求于妇女的封建伦理封建教养的精髓。她的头脑里，只有三从四德、夫荣妻贵、一品夫人、贞节牌坊一类的人生哲学和人生理想。"② 同时又认为宝钗身上具有资本主义萌芽下的商业地主思想。

张锦池先生的《论薛宝钗的性格及其时代烙印》一文则突破了反封建话语的束缚，认为薛宝钗性格是市侩化了的封建淑女，"看不到薛宝钗的市侩性，认为她只是个典型的封建淑女，认为她本身并不虚伪，……这是不对的。……同样，看不到薛宝钗身上也同时存在着符合'淑女'要求的一面，过分强调她的市侩性，……也是错误的"。③

邓魁英在《王熙凤的典型意义》从现实主义手法出发认为：王熙凤"是作者在自己那特定的生活基础上，根据封建统治者的性格特征概括而成的一个典型。这一典型的主要意义就在于她不只表现出大官僚、大地主家庭中当家人的面貌，而且也集中了 18 世纪中叶封建王朝里某些当权者的特点"。④

刘梦溪的《探春新论》认为："探春这个悲剧人物是个反面角色，在本质上是维护封建统治的，而不是反对那个濒于覆没的旧制度；她在历史上的作用，只能是前进路上的绊脚顽石，而不会有丝毫的推动。因此，这个典型是应该被批判的。"⑤

蒋和森的《红楼梦论稿》则完全在反封建思想指导下完成，对于女性人物的论断也遵循着这一原则。如对探春的评价她"对自己所出身的封建贵族家庭，对那一社会加在妇女身上的压迫抱着怨恨和反抗的情绪，这正是探春区别于薛宝钗、更区别于凤姐的地方；同时也是探春性格中值得引起我们注目的光彩"。⑥指出薛宝钗不仅是封建主义的模范实践者，而且也是一个封建主义的积极宣扬者。

何其芳的《论〈红楼梦〉》以比较客观的态度，对《红楼梦》中的女性人物进行了分析，例如他认为"作者所写的薛宝钗本来并不是一个成天在那里想些阴

① 李希凡、蓝翎著：《〈红楼梦〉中的两个对立的典型：林黛玉和薛宝钗》，《新观察》，1954 年第 12 期。
② 刘大杰著：《薛宝钗的思想本质》，《文艺月报》，1955 年第 1 期。
③ 张锦池著：《论薛宝钗的性格及其时代烙印》，《哈尔滨师院学报》，1964 年第 1 期。
④ 邓魁英著：《王熙凤的典型意义》，《北京师范大学学报》，1963 年第 3 期。
⑤ 刘梦溪著：《探春新论》，《光明日报》，1964 年 3 月。
⑥ 蒋和森著：《红楼梦论稿》，人民出版社，1981 年，第 139 页。

谋诡计,并用它们来破坏别人的幸福的人。只是因为她是一个封建正统思想的忠实的信奉者,贾府才选择她做媳妇,所以我们今天才很不喜欢这个人物。宝玉和黛玉的爱情成为悲剧,不是决定于薛宝钗,也不是决定于凤姐、王夫人、贾母,或其他任何个别的人物,而且这些人物没有一个写得像戏中的小丑一样,这正是写得很深刻的。这就写出来了它是一个封建制度的问题",在谈及探春时又说:"像这样一个聪明的有过人的才干的女孩子,如果生长在合理的社会里,她的才能得到充分发展,是可以做出许多有益于社会的事情的"。① 论及王熙凤时则把她与曹操相对应,认为她是封建地主阶级的代表,表现了其阶级剥削的本性。

以马克思主义历史唯物理论为方法论,在反封建话语下对女性的研究,应该说开辟了女性研究一个新的视点,而且其评论也相对中肯,成果比较丰硕,不过其理论视角过于单一,并使之逐步走入了政治话语领域。

任犊的《薛宝钗和中庸之道》认为薛宝钗在中庸之道的掩盖下实施着反动封建地主阶级的阴谋诡计,她"有目的、有计划地用孔孟之道去毒害贾宝玉",② 去整治林黛玉。柏青的《这是哪家的"正面人物"?——批判林彪一伙对薛宝钗的吹捧》认为"薛宝钗是统治集团中的'镇山太岁'之一;围剿和迫害叛逆者,她是卫道阵营里一员得力的黑干将,简而言之,在当时各种矛盾中,薛宝钗都极端顽固地站在了反动、守旧、倒退的一边"。③ 孙逊在《评薛宝钗》中认为薛宝钗是封建卫道士的典型,她身上集中体现了孔孟之徒顽固卫道的本能,虚伪待人的哲学,以及对仕途经济的追捧。④

樊树清、刘毅在《奴性十足的"哈巴儿"评花袭人》一文中认为,袭人"在封建地主阶级的腐蚀和封建礼教的毒害下,她逐渐变质,一心想爬上姨娘的地位,过荣华富贵的生活,终于卖身投靠封建主子,堕落成为可耻的叛徒"。⑤ 秦恒骥在《奴才花袭人》中认为"袭人不仅是大观园内为封建礼教站岗、扑灭叛逆思想的宪兵。更是一个打进奴隶队伍内部,镇压奴隶造反的内奸"。⑥

任犊在《评晴雯的反抗性格》中认为晴雯是把"手铐看作手镯""锁链当成了项链"的统治阶级的忠实奴才,她的阶级地位是没有丝毫值得肯定的地方。⑦ 刘梦溪的《论晴雯》对任犊的观点进行了尖锐地反击。他指出,任犊的文章是

① 何其芳著:《论〈红楼梦〉》,人民文学出版社,1963年,第91页。

② 任犊著:《薛宝钗和中庸之道》,《学习与批判》,1974年第11期。

③ 柏青著:《这是哪家的"正面人物"?——批判林彪一伙对薛宝钗的吹捧》,《北京日报》,1974年10月30日。

④ 孙逊著:《评薛宝钗》,《解放军日报》,1974年10月30日。

⑤ 樊树清、刘毅著:《奴性十足的"哈巴儿"评花袭人》,《南开大学学报》,1974年第5期。

⑥ 秦恒骥著:《奴才花袭人》,《江苏文艺》,1975年第3期。

⑦ 任犊著:《评晴雯的反抗性格》,《学习与批判》,1973年第3期。

"打着阶级分析的幌子，明目张胆地歪曲《红楼梦》里面人物关系即阶级关系，把晴雯这样一个极具反抗精神的女奴隶，说成是半个主子。严重混淆了书中壁垒分明的阶级阵线，给《红楼梦》研究制造了极大混乱"。① 不仅批评了任犊对晴雯的误读，更是借以批评以"四人帮"为首的反动阶级对《红楼梦》研究造成的消极影响。

写于 1974 年的王朝闻的《论凤姐》则是这种反动思想下的"异类"，这部书将王熙凤作为一个艺术典型来分析，从作者的创作手法、读者的接受以及人物本身特点出发，对王熙凤做系统地分析阐释。其贡献就在于，在这样一种高压政治话语的影响下作者"把自己那不至上的、有限的认识成果公开出来，互相促进，对于研究工作的终极目的来说，也是不可缺少的"。②

从李希凡、蓝翎等人发展而来的"红楼梦研究批评运动"，其本质是以探讨《红楼梦》研究方法为主，是符合文艺研究规律的。但是，由于政治话语的介入，使这样一场文学内部地争论，变成了一场政治斗争，这不仅仅是红学研究史上的一次倒退，更是中国社会文化思想上的一次倒退。

从清代的评点派到 1979 年，从总体上来看，《红楼梦》的女性研究，主要以人物研究为主，研究范围集中在人物品评和艺术塑造上，为其后的女性研究奠定了基础，提供宝贵的资料。五四新文化运动的蓬勃发展，为《红楼梦》女性研究注入了新的因素，从人物研究进入了对女性群体问题的关注上，但研究尚浅。1954 年后，由于政治话语的介入，使得《红楼梦》女性研究脱离了文艺研究的范畴，而走向了一条误读的道路。

经历了"文革"十年的思想禁锢，随着国家政治体制步入正轨，西方大量的批评理论、方法涌入中国，为研究者提供了更多的理论依据及视角，许多研究者开始运用新的理论，或从启蒙主义，或从女性主义角度，或从哲学、心理学等角度对《红楼梦》进行全新的解读。打破了《红楼梦》研究理论单一化的局面，从而真正形成了"百花齐放，百家争鸣"新局面。

在女性研究方面，自 20 世纪 80 年代，西方女性主义批评涌入中国，为研究者拓展了新的研究视野。但是，由于研究者对理论的理解还尚浅，以至于一段时间内，不被古典文学研究者所接受，而广泛应用于现当代文学批评中。所以，20世纪 80 年代初到 90 年代初，《红楼梦》的女性研究，以多角度的女性人物研究为主；到 20 世纪 90 年代中期开始，女性主义批评逐渐繁荣，开启了《红楼梦》女性历史、文化研究的新阶段。

① 刘梦溪著：《论晴雯》，《社会科学战线》，1978 年第 3 期。
② 王朝闻著：《论凤姐》，百花文艺出版社，1980 年，第 3 页。

（四）20世纪80年代到90年代初，多角度观照的《红楼梦》女性人物研究

李希凡说："《红楼梦》写的是人，即使写神、写情、写景也依然是写人；文学是人学。"[①] 所以人物研究自然而然地成为了《红楼梦》研究的重要课题。从清代涂瀛的《红楼梦论赞》始到王昆仑的《红楼梦人物论》，胡文彬的《红楼梦人物谈》，[②] 李希凡、李萌的《传神文笔足千秋——〈红楼梦〉人物论》等，从不同的角度对女性人物塑造、人物性格等方面进行分析、阐释，借以寻求《红楼梦》的文化意义及其艺术造诣。就单篇论文来看，其论述角度呈现多元的态势，主要有以下几个方面。

1. 美学角度

刘敬圻先生的《林黛玉永恒价值》从林黛玉叛逆性格的反思入手，补说了林黛玉身上悲剧美、任性美的永恒价值。认为林黛玉的悲剧，是在人物之位置及关系而不得不然，不得不如是的悲剧，这种悲剧是一种古而有之的感伤主义和悲剧精神。黛玉的任情之美，展现的是较少有人格面具，而不同流合污的风采，作家在对其任情美的赞扬中，也不乏其中的缺憾的展示，从而超越了女性观的问题，上升到了人性的高度。[③] 张锦池先生在《论〈红楼梦〉与启蒙主义人性思潮》一文中，认为儒家传统的"理"压制了对"人"的发现，而曹雪芹通过对《红楼梦》人物仪表、才智、情欲、本性美的揭示，与启蒙主义思想中以"人"为核心的意识相一致，从而实现了对"人"的发现，对"理"的反驳。[④]

曾扬华的《论林黛玉的美》将林黛玉与屈原相比较，认为黛玉"是一个可以与屈原形象实质相比美的形象，她是一个内外皆美，而且具有强烈时代意义的人物，竹、莲（芙蓉）、菊象征其美好的品格——出淤泥而不染，心灵朴实而又纯净，豁达而气量恢宏，心地善良，不为俗屈"。[⑤]

徐子余的《美及其向崇高的转化和两者的毁灭——论悲剧形象林黛玉的审美价值》认为："人生悲剧的经历者林黛玉具有美，因'真'而美，美在'真'的基础上升华为'崇高'等多种美。"[⑥] 王忠的《试论林黛玉的精神美》认为林黛

---

① 李希凡著：《传神文笔足千秋——红楼梦人物论》，文化艺术出版社，2006年。

② 胡文彬著：《红楼梦人物谈》，文化艺术出版社，2005年。

③ 刘敬圻著：《林黛玉永恒价值》，《求是学刊》，1996年第5期。

④ 张锦池著：《红楼梦考论》，黑龙江教育出版社，2008年。

⑤ 曾扬华著：《论林黛玉的美》，《中山大学学报》，1983年第3期。

⑥ 徐子余著：《美及其向崇高的转化和两者的毁灭—论悲剧形象林黛玉的审美价值》，《红楼梦学刊》，1987年第二辑。

玉的美在于"横溢才学美""独立人格美""坚贞情怀美"。①

崔子恩《史湘云论》从悲剧美学的角度，认为湘云的悲剧，是生不逢时、乐观待世而世事并不乐观的'命运悲剧'，是美好情怀、阔大胸襟、豪放直率性格不见容于世的悲剧，是缺乏追求、安于现状的悲剧，也是她独具的纯真美、豪放美的被泯灭的悲剧。②

2. 哲学、心理学角度

陈维昭《论林黛玉的存在体验》以存在主义哲学思想认为"林黛玉始终生活于爱与被爱、自洁与合群的矛盾中。……在观念上，她把自己分裂成精神主体与作为物质存在的主体"。③ 肖君和的《试论林黛玉悲剧成因——兼论林黛玉悲剧构成心理内涵》从心理学的角度认为林黛玉的悲剧，不仅是社会、时代的悲剧，更是其性格悲剧。④

晏予的《王熙凤需求特点的心理分析》以马斯洛的需要理论为基础，认为对凤姐需求倾向、需求结构的分析，更能够深入到其个性特征中。凤姐有权势需求、金钱需求、情感需求、自我实现需求等九大需求。⑤

朱伟明的《一朝春尽红颜老，花落人亡两不知——略论林黛玉的生命意识及其叛逆》从生命意识的角度认为：林黛玉不是一个有意识的、清醒的叛逆者，她的魅力并非来自"叛逆者"的光，林黛玉的形象以其感性的生命形式打动读者。⑥

陈永宏的《晴雯悲剧作为性格悲剧思考时的心理文化机制——晴雯悲剧成因组论之二》从性格的动力结构、特征结构和调节结构三个方面，辨析了晴雯心理文化内涵的层次性、丰富性和非平衡性。⑦

贺信民的《略论薛宝钗的超稳心态及其美学意义》以弗洛伊德"本我、自我、超我"为基本理论基础，认为薛宝钗是"超我"的理性原则窒息了"本我"的美好天性，从而使"本我"成为"非我"；同时，"超我"又指导、规范着"自我"的一切利害计较使之染上浓重的功利色彩。⑧

---

① 王忠著：《试论林黛玉的精神美》，《怀化学院》，1989 年第 2 期。
② 崔子恩著：《史湘云论》，参见《红楼梦研究辑刊》（第 11 辑），上海古籍出版社，1983 年。
③ 陈维昭著：《论林黛玉的存在体验》，《汕头大学学报》，1994 年第 1 期。
④ 肖君和著：《试论林黛玉悲剧成因——兼论林黛玉悲剧构成心理内涵》，《红楼梦学刊》，1996 年第 3 期。
⑤ 晏予著：《王熙凤需求特点的心理分析》，《河南大学学报》，1990 年第 2 期。
⑥ 朱伟明：《一朝春尽红颜老，花落人亡两不知——略论林黛玉的生命意识及其叛逆》，《湖北大学学报》，1999 年第 3 期。
⑦ 陈永宏著：《晴雯悲剧作为性格悲剧思考时的心理文化机制——晴雯悲剧成因组论之二》，《红楼梦学刊》，1994 年第 3 期。
⑧ 贺信民著：《略论薛宝钗的超稳心态及其美学意义》，《汉中师院学报》，1987 年第 2 期。

3. 文化角度

吕启祥的《花的精魂 诗的化身——林黛玉形象的文化蕴含和造型特色》认为，林黛玉这一艺术形象深植于民族文化传统中，她所包含的文化蕴含既包括承传的方面，又包括新质的方面。用现代的价值观念来看，林黛玉形象超越群芳（花的精魂）之新质在于自主意识或个性意识的觉醒，那些传统的东西同新的素质结合，强化了人物性格的真正的独立性和独特性。①

吕启祥的《"凤辣子"辣味辨——关于凤姐性格的文化反思》以"辣"作为王熙凤性格中的主要特点，将其放置于传统宗法社会的文化背景中加以分析，认为：历来融化在中国女性人格中深入骨髓的从属意识，在凤姐身上居然相对弱化，不仅可与男性争驰，甚至还能居高临下。凤姐不仅才识不凡，并且具有强烈的自我实现的欲望。②

陈文新的《扬黛抑钗倾向及其所反映的社会文化心理》从文化心理的角度，认为《红楼梦》人物评论中其主要倾向在于"扬黛抑钗"，主要从三方面表现：一是憎恶文化规范的一种表示；二是不满于传统的一种表示；三是历代权势人物借文化规定为自身谋利益的行径导致了广泛、强烈而持久的对文化的敌意。③

冯子礼的《从文化角度审视薛宝钗形象》认为，薛宝钗的形象既然可以作为封建时代古典文化的审美观照，那她的性格必然同样映照着同一时期社会历史自身的种种矛盾。④

4. 比较角度

文本内部人物之间的比较。例如，赖志明也谈《〈红楼梦〉"脂粉英雄"——贾母、凤姐和探春三种人格模式的比较》通过传统型、复杂型和新女性型的三女性互为异同的人格模式的比较，剖析明清社会权威失范的内在危机。⑤

与其他古典小说中人物之间的比较。例如，邱江宁《从焦虑角度比较分析潘金莲与林黛玉两个艺术形象》从中解读出与以往颇不相同的人物性格特征；同时亦更为具体生动地揭示出两部小说高超的写作艺术。⑥

进入到比较文学视野之内的，与外国文学中的人物比较。例如，杨茜《自古红颜多薄命——林黛玉与玛格丽特形象比较》透视出中法文学塑造妇女形象方面

---

① 吕启祥著：《花的精魂诗的化身——林黛玉形象的文化蕴含和造型特色》，《红楼梦学刊》，1987年第3期。

② 吕启祥著：《"凤辣子"辣味辨——关于凤姐性格的文化反思》，《古典文学知识》，1989年第1期。

③ 陈文新著：《扬黛抑钗倾向及其所反映的社会文化心理》，《红楼梦学刊》，1994年第1期。

④ 冯子礼著：《从文化角度审视薛宝钗形象》，《淮海论坛》，1988年第4期。

⑤ 赖志明著：《〈红楼梦〉"脂粉英雄"——贾母、凤姐和探春三种人格模式的比较》，《中山大学学报》，2001年第2期。

⑥ 邱江宁著：《从焦虑角度比较分析潘金莲与林黛玉两个艺术形象》，《红楼梦学刊》，2005年第5期。

所呈现的相同与相异之处，从而揭示中法文学在历史发展过程中的某些相似或相异的规律。① 马雪萍在《"辣"——强势女人的必备武器——王熙凤与思嘉的形象比较》一文中将王熙凤与思嘉作为坚强独立的女性代表，她们的骨子里势必会有作为女强人必须具备的基本条件——"辣"。②

这一时期的《红楼梦》女性研究，不再单纯地对女性人物性格、品质做道德式的品评，研究者已经开始将女性放置到文化背景中，探讨女性与传统文化的关系。

（五）20 世纪 90 年代中期至今，女性主义批评视野下的《红楼梦》女性研究

20 世纪 80 年代，虽然有关《红楼梦》女性主义批评研究相对较少，但是一些具有敏锐感悟力的研究者，却在自知不知中已经涉及了女性主义批评领域。

赵荣的《婚姻自由的呐喊，男女平等的讴歌——论〈红楼梦〉的主题思想兼评红学"四论"》中认为妇女婚姻自由、男女平等是《红楼梦》的主题。③ 这与女性主义所提倡的女性自由、平等意识是相一致的。再如，胡世庆的《为受压迫妇女鸣不平——〈红楼梦〉是一部什么样的小说》中认为：《红楼梦》是一部为封建制度下受压迫妇女鸣不平的杰作。④

方克强《原型题旨：〈红楼梦〉女神崇拜》以神话原型意象为切入点认为：以金陵十二钗为主的《红楼梦》女性群体，与女娲神话及其所隐喻的女性中心意识相呼应。⑤ 胥惠民的《一曲女儿的热情颂歌——也论〈红楼梦〉主题思想》认为：《红楼梦》歌颂的是女性的才华，粉碎了"男尊女卑"对女性的束缚，为女性追求平等的做人的权利而作的一部著作。⑥

20 世纪 90 年代中后期，随着研究者对女性主义理论地深入了解和重视，在古典小说领域出现了以女性主义理论为基础的研究专著及学位论文。例如，马钰坪《中国古典小说女性形象源流考论》一书，运用女性主义批评理论、原型主义理论，以时代为纵向顺序，对中国古典小说中的女性形象进行了一次全方位的梳理。⑦ 楚爱华的《女性视野下的明清小说》从女性文化的角度，对《金瓶梅》

---

① 杨茜著：《自古红颜多薄命——林黛玉与玛格丽特形象比较》，《红楼梦学刊》，2005 年第一辑。

② 马雪萍著：《"辣"——强势女人的必备武器——王熙凤与思嘉的形象比较》，《现代语文》，2012 年第 3 期。

③ 赵荣著：《婚姻自由的呐喊，男女平等的讴歌——论〈红楼梦〉的主题思想兼评红学"四论"》，《贵阳师专学报》，1982 年第 1 期。

④ 胡世庆著：《为受压迫妇女鸣不平——〈红楼梦〉是一部什么样的小说》，《文学报》，1983 年 6 月 23 日。

⑤ 方克强著：《原型题旨：〈红楼梦〉女神崇拜》，《文艺争鸣》，1990 年第 1 期。

⑥ 胥惠民著：《一曲女儿的热情颂歌——也论〈红楼梦〉主题思想》，《1992 中国国际红楼梦研讨会论文》。

⑦ 马钰坪著：《中国古典小说女性形象源流考论》，南京师范大学出版社，2006 年。

《红楼梦》《醒世姻缘传》等小说进行了阐释。① 王引萍的《明清小说女性研究》分为上下两编，上编以人物分析为主，下编则主要以《三言二拍》为具体文本研究对象，对其中的女性观、女性主体等问题做具体分析。②

与《红楼梦》相关的硕士学位论文也相继出现，范凤仙的《〈红楼梦〉女性意识探析》认为：探讨《红楼梦》的女性意识无疑对全书本旨的认识有着重要作用。③ 陈远洋的《贾宝玉形象的女性化分析》认为：曹雪芹以女性崇拜为创作出发点，在《红楼梦》中集中刻画了贾宝玉这样一个具有"女尊男卑"思想的男性形象。④

王倩论的《〈红楼梦〉的女性观》认为：《红楼梦》是一部以描写女性和女性活动为中心的巨著，作品塑造了诸多具有优秀品质的女性形象，展示了封建时代中国女性的精神世界和文化品格，表现了她们觉醒了的自主意识和叛逆精神，阐释了曹雪芹独特而进步的女性观。⑤

陈铭佳的《〈红楼梦〉中的性政治研究》以美国女性主义批评家凯特·米利特提出来的性政治问题为基点，分析阐释《红楼梦》在"情"的观念下显现出来的"性"与"权"的问题。⑥ 陶芸辉的《〈红楼梦〉性别话语研究》通过性别话语这样一个视角对《红楼梦》重新进行解读和分析，探索曹雪芹有意识抑或无意识所传递的性别观念，并追溯这种性别观念的历史渊源。⑦

在《红楼梦》研究的单篇论文中，其成果也是不断出新，分别从女性主义理论相关的几个基本点，对《红楼梦》做新的阐释。

从女性主体的角度，刘敬圻先生的《〈红楼梦〉与女性话题》在与古代小说的比较中，认为女性已经摆脱对男性的依附，第一次把女人视作与男人相对应的，只是不同的人之群体。⑧ 汤龙发的《女权问题是〈红楼梦〉的主题》一文中直接指出了《红楼梦》的主题是反对男权制对妇女压迫和影响，提出了女权问题。⑨ 赵云芳的《"女娲补天"与〈红楼梦〉新解》中认为：女娲补天神话本相是《红楼梦》女性本位思想的发源。⑩

① 楚爱华著：《女性视野下的明清小说》，齐鲁书社，2009 年。
② 王引萍著：《明清小说女性研究》，宁夏人民出版社，2007 年。
③ 范凤仙著：《〈红楼梦〉女性意识探析》，首都师范大学 2002 年硕士论文。
④ 陈远洋著：《贾宝玉形象的女性化分析》，西北大学 2003 年硕士论文。
⑤ 王倩论著：《〈红楼梦〉的女性观》，延边大学 2007 年硕士论文。
⑥ 陈铭佳著：《〈红楼梦〉中的性政治研究》，湖南师范大学 2010 年硕士论文。
⑦ 陶芸辉著：《〈红楼梦〉性别话语研究》，三峡大学 2011 年硕士论文。
⑧ 刘敬圻著：《〈红楼梦〉与女性话题》，《明清小说》，2003 年第 4 期。
⑨ 汤龙发著：《女权问题是〈红楼梦〉的主题》，《湖南师范大学学报》，1994 年第 6 期。
⑩ 赵云芳著：《"女娲补天"与〈红楼梦〉新解》，《红楼梦学刊》，2007 年第 1 辑。

从女性价值角度，翁礼明的《论〈红楼梦〉的女性主义价值诉求》指出《红楼梦》对传统男性中心主义和男性逻各斯中心主义的反叛，是从对男性优越感、男性话语、男性权利结构的实施颠覆来展开的。① 付丽的《〈红楼梦〉女儿人格崇尚的价值解读》认为：女儿人格的价值意义在于，自觉地摆脱正统权利的蒙昧与同化，确认自身与他人的人格价值；抵制封建专制、世俗功利对人性的污染，在真正人道的意义上，显示生命的高贵和尊严。②

从双性和谐的角度，王富鹏的《人类未来文化模式的思考——论曹雪芹的文化理想》认为：男性性格特征和女性人格特征统一地体现于未来文化具体个人的人格体系中。③ 傅守祥的《女性视角下的〈红楼梦〉人物——试论王熙凤和贾宝玉的"双性气质"》认为：贾宝玉和王熙凤符合西方女性主义所标举的"双性气质"理论，体现了作家的超时代的艺术追求和人文理想。④ 韩惠京的《从女性主义观点看〈红楼梦〉》认为：《红楼梦》以"情"建立起了人与社会、自然、人的新型关系，"痴情"是曹雪芹对整个人类建立平等、健康和谐的两性关系的一种思考。⑤

当然，还有一些研究者从女性主义角度出发论证《红楼梦》中男权意识，李之鼎的《〈红楼梦〉男性想象力支配的女性世界》认为曹雪芹所创造的女性世界虽然在"显意识"层面上企图歌颂女性，却透露出一男众女的家庭/社会的两性关系的牢固性。⑥ 张媛的《男性历劫和女性阉割的双重主题——试阐〈红楼梦〉的男性写作视角》认为：《红楼梦》不具备女性的写作视角，并非为女性立言。相反，《红楼梦》是一本从男性视角写作，并为男性主流文化服务的书。的确，女权主义者都认为男性作家创作的作品必然侵染了男权文化的气息，而我们也不否认作家在创作时，会将自己的主观意识投影到作品之中。但是，曹雪芹是一位具有超前意识的天才作家，如此来论证《红楼梦》中的男权文化不免有些片面。⑦ 刘玮《〈红楼梦〉传统婚恋观管窥》、⑧ 张翼《〈红楼梦〉女权意识范畴建构之初探》⑨ 等论文则较客观的论证了《红楼梦》中所显现出的男性文化是作

① 翁礼明著：《论〈红楼梦〉的女性主义价值诉求》，《江西社会科学》，2004 年第 9 期。
② 付丽：《〈红楼梦〉女儿人格崇尚的价值解读》，《红楼梦学刊》，2002 年第 1 辑。
③ 王富鹏著：《人类未来文化模式的思考——论曹雪芹的文化理想》，《红楼梦学刊》，2001 年第 3 辑。
④ 傅守祥著：《女性主义视角下的〈红楼梦〉人物——论王熙凤和贾宝玉的"双性气质"》，《红楼梦学刊》，2005 年第 1 辑。
⑤ [韩] 韩惠京著：《从女性主义观点看〈红楼梦〉》，《红楼梦学刊》，2000 年第 4 辑。
⑥ 李之鼎著：《〈红楼梦〉男性想象力支配的女性世界》，《社会科学战线》，1995 年第 6 期。
⑦ 张媛著：《男性历劫和女性阉割的双重主题——试阐〈红楼梦〉的男性写作视角》，《明清小说研究》，2001 年第 2 期。
⑧ 刘玮著：《〈红楼梦〉传统婚恋观管窥》，《学术交流》，1997 年第 3 期。
⑨ 张翼著：《〈红楼梦〉女权意识范畴建构之初探》，《河南师范大学学报》，2006 年第 3 期。

者受到时代制约和传统文化影响下所不可避免的。

虽然在近 20 年间，女性主义批评在《红楼梦》的研究中有所发展，但是依然存在一些问题。

第一，研究者对理论的界定。女性主义批评在西方本身就是一门复杂的理论，它是建立在生物学、社会学、历史学、心理学等诸多学科基础上发展而来的，与《红楼梦》的解读一样见仁见智。女性主义批评在脱离了西方文化根基，进入到东方学术领域后，必然会有所改变，呈现出迥然不同的面貌。所以，研究者在运用女性主义理论时，首要工作就是对理论的界定。

第二，缺乏系统性论述。在既有的以女性主义批评研究《红楼梦》的文献中，研究者已深入到女性主义批评所涉及的诸多方面，譬如女性主体、女性价值、女性人格等，但是相对来说是"面"的拓展，而缺乏系统性地论述。

第三，立足文本，防止生搬硬套。任何一门学问都有其自身的研究传统，立足文本是《红楼梦》研究最主要的研究原则。所以，不管研究者运用任何的理论，都应该建立在细读文本之上的，从而防止对理论盲目的应用。

第四，博士论文缺乏。虽然以女性主义批评理论为基础的，与《红楼梦》相关的单篇论文和硕士论文数量在近些年急剧上升，但是与女性主义相关的博士论文目前尚未见，究其原因，首先研究者缺乏经典研究的信心，其次理论难度较大。

在 20 世纪 80 年代以来，《红楼梦》的女性研究已经突破人物形象研究的单一范畴，而上升到历史、文化领域的探究。女性主义批评理论的介入，则将《红楼梦》带入了真正意义上的女性研究范畴，开启了对女性这一长期被男权文化压抑的群体的独特生命经验、价值、文化的探索中。

二、《红楼梦》女性世界概况及层次划分

《红楼梦》女性世界，顾名思义，就是由女性主体人物构成的世界。从清代开始，就有研究者对《红楼梦》中的女性人物做过统计。① 由于各家所采用的标

---

① 清嘉庆年间，诸联《红楼评梦》说："总核书中人数，除无姓名及古人不算外，共男子232人，女子189人（合计421人），亦云夥矣。"姜祺《红楼梦诗自序》说："其于人焉，男子235，女子213（合计448人）。"姚燮《红楼梦人索》说："总计282人，女子237人，合计519人。"寿芝《红楼梦谱》分类收入人名，其中男子206人，女子192人，合计398人。星白《红楼梦人物谱》分类收入人名，女子324人，男子397人，合计721人。1947年，赵苕狂《红楼梦人名辞典》，收入主要人物，各撰小传，男子235人，女子278人，合计452人。1973年，北京师范学院中文系《红楼梦人名表》，其中男子235人，女子217人，合计452人。1974年，南京师范学院中文系《红楼梦》人名总表，其中男子323人，女子278人，合计601人。1974年，南京大学中文系《红楼梦人名索引》，其中男子282人，女子341人，合计623人。（参见徐恭时《红楼梦究竟写了多少人物》，《上海师范学院学报》，1982年第2期）

准，以及《红楼梦》版本不同，其统计结果也不相同。1982 年，徐恭时先生以庚辰本做底本，搜集了各家的记述，进行重新统计，认为男子为 495 人，女子为 480 人。① 朱一玄先生在《红楼梦人物谱》中，对庚辰和程乙两种版本分别统计，除去作品中的古人，不属于小说中的人物，结果是：庚辰本列男 304 人，女 296 人，共计 600 人；程乙本列男 368 人，女 304 人。② 本书是以《红楼梦》作品中的女性人物为主要研究对象，所以，本书以朱一玄先生的统计为标准，对《红楼梦》中女性人物所构成的女性世界，做以系统的阐释。

《红楼梦》中近 300 个女性人物，从女性性别身份来说，每个人都有较为类似的女性特征。但是，从女性个体来说，每个人又都具有其独特性。从类型化的角度来说，还可将《红楼梦》中的女性，从不同的角度，找到其相同的共性，而划分为一类人。现有的研究资料，有关《红楼梦》女性世界人物层次的划分，主要表现在以下几方面。

1. 作者对女性人物的划分

在《红楼梦》第五回中，曹雪芹从女性命运不同类型的角度，对普天下所有女性进行过归类："痴情司""结怨司""朝啼司""夜怨司""春感司""秋悲司""薄命司"。对其笔下的女性人物，又按照其身份地位，"择其紧要者"③ 划分为：正册、副册、又副册三个层次。进入正册的人物都是贵族女性，如黛玉、宝钗、王熙凤等；副册人物如晴雯、鸳鸯、袭人等，她们都是贾府内的大丫头；又副册虽然在文本中没有标明具体记录了哪些女性，但是按正、副册的划分，又副册所记录应该包括：龄官、芳官等小丫头们。

作者还通过宝玉之口，提出女性"三变"，即"女孩儿未出嫁，是颗无价之珠宝；出了嫁，不知怎么就变出许多不好的毛病来，虽是颗珠子，却没有光彩宝色，是颗死珠了；再老了，更变得不是珠子，而是鱼眼睛了"。④ 以此为标准将女性划分为三个群体：一是未出嫁的"宝珠"式的女子，以林黛玉、晴雯、湘云为代表；二是出嫁了"死珠"式的女子，以凤姐、尤氏等为代表；三是年老的"鱼眼睛"式的女性，以贾府中的老婆子们为代表。

除此之外，作者在章回题目中，按照女性人物的品性分为："俏"女子，如平儿、黛玉；"贤"女子，如袭人；"毒""酸"女子，如王熙凤；"痴"女子，如

---

① 徐恭时著：《红楼梦究竟写了多少人物》，《上海师范学院学报》，1982 年第 2 期。

② 朱一玄著：《红楼梦人物谱》，百花文艺出版社，2006 年。

③ 所谓"紧要者"，就是指那些"才小薇善"之人，而非平庸之辈。（参见曹雪芹著. 无名氏续：《红楼梦》，中国艺术研究院红楼梦研究所校注，人民文学出版社，2008 年第三版，第 75 页）

④ 曹雪芹著. 无名氏续：《红楼梦》，中国艺术研究院红楼梦研究所校注，人民文学出版社，2008 年第三版，第 811 页。

小红；"敏"女子，如探春；"时"女子，如宝钗；"勇"女子，如晴雯；"懦"女子，如迎春；"憨"女子，如湘云。……①

2. 从阶级的角度，把女性分为统治阶级与被统治阶级两类

在 20 世纪 60、70 年代，盛行以马克思主义阶级分析法为方法论，研究文学作品，以此批判封建文化。以李希凡为代表的学者认为，这部小说用典型的艺术形象，很深刻地反映了封建社会的阶级斗争，揭露了贵族统治阶级和封建制度的黑暗、腐朽以及其必然灭亡的趋势。② 并将此种观点纳入到对人物的分析中，把贾母、王夫人等作为封建统治阶级的代表，晴雯、鸳鸯等为被统治阶级代表，认为被统治阶级少女的悲惨命运，直接与统治阶级的压迫、残害相关。

蒋和森在《红楼梦概说》中，在目录中就鲜明地指出了贾母、王夫人、凤姐是封建统治阶级的代表人物，而晴雯、鸳鸯、司棋是被封建统治阶级损害了的女性。③ 张毕来在《谈红楼梦》中与蒋和森持同样的观点。④

3. 从文化的角度对女性人物的划分

张锦池先生以李贽的"童心说"为理论依据，将《红楼梦》中的女性分为三类：一是具有"童心"的"真人"，如黛玉、妙玉等，她们不被封建思想所累，争取作为"人"的价值以获得人之天性的合理发展；二是"童心"既障而又未全失的人，如薛宝钗、凤姐等，认为她们仍然存有天性中的自由、平等等观念，却受到封建道德和世俗利弊的腐蚀；三是失去"童心"的"假人"，她们完全认同封建思想，而失去了人性中自由、平等的天性。⑤ 此种观点散于其他诸篇文章中，如《论〈红楼梦〉悲剧主题的多层次性》《论〈红楼梦〉与启蒙主义人性思潮》等。

关四平先生在《论〈红楼梦〉真人的人生态度及其文化渊源》中，以庄子的自然、自由的哲学思想为理论依据，将《红楼梦》中的人物划分为：真人、假人及介于二者之间亦真亦假的人物。其中黛玉、妙玉视为真人，她们秉持任性自然的人生态度，追求自然、自由的人生境界及理想人生。而薛宝钗、史湘云等

---

① 刘再复先生在阅读《红楼梦》时，发现文本中有许多共名，也可说是人物的意象性与类型性的通称，将人物分为以鸳鸯、秦可卿等为代表的"梦中人"；以妙玉、林黛玉为代表的"槛外人"；以史湘云、香菱为代表的"卤人"；以秦可卿、晴雯为代表的"可人"；以薛宝钗、袭人为代表的"冷人"；以薛宝钗、薛宝琴为代表的"通人"；以黛玉、妙玉等为代表的"玉人"，还有"泪人""痴人""真人""正人""能干人"等近三十种分类，在此不一一列举了。(参见刘再复《红楼人三十种解读》，三联书店，2009 年)

② 李希凡、蓝翎著：《红楼梦评论集》，人民文学出版社，1973 年，第 306 页。

③ 蒋和森著：《红楼梦概说》，上海古籍出版社，1979 年。

④ 张毕来著：《谈红楼梦》，知识出版社，1985 年。

⑤ 张锦池著：《红楼梦考论》，黑龙江教育出版社，2008 年。

人为亦真亦假的人物，她们只有回归自然中，才能释放自然的天性。至于假人先生仅以男性人物为代表，如贾赦、贾珍等，这些人都是被世俗名利、封建思想所束缚的人物。①

4. 从审美的角度，对女性美、丑的划分

早在清代评点派的研究中，就对女性的美丑进行过评价，如姚燮在《红楼梦总评》中认为，薛姨妈是书中第一奸诈之人，宝钗之险恶不亚其母。② 陈其泰在《红楼梦回评》中认为黛玉、妙玉等是"率而天真、自然，泥而不浑"之人，而宝钗，袭人等人"无非悦乡愿，毁狂狷之庸众耳"。③然而，这种对女性美丑的评价是建立在封建道德基础上的，而非审美性的评价。

脂砚斋对宝玉曾这样评价过："说不得贤，说不得愚，说不得不肖，说不得善，说不得恶，说不得正大光明，说不得混账恶赖，说不得聪明才俊，说不得庸俗平（凡），又说不得好色好淫，说不得情痴情种。"④虽然其所说的是人物性格的复杂性，但是受此启发，当代的研究者以刘敬圻先生为代表，认为从审美的角度来看，《红楼梦》中的女性人物是具有模糊性的，是介于美丑之间的，而没有绝对的美、绝对的丑。⑤ 吕启祥先生认为，对女性审美的疆域和层次不应受到什么限制，尤其不能做出柔美必然归于女性，阳刚概属男性的武断定义。也就是说女性的审美是多层次的，而不是二元对立。⑥

前贤对《红楼梦》女性世界的划分，已经囊括了社会、审美、文化多重意义，奠定了女性研究的基础。在前人研究的基础上，笔者认为，还可以从女性主体性的角度，对《红楼梦》女性世界人物进行层次的划分。

所谓女性主体性，是女性摆脱依附于男性客体的地位，争取作为"人"的地位、价值、思想、情感等，从而显现出的一种自觉能动性。以此为依据，笔者将《红楼梦》中的女性人物划分为三类：一是具有女性主体意识的女性，如黛玉、晴雯、宝琴等，她们突破封建男权思想的束缚，追求人格的独立，自由的情感，探寻生命的价值意义。二是完全认同与封建男权思想，甘愿依附于男性生活，成为物的客体存在，包括王夫人、邢夫人以及贾府中的老婆子们。三是介于二者之间，虽然有女性主体意识，却人仍受制于男权思想，包括贾母、凤姐等人，她们在家庭中具有女性主体地位，却不得不在男权制规定的范围内发挥其主体性。

① 关四平著:《论〈红楼梦〉真人的人生态度及其文化渊源》,《红楼梦学刊》, 2001 年第 1 辑。
②③④ 朱一玄主编:《红楼梦资料汇编》, 南开大学出版社, 2001 年, 第 640 页, 第 703 页, 第 308 页。
⑤ 刘敬圻著:《〈红楼梦〉与女性话题》,《明清小说研究》, 2003 年第 4 期。
⑥ 吕启祥著:《红楼梦寻味录》, 山西人民出版社, 2001 年, 第 170 页。

三、 研究方法和创新点

（一）基本理论及研究方法

1. 以女性主义为理论基础

在 20 世纪初的欧洲，一场由女性领导，建立在男女平等基础上的，女性解放运动悄然而生。随之而来，在文学批评领域，女性主义批评理论应运而生。乔纳森·卡勒在《文学理论》中认为，当代文学批评理论发生了根本变化，绝对的、单一的权威和权力中心已不复存在，文学的批评者以多元化为指导思想，推翻传统上一贯倡导的批评角度的客观性普遍性，重新评估历史的经验和价值观念，重新认识知识传播过程中的政治运作问题。女性主义就是这个潮流中影响最广泛的研究方法之一。①本书以女性主义理论为主要理论基础，对《红楼梦》的女性世界做以全面的阐释。

当代，女性主义批评理论虽然已经得到认可，但是在其诞生之初，就面临着理论和实际操作上的困境。首先，研究对象模糊不清。女性主义文学批评，顾名思义，一定与女性的存在相关联。那么其研究对象究竟是女性作家创作的作品，还是包括男性作家作品中的女性问题，成为女性主义批评者困惑的主要问题之一。其次，女性主义与女权主义区分不清。女性主义理论是伴随着女权运动而产生的，在理论创建的初期，女性主义也被称为女权主义，那么女性主义与女权主义的意义内涵是否相同，成为女性主义者探究的问题之一。

20 世纪 80 年代，女性主义理论进入中国，为研究者提供了一个崭新的视角，伴随而来的仍然是理论应用的困惑。因为在中国根本没有西方女性主义理论发展的文化和时代背景，完全照搬西方女性主义理论，显然是不合适，它必定要经历一个本土化的过程。如玛丽·艾·萨万所指出的："女性主义是世界性的。其目的旨在把妇女从一切形式的压迫中解放出来，并促进各国妇女之间的团结。女性主义又是民族的。它旨在结合各个国家具体的文化和经济条件考虑妇女的重点和策略。"②

五四新文化运动是 20 世纪中国一次伟大的思想解放运动，吸收了大量西方的文艺理论思想，为中国现代文学注入了西方文艺内涵。当女性主义进入到中国时，自然而然的被广泛地应用到中国现当代文学批评中。另一方面，由于初期研究者对女性主义理解不够全面、深入，将研究对象狭窄的定义在了女性作家作品

---

① ［美］乔纳森·卡勒著:《文学理论》，载于鲍晓兰主编《西方女性主义研究评介》，三联书店，1995 年，第 96 页。

② ［美］玛丽·艾·萨万著:《与妇女的另一种发展》，《发展对话》，1982 年第 1 期。

上，中国古典文学多被男性作家所垄断，从而生硬地割裂了女性主义理论与中国古典文学的联系。

基于以上的理论困惑，本书在应用女性主义理论前，务必明确以下几个问题：

（1）女性主义的研究对象。女权主义是女性主义的基础，女性主义是女权主义的深度发展。女权主义的诞生就是针对男性中心主义下，女性权力的不平等为出发点。在传统以男性为主导的文学领域，女性也要求发出自己的声音，出现了"女性文学"，成为了女权主义批评研究的对象。

但是，何为"女性文学"，至今仍然是一个无法确定的概念。一般而言，"女性文学"是以作家的性别身份为界定，指女性作家的文学创作，或是女性作家创作的，饱含着女性意识、情感经验在内的作品。俨然，女性作家是"女性文学"的关键词。女权主义批评家罗莎琳德·考尔德在《妇女的小说史女权主义小说》曾指出："绝不能简单地认为，以女性为中心的写作同女权主义有任何的必然的联系。"[①] 因为有些女作家的作品，仍然渗透着男权主义的思想意识，而在某些男性作家的笔下，也有对女性命运的思考，女性解放的探索。

因此，我们不能生硬的以作家的性别身份为基准，对女性主义的研究对象作以区分，而是应该以文学作品的内涵为根本性依据，如韦勒克和沃伦所著的《文学理论》中所指出的那样："文学研究的合情合理的出发点是解释和分析作品本身。"[②] 女性主义理论的研究对象，应该是对女性的命运、生存和解放等问题有所思考的作品，当然也包括男性作家作品在内。

（2）女性主义与女权主义辨析。世界上任何的事物都是运动的，女性主义理论也是发展变化的。其初期以争取政治、经济等外在权力为宗旨，称之为女权主义。随着理论地深入发展，女权主义过分地强调性别身份，体现女性的主体性，很容易将男性换至到客体的位置，从而违背了女权主义追求两性平等的宗旨，再次陷入一元中心的境遇，而产生新的强权体制。女权主义者必须思考其未来的发展，因此，伍尔夫、波伏娃等女性主义者提出，以女性独立，两性平等为基础，"双性同体"，两性和谐为目标的女性解放之路。

同样的问题，一样困惑着中国女性主义研究者。在西方，无论是女性主义还是女权主义，都源于"feminism"一词。中国语言的丰富性，更加清晰地展现了

[①] ［美］伊莱恩·肖沃尔特编：《新女权主义批判》，纽约：兰登书屋，1985 年，第 128 页。转引自刘慧英《走出男权传统的樊篱》，三联书店，1996 年，第 3 页。

[②] ［美］勒奈·韦勒克、奥斯丁·沃伦著：《文学理论》，三联书店，1984 年，第 145 页。

女性主义与女权主义之间的关系，明确了女性主义与女权主义的意义内涵。① 如中国女性主义者盛英在《中国女性主义文学：昨日、今日和明日》中所指出的："在我看来，中国女权主义、中国女性主义几乎是同一个概念。在 20 世纪，它们同是妇女解放运动的理论基础或理念概括；要说它们的区别的话，那么，女权主义是指为妇女争取政治、社会、经济上的'男女平权'，以及在家庭和受教育诸方面的平等权利，所进行的妇女运动及其理论表述。而女性主义则主要是指妇女为争取自己精神、心理、文化上的自由、解放所进行的斗争及其理论表述。"②

在中国古典小说领域，因其所处的封建时代，女性不可能在政治、经济等方面要求平等的权利，女性只能在有限的范围内，如家庭、爱情等问题上，要求自由和独立，因此，女性主义更适用于中国古典小说女性的研究。

综上所述，本书所应用的女性主义理论内涵是指：包括男性作家在内的，对男权制下，女性生活的困惑、女性命运不幸、女性精神、情感、心理压抑等问题，有所揭示和探讨的作品。虽然《红楼梦》是一部男性作家创作的作品，却是以女性为主体，展现了 18 世纪中国女性的生活困惑，思考了女性不幸命运的根源，对女性的情感、心理、文化给予肯定。从而拥有了批判男权制度，提高女性地位，要求男女平等女性主义内涵。在此基础上，笔者认为，采用女性主义理论，有助于对《红楼梦》女性世界的全面阐释。

2. 研究方法

（1）理论与文本分析相结合的方法。任何的研究都要有其理论支撑和文本依据。理论是提出观点的重要依据，在具体行文过程中，要明确理论、观点的内涵，使文章观点清晰。对文本细节进行缜密、细致的论述，为理论提供论据，防止理论的滥用。理论与文本分析互为支持，形成缜密的论述系统。

（2）历史与逻辑，宏观与微观相统一的方法。《红楼梦》是一部有着 200 多年研究历史的小说，其研究成果不胜枚举。本书在对《红楼梦》女性研究历史追溯的基础上，发现问题，提出问题，实现历史与逻辑统一。在具体论述中，首先从总体上对《红楼梦》女性主体性做以宏观的把握，再分别从微观的具体问题出发，如女性理想人生、女性意识、女性价值等方面逐一阐释，达到宏观与微观的统一。从而增强本书历史的厚度和阐释的深度。

（3）文本、文化、文献相统一的方法。文学作品是作家传递思想、观念的载体。思想、观念又与具体的时代文化语境相关，从而使文本呈现出超文本的文化价值。对于《红楼梦》而言，其蕴含的文化价值，包括两方面：一是文本所

---

① 张京媛在《当代女性主义文学批评》一书的序中，对"feminism"一词译为女性主义做过详细的论述。参见张京媛主编：《当代女性主义文学批评》，北京大学出版社，1992 年。

② 盛英著：《中国女性主义文学纵横谈》，九州出版社，2004 年，第 10 页。

处时代的文化内涵；二是文本超时空的文化意义。文本、文化的阐释亦不能脱离文本外的文献资料，用外部的文献资料进一步巩固本论文的观点，就如韦勒克、沃伦所提倡的文本外部研究与内部研究相结合的原则是一致的。

（4）比较、对比的研究方法。《红楼梦》是中国古代小说的一座丰碑，其思想、艺术手法等都超越了前代的小说，只有在比较和对比中，才能凸显其与众不同的魅力。本书侧重对《红楼梦》女性做全面、系统的研究。对不同女性人物的比较，或不同阶段女性群体的比较中，突出女性个体及群体的普遍性特征及独特性。从而实现对女性个体和群体的整体把握。

（二）本书的创新点

《红楼梦》女性研究同"红学"本身一样，是一项历久弥新的课题。本书在对前人研究成果的梳理、总结基础上，希图达到以下几个创新点：

第一，对《红楼梦》女性世界进行全面、系统地论述。在既有的研究成果中，不乏对女性意识、女性价值等问题的探讨，但仅仅是点对点的研究，缺乏系统的全面性。本书以女性主体性为主线，对女性理想人生追求，女性意识、女性价值、女性世界的矛盾冲突，以及《红楼梦》女性塑造的美学原则和审美特征，其中无法超越时代限制的思想局限，进行整体的阐释。

第二，对《红楼梦》女性世界所蕴含的超时空的文化价值进行阐释。孟悦和戴锦华说："女性问题不是单纯的性别关系问题或男女权力平等问题，它关系到我们对历史的整体看法和所有解释。"[①] 女性问题所关系到的是一个民族的文化和历史的问题。中国传统文化，一直是以男性文化为主导，形成了"男尊女卑"的两性观念。《红楼梦》以女性主体为书写对象，实质就是对传统男权文化的颠覆，对女性文化的发掘和揭示。而近一个世纪的妇女解放运动，虽然取得了一定的胜利，但是仍然没有消除两性间的不平等差异，甚至当代女性在承受着家庭压力的同时，更背负上了社会责任的压力。所以，《红楼梦》中对女性自由、平等、博爱、两性和谐等方面的追求，在今天看来，仍然有超越时代的意义内涵。

第三，试图对《红楼梦》女性世界中的思想局限进行揭示。鲁迅先生曾说："自有《红楼梦》出来以后，传统的思想和写法都打破了"，[②] 众多研究者以此为思路，作以详尽地阐释。然而，从女性主义的角度来看，曹雪芹仍然不免受到社会的局限，以及人性复杂性的影响和干扰，而残留些许的封建男权思想。如曹雪芹的"女儿崇拜"中，暗含男性意识对女性的再次规范。在择偶观上，仍然有

---

① 孟悦、戴锦华著：《浮出历史地表》，中国人民大学出版社，2004 年，第 3 页。
② 鲁迅著：《中国小说的历史变迁》，见《鲁迅全集》（第九卷），人民文学出版社，1981 年，第 338 页。

"才子佳人"的成分。笔者力图在能力范围之内，对《红楼梦》女性世界中的思想局限进行揭示。

第四，运用西方现当代哲学、文学理论，多角度论述。中国古代小说，有其自身的研究传统，红学亦然如此。随着时代的发展、变化，西方现当代哲学、文艺理论的应用，会对古代小说研究提供新的思路和角度。本书以女性主义理论为基本理论，辅以现代心理学、空间理论等理论，试图多角度对《红楼梦》女性世界做出新的阐释。

《红楼梦》女性主体性的确立 ●

　　《红楼梦》开篇第一回的凡例中写道："虽我未学，下笔无文，又何妨用假语村言，敷演出一段故事来，亦可使闺阁昭传……"① 可见，女性是作者欲意书写的主角。当然，一部小说中主角并非是唯一的，宝玉亦是《红楼梦》中的主要人物。但是，从主体性的角度来说，主角未必是主体人物。

　　早于《红楼梦》的《金瓶梅》也是一部以女性为主角的作品。但是，从小说的内容上来说，无论情节的展开，还是叙述的中心，女性主角们都围绕着一个男性主人公——西门庆而展开。人类社会进入父系社会之后，男性成了世界唯一的主体，他们拥有绝对的权利，上至最高统治者，下至独立的家庭的主导者，无一例外都是由男性角色来完成。于是，女性被无限期地淹没在历史地表之下，成为了依附在男性身后的，那个无声无息地客体存在。所以，《金瓶梅》中的实际主体是男性，女性主角则处于客体地位。

　　同样作为家庭叙事的《红楼梦》，较《金瓶梅》最主要的区别在于：《红楼梦》呼唤着女性主体性的回归。对于这一问题，早清代就已经被研究者懵懂地意识到了。甲戌本第二回有一条眉批说道："……盖作者实因鹡鸰之悲、棠棣之威，故撰此闺阁庭帏之传。"② 虽然脂砚斋没有明确提出女性主体的概念，但是通过对作者创作意图地分析，明确地告诉读者，此部小说的男性已经走下"神坛"，女性成为了主体。

　　然而，在《红楼梦》的相关研究中，对于女性主体性的研究，主要停留在

---

① 曹雪芹著. 无名氏续：《红楼梦》，中国艺术研究院红楼梦研究所校注，人民文学出版社，2008 年第三版，第 2 页。

② 朱一玄主编：《红楼梦资料汇编》，南开大学出版社，2001 年，第 127 页。

男女平等，女性崇拜等层面，对于女性主体性内涵的揭示还不够深刻。① 所谓女性主体性，是女性作为"人"的存在，其主体身份与其本身之外的客体关系中显示出来的自觉能动性。具体而言，就是女性对自身力量和能力的一种肯定，是女性清楚地认识到自身作为主体的种种力量，自觉要求自身在地位、能力、生活方式、知识水平、人格塑造、心理健康等方面的不断提高和完善，并为之而努力、奋斗地体现在社会生活实践活动中的一种自觉能动性。②

余英时先生曾对《红楼梦》有过两个世界的划分："曹雪芹在《红楼梦》里创造了两个鲜明而对比的世界。这两个世界，我想分别叫它们作乌托邦的世界和现实的世界。这两个世界，落实到《红楼梦》这部书中，便是大观园的世界和大观园以外的世界。"③ 而在这两个世界之上，曹雪芹在开篇还创造了神话世界，即"女娲补天"的神话与太虚幻境。因此，本书意从三个世界展开对女性主体性的论述：第一，从"女娲补天"神话的多重意蕴中，透视女性主体性的回归。第二，从太虚幻境到大观园的投射中，看女性主体世界的构成要素。第三，从现实世界女性的家庭地位中，看女性主体地位的确立。第四，从宝玉的形象中，看女性主体的书写。

第一节　《红楼梦》中"女娲补天"
多重意蕴透视

《红楼梦》在开篇就重塑了"女娲补天"的神话，一般研究者认为：曹雪芹借助女娲补天神话的原型意蕴——女性崇拜，突出女性本位、女性中心的题旨。④

---

① 从清末到 20 世纪中期，大部分研究者则从启蒙主义、人文主义、反封建思想等方面对此问题进行相关的论述。季新的《红楼梦新评》一文，提倡以"我既重我之爱情，又重人之爱情，缘于自由，归于平等"的爱情观而将女性提到主体的地位。淡厂的《曹雪芹目中女性美》认为曹雪芹"不主张娇弱美，同时更主张女子打扮男装更美"，从审美的角度，打破了儒家传统对女性美的约束，女性应有属于自己主体的美。蒋和森的《红楼梦论稿》中，从反封建思想的角度对于女性人物评论。20 世纪 80 年代，由于西方理论的介入，研究者们开始运用女性主义批评理论，原型批评等理论从男女平等，女性崇拜的角度对此问题进一步的论述。汤龙发的《女权问题是〈红楼梦〉的主题》一文中直接指出了《红楼梦》的主题是反对男权制对妇女压迫和影响，提出了女权问题。刘敬圻先生的《〈红楼梦〉与女性话题》在与古代小说的比较中，认为女性已经摆脱对男性的依附，第一次把女人视作与男人相对应的，只是不同的人之群体。方克强的《原型题旨：〈红楼梦〉女神崇拜》以神话原型意象为切入点认为：以金陵十二钗为主的《红楼梦》女性群体，与女娲神话及其所隐喻的女性中心意识相呼应。

② 赵小华著：《女性主体性：对马克思主义妇女观的一种新解读》，《妇女研究论丛》，2004 年第 12 期。

③ 余英时著：《红楼梦的两个世界》，上海社会科学院出版社，2002 年，第 36 页。

④ 方克强在《原型题旨：〈红楼梦〉女神崇拜》中认为：以金陵十二钗为主的《红楼梦》女性群体，与女娲神话及其所隐喻的女性中心意识相呼应。赵云芳的《"女娲补天"与〈红楼梦〉新解》中认为：女娲补天神话本是《红楼梦》女性本位思想的发源。

的确，这种观点是符合作者主观命意的，因为曹雪芹在开篇就明确指出了"闺阁昭传"的主旨。曹雪芹借此所表达的创作意图并不仅限于此，其内涵是相当丰厚的，还可以从不同角度透视其多重文化意蕴。诸如：曹雪芹在对"女娲补天"的改写中，呼唤着女性主体性的回归；在女性崇拜的基础上，表达着女性纯洁而不完美的女性观；借以"女娲补天"揭示人与人之间的不和谐带来的危害，表达了曹雪芹向往的两性和谐的理想社会。

一、"女娲补天" 神话的改写与女性主体性的回归

从西方《圣经》中的上帝七日创世神话，到中国的盘古开天辟地神话，都旨在塑造一个人类"父亲"的形象，彰显的是男性对人类历史创造的贡献，从而抹杀了女性是人类历史共同创造者和参与者的事实。中国的"女娲造人"和"女娲补天"神话，却印证了女性对人类历史发展的重要意义。

遥远的母系社会，原始先民认知有限，在很长一段时间内，他们只知其母不知其父。《史记·殷本纪》中记载："殷契，母曰简狄，有娀氏之女，为帝喾次妃。三人行浴，见玄鸟堕其卵，简狄取吞之，因孕生契。"①《史记·周本纪》中又有姜原生弃的传说："周后稷，名弃。其母有邰氏女，曰姜原。姜原为帝喾元妃。姜原出野，见巨人迹，心忻然说，欲践之，践之而身动如孕者。居期而生子。"②这些"感生"传说为女性独有的生殖功能蒙上了一层神秘的色彩，出于对女性生殖能力的困惑和崇拜，原始先民以女性为原型，创造了中国的始祖之神——女娲。

"女娲造人"的神话最早记录在《风俗通义》(东汉)："俗说天地开辟，未有人民，女娲抟黄土作人，剧务力不暇供，乃引绳于泥中，举以为人。"③ 在这里，女娲以一人之力完成了创世的使命。但是，(在先秦时期，女娲的性别身份并不明确) 我们还不能确定女娲的性别身份，因为，在《楚辞·天问》(先秦)："女娲有体，孰制匠之？"④ 王逸注："女娲人头蛇身。一日七十化。其体如此，谁所制匠而图之乎？"⑤女娲的形象还只是人与动物的结合，没有性别特征，而女娲的命名却很容易使人认为其为女性，其符合原始先民对神秘生殖功能的猜想。直到东汉许慎的《说文解字》给予了女娲确切的性别身份："娲，古之神圣女，化万物者也。"⑥

---

①② ［汉］司马迁著：《史记》，中华书局，1982 年，第 91 页，第 111 页。

③ ［宋］李昉等撰：《太平御览》(卷七八)，中华书局，1960 年，第 365 页。

④⑤ ［汉］王逸注：《楚辞章句》，文渊阁四库全书 (1062 册)，台湾商务印书馆，1984 年，第 103 页，第 93 页。

⑥ ［汉］许慎著：《说文解字》，中华书局，2013 年，第 623 页。

到了唐代，"女娲造人"的神话发生了改变。李冗在《独异志》中，以兄妹成婚的形式，记载了女娲造人的神话："昔宇宙初开之时，只有女娲兄妹二人在昆仑山，而天下未有人民，议以为夫妇，又自羞耻。兄即与其妹上昆仑山，咒曰：'天若遣我兄妹二人为夫妻而烟悉合；若不使，烟散。'于是烟即合。其妹即来就兄，乃结草为扇以障其面。今时人取妇执扇，象其事也。"① "议以为夫妇"显然已经进入到婚姻模式中，男女两性共同创造人类，也更符合现实人类繁衍的事实。

"女娲补天"的神话，最早被记录在《淮南子·览冥训》中："往古之时，四极废，九州裂，天不兼覆，地不周载，火炎而不灭，水浩洋而不息，猛兽食颛民，鸷鸟攫老弱。于是女娲炼五色石以补苍天，断鳌足以立四极，杀黑龙以济冀州，积芦灰以止淫水。"② 在人类出现之后，女娲又以一人之力挽救了苍生大地。因此，女娲不仅是人类的创世祖，也是人类的救世主。她对人类历史的发展起到了不可忽视的作用。

中国神话在流传过程中，受诸多因素的影响，早已失去了其原始面貌。我们今天所看到的神话故事，多是经过后人的整理演变而来，单以文献记载的时间，很难准确地论定神话产生的先后问题。但是，任何事物的发展都有其内在的逻辑顺序：女娲从独立造人，演变为男女共同造人的过程，再到女娲补天，其符合人类社会发展的历程，以及人类认知水平的发展。同时，也证明了女性与男性共同参与了人类历史的创造过程，他们同为人类历史的主体。

随着男权社会的建立，女性的主体地位也消失在男性的统治中。就如女娲完成了救世的使命后："朝帝于灵门，宓穆休于太祖之下。然而不彰其功，不扬其声，隐真人之道，以从天地之固然。"③ 当女娲臣服于男性那一刻，女性丧失了她的权力、地位、自由、独立。如恩格斯所说："母权制被推翻，乃是女性具有世界历史意义的失败"，④ 从而彻底沦落为男性权威下的"第二性"。曹雪芹对"女娲补天"神话改造，及其后故事情节的发展，其意都在极力地呼唤女性主体性的回归。

曹雪芹在《红楼梦》中，创造性地将"女娲造人"和"女娲补天"两则神话合二为一：⑤

---

① ［唐］李冗著：《独异志》（卷下），中华书局，1983年，第79页。

② 何宁撰著：《淮南子集释》，中华书局，1998年，第479—480页。

③ 何宁撰著：《淮南子集释》，中华书局，1998年，第485页。

④ ［德］恩格斯著：《家庭、私有制和国家的起源》，见《马克思恩格斯选集》（第四卷），人民出版社，1972年，第52页。

⑤ 方克强著：《原型题旨：〈红楼梦〉女神崇拜》，《文艺争鸣》，1990年第1期。

原来女娲氏炼石补天之时，于大荒山，无稽崖炼成高经十二丈、方经二十四丈顽石三万六千五百零一块。娲皇氏只用了三万六千五百块，只单单的剩了一块未用，便弃在此山青埂峰下。谁知此石自经锻炼之后，灵性已通，因见众石俱得补天，独自己无材不堪入选，遂自怨自叹，日夜悲号惭愧。①

随后，顽石被一僧一道带入尘世，成为"通灵宝玉"。随曾经的神瑛侍者——贾宝玉一起而降生。有学者曾经缜密地分析了"顽石""通灵宝玉""神瑛侍者""贾宝玉"四者之间的关系，认为贾宝玉、神瑛侍者、大荒山顽石和通灵宝玉是"四位一体"的。②那么，"女娲造人"就由直接造人，变为通过顽石变玉的间接造人过程，造人的实质性尚未改变。曹雪芹并非单纯的改写"女娲补天"神话，而是将其纳入小说的整体结构中，予以凸显女性对家族稳定发展的重要性。

贾府作为封建贵族家庭，男性是家族繁荣昌盛的主要承担者。如冷子兴对贾府的介绍："谁知这样钟鸣鼎食之家，翰墨诗书之族，如今的儿孙，竟一代不如一代了！"③如第五回中，警幻仙姑转述宁国二公的嘱托："吾家自国朝定鼎以来，功名奕世，富贵传流，虽历百年，奈运终数尽，不可挽回者。故遗之子孙虽多，竟无可以继业。其中惟嫡孙宝玉一人，禀性乖张，生性怪谲，虽聪明灵慧，略可望成，无奈吾家运数合终，恐无人规引入正。"④贾府的兴衰成败都寄予在男性的身上，与女性无关。但是，现实却是贾府的兴衰都与女性密切相关。元妃省亲是贾府最鼎盛的时期，这是由元春皇妃的身份所带来的繁荣。而贾府的衰败则与凤姐息息相关。贾府抄家的一项罪名是"重利盘剥"，这正是凤姐通过掌管家族财政大权而营私舞弊所为。兴也因女性而起，败也有女性的责任。男性不再是唯一的家族命运的承担者，女性亦然是家族兴衰的主体。

虽然曹雪芹仅仅彰显了女性对家族的主体作用，但是中国古代家国同构的社会格局，家为国的缩影，由家可推至国家、民族、社会，其意在说明，女性亦然对国家、社会的发展起到了至关重要的作用，打破了男性一元中心论。

二、"女娲补天"神话的改写与曹雪芹的女性观

神话作为文学的最初形式，是对原始先民生活的反映。"女娲补天"折射出

---

①③ 曹雪芹著. 无名氏续：《红楼梦》，中国艺术研究院红楼梦研究所校注，人民文学出版社，2008年第三版，第2页，第26页。

② 赵云芳著：《"女娲补天"与〈红楼梦〉新解》，《红楼梦学刊》，2007年第1辑。

④ 曹雪芹著. 无名氏续：《红楼梦》，中国艺术研究院红楼梦研究所校注，人民文学出版社，2008年第三版，第79-80页。

的是母系社会中女性崇高的地位。母系社会时代，食物的缺乏使男女两性在分工上处于自然平等的状态。男性在外狩猎、打鱼，女性则采摘果实，除此之外，女性还承担着人类延续和产出劳动力的责任，责任越大也就意味其地位越高。雷伊·唐娜希尔曾指出："史前的人类家庭以女人为中心，就像细胞质围绕着细胞一样，因为母系关系乃是唯一可以辨认的关系。"① 由此，原始先民也就产生了普遍的女性崇拜心理，而创造出了女性之神。

这种女性崇拜作为一种集体无意识，即便进入到男权社会中，依然遗留在人们的内心深层，在某种特定的境遇和情感的触发下，以某种形式迸发出来。如荣格所说："原始意象或原型是一种形象，或为妖魔，或为人，或为某种活动，……这些原始意象给我们的祖先的无数典型经验赋以形式。可以说，它们是无数同类经验的心理凝结物。"②

明末清初之际，尊女思想流传得较为广泛：明崇祯元年（1628年）刊行的《古今女史》二十卷赵世杰的序："降是而隋唐以迄近代，登之木，付之剞劂，而后授墨，诗文于是遂编于四海，轩之使，又或为之甄录，海内灵秀，或不钟男子而钟女人，其称灵秀者何？盖美其诗文及其人也。"③ 明冯梦龙编的《情史类略》二十四卷，在卷四情侠类的末尾中，有编者的总评，其说道："情史氏曰：豪杰憔悴风尘中，须眉男子不能识，而女子能识之。其或窘迫急难之时，富贵有力者不能急，而女子能急之。至于名节关系之际，平昔圣贤自命者，不能周旋，而女子能周全之。岂谢希孟所云，光岳气分，磊落英伟，不钟于男子，而钟于妇人者耶。"④ 在《醒世恒言》卷十一《苏小妹三难新郎》中："有等聪明女子，一般过目成诵，不教而能。吟诗与李杜争强，作赋与班马斗胜，这都是山川秀气，偶然不钟于男子而钟于女。"⑤

生活在清代的曹雪芹，在对自身命运和生活的感悟，表达了"女性崇拜"的意识。在凡例中，曹雪芹以自愧不如之情写道："今风尘碌碌，一事无成，忽念及当日所有之女子，一一细考校去，觉其行止见识，皆出我之上。我堂堂须眉，诚不若彼裙钗哉？实愧则有余，悔又无益之大无可如何之日也！"⑥ 从某种

---

① ［英］雷伊·唐娜希尔著，李意马译：《人类爱情史》，云南人民出版社，1988年，第7页。

② ［瑞士］荣格著：《集体无意识的概念》，参见叶舒宪主编，《神话——原型批判》，陕西师范大学出版社，1998年，第100页。

③ ［明］《古今女史诗集》，赵世杰选辑，明崇祯元年刊刻，哈佛燕京图书馆藏，源自中国国家图书馆数字图书馆。

④ ［明］冯梦龙著：《情史》，浙江古籍出版社，2011年，第100页。

⑤ ［明］冯梦龙著：《醒世恒言》，人民文学出版社，1956年，第207页。

⑥ 曹雪芹著．无名氏续：《红楼梦》，中国艺术研究院红楼梦研究所校注，人民文学出版社，2008年第三版，第1页。

意义上来说，对女性的崇拜意味着对男权文化的反叛。

曹雪芹在《红楼梦》开篇就改写了"女娲补天"的神话。既然是改写而不是重现，就说明曹雪芹借"女娲补天"所表达的不仅是"女性崇拜"的原型意义，而是在此基础上，表达了更为深刻地对女性作为"人"的认识。

从宝玉的身份来说，他既是女娲补天中的顽石，又是通灵宝玉，还是现实生活中的男性一员。作为男性，他的人生经历了由泥到石，再到玉的洗礼，而这都是由女性所完成的。① 无论是在中国的《山海经》中，还是西方的《圣经》中，男人都是由泥土而来。如李劼所说："所谓道生一，就这样生成了：女娲（道）生顽石贾宝玉（一），这在《圣经》中，是耶和华生亚当，而且二者都来自泥土。"② 而女娲炼石褪去了泥的轻浮，赋予了宝玉石的坚韧和质朴，这是他人生的第一次洗礼。但是，玉从石中生，其玉的本质仍然被包裹在石头的混沌之下。在中国古代文化典籍中，不乏对"玉"的赞颂。刘向《说苑·杂言》中说："玉有六美，君子贵之：望之温润，近之栗理，声近徐而闻远，折而不挠，阙而不荏，廉而不刿，有瑕必示之于外，是以贵之。望之温润者，君子比德焉，近于栗理者，君子比智焉；声近徐而闻者君子比义焉；折而不挠，阙而不荏者，君子比勇焉；廉而不刿者，君子比仁焉；有瑕必见于外者，君子比情焉。"③ 许慎在《说文解字》中对玉的解释为："玉，石之美，有五德。润泽以温，仁之方也；鳃理自外，可以知中，义之方也；其声舒扬，专以远闻，智之方也；不挠而折，勇之方也；锐廉而不技，洁之方也。"④ 可见，玉既有石的坚韧，又有其独特的灵气。而宝玉这块顽石，在现实生活中，经过了黛玉泪的洗礼之后，才了悟了生命本真的意义，从混沌之中获得了玉的灵气，完成了人生的第二次洗礼。这一切都是女性赋予宝玉的，那么女性的品质自然比石头还要坚韧、质朴，比玉更纯洁而赋有灵气。

但是，即便女性拥有如此完美的品质，却仍然有其缺陷和不足。女娲炼石补天，却不能尽用其才，而出现了弃石，脂砚斋就曾经发出过这样的疑问："使当日虽不以此补天，就该去补地之坑陷，使地平坦"？⑤ 黛玉以泪洗石，却不免太过悲凉颓唐之气。这都说明，无论看似多么完美的人，终究有一陋处。曹雪芹正

① 李劼先生认为：女娲补天意在暗示女人之于男人的创造意味的那个以泪洗玉的过程。因为以火炼石炼出的依然只是象征力量的男人，而唯有以泪洗玉洗出的才是有了灵魂的宝玉。补天的真谛便落实在那块没有被用来直接补天的硬石上，由他来显示男人之于灵魂的获得。（参见李劼著：《中国文化的全息图像——论〈红楼梦〉》，东方出版中心，1995 年，第 253 页）

② 李劼著：《中国文化的全息图像——论〈红楼梦〉》，东方出版中心，1995 年，第 125 页。

③ ［汉］刘向著：《说苑》，文渊阁四库全书（696 册），台湾商务印书馆，1984 年，第 154 页。

④ ［汉］许慎著：《说文解字》，中华书局，2013 年，第 10 页。

⑤ 朱一玄主编：《红楼梦资料汇编》，南开大学出版社，2001 年，第 100 页。

是借以美与不足的对应，表达着"人各一陋"的女性观。这种女性观又具有人性的普遍意义，而超越了性别的限制，上升到人类群体。[①] 从而将女性从传统的客体位置抽离出来，上升到"人"的主体位置上。

三、"女娲补天"神话与曹雪芹的社会理想

在中国的传统文化中，无论是孔孟代表的儒家思想，还是老庄代表的道家思想，都从不同的角度提出了"天人合一"的观念。它既包含了人与自然的和谐关系，也包含人与人之间的自然和谐的关系。[②] "女娲补天"却是由人与人之间的争斗而引发的，从而揭示了人之不和，所造成的灾难和后果。

《史记索隐·三皇本纪》中记载了"女娲补天"的始末："当其末年也，诸侯有共工氏。任智刑，以强霸而不王。以水承木，乃与祝融战，不胜而怒。乃头触不周山。崩。天柱折，地维缺。女娲乃炼五色石以补天，断鳌足以立四极，聚芦灰以止滔水，以济冀州。天是地平天成，不改旧物。"[③]《淮南子·天文训》也说："昔者共工与颛顼争为帝，怒而触不周之山，天柱折，地维绝。"[④] 可见，女娲补天是由人与人之间的不和所引发的，如某些研究者论证的那样："女娲补天"是由两个男人的争斗，而引出的一场浩劫。[⑤]

自人类进入到男权社会，男性一元中心论，打破男女两性自然和谐的关系，这是人类群体间的不和。《周易》以乾坤阴阳来表述男女两性的关系。"乾，阳物也，坤，阴物也"，[⑥] "乾道成男，坤道成女"，"天尊地卑，乾坤定矣。卑高以陈，贵贱位矣。动静有常，刚柔断矣"，[⑦]成为了男性统治女性的依据。当男性沉醉于绝对的权威中，满足于他所掌控的世界时，也疏于对自身能力的巩固与加强，这就成为了他们统治下的家庭和社会不稳定的重要原因之一。

在家庭中，"父权、夫权"赋予了男性绝对的权威，女性必须顺从于男性的

---

① 刘敬圻著：《〈红楼梦〉与女性话题》，《明清小说研究》，2003 年第 4 期。

② 李泽厚先生在《中国古代思想史》中指出：中国"天人合一"观念源远流长，其来有自。大概自漫长的新石器农耕时代以来，它与人因顺应自然如四时季候、地形水利（"天时""地利"）而生存和发展有密切的关系，同时，这一时期尚未建立真正的阶级统治，人们屈从于绝对神权和绝对王权的现象尚不严重，原始氏族体制下的经济政治结构和血亲宗法制度使氏族、部落内部维持这种自然的和谐的关系（"人和"即原始的人道、民主关系）。（参见李泽厚著：《中国古代思想史》，三联书店，2008 年，第 336 页）

③ 司马迁著：《史记》，上海古籍出版社，2011 年，第 2536 页。

④ 何宁撰著：《淮南子集释》，中华书局，1998 年，第 104 页。

⑤ 周思源先生认为，女娲补天是由两个男人引发的。（参见周思源著：《红楼梦创作方法论》，文化艺术出版社，2006 年）赵云芳在《"女娲补天"与〈红楼梦〉新解》中持相同观点。

⑥⑦ 《周易正义·系辞》，阮元校刻，《十三经注疏》，中华书局，1980 年，第 89 页，第 75 页，第 88 页。

意志，而无反对的权力。所以，邢夫人"只知顺承贾赦以自保"，①而不能谏夫，以至于贾赦最后以"交通外官，依势凌弱"②之名，而被抄家。尤氏也是如此，太顺从于贾珍，而没有承担谏夫之责，导致了贾珍以"引诱世家子弟赌博"，"强占良民妻女为妾，因其女不从，凌逼致死"③而获罪。如果她们能稍加劝导，贾赦、贾珍又能听取劝诫，想必也不会落到如此地步。

从社会的层面来说，虽然《红楼梦》所描述的是一个"运隆祚永之朝，太平无为之世"的世界，但是，在表面的太平盛世下却暗潮涌动。朝廷外"水旱不收，鼠盗蜂起，无非抢田夺地，鼠窃狗偷，民不安生"。④朝廷之内又有如贾雨村般中饱私囊、草菅人命的酷吏；还有如贾政般迂腐无能的庸官；更有一批如贾敬、贾赦般受祖宗荫庇，游手好闲之流。如果男性统治者，能够居安思危，加强对自身能力和素质的提高，想必也不会引发如此多的社会弊端。

曹雪芹正是借"女娲补天"，寓意揭示包括男女两性在内的人与人的不和，对家庭和社会所造成的危害。那么，什么样的社会是曹雪芹所期望的呢？《周易》中还说："阴阳合德而刚柔有体"，⑤"男女构精，万物化生"。⑥说明在人类社会和世界的构建中，男女两性发挥着同样至关重要的作用，只有二者间的良性合作，才会生成这世间的万物。于是，曹雪芹在《红楼梦》中构建了一个男女和谐的理想世界——大观园。在这里，没有男女的尊卑观念，男性也不再拥有绝对的权威。宝玉作为男性的代表，他甘心为女子充役，与红楼女儿们相互尊重、关心、体贴。在两性和谐的关系中，大观园充满了欢乐、祥和的气氛。宝玉在大观园中，"每日只和姊妹丫头们一处，或读书，或写字，或弹琴下棋，作画吟诗，以至描鸾刺凤，斗草簪花，低吟悄唱，拆字猜枚，无所不至，倒也十分快乐"。⑦宝玉与众姐妹间，"不过是'兄''弟''姐''妹'四个字随便乱叫"。⑧

与现实男权世界相比，大观园内男女平等和谐的两性关系，更让人向往。从"女娲补天"到大观园，清晰地表达了曹雪芹的社会理想，即以两性自然和谐关系为表征的和谐社会。

第二节 从太虚幻境到大观园——女性主体世界的建构

在《红楼梦》中，太虚幻境与大观园，都是相对于现实世界而存在的女性主体世界。对于太虚幻境与大观园的关系，研究者的看法不尽相同。余英时先生

---

① ② ③ ④ ⑦ ⑧ 曹雪芹著，无名氏续：《红楼梦》，中国艺术研究院红楼梦研究所校注，人民文学出版社，2008 年第三版，第 614 页，第 1421 页，第 29 页，第 16 页，第 312 页，第 656 页。
⑤ ⑥ 《周易正义·系辞》，阮元校刻，《十三经注疏》，中华书局，1980 年，第 89 页，第 75 页，第 88 页。

根据脂砚斋的批注，认为"大观园便是太虚幻境的人间投影。这两个世界本来是叠合的"。① 有些学者则认为：它们之间存在着巨大的差异性，因此，不能等同视之。② 当然，每种观点都有它的合理之处，以及文本依据。而笔者认为，单以女性主体性来看，大观园实为太虚幻境在现实世界中的投影，它们有着建构女性主体世界的共同要素，其中彰显的是女性文化的特质，并揭示了女性在现实世界中悲剧命运的根源。

一、 女性主体世界建构的要素

虽然封建现实社会是由男女两性共同构成的，但是男性一元中心论将女性置于客体的地位，在这个世界中，女性很难找到真正属于自己的独立空间。因此，美国女性主义者伍尔夫曾经有一个著名的论断：女人要有一间属于自己的屋子。③ 只有在这样独立的物质空间内，女性才能在思想、行为上做回自己，恢复女性的主体性。但是，伍尔夫却没有指出这究竟是一间怎样的屋子，而《红楼梦》中太虚幻境和大观园弥补了这个缺失。当然，由于中西文化的差异，太虚幻境和大观园的某些设置，未必与伍尔夫想象的屋子相一致，但从女性独立和主体的角度来说，《红楼梦》确实与伍尔夫相通，并以封建时代环境为基准，揭示一间属于女性自己的屋子构建的要素。

第一，从地缘上看，太虚幻境和大观园都远离现实世界。太虚幻境本身就是作者虚构出来的空间，它不存在于现实世界中，只存在于宝玉的梦中。然而，它似乎又是真实存在的，如警幻仙姑所言，太虚幻境坐落在"离恨天之上，灌愁海之中"。④ 可谁又说的清楚"离恨天""灌愁海"在哪里呢？它就像是中国游仙题材的小说一样，凡是仙境、世外桃源，都远离尘世，存在于人迹罕至之地，只有通过隐蔽的途径或神秘的媒介才能进入。而大观园虽依傍贾府而建，却处在贾府的边缘地带，"从东边一带，借着东府里花园起，转至北边，一共丈量准了，三里半大，可以盖造省亲别院了"。⑤ 一般来说，在中国古代的居家建筑中，用于休闲娱乐的花园，大多远离处在中心位置的正厅。大观园既然是借着东府的花园

① 余英时著：《红楼梦的两个世界》，上海社会科学院出版社，2002 年，第 38 页。

② 如蒋文钦在《"女儿世界"的两个层次——论大观园与太虚幻境》（温州师专学报，1985 年第 1 期）中，女儿世界的两个层次间相统一、相映照的一面也是非常明显的；但它们之间所存在的相对立、相差异的一面，也很容易为人们所忽略。因此，大观园不等同太虚幻境。

③ 伍尔夫著．王还译：《一间自己的屋子》，上海人民出版社，2008 年。

④ 曹雪芹著．无名氏续：《红楼梦》，中国艺术研究院红楼梦研究所校注，人民文学出版社，2008 年第三版，第 73 页。

⑤ 曹雪芹著．无名氏续：《红楼梦》，中国艺术研究院红楼梦研究所校注，人民文学出版社，2008 年第三版，第 210-211 页，第 220 页，第 225-226 页。

而起，自然也就处在现实贾府的边缘地带。

太虚幻境和大观园作为女性主体世界，其地缘的边缘化，与女性在现实世界的地位息息相关。在男性主宰的现实世界中，女性作为"第二性"的存在，本身就处在边缘的位置。她们远离男性权力中心，国家、政治都与她们无关，女性不过是依附在男性身后一群空洞的能指。出于现实的客观情况，作为女性主体世界的太虚幻境和大观园，它们不可能处在现实世界的中心位置，而现实的男性世界，也不可能允许女性世界与之平等的存在。

第二，从空间环境上来说，太虚幻境和大观园是园林性质的空间。园林是中国古代建筑的重要组成部分，它是人对自然、对美认识的载体，如培根所说："若无园林花圃映衬，玉殿广厦将只剩人工雕琢之粗俗，而不见自然天工之妙趣。"① 园林与自然相联系，其最大的特点是具有流动、灵活。② 虽然在文本中没有太虚幻境内部空间结构的具体描述，但是大观园作为太虚幻境在现实世界的投影，其内部空间结构趋于一致性。③

第十七至十八回中，在贾政的带领下，领略了大观园的景致。入门后首先映入眼帘的就是一座假山，假山之后是一个石洞，而石洞内又别有洞天"只见佳木笼葱，奇花熌灼，一带清流，从花木深处曲折泻于石隙之下"，"再进数步，渐向北边，平坦宽豁，两边飞楼插空，雕甍绣槛，皆隐于山坳树杪之间。俯而视之，则清溪泻雪，石磴穿云，白石为栏，环抱池沿，石桥三港，兽面衔吐。桥上有亭"。④ 而后便进入青竹掩映下的潇湘馆，转过山怀便是一派田园风光的稻香村，"转过山坡，穿花度柳，抚石依泉，过了荼蘼架，再入木香棚，越牡丹亭，度芍药圃，入蔷薇院，出涩坞，盘旋曲折。忽闻水声潺湲，泻出石洞，上则萝薜倒垂，下则落花浮荡。……忽见柳阴中又露出一个折带朱栏板桥"，⑤过桥之后便是"一色水磨砖墙，清瓦花堵"的蘅芜苑。行不多远，便是正殿大观楼"崇阁巍峨，层楼高起，面面琳宫合抱，迢迢复道萦纡，青松拂檐，玉兰绕砌，金辉兽面，彩焕螭头"。⑥ 至此众人才游览了十之五六，仅这半幅大观园的景观，就已经突出了其灵活多变、丰富流动的特点。它不像贾府的建筑结构，按照传统的伦

---

① ［英］培根著：《说园林》，参见《培根随笔集》，曹伦明译，人民文学出版社，2006年，第151页。

② 张世君：《〈红楼梦〉的园林艺趣与文化意识》，《红楼梦学刊》，1995年第二辑。

③ 余英时先生在《红楼梦的两个世界》中，根据第16回及第17-18回中的两处脂砚斋的评语，"大观园系玉兄与十二钗之太虚幻境，岂可草率？""仍归于葫芦一梦之太虚玄境。"宝玉在游览大观园中过程中，"寻思起来，倒像在那里曾见过的一般"的文本依据，指出大观园就是太虚幻境。（参见《红楼梦的两个世界》，上海社会科学院出版社，2002年，第38-40页）

④⑤ 曹雪芹著. 无名氏续：《红楼梦》，中国艺术研究院红楼梦研究所校注，人民文学出版社，2008年第三版，第210-211页，第220页，第225-226页。

⑥ 曹雪芹著. 无名氏续：《红楼梦》，中国艺术研究院红楼梦研究所校注，人民文学出版社，2008年第三版，第228-229页，第79页，第309页。

理秩序有着严整的布局。且看贾府中，贾赦的院子坐落在东边，而贾政的则在西边，中国传统礼仪中，以东为尊，贾赦作为长子在伦理上自然高于贾政，所以，他居住在东边。而贾母因随贾政生活在一起，她的院子也在西边，孙辈们的居所则向北处延伸。这种建筑布局给人以一种方正严整、庄严肃穆之感。再看点缀其间各种装饰、建筑样式，"黑油的大门""紫檀架子大理石的大插屏"，鹿顶耳房钻山，重重的仪门、角门等，都凸显出其庄严壮丽。

这两种空间环境，像极了传统文化对男女两性的设定。在中国传统文化中，女性以温柔为美，男性以阳刚为美。园林就像是温柔的女性，它的流动、多变没有那么多锋利的棱角，它的景致亭台水榭、自然的花草树木都处在静态，充满了阴柔之美，而极具审美性。家宅建筑则像是一个阳刚的男性，无论是布局还是建筑形式，都由人工锻造而成，处处彰显出力量之美，具有功利的性质。那么，将太虚幻境和大观园这种园林性质的空间，设置为女性主体世界，二者相形益彰。

第三，从内部成员构成来看，太虚幻境和大观园几乎全部为女性，严格限制男性进入。太虚幻境作为女儿的清净之地，其居住的是一群"荷袂蹁跹，羽衣飘舞，姣若春花，媚如秋月"[①]的女子，宝玉作为男性闯入女性世界而受到指责："何故反引这浊物来污染这清净女儿之境？"[②]其凸显的是女性中心的主体意识。大观园作为太虚幻境的投影，其因女子而建，又为女子所用。大观园为元春省亲的别院，元春因"忽想起那大观园中景致，自己幸过之后，贾政必定敬谨封锁，不敢使人进去骚扰，岂不寥落。况家中现有几个能诗会赋的姊妹，何不命他们进去居住，也不使佳人落魄，花柳无颜"[③]使大观园成为了女儿的乐园。大观园除了宝玉之外，其他的男子都很难进入，据某些学者研究统计：除贾府的爷们中秋佳节有过一次在凸碧山庄赏月之外，只有贾环、贾琮、贾芸曾到过怡红院探望宝玉，便没有其他男性进入过。[④] 即便他们进入大观园，也未曾踏足纯粹的女儿们的居所。

虽然太虚幻境和大观园，严格限制男性的进入，而宝玉作为唯一的男性出入太虚幻境，入住大观园，其旨在说明女性主体世界并不排斥男性，不过是选择什么样的男性进入的问题？宝玉是太虚幻境的"贵客"。所谓的"贵客"，如警幻仙姑所言是受了宁荣二公的嘱托。在大观园中，宝玉因"自幼在姊妹丛中长大"，[⑤] 而被允许入住。但是，这都是表层原因，更深层的因素在于宝玉"女清

---

① ② ③ 曹雪芹著．无名氏续：《红楼梦》，中国艺术研究院红楼梦研究所校注，人民文学出版社，2008 年第三版，第 228-229 页，第 79 页，第 309 页。

④ 蒋文钦著：《"女儿世界"的两个层次——论大观园与太虚幻境》，《温州师专学报》，1985 年第 1 期。

⑤ 曹雪芹著．无名氏续：《红楼梦》，中国艺术研究院红楼梦研究所校注，人民文学出版社，2008 年第三版，第 309 页，第 28 页，第 87 页，第 220 页，第 80 页，第 626 页，第 312 页，第 447 页。

男浊"的两性观念。他曾说："女儿是水做的骨肉，男子是泥做的骨肉，我见了女儿便清爽，见了男子便觉浊臭逼人"，[①] 以水的清澈与泥的污浊相对比，将男性置于女性之下，表明了宝玉对女性主体的肯定。警幻仙姑也称赞宝玉："独为我闺阁增光，见弃于世道。"[②]这就意味着宝玉不同于其他男性，在他的观念中，没有男主女客两性地位的差异，而是将女性视为与之相同的主体，而被女性所接受。

第四，从内部秩序来看，太虚幻境和大观园呈现平等、自由的状态。太虚幻境和大观园作为园林性质的空间，其内部必然呈现出与现实贾府居住空间不同的状态。如某些空间理论研究者说："空间是其内部社会关系被再生产出来的框架和器皿，同时，它也构成了这个内部关系的基本支撑。"[③] 在太虚幻境中，"众仙姑姓名：一名痴梦仙姑，一名钟情大士，一名引愁金女，一名度恨菩提，各各道号不一"，[④]她们只以道号而论，没有长幼尊卑的之别，即便是看似统领着整个太虚幻境的警幻仙姑，也没有高高在上的尊贵感，也会因引领宝玉而来，受到众仙姑的指责，这是一种脱离了伦理制度及等级制度的平等关系。大观园虽不免与现实世界相联系，但是，其中女儿们的关系则较为平等。如第四十九回，宝琴、邢岫烟等人来后，她们"不过是'兄''弟''姐''妹'四个字随便乱叫"。[⑤]"乱"所凸显的就是对封建伦理制度的轻视，而摒除了尊卑的观念。

在太虚幻境中，众仙姑们以莺歌燕舞为乐，以香茗、美酒为伴，随时行乐，尽兴而欢，一派悠闲自在之态。大观园中女儿们亦然如此，"或读书，或写字，或弹琴下棋，作画吟诗，以至描鸾刺凤，斗草簪花，低吟悄唱，拆字猜枚，无所不至"，[⑥]生活的无忧无虑。"天真烂漫之时，坐卧不避，嬉笑无心"，[⑦]自由自在的释放着女儿们的天性。

二、 女性审美文化特质的彰显

男女两性作为不同的性别群体，其从生理、心理上都有所差异，再加之社会文化的性别建构，而呈现出不同的性别文化特质。作为女性主体世界的大观园和太虚幻境，清晰地展现了女性文化的特质。

从总体上来看，女性文化是美与感性的审美文化。在现实世界中，男性在政治、经济、自然、人际关系等方面，一直以权力及控制权力为中心。对于权力的争夺，必然充斥着暴力、虚伪、欺骗等手段，而后，又以道德、宗教维护其男性霸权统治，创造了力量和理性的文化。前文中已经论述了，在太虚幻境和大观园

①②④⑤⑥⑦　曹雪芹著. 无名氏续：《红楼梦》，中国艺术研究院红楼梦研究所校注，人民文学出版社，
　　2008 年第三版，第 309 页，第 28 页，第 87 页，第 220 页，第 80 页，第 626 页，第 312 页，第 447 页。
③　汪民安著：《身体、空间与后现代性》，江苏人民出版社，2006 年，第 125 页。

中，显现的是一种平等、自由的状态。在这里，女儿之间没有权利的争夺，没有道德的规训，没有生存的压力，脱离了外部的秩序的束缚，她们只关注自身的生命体验，莺歌燕舞、吟诗作画等生活，都指向精神审美的层面。

具体来说，女性的审美文化又是以生命和情感为向度。在男性世界中，他们不仅以礼教、女德压抑了女性的自然天性，更荼毒着个体的生命。不必说在朝代更替中，战争对生命的摧残，就算是在昌平盛世，男性以手中的权力恶意地残害生命。如贾雨村"葫芦僧乱判葫芦案"，他徇私枉法，偏袒薛蟠，致使亡者含冤；他为讨贾赦欢心，草菅人命，致石呆子枉死。贾赦强逼鸳鸯为妾，致鸳鸯以身殉主。男性对生命的轻视，正是男性暴力和霸权文化的重要表征。

从女娲造人开始，女性似乎就与自然、生命有着天然的联系。因为，神秘的、自然的生理机能，使女性直接面对的不是事物，而是生命。[1] 太虚幻境中，处处都显现出生命的灵气。仙姑们所焚之香——"群芳髓"，"乃系诸名山胜境内初生异卉之精，合各种宝林珠树之油所制"。[2] 所品之茶——"千红一窟"，"出在放春山遣香洞，又以仙花灵叶上所带之宿露而烹"。[3] 所酿之酒——"万艳同杯"，"此酒乃以百花之蕊，万木之汁，加以麟髓之醅，凤乳之曲酿成"。[4] 它们皆是集万物生灵之精华汇聚而成，其象征着女性与自然生命的和谐，而女性本身亦是自然生命灵性的一部分。

在大观园中也彰显了这种生命意识。女儿们在这里天真烂漫，自由的释放着自然、自由的天性，这本身就是对女性群体生命的尊重。宝玉的"情不情"和黛玉的"情情"，突破了现实世界尊卑等级的束缚，甚至是物种的限制，而实现了对个体及自然生命的尊重。金钏之死，宝玉借香炉以祭拜；晴雯之死，宝玉作《芙蓉诔》以悼念。其不以主仆尊卑为界，而以人与人的平等为由，体现出对个体生命的尊重。宝玉将落花赋于流水，黛玉将落花归于泥土；宝玉对画中美人怜惜，黛玉为秋风、秋雨而哀叹，其所彰显地是对自然生命的尊重。

情感是女性审美文化的另一向度。在男性世界中，男性以主体的姿态对女色的追求，往往取代了真正的情感。譬如说贾珍、贾琏等人对尤二姐、尤三姐的调戏、玩弄；贾瑞对凤姐的垂涎；贾赦娶的众多的小老婆，显然不是出于情感的付出，而是肉欲的满足。在太虚幻境中，警幻仙姑首先就批判以肉欲为基础的滥情："尘世中多少富贵之家，那些绿窗风月，绣阁烟霞，皆被淫污纨绔与那些流荡女子悉皆玷辱。更可恨者，自古来多少轻薄浪子，皆以'好色不淫'为饰，又以'情而不淫'作案，此皆饰非掩丑之语也。好色即淫，知情更淫。是以巫

---

① [法] 波伏娃著. 陶铁柱译：《第二性》，中国书籍出版社，1998 年，第 674 页。

②③④ 曹雪芹著，无名氏续：《红楼梦》，中国艺术研究院红楼梦研究所校注，人民文学出版社，2008 年第三版，第 80 页。

山之会，云雨之欢，皆由既悦其色，复恋其情所致也。"① 可见，人本能性欲的满足，并不能完全纳入情的范畴。警幻仙姑强调的情，是一种超越了世俗性爱之欢的儿女真情，即"意淫"之情，这是一种"唯心会而不可口传，可神通而不可语达"②的情感，它指向的是心灵层面的相通，及建立在彼此尊重基础上的体贴。

在大观园内，主要以宝玉和黛玉及他们的爱情为代表，践行着这种情感向度。以宝玉来说，他对众女儿无不体贴。无论是贵族小姐，还是下层的丫头；无论是亲近的女子，还是疏远的女儿；无论是认识的，还是不认识的女儿，他都以一种忘我的情怀给予她们关心。如提醒龄官避雨，而自己湿了全身；自己烫了手，却问玉钏烫到了没有；代凤姐、贾琏向平儿道歉，亲自为平儿理妆等，都体现出宝玉对女儿们的真情。以黛玉来说，她的儿女真情，在宝玉身上炽烈的显现出来。而这种情感是以平等为前提的。在木石前缘中，前世的宝玉是神瑛侍者，黛玉是绛珠仙草，侍者以甘露浇灌仙草，仙草以泪相还，二者站在同一水平线上，而相知、相爱。因为相爱又激发出了他们彼此之间的奉献精神。黛玉可为宝玉而死，宝玉又可为黛玉了去尘缘出家。他们的爱情突破了男女的性爱之欢，而上升到精神和心灵的彼此相通，这是爱情的天然形态。

在男性世界中，礼教不仅束缚着女性，也束缚着男性，它压抑着情感的自然萌发，所谓"发乎情，止乎礼"就是如此，从而使男性对情感呈现出理性的特征。与此相对立，女性情感文化呈现出一种非理性的、感性的特征。太虚幻境中的女儿们，她们每个人都以"情"来命名，其所强调的"意淫"之情，是对情的一种执着的追求，是情感郁结的一种浓度。在大观园中，女儿们也执着于情的追求。黛玉、晴雯等人为情而生，亦然为情而死；宝钗、袭人等人，对宝玉亦有情感的付出。大观园中女儿之间，彼此的尊重、体贴，亦是儿女真情。如宝钗为黛玉送燕窝，体现的是姐妹之间的关心。十二优伶间的团结、同仇敌忾，亦是彼此间真情的流露。这种对情的痴迷与执着，超越了男性世界中等级、道德等外在的束缚，而呈现出忘我的非理性的状态。

三、 女性在社会现实中的悲剧命运

虽然太虚幻境和大观园，相对于男性现实世界而独立，却并不意味着彻底断绝了与现实世界的联系，女性社会现实中的命运成为了连接它们之间的纽带之一。在太虚幻境中，储藏着"普天之下所有的女子过去未来的簿册"，③ 记录了

---

①② 曹雪芹著．无名氏续：《红楼梦》，中国艺术研究院红楼梦研究所校注，人民文学出版社，2008 年第三版，第 87 页，第 87 页。

③ 曹雪芹著．无名氏续：《红楼梦》，中国艺术研究院红楼梦研究所校注，人民文学出版社，2008 年第三版，第 74 页，第 468 页，第 727 页，第 727 页，第 728 页。

现实世界中所有女子的命运，这就形成了它与现实世界的联系。如大观园的兴起、衰败，都与现实世界中元春的命运相关，在元春生命最鼎盛的时期，建造了大观园，当元春生命凋零之际，大观园也随之衰败，濒临幻灭。

那么，女性在社会现实中的命运究竟是怎样的呢？作为统领现实世界的太虚幻境，首先做出了总结：将女性的命运全部划入到了悲剧的结局。在太虚幻境中，社会现实中的女性命运被分为："痴情司""结怨司""朝啼司""夜怨司""春感司""秋悲司"。"痴""怨""啼""悲"四字道尽了天下女子命运的悲戚。贾府中的女子则被划入到更加悲惨的"薄命司"中，暗喻了贾府女子红颜命短的一生，金陵十二钗正、副册及红楼十二支曲，揭示了贾府各位女性具体的命运结局。

在现实男性世界中，处在客体地位的女性，她们的命运被掌控在男性的手中，而不可避免地走向了悲剧的结局。第三十五回中，宝玉破例让两个婆子进来求见，引出了贾府外名唤傅秋芳女子的命运：她"也是个琼闺秀玉，常闻人传说才貌俱全"[1]之人，其哥哥傅试因秋芳有几分姿色，聪明过人，要与豪门贵族结姻，不肯轻易许人，怎奈那些豪门贵族又嫌他穷酸，根基浅薄，不肯求配。所以，傅秋芳年已二十三岁，尚未许人。在封建社会，二十三岁已是大龄女子，想嫁已成难事。傅试为了自己的利益，不惜以牺牲亲妹妹的婚姻幸福为代价，女性在他的眼中，就是利益换取的"物"的存在，而鲜有兄妹亲情。

第五十三回中，又记录了名叫慧娘的姑苏女子的命运。慧娘"亦是书香宦门之家，他原精于书画"，[2]更精于刺绣，其所绣之物"非一味浓艳匠工可比"，[3]所绣之词"亦不比市绣字迹板强可恨"。[4]人格也是极为纯洁的，"他不仗此技获利，所以天下虽知，得者甚少，凡世宦富贵之家，无此物者甚多"。[5]而天妒红颜，偏偏这样一个锦绣、淡泊名利的女子，却命夭早逝，十八岁便死了。翰林文魔先生们，因深惜"慧绣"之佳，将"绣"字隐去，换了"纹"字，以表其绣品之珍贵。但是，这只是惜其物，未见惜其人，透露出的是男性对女性生命的漠视。

在大观园这个女性理想世界中，女性也难逃悲剧的命运。黛玉为爱情而死；迎春嫁中山狼，被虐致死；惜春遁入空门；妙玉落入强盗之手，沦为娼妓；晴雯含冤而死；金钏被逼跳井而死；司棋被逐，殉情而死……。直接造成她们悲剧命运的凶手，无一例外来自封建统治者的荼毒。因为大观园毕竟存在于现实社会母体中，它必然会受到现实世界各种力量的冲击。

然而，女性这一切的悲剧的根源是什么呢？"薄命司"题匾两边的对联似乎

---

[1][2][3][4][5] 曹雪芹著. 无名氏续：《红楼梦》，中国艺术研究院红楼梦研究所校注，人民文学出版社，2008年第三版，第74页，第468页，第727页，第728页。

可以解释："春恨秋悲皆自惹，花容月貌为谁妍。"① "自惹" 无疑是说女性命运的不幸，皆由自身所起；"为谁妍" 表露出女性的美貌、才华不被人所知、所识的哀叹。但是，一个平常的女子又为何无缘无故的自怨自艾？或许在警幻仙姑对宝玉 "意淫" 地解释中，我们可以知晓答案：

> "意淫" 二字，唯心会而不可口传，可神通而不可语达。汝今独得此二字，在闺阁中，固可为良友，然于世道中未免迂阔怪诡，百口嘲谤，万目睚眦。今既遇令祖宁荣二公剖腹深嘱，吾不忍君独为我闺阁增光，见弃于世道，是特引前来，……不过令汝领略此仙闺幻境之风光尚如此，何况尘境之情景哉？而今后万万解释，改悟前情，留意于孔孟之间，委身于经济之道。②

警幻仙姑在肯定宝玉 "意淫" 之情的同时，也指出了这种情感是不被男性主流社会所接受的。所以，警幻仙姑带着对宝玉的怜惜、"不忍" 之情，接受宁荣二公的嘱托，劝他回归正途。这也变相地反映出，在男权社会中，男性对女性情感、生命的漠视，压抑、扭曲女性的自然天性，以至于女性们不得不百般哀叹。这便将女性悲剧命运的根源委婉地指向了男权制。

身为男性的曹雪芹清醒地认识到，在男性的天空下，无论多么优秀、才华横溢的女性，甚至女娲的神力再次失而复得，都无法以一己之力，去抗衡整个男性社会的制度。而大观园不过是女性暂时的避难所，这个理想空间最终也敌不过男权的摧残。至于太虚幻境，它本身就是虚幻的，是宝玉梦中的世界，其寓意着现实世界中女性不可逆转的，"千红一窟，万艳同悲" 的命运。

第三节 《红楼梦》女性家庭主体地位的确立

从奴隶社会开始，中国就形成了以血缘为基础的家庭模式。人从出生到生命的终结，"家" 始终是人生中最重要的生存场所。据西方女权主义理论者波伏娃在《第二性》中对不同时代女性生活状态进行梳理得知：由于女性特有的生理机能，自母权时代起女性就局限于家庭之中。③ 在她们的成长过程中，家庭不断地赋予她们新的身份：女儿、妻子、母亲，家庭就是她们的整个世界。

基于家庭对于女性的重要性，中国古典小说中对女性的描写，多半围绕着家庭而展开。譬如，唐传奇《柳毅传》中的龙女，因为夫家的虐待而遇到柳毅，

---

① ② 曹雪芹著. 无名氏续：《红楼梦》，中国艺术研究院红楼梦研究所校注，人民文学出版社，2008 年第三版，第 74 页，第 87 页。

③ ［法］西蒙娜·德·波伏娃著. 陶铁柱译：《第二性》，中国书籍出版社，1998 年。

又因报答柳毅救命之恩而嫁柳毅，帮其兴家立业。《喻世明言》开篇的《蒋兴哥重会珍珠衫》其故事情节是围绕蒋兴哥的婚姻家庭而展开的。《金瓶梅》中的女性就更不用说了，她们的生活空间就是西门府邸。就连《水浒传》这样的男性主体的小说，其中的孙二娘、扈三娘等女子，哪一个又缺少家庭呢？《西游记》中的铁扇公主对孙悟空的刁难，不也是以母亲对孩子的爱护，妻子对家庭完整性的维护为出发点的吗？

但是，从家庭地位上来说，封建男性家长制家庭，赋予了男性绝对的权威，女性始终处在客体的地位。《红楼梦》作为一部家庭叙事的小说，却打破了男性家长的传统，贾母以女性身份确立了家长的位置，在贾府中，以她为核心，以王夫人、凤姐为两翼，形成了家庭女性权力集团，从而淡化了"男尊女卑"的观念。以此为基础，在孙一辈的成员中，形成了"女强男弱"的两性格局，并在两性地位上，显现出"女尊男卑"的形态。

一、《红楼梦》女性家长制的确立

家长制家庭是中国封建社会家庭的基本模式，与男权制同步形成，带有强烈的男权制色彩。无论是中国古典小说《金瓶梅》中新兴的商宦家庭，还是《醒世姻缘传》中的普通家庭，亦或是现代小说《家》《子夜》中的封建家族，家长的角色都是由男性来承担的。但是，其中也不乏母亲作为家长的家庭，例如《西厢记》中莺莺的母亲崔夫人；《林兰香》中耿朗的母亲康夫人；《寒夜》中的汪母；《倾城之恋》中的白老太太等。在《红楼梦》中，贾母以最高的伦理辈分，获得了封建家长的位置，王夫人、凤姐作为贾母权力的执行者，在贾府中确立女性家长制的地位，在一定程度上淡化了"男尊女卑"的观念。

（一）家长权威的象征——贾母

封建家长在家庭中是最高的统治者，他有"至尊"的地位。如《仪礼·丧服》中说："父，至尊。"[①] 这里所谓的"父"不特指性别，而是指在家族中的主宰地位。能够成为家长，其一定是处在"至尊"位置上的。"礼"是中国古代社会限定人们行为规范的一套体系，其所体现的是伦理"尊卑"观念。"礼"的起源和核心是尊敬和祭祀祖先。[②] 因此，在祭祖的仪式中，最能体现"尊卑"的伦理地位。如《礼记·祭统》中说："夫祭有十伦焉：见事鬼神之道焉，见君臣之义焉，见父子之伦焉，见贵贱之等焉，见亲疏之杀焉，见爵赏之施焉，见夫妇之

---

① 《仪礼》，阮元校刻，《十三经注疏》，中华书局，1980年，第1100页。
② 李泽厚著：《中国古代思想史》，三联书店，2008年，第3页。

别焉，见政事之均焉，见长幼之序焉，见上下之际焉。此之谓十伦。"①

第五十三回，在贾府盛大的祭祖仪式中，贾母无疑处在核心的位置上：

> 众人围随贾母至正堂上，……上面正居中悬着宁荣二祖遗像，皆是披蟒腰玉；两边还有几轴列祖遗影。贾荇贾芷等从内仪门挨次列站，直到正堂廊下。槛外方是贾敬贾赦，槛内是各女眷。众家人小厮皆在仪门之外。
>
> 每一道菜至，传至仪门，贾荇贾芷等便接了，按次传至阶上贾敬手中。贾蓉系长房长孙，独他随女眷在槛内，每贾敬捧菜至，传于贾蓉，贾蓉便传于他妻子，又传于凤姐尤氏诸人，直传至供桌前，方传于王夫人。王夫人传于贾母，贾母方捧放在桌上。邢夫人在供桌之西，东向立，同贾母供放。直至将菜饭汤点酒菜传完，贾蓉方退出下阶，归入贾芹阶位之首。
>
> 凡从文旁之名者，贾敬为首；下则从玉者，贾珍为首；再下从草头者，贾蓉为首；左昭右穆，男东女西；俟贾母拈香下拜，众人方一齐跪下，……鸦雀无声，只听铿锵叮当，金铃玉佩微微摇曳之声，并起跪靴履飒沓之响。一时礼毕，贾敬贾赦等便忙退出，至荣府专候与贾母行礼。②

一个"随"字突出贾母在祭祖仪式中的核心地位。在中国古代的礼仪中，以东向为尊，贾母正站立在东向的位置，说明了贾母在家族中尊者的地位。尔后，家族中从子辈到孙辈，都向贾母行礼，再一次突出了贾母"至尊"的地位。

除了庄严肃穆的祭祖仪式外，在其他非正式的宴会、聚会中也显示出贾母至尊的地位。《礼记·礼运》中说："夫礼之初，始诸饮食。"③聚会、宴会从空间维度上来说，是体现封建伦理秩序和等级秩序的礼仪场所。贾母每次出现，多是"歪"着的，这个随意性的动作，彰显了尊者的地位。如第三十九回，刘姥姥第一次见贾母，"只见一张榻上歪着一位老婆婆"。④第五十三回，荣国府元宵开夜宴，"贾母歪在榻上，与众人说笑一回"。⑤第七十一回，贾母八十大寿，次日座席开戏，众人行礼时，"贾母歪在榻上"。⑥第七十五回，尤氏、李纨、王夫人等人与贾母商量中秋赏月事，只见"贾母歪在榻上"。⑦"礼"其涵盖了中国古代生活的各个方面，它是一套严肃、拘谨的行为规范，"歪"显然太过于随便，而有些不符礼数。但是，这又不是绝对的，在日常生活中，只有处在"尊"者地位的人，才有"歪"的权力，而其他处在"卑"者地位的人，则要行站立礼，以表尊重。

所以，第三十九回中，第一次拜见贾母的刘姥姥，只需以凤姐的"站"与贾母的"歪"为参考标准，就可以准确无误地判断出谁是贾母。"只见一张榻上

---

①③ 《礼记》，阮元校刻，《十三经注疏》，中华书局，1980 年，第 1604-1605 页，第 1426 页。

②④⑤⑥⑦ 曹雪芹著. 无名氏续：《红楼梦》，中国艺术研究院红楼梦研究所校注，人民文学出版社，2008 年第三版，第 724-725 页，第 523 页，第 728 页，第 986 页，第 1043 页。

歪着一位老婆婆，……凤姐儿站着正说笑。刘姥姥便知是贾母了"。① 脂砚斋批注道："奇奇怪怪文章。在刘姥姥眼中以为阿凤至尊至贵，普天下人独该站着说，阿凤独坐才是。如何今见阿凤独站哉?"② 这里所说的正是贾母"至尊"的地位。

虽然封建社会有"三从"之义，其有寡母"夫死从子"的规定，但是如高世瑜女士所见："中国古代家庭伦理关系中，长幼人伦之序高于男女两性之别，因而母亲在人伦之序中的地位尊于儿子。"③ 所以，贾母才会以最高的伦理辈分，获得了"至尊"的地位。

作为封建家长，其最重要的特征在于他在家族中的权力。如恩格斯所说："（家长制家庭）其特质一是把非自由人包括在家庭以内，一是父的权力。"④ 父亲的具体权力又是什么呢? 摩尔根在《古代社会》中说："家长支配家族成员的权力以及支配财产的权力。"⑤ 我们以此为根据，对贾母作为封建家长的权力，作以阐释。

首先，从家庭经济支配权力上来说，贾母有支配家族财产的权力。一般来说，封建大家族中的财产全部归家长所有，《礼记·曲礼》："父母存，不有私财。"⑥ 贾母作为封建家长，唯一一次对财产进行支配，就是在贾府抄家之后，贾母拿出体己的钱对各方进行平均分配。但是其所支配的不是家族财产，而是私人的财产。依此，贾母似乎没有支配财产的权力。在贾府中，执行财产支配权的是凤姐，譬如说月银的发放、物品的采办等。而凤姐之所以能够拥有财政大权，是贾母赋予的，这就涉及到下面要论述的贾母的第二项权力，暂且不说。据此来看，贾母仍然具有支配家族财产的权力。

其次，从人员的支配上来看，贾母将权力下放到王夫人、凤姐身上，由她们具体执行。传统的封建大家族中，一般由两个或两个以上的个体家庭构成，人员众多，事务琐碎，作为封建家长，不可能事必躬亲，其一定要将权力下放到具体执行人手中。再加之男女两性的自然分工，使女性在家庭中拥有比男性更多的权力。所以，在贾府中，贾母只有重大事件的裁决权，执行权则交给了王夫人和凤姐。如贾府每人每月的例银的发放，由凤姐负责;贾府内奴仆的调配，多由王夫人和凤姐管理，如金钏、晴雯、司棋等人被赶出贾府，不必经由贾母的同意，王

① 曹雪芹著．无名氏续：《红楼梦》，中国艺术研究院红楼梦研究所校注，人民文学出版社，2008 年第三版，第 523 页。
② 朱一玄主编：《红楼梦资料汇编》，南开大学出版社，2001 年，第 445 页。
③ 高世瑜著：《说"三从"—中国传统社会妇女家庭地位漫议》，《光明日报》，1995 年 11 月 20 日。
④ ［德］恩格斯著：《家庭、私有制和国家的起源》，参见《马克思恩格斯选集》（第四卷），人民出版社，1972 年，第 54 页。
⑤ ［美］摩尔根著：《古代社会》，商务印书馆，1972 年，第 811 页。
⑥ 《礼记》，阮元校刻，《十三经注疏》，中华书局，1980 年，第 1234 页。

夫人直接做主即可。在贾府内，形成了以贾母为核心，王夫人、凤姐为两翼的权力集团。

第三，贾母对家庭成员有处分权，这里包含了两层意思：一是对重大事件的裁决权力；二是对家庭成员的惩戒权。如第三十三回中，宝玉挨打，这既是暴力事件，又是父亲管教儿子，天经地义的事情。贾母的到来，首先阻断了事情的继续发展，这体现的是她对事件的决断权。并且厉声训斥了贾政，贾政"忙含泪跪下"。[①] 这体现的是对子女训斥的权力。第四十六回，鸳鸯之所以将贾赦强逼为妾的事情告知贾母，就是因为贾母可为她做主，有对这件事情的裁判权。贾母的斥责、反对，使"贾赦无法，又含愧，自此便告病，且不敢见贾母"，[②]这是贾母家长权威的威慑力对他的惩戒。

第四，贾母对孙辈有主婚权。主婚权也是贾母重大裁判权的一种，而单将其列出，原因在于：婚姻乃人伦之始，封建婚姻关系着整个家族的命运。一般来说，封建子女的婚姻都由"父母之命"来决定。但是，在贾府中，无论是宝玉，还是探春、迎春等人的婚姻，其父母都不敢断然决定，一定要禀明贾母裁决。第九十六回中，贾母与贾政商量宝玉的婚事，决定选择宝钗为宝玉之妻，"贾政听了，愿不愿意，只是贾母做主，不敢违命"。[③]第七十九回，在迎春的婚事上，贾赦首先"亦曾回明贾母"。[④]第一百回中，王夫人向贾母禀告探春的婚事，"想来老爷的主意定了，只是不敢做主，故遣人来回老太太的"。[⑤]只有在贾母首肯之后，贾赦、贾政才可为宝玉等人定下婚事，彰显了贾母作为家长的权力。

（二）掌实权者——王熙凤

虽然王夫人和凤姐共同执掌着家政大权，但是如周瑞家的所说："如今太太竟不大管事，都是琏二奶奶管家了"，[⑥]凤姐才是贾府内真正的掌实权者。具体来说，凤姐的权力主要体现以下几个方面：

第一，凤姐有支配贾府财物的权力。凤姐掌管着贾府内每人月银的发放。第三回中，王夫人问凤姐道："月钱放过了不曾？"[⑦]第三十六回，王夫人问凤姐："如今赵姨娘、周姨娘的月例多少？"[⑧]显然，王夫人对于月银的发放，以及个人月银的情况并不清楚，一切都由凤姐一人掌管。这不仅赋予了凤姐支配金钱的权力，更因疏于对凤姐的监督，给了她放贷利己的机会。

凤姐还掌管着贾府的物品。第三回中，黛玉刚进贾府，凤姐对黛玉说："想

---

①②③④⑤⑥⑦⑧ 曹雪芹著．无名氏续：《红楼梦》，中国艺术研究院红楼梦研究所校注，人民文学出版社，2008 年第三版，第 444 页，第 632 页，第 1354 页，第 1119 页，第 1373 页，第 41 页，第 475 页。

要什么吃的，什么玩的，只管告诉我……"① 吃、玩囊括了黛玉在贾府内所需的日常用品，"只管告诉我"说明凤姐对这些物品有绝对的支配能力。第四十回，贾母宴请刘姥姥，在安排茶酒器皿时，凤姐的丫头丰儿拿了几把大小钥匙对李纨说道："我们奶奶说了，外头的高几恐不够使，不如开了楼把那收着的拿下来使一天罢。奶奶原该亲自来的，因和太太说话呢，请大奶奶开了，带着人搬罢。"② 这里透出的信息是凤姐不仅知晓贾府内都有哪些东西，而且还掌管着支配这些东西的"钥匙"。在封建大家族中，因为所有的财产都归属于家长所有，从表面上看来，类似一种公有的形式。既然如此，众人也就疏于对家族财物的关注，很少有人知道，家族内的财产究竟有哪些东西。只有握有支配权的家长，才知道具体的财物情况。可见，凤姐正在履行家长支配财物的权力。

第二，凤姐有人事管理的权力。第三回中，凤姐不仅告诉黛玉，吃、玩的东西找她，"……丫头老婆们不好了，也只管告诉我"。③ 这里凤姐的意思是：她不仅有惩处丫头、老婆子的权力，还有调配、更换人员的权力。第三十六回，金钏死后，为了争夺金钏的位置，仆人们常常来巴结、奉承凤姐，"几家仆人常来孝敬他些东西，又不时地来请安奉承"，④ 既然是图利而来，那么凤姐必然有决定这件事情的权力。人事权无论对一个家族来说，还是对一个国家来说，都是最为重要的权力之一。因为任何家族、国家的运作都依靠人与人之间相互协作来完成。人事掌权人，有权决定人处事的位置，那么，用对了人，有助于家族或国家的稳定；用错了，当然会有损家庭、国家的利益。显然，凤姐在贾府中拥有人事任命和调配的权力。

第三，凤姐拥有日常事务的处理权。贾府中的下人，每个人都有其具体负责的事务，如周瑞家的所说："我们这里都是各占一样儿：我们男的只管春秋两季地租子，闲时只带着小爷们出门子就完了，我只管跟太太奶奶们出门的事。"⑤ 这些具体管事婆子们，没有自行处理事务的权力，必须向凤姐汇报。第三十六回，凤姐从王夫人处出来，"刚至廊檐上，只见有几个执事的媳妇子正等他回事呢"。⑥ 第六十四回，宝玉来到凤姐处，"正有许多执事婆子们回事毕，纷纷散出"。⑦ 说明这些老婆子们，她们不过是执行凤姐的命令，凤姐才具有日常事务的决定权。

对于一个封建大家族来说，日常事务还包括各种活动的统筹工作。在《红楼梦》中，除了"协理宁国府"和"王凤姐力诎人心"两回中，正面描写了凤姐料理丧事的能力，似乎凤姐再没有统筹过任何的活动。不过，第二十二回中，凤姐与贾琏商量薛宝钗的生日如何安排，贾琏道："我知道怎么样！你连多少大生

---

① ② ③ ④ ⑤ ⑥ ⑦ 　曹雪芹著．无名氏续：《红楼梦》，中国艺术研究院红楼梦研究所校注，人民文学出版社，2008 年第三版，第 41 页，第 530 页，第 41 页，第 474 页，第 95 页，第 476 页，第 889 页。

日都料理过了，这会子倒没了主意？"① 所谓"大小生日"，其指的是老辈、小辈人的生日，还有譬如说周岁、六十、八十这样重要的生日，都是由凤姐安排的。在封建社会，对于一个家庭来说，比较重要的日常活动，无非就是各种丧事、婚事及生日、节日宴会等，可见，其中大部分的事宜都由凤姐来安排，这也是日常事务处理权力的表现。

如果说贾母是以尊贵的长者地位，成为了贾府的大家长，那么王熙凤掌权人的位置，靠的不仅是贾母的信任，还有其自身具备的管理者的能力，即其理家的能力。凤姐理家之才，主要体现在第十三回"协理宁国府"这一节中，笔者仅以此为例，对凤姐管理者的能力进行论述。

在协理宁国府时，刚上任的王熙凤，不是一股脑地投入到具体的发号施令中，而是冷静客观的"先理出一个头绪来"，②找到宁国府混乱的根源所在：

> 头一件是人口混杂，遗失东西；第二件，事无专责，临期推诿；第三件，需用过费，滥支冒领；第四件，任无大小，苦乐不均；第五件，家人豪纵，有脸者不服钤束，无脸者不能上进。③

对于一个人口众多的大家族来说，家务事比较烦琐，如何将烦琐的事务变得严整有序，这就要求管理者具备较强的逻辑分析能力。抓住事件的主要矛盾和主要矛盾的主要方面，形成系统性计划，才能化零为整，对症下药，保证事情的顺利地进行。凤姐在理出这五件事后，逐一地进行治理，不久就取得了立竿见影的效果，"这些无头绪，荒乱、推托、偷闲、窃取等弊，次日一概都蠲了"。④这里证明了凤姐具有较强的逻辑思维能力。

在丧礼人员安排、物品采购等众多事情上，凤姐实行各司其职、权责明确的管理方式：

> 这二十个分作两班，一班十个，每日在里头单管人客来往倒茶，别的事不用他们管。这二十个也分作两班，每日单管本家亲戚茶饭，别的事也不用他们管。这四十个人也分作两班，单在灵前上香添油，挂幔守灵，供茶供饭，随起举哀，别的事也不与他们相干。这四个人单在内茶房收管杯碟茶器，若少一件，便叫他四个人描赔。这四个人单管酒饭器皿，少一件，也是他四个人描赔。这八个人单管监收祭礼。这八个人单管各处灯油、蜡烛、纸札，我总支了来，交与你八个，然后按我的定数再往各处去分派。这三十个每日轮流各处上夜，照管门户，监察火烛，打扫地方。这下剩的按着房屋分

---

①②③④ 曹雪芹著. 无名氏续：《红楼梦》，中国艺术研究院红楼梦研究所校注，人民文学出版社，2008年第三版，第291页，第178页，第178页，第182页。

开，某人守某处，某处所有桌椅古董起，至于痰盒掸帚，一草一苗，或丢或坏，就和守这处的人算账描赔。①

在处理重大事件时，仅凭一人之力是难以顺利完成的，必须所有人员通力合作。凤姐的管理方式，不但有效组织、协调了各种人员间的配合，还避免了违责的推卸，从而使丧礼在有条不紊中进行。这里体现的是作为管理者，凤姐所具备的较强的组织、协调能力。

在丧礼各项事宜的具体执行中，凤姐有严格的时间规定，保证了丧礼在有效的时间内完成：

> 素日跟我的人，随身自有钟表，不论大小事，我是皆有一定的时辰。横竖你们上房里也有时辰钟。卯正二刻我来点卯，巳正吃早饭，凡有领牌回事的，只在午初刻，戌初烧过黄昏纸，我亲到各处查一遍，回来上夜的交明钥匙。第二日仍是卯正二刻过来。②

在这个过程中，凤姐以身作则，严格按照规定执行，起到了表率的作用："那凤姐不畏勤劳，天天于卯正二刻就过来点卯理事"，③脂批到："不畏勤劳者，一则任专而易办，一则技痒而莫遏"。④ 当然，凤姐有技痒的一方面，但是作为管理者，如果自己都不能执行自己定下的规矩，又怎能让众人信服呢。凤姐的以身作则，为她在宁国府中树立了威信，"众人不敢偷闲，自此兢兢业业，执事保全"。⑤凤姐所体现的是一位管理者，对有效时间的掌控，以及自身威信树立。

在中国几千年的儒家文化中，从上到下确切规定了女性的职能。"古者天子后立六宫，三夫人，九嫔，二十七世妇，八十一御妻。以听天下之内治，以明章（彰）妇顺。"⑥ "内治"也就是治家，而《白虎通》具体交代了"内治"的内容，"妇人无专政之义，御众之任，交接辞让之礼，职在供养馈食之间"。⑦ 女性对家庭的职责，仅仅就是为家人提供物质保障。但是，在封建社会的宗法制家庭中，女性所面对的是一个错综复杂的关系体系，治家的难度不低于治国。因此，对于凤姐理家的能力，脂砚斋曾赞叹道："五件事若能如法整理得当，岂独家庭，国家天下治之不难。"⑧凤姐正是以如此较强的能力，赢取了贾府内掌实权人的位置。

---

① ② ③ ⑤ 曹雪芹著. 无名氏续：《红楼梦》，中国艺术研究院红楼梦研究所校注，人民文学出版社，2008 年第三版，第 181 页，第 181–182 页，第 182 页，第 185 页。

④ 朱一玄主编：《红楼梦资料汇编》，南开大学出版社，2001 年，第 238 页。

⑥ 《礼记·昏义》，阮元校刻，《十三经注疏》，中华书局，1980 年，第 1680 页。

⑦ 《白虎通·文质》，文渊阁四库全书（850 卷），台湾商务印书馆，1984 年，第 47 页。

⑧ 朱一玄主编：《红楼梦资料汇编》，南开大学出版社，2001 年，第 235 页。

（三）淡化了"男尊女卑"的观念

贾母作为封建家长，凤姐作为实际的掌权人，二者共同确立了贾府内的女性家长集团。但是，贾府毕竟是封建男权母体中的家庭，贾母与凤姐所彰显仍然是"父权"。[①] 在封建家长制家庭中，由于父亲的缺席，寡母们担负着慈母、严父的双重责任。在代替父亲行使权力之时，母亲不可避免地恪守父权的原则，维系着父权家长的利益。凤姐作为贾母权力的执行者，也不可避免地带上父权的色彩。但是，贾母和凤姐的女性身份，又使她们在维护家族的运转中，呈现出与男性家长不同的特质，最明显的差异在于，她们自身淡化了"男尊女卑"的观念。

在男权社会，男性为了证明自己优于女性的事实，也为了将女性永远束缚在客体的位置上，以"女子无才便是德"的谎言，麻痹女性的意识，使她们心甘情愿地被剥夺受教育的权力。但是，贾母和凤姐却都比较重视女性的教育。先以贾母来说，在第二回中，冷子兴就曾说过："因史老夫人极爱孙女，都跟在祖母这边一处读书，听得个个不错。"[②] 再譬如第三回，黛玉刚进贾府，贾母就问黛玉在念什么书，而不是其他的家长里短。当然，我们不清楚她们读的都是些什么样的书，可能如李纨一样，读的是贞洁烈女传类，宣扬女德的书。也有可能如黛玉，读的是四书之类的儒家经典，亦或是如宝玉读的那些杂书。但是，无论她们读的是什么，"读书"二字就已经突出了贾母较重视的女性教育。这也表示贾母对女儿教育的重视。在女德教科书中，明确了男女教育的区别："男子八岁而入小学，女子十年而听姆教"。[③] 小学与姆教，一个是读书明理，一个是由母亲传授技艺。而贾母却明确让孙女们"读书"，由此，可以说明在贾母的观念中，孙女与孙子是一样的，都可以"读书"，从而把女性与男性放置在相较平等的地位上。

所以，从小在贾母身边长大的迎春、探春、惜春各有所长。探春嗜书，惜春擅画，资质平平的迎春也能作诗、下棋。第四十回中，当刘姥姥见识了各位小姐的才能后，以为她们"别是神仙托生的罢"。[④] 刘姥姥的这种感叹代表了封建主流观念，作诗、画画这都是男性应该有的才能，出现在女性身上是不大合情理的。当听到刘姥姥的夸赞后，贾母以"笑"表达了对孙女们的骄傲和自豪感。这种骄傲和自豪感，不在于女儿们的"德"，而在于女儿们的"才"。这再一

---

① 从王昆仑的《论贾母》开始，认为贾母仍然是封建社会父权的代表。蒋和森的《红楼梦论稿》、张毕来的《谈红楼梦》、李希凡的《红楼梦人物论》中涉及贾母和凤姐时，都有相关论点。

②④ 曹雪芹著。无名氏续：《红楼梦》，中国艺术研究院红楼梦研究所校注，人民文学出版社，2008 年第三版，第 32 页，第 531 页。

③ ［清］王相笺注：《女四书》，中国华侨出版社，2011 年，第 24 页。

次颠覆了传统重德不重才的女性观念，无意识中削弱了孙辈中女性与男性间的差异。

再来说凤姐，凤姐本身是不识文断字的，她理家的才能，凭借的是天赋及其成长于贵族家庭的背景。但是，凤姐却很羡慕那些知书识字的女儿们。第四十五回，李纨、探春邀请凤姐入社做"监察"，凤姐道："我又不作诗作文，只不过是个俗人罢了。"①第五十回"芦雪庵争联即景诗"，凤姐想了半日，笑道："你们别笑话我。我只有一句粗话，下剩的我就不知道了。"②俗人、粗话，凤姐以自愧不如之情，来表达自己对读书识字女子的尊重，也表露出一丝对她们才能的羡慕之情。第五十五回中，凤姐在对探春的评价中，明确表达了读书识字对女性的重要。"她又比我知书识字，更厉害一层了。"③凤姐所说的"更厉害"，并非指探春的性格及对他人的态度。而是指对事情的判断，探春要比凤姐更透彻，能够抓住事情的本质。在事务处理的手法上，探春有比凤姐更好的方法，这是凤姐所不能及的。这一切都源自探春受过文化教育。凤姐的态度也表明了，她并不认可传统女德观，她更倾向于女性获得受教育的权利。这种态度其实在一定程度上是对男女平等的呼唤。

或许贾母对孙女的教育，不过是出于"读的是什么书，不过是认得两个字，不是睁眼的瞎子罢了"④的目的。凤姐对女子识文断字的羡慕，也不过出于更好理家的目的。但是，她们对女性受教育的认同，在无形中将女性从客体的地位，拉升到了与男性平等的位置上，不仅淡化"男尊女卑"的观念，更体现了女性主体意识。

中国古代社会，从《周易》的"男尊女卑"，到《礼记》的"三从之义"，再到《女诫》《女学》等众多女性教科书对女性的具体规范，将女性驯化成男性的宠物。在夫妻之间只有"夫御妇、妇事夫"，"夫为主，妇为辅"之理，只有妻子怕丈夫的道理。而在凤姐与贾琏之间，贾琏却是怕凤姐的。

如在贾芸、贾芹谋差的事情上，凤姐央求贾琏把送柴米银两，这个既轻松又有利可图的肥缺派给贾芹，遭到贾琏的拒绝后，只见凤姐"把头一梗，把筷子一放，腮上似笑不笑地瞅着贾琏道：'你当真的，是玩话？'"⑤这一系列的动作和语言，传达出凤姐的微怒之意，仅这一点就足以震慑贾琏。贾琏在无可奈何之下，不得不屈从于凤姐。

在巧姐出天花时，贾琏偷情，凤姐故意对平儿说："这半个月难保干净，或

---

①②③④⑤ 曹雪芹著. 无名氏续：《红楼梦》，中国艺术研究院红楼梦研究所校注，人民文学出版社，2008年第三版，第531页，第601页，第667页，第760页，第47页，第308页。

者有相厚的丢下的东西：戒指、汗巾、香袋儿，再至于头发、指甲，都是东西"，① 仅一句话就"说的贾琏脸都黄了"，②可见贾琏吓成了什么样子，庚辰夹批道："好阿凤，令人胆寒。"③

在传统的夫妻观念中，丈夫之所以能够"御妇"，其存在的前提条件是"夫贤"，"夫不贤则无以御妇"。④ 贾琏娶了个比自己能力强的凤姐，大概也只有自惭形秽，俯首帖耳，唯命是从的份了，这就颠覆了传统男主女客的两性地位。凤姐在夫妻关系中，显现出的主体意识，本身也颠覆了传统"男尊女卑"的观念。

二、《红楼梦》"女尊男卑"两性地位初显

当贾母与凤姐在家族中获取了权力时，其也赢得了"尊"者的地位。在《红楼梦》前八十回中，贾府的孙辈成员，在贾母和凤姐的庇护和影响下，一定程度上显现了"女尊男卑"的两性地位。

在家庭地位上，《红楼梦》中女性整体上高于男性。贾母是贾府中的大家长，处于权力的中心位置。王夫人和凤姐是贾府的管理者，具有执行权。从而形成了以贾母为中心，以王夫人和凤姐为两翼的权力集团。因此，贾府中的男性往往求助于女性的帮助。如第二十四回，贾芸为了谋职求事，向倪二借钱买了冰片、麝香等物巴结、讨好凤姐，"因此想来想去，只孝顺婶子一个人才合适，方不算糟蹋这东西"。⑤ "孝顺"直接表明了贾芸自降身份，以尊凤姐。"不糟蹋"则是以贵人配贵物的意思，抬高了凤姐的地位。

如果说凤姐家庭管理者的地位，使贾芸、贾芹不得不有求于凤姐，那么，贾琏以主子的身份求于鸳鸯，更能体现贾府中女性高于男性的地位。第七十二回，贾琏求鸳鸯偷运出贾母的东西，以周转资金，贾琏说道："好姐姐，再坐一坐，兄弟还有事相求。"⑥从等级关系来说，贾琏主子的地位自然高于鸳鸯，而贾琏却以兄弟相称，在身份上提高了鸳鸯的地位。在主仆结构中，奴才要无条件地顺从主子，主子只有命令、吩咐，而没有"求"，贾琏"求"鸳鸯，从权力上来说，鸳鸯有贾琏不可及的权力，进一步体现鸳鸯在贾府中高于一般男性的地位。

在才学上，男子拜女子为师，提高了两性关系中女性的地位。宝玉应该算作是贾府中少有的才学风流的男性。在"大观园试才题对额"中，其对各色景致所取之名灵俊秀逸，超越了那些呆板匠气的所谓的儒学文人。但是，与女子相比，仍有才智上的不足，他也甘愿拜女子为师。

①②⑤⑥ 曹雪芹著. 无名氏续：《红楼梦》，中国艺术研究院红楼梦研究所校注，人民文学出版社，2008年第三版，第287页，第327页，第997页。

③ 朱一玄主编：《红楼梦资料汇编》，南开大学出版社，2001年，第346页。

④ ［清］王相笺注：《女四书》，中国华侨出版社，2011年，第7页。

元春省亲作诗的时候，宝钗提醒宝玉将"绿玉"而改为"绿蜡"，宝玉不知其典故。宝钗直言相告，源自唐代钱珝咏芭蕉诗头一句"冷烛无烟绿蜡干"。①宝玉听了后说道："现成眼前之物偏倒想不起来了，真可谓'一字师'了。从此后我只叫你师父，再不叫姐姐了"。②"师父"二字不仅是对宝钗博学的赞叹，宝玉还以自愧不如之情，凸显了对宝钗的"尊重"。在两性地位上，彰显了"女尊"的观念。

再如，第六十三回中，妙玉署名"槛外人"下帖子贺宝玉生日，宝玉正不知以何名来回妙玉时，恰巧碰到邢岫烟，宝玉说道："如今遇见姐姐，真是天缘巧合，求姐姐指教"。③所谓"三人行，必有我师"，宝玉正是以这种心态虚心的求教，以自谦之语，表示对邢岫烟的尊重。

在《红楼梦》之前的中国古典小说中，在才学上也出现过"女强男弱"的状况。《世说新语》中的谢道韫，她以"未若柳絮因风起"④之句，形容白雪之白和轻盈之态，而显出一股灵气，胜过其兄"撒盐空中差可拟"⑤的呆板之气。

如《醒世恒言》中《苏小妹三难新郎》中的苏小妹。与同时代的大文人秦观结为夫妇，洞房花烛之夜，以绝句诗一首，藏文诗一首，七子对子一首为入门之契。少游起先自负之致"莫说三个题目，就是三百个，我何惧哉!"⑥岂知第三个题目时"听得谯楼三鼓将阑，构思不就"。⑦从少游的自负到手足无措，凸显了苏小妹的才智出众，少年才俊所不及。

尽管谢道韫、苏小妹在才学上强于男性，男性们也由衷地赞叹女性之才，但是他们并没有自愧不如之情，也没有谦卑之心向女性求教。而另一方面，谢道韫、苏小妹不仅是"才女"，还是儒家道德规范的"楷模"。她们恪守着"三从"之德，不逆父意，不忤夫道，以女性之才来彰显妇女之德。因此，在两性地位上，她们仍然处在客体的位置上。

在《红楼梦》中，宝玉在主观上就树立了"尊女"的观念。譬如说宝玉那句"女儿是水，男子是泥"的名言，就是以清、浊的对比，提升了女性地位。在大观园中，宝玉还甘心为女儿充役，更是身体力行的将男性地位降到了女性之下。在才学上，宝玉主动拜女子为师，所谓"一日为师，终身为父"，在男权制中，"父"处在"至尊"的地位，宝玉将女性放置到了"父"的位置上，"尊女"的意识，也就不言而喻了。

在爱情中，女性主体意识突出，男性地位趋于女性之下。在"大旨谈情"

---

①②③　曹雪芹著. 无名氏续：《红楼梦》，中国艺术研究院红楼梦研究所校注，人民文学出版社，2008年第三版，第243页，第243页，第876页。

④⑤　［清］余嘉锡笺疏：《世说新语笺疏》，上海古籍出版社，1993年，第131页，第131页。

⑥⑦　［明］冯梦龙著. 顾颉刚校注：《醒世恒言》，人民文学出版社，1956年，第216页，第217页。

的《红楼梦》中，从来不乏情感浓烈的女子。如尤三姐，五年前与柳湘莲偶然相遇，五年来不能忘情，并立誓非他不嫁："这人一年不来，她等一年；十年不来，等十年；若这人死了再不来了，她情愿剃了头当姑子去，吃长斋念佛，以了今生"。① 并玉簪折为两半，以明其志。这种情感是多么的真挚而浓烈，女性宁可了去今生的尘缘，也要忠贞于所爱之人。

第三十回，龄官画"蔷"，"画来画去，还是个'蔷'字。……里面的原是早已痴了，画完一个又画一个，已经画了有几千个'蔷'"。② 这种执拗和忘我，已经达到了"痴"的地步，其对贾蔷情之至极，全部都融入在了画"蔷"的动作中了。

当然，在《红楼梦》之前的某些小说中，也有情感浓烈的女子。如《霍小玉传》中，霍小玉以"八年之约"享尽"一生欢爱"，八年之后"剪发披缁"遁入佛门的誓言去捍卫自己的爱情，遁入佛门虽然没有为爱而死来地决绝，却意味着"这一世生命"的结束，霍小玉其感情的浓度已经超越了生命的长度。《牡丹亭》中的杜丽娘与柳梦梅，梦中一见，便可为之生，为之死，而达到了至情之境。

但是，男女两性在地位上，仍处在不平等的位置上。如霍小玉与李益许下爱情誓言时说："妾本倡家，自知非匹。今以色爱，托其仁贤。但虑一旦色衰，恩移情替，使女萝无托，秋扇见捐。极欢之际，不觉悲至。"③ 体现的是女性对身份的自卑，以及依附于男性的心理。再如，杜丽娘以鬼魂的身份与柳梦梅幽媾中说："妾千金之躯，一旦付与郎矣，勿负奴心"，④ 这是杜丽娘对情感的不自信，同时也是对柳梦梅的一种恳求，无形中降低了自己的地位。

《红楼梦》中的尤三姐和龄官，却不再似霍小玉、杜丽娘般，有菟丝附女萝的心理，而是一个人的形象站在了男性身边，甚至是站在了男性的前面。当尤三姐知道柳湘莲误解了自己，她不解释，亦不恳求，而以更为决绝的方式——死，证明自己"金玉般"的品质，捍卫女性为人的尊严。相形之下，柳湘莲以女性贞节观，武断地认定尤三姐之不洁，实在有愧于尤三姐的真情。当他以"可敬，可敬"⑤强烈地表达自己的愧疚之情时，也对男性权威做出反思，以遁入空门的形式表达了对尤三姐的尊敬，也表达出"尊女"的思想。

龄官作为戏子，她强烈地感受到被人视作玩物的痛苦，所以，她向往自由、独立的人格。第三十六回，贾蔷买雀逗龄官开心，不但没有讨得龄官的欢心，还

---

① ② ⑤ 曹雪芹著. 无名氏续:《红楼梦》,中国艺术研究院红楼梦研究所校注,人民文学出版社,2008 年第三版,第 918 页,第 412-413 页,第 923 页。

③ 李时人编校. 何满子审定:《全唐五代小说》,陕西人民出版社,1998 年,第 626 页。

④ [明] 汤显祖著. 徐朔方、杨笑梅校注:《牡丹亭》,人民文学出版社,1963 年,第 168 页。

受到了她的指责："你们家把好好的人弄了来，关在这牢坑里学这个劳什子还不算，你这会子又弄个雀儿来，也偏生干这个。你分明是弄了他来打趣形容我们，还问我好不好。"① 这是龄官作为女性对自由、独立人格的自觉意识。贾蔷显然没有意识到这一点，但是，其后的赌身立誓、放飞雀、拆了鸟笼，这一系列的动作，都在表明贾蔷理解和尊重龄官独立为人的意识。

尤三姐与龄官以女性的主体意识，在爱情中实现了男女平等的地位，而柳湘莲、贾蔷又以对她们的理解和尊重，将她们放置在高于自己的位置上，从而形成了"女尊男卑"的两性地位。

第四节　从宝玉形象看女性主体的书写

虽然《红楼梦》是一部为女性立传的作品，但是故事情节的发展却是围绕宝玉这个男性人物而展开的，李希凡认为宝玉是"小说中最重要的'主体'人物"。② 然而，文学作品中的主体人物，必定要影响客体人物的思想、性格等方面的发展。但是，宝玉思想、性格的形成却受到了《红楼梦》女性人物的影响。因此，笔者认为，宝玉是《红楼梦》中的主要人物，女性才是真正的"主体"人物。宝玉作为故事情节发展的中心，其作用在于以宝玉为聚焦点，窥探女性世界内部的生活、情感等，展示出女性世界与男性世界的差异。

一、　从宝玉的成长环境看女性主体对其性格的影响

以男权制为基础的封建社会，男性是家庭和宗族的继承者，他的任务就是立德、立言，成就一番伟业，光耀门楣；对于女性来说，家庭、婚姻是她生活的全部意义。《女论语》中说："男人书堂，请延师傅。习学礼义，吟诗作赋，尊敬师儒，束修酒脯。女处闺门，少令出户。唤来便来，唤去便去。稍有不从，当加叱怒。"③ 可见，封建社会男女两性的成长环境是不同的，也是分离的。男性的成长环境相对开放，女性则相对封闭。

但是，宝玉的成长环境却是特殊的。一方面，他同普通的男性一样，要走出家门，上学、交际；另一方面，他自幼却成长在女儿堆中。如第三回中，王夫人说："他与别人不同，自幼因老太太疼爱，原系同姊妹们一处娇养惯了的。"④ 黛玉刚进贾府，就被安排在与宝玉同一屋中起居。而后，元春又因"宝玉自幼在姐妹

①④ 曹雪芹著.无名氏续：《红楼梦》，中国艺术研究院红楼梦研究所校注，人民文学出版社，2008年第三版，第481页，第45页，第309页。

② 李希凡著：《传神文笔足千秋——红楼梦人物论》，文化艺术出版社，2006年，第98页。

③ ［清］王相笺注：《女四书·女孝经》，中国华侨出版社，2011年，第90-91页。

丛中长大",① 命宝玉同女儿们一起在大观园内居住。这就打破传统"男女异群"的规定。

心理学家认为,人性格的形成与其生活的环境息息相关。对于穿梭在男性与女性世界间的宝玉来说,他的性格多少偏离了主流社会对男性的要求。如《西江月》对宝玉性格的总结:

> 无故寻愁觅恨,有时似傻如狂。纵然生得好皮囊,腹内原来草莽。潦倒不通世务,愚顽怕读文章。行为偏僻性乖张,哪管世人诽谤!
>
> 富贵不知乐业,贫穷难耐凄凉。可怜辜负好韶光,于国于家无望。天下无能第一,古今不肖无双。寄言纨绔与膏粱:莫效此儿形状!②

宝玉这种"似傻如狂",乖张怪异的性格,一方面,是因为他见识到了男性世界的虚伪和龌龊。如第九回,"起嫌疑顽童闹学堂"一回中,宝玉与秦钟交好,又因为他二人"都生的花朵儿一般的模样,又见秦钟腼腆温柔,未语面先红,怯怯羞羞,有女儿之风;宝玉又是天生惯能做小服低,赔身下气,性情体贴,话语绵缠",③被同窗所诋毁,怀疑他们有断袖之癖。此时的他们不过是孩童而已,本该天真纯洁的年龄,就已经沾染上了污浊之气,成年之后的情形可想而知。由他们所构成的男性世界,其主流环境的肮脏可怖在所难免。再加上,在男性世界中,那些晨昏定省的繁文缛节,都使宝玉感到不自在。另一方面,女性世界的封闭,使她们天然地站在了男性的名利场外,因此,当宝玉回到了女性的世界中,女儿们"天真烂漫之,坐卧不避,嬉笑无心"④的自然天性,使他看到了女性的自由、纯洁和美好。他再也不必被繁文缛节所累,也不会遭到恶意的诋毁,因此,他感到自由自在,十分快意,"或读书,或写字,或弹琴下棋,作画吟诗,以至描鸾刺凤,斗草簪花,低吟悄唱,拆字猜枚,无所不至,倒也十分快乐。"⑤

那么,在不自在与自在之间,在污浊与纯洁之间,在复杂与简单之间,宝玉自然而然地选择了后者。于是,他喜欢混迹闺帏,喜欢与女性亲近。也因此被主流文化认为是"酒色之徒","不肖子孙"。

然而,可笑的是误解和诋毁宝玉性格的始作俑者,恰恰是亲手把他推向女性世界的父亲——贾政。"那年周岁时,政老爹便要试他将来的志向,便将那世上所有之物摆了无数,与他抓取。谁知他一概不取,伸手只把些脂粉钗环抓来……

---

① 曹雪芹著.无名氏续:《红楼梦》,中国艺术研究院红楼梦研究所校注,人民文学出版社,2008年第三版,第481页,第45页,第309页。

②③④⑤ 曹雪芹著.无名氏续:《红楼梦》,中国艺术研究院红楼梦研究所校注,人民文学出版社,2008年第三版,第49页,第133页,第314页,第312页。

政老爹便大怒了，说：'将来酒色之徒耳！'"。① 中国有句俗语"三岁看大，七岁看老"，抓周是用来测试孩童未来性格品行的方法。宝玉以男儿之身而抓取"脂粉钗环"女儿之物，必然被冠上"酒色之徒"的名号。但是，从心理的角度来说，抓周只能看作儿童对事物好奇的一种反映。贾府是一个巨富之家，平日家居摆设已是这世上的珍品，生长在这样环境中的宝玉，对一般的物品应该见怪不怪了吧。他又是贾府的接班人，纸笔墨砚、诗书琴画应该也是每每逗玩之物吧，面对"脂粉钗环"这些被新鲜的玩物，还是孩童的宝玉也就有了好奇心。另一方面，尚在哺乳期的婴儿，对于母亲有着自然的亲近感，"脂粉钗环"是女性长期佩戴之物，见物识人是婴儿认识世界的途径之一。因此，宝玉抓取"脂粉钗环"无非是婴儿对亲近之人情感的表达而已。贾政却早早地对宝玉下了定论，"因此便大不喜悦。独那史老太君还是命根一样"。② 从而，将宝玉推入了女性的世界中。

在传统的家庭结构中，对于孩子的抚养和教育，父母都有着固定的位置。父亲"是威严的象征，他和理性、责任、能力、纪律、遵从、功利、刻苦、奋斗、冒险、秩序、权威等字眼连在一起"，③ 他所担负是教育孩子学会适应社会习惯的责任。特别对于男孩来说，父亲是影响其性格、行为形成的主要对象。而在宝玉的成长过程中，父亲是缺席的，如何成为社会文化中要求的男性，宝玉没有模仿的范本。客观上，放任了宝玉性格的自由发展。

贾母的溺爱和纵容，也促成了宝玉有悖于传统的男性性格。袭人就曾说："近来仗着祖母溺爱，父母亦不能十分严紧拘管，更觉放荡弛纵，任性恣情，最不喜务正。"④ 如宝玉挨打之后，是贾母下令让他在园中养伤，不得会客，使宝玉逃脱了虚情假意的应酬，也逃离贾政对其读书的要求，宝玉"越发得了意，……日日只在园中游卧"。⑤

正是在女性自由、单纯、封闭的世界中，宝玉远离了男性世界的虚伪、肮脏、龌龊。而贾母的庇护，使宝玉有了逃离男性世界的理由。在二者的叠加之下，形成了宝玉有悖于传统男性的性格。

二、 从宝玉的价值观看女性主体对其的影响

封建儒家文化的传统，要求男性修身养性而立德、立言，从而承担起兼济天下的重责。如孟子所说："君子之守，修其身而天下。"⑥ 而通往这条道路的方式，

---

① ② ④ ⑤　曹雪芹著. 无名氏续：《红楼梦》，中国艺术研究院红楼梦研究所校注，人民文学出版社，2008年第三版，第28页，第28页，第262页，第473页。

③　童庆炳著：《作家的童年经验及其对创作的影响》，《文学评论》，1993年，第4期。

⑥　杨伯峻著：《孟子译注》，中华书局，1960年，第314页。

要么如贾政，希望考取功名而为官为宦；要么如贾赦，受祖宗庇护，继承世袭爵位。作为贾府的继承人，功名仕途似乎注定了是宝玉唯一的价值需求。

然而，宝玉对此却是十分不齿的。刘敬圻先生总结宝玉的人生有"六不"：不喜读"四书"之外的正经书。不愿与一般士大夫诸男人交往。不热衷举业并厌弃八股文。不习惯峨冠博带吊贺往还甚至晨昏定省等繁文缛节。不关心家族盛衰。不准备尽辅国安民的责任。一句话，主流文化期待于男人的许多天经地义的事情，大都被他等闲视之了。①

既然背离了传统的男性价值观，那么，宝玉在意的价值观是什么呢？第十九回，宝玉对袭人说：

> 只求你们同看着我，守着我，等我有一日化成了飞灰，飞灰还不好，灰还有形有迹，还有知识。等我化成一股轻烟，风一吹便散了的时候，你们也管不得我，我也顾不得你们了。那时凭我去，我也凭你们爱那里去就去了。②

第三十四回，宝玉挨打后，众姐妹为之心疼流泪，宝玉心想：

> 我不过捱了几下打，他们一个个就有这些怜惜悲感之态露出，令人可玩可观，可怜可敬。假若我一时竟遭殃横死，他们还不知是何等悲感呢！既是他们这样，我便一时死了，得他们如此，一生事业纵然尽付东流，亦无足叹惜，冥冥之中若不怡然自得，亦可谓糊涂鬼祟矣。③

第三十六回，针对"文死谏，武死战"，宝玉认为他的人生价值在：

> 比如我此时若果有造化，该死于此时的，趁你们在，我就死了，再能够你们哭我的眼泪流成大河，把我的尸首漂起来，送到那鸦雀不到的幽僻之处，随风化了，自此再不要托生为人，就是我死的得时了。④

诸如此类的对话，还出现在第五十七回，同紫鹃的对话中。第七十一回，同探春、尤氏的对话中。刘敬圻先生认为：这是宝玉对最佳死亡模式的浪漫设计。⑤这种有关死亡的浪漫幻想，所彰显的却是女性的审美文化。其包含的是对情感价值的认可，以及对自由生命价值的追求。

首先，女性的情感价值指向的是儿女真情，宝玉生死都要与女儿为伴的价值

---

① ⑤ 刘敬圻著：《宝玉生存价值的还原批评》，参见《明清小说补论》，三联书店，2004 年，第 62 页，第 69 页。

② ③ ④ 曹雪芹著. 无名氏续：《红楼梦》，中国艺术研究院红楼梦研究所校注，人民文学出版社，2008 年第三版，第 262 页，第 449 页，第 480 页。

观念，正是对儿女真情的认可。在男性文化价值中，儿女真情是十分难得的，宝玉看到的多是些虚情假意。譬如第七十八回，贾政的门客们对宝玉、贾兰等人虚伪地夸赞，不过是为了仰仗贾府生存而已。再如薛蟠、贾琏等人，他们对香菱、尤二姐的追求，不过是对美色的追求、肉欲的满足，而非儿女真情。而宝玉与秦钟、蒋玉涵等人的真情交往，却总是被世人所诋毁、污损。

在大观园这个女性文化构筑的世界中，宝玉却收获了诸多的儿女真情。不必说黛玉对宝玉情感之真、其情之极；晴雯对宝玉的爱不图名分，甚至不图宝玉知道。就是宝钗、袭人对宝玉的情感有着功利名分的要求，但是她们也是赋予宝玉一片真心真意。

而女儿们也在不断地修正宝玉对儿女真情的认识。譬如说龄官，她决绝与宝玉亲近，而钟情于贾蔷，宝玉对此了悟到："昨夜说你们的眼泪单葬我，这就错了。我竟不能全得了。从此后只是各人各得眼泪罢了。"① 这是他对爱情与博爱的顿悟。

第五十八回，藕官祭奠菂官的事情，宝玉了悟了忠贞的意义。"比如男子丧了妻，或有必当续弦者，也必要续弦为是。便只是不把死的丢过不提，便是情深义重了。若一味因死的不续，孤守一世，妨了大节，也不是理，死者反不安了。"②真正的爱情不在于形式的忠贞，而在于内心的真情流露。

这种修正加深了宝玉对儿女真情的认识，使宝玉对儿女真情更加的痴迷，而愿生生死死都与之为伴。所以，才会发出与女儿为伴共生共死的幻想。

其次，宝玉对死亡的认识，是一种向死而生似的对自由生命价值的追求。在中国传统的儒家文化中，对生的重视要大过于死，所谓"未知生，焉知死"，③这是一种乐生的态度。然而，千百年来，无论是封建社会，还是现代社会，中国人都活得过于沉重了。封建礼教压抑、束缚了人的自然情感，失去了生命的自由活力。政治、经济、战争的倾轧、压力，使人挣扎在生与死的边缘。为了活着而活着，生命失去了它原本自由的存在意义。

在女性的世界中，生命似乎回到了其本真的起点。黛玉在《葬花吟》中呼喊着自由生命的意义。湘云、香菱以混沌的状态，回归着生命自然本真的状态。龄官在放飞雀鸟之时，也放飞了对生命自由渴望。……诸多的红楼女儿们以自己对生命的态度，潜移默化地影响宝玉的价值取向。

穿梭于男性世界与女性世界之间的宝玉，清醒地看到，大观园也不过是暂时的人间乐园，它不可避免地受到男权文化的侵蚀，唯有死，而且死的彻底，"不

---

① ② 曹雪芹著. 无名氏续：《红楼梦》，中国艺术研究院红楼梦研究所校注，人民文学出版社，2008 年第三版，第 482 页，第 806 页。

③ 《论语·先进》，参见《论语译注》，杨伯峻著，中华书局，2009 年，第 112 页。

要托生为人",才可超越种种的束缚,实现生命的真正自由。

三、 宝玉与贾府其他男性对女性认识上的本质区别

在中国传统的儒家文化中,将小人与女子同等视之。孔子说:"唯小人与女子难养也。"[①] 对于小人有两种释义:地位卑微,道德卑贱之人,足以见儒家传统文化对女性的否定和轻视。在偌大的贾府中,除了宝玉之外的男性,从品行上可分为两类:一是以贾赦、贾珍为首的骄奢淫逸,风流好色之徒;二是以贾政及其门客为代表的,正统士大夫之流。他们代表了封建男性对待女性的两种普遍态度,即视女性为玩物或政治工具的心理,其实质却是男性一元中心论。而自幼在女儿堆中长大的宝玉,他理解女性的处境和情感,欣赏她们的价值,尊重她们的人格,如鲁迅所说:"昵而敬之,恐拂其意,爱博而心劳,而忧患亦甚也。"[②] 因此,在对女性的认识上,宝玉与贾府内其他男性有着本质的差别。

(一)宝玉与贾珍、贾赦等人的区别

在贾赦、贾珍之流看来,女性就是满足他们物质欲望的工具,是他们享乐生活中不可缺少的一件玩物。哪怕是与他们沾亲带故的女性,只要略有姿色,便成为他们眼中的猎物。在贾赦的人生中,他将大部分的时间都放在了追逐"女色"上,如贾母所说:"老爷如今上了年纪,作什么左一个小老婆右一个小老婆放在屋里,没的耽误了人家。放着身子不保养,官儿也不好生作去,成日家和小老婆喝酒。"[③] 而且他仗着自己是主子,把淫爪伸向了贾母最信任的鸳鸯,强逼利诱,逼迫鸳鸯屈从。贾琏也是色中"饿鬼"一个,不顾国丧、家丧双重大礼,偷娶尤二姐。"除了两个石头狮子还干净"[④]的宁国府中,贾珍与儿子贾蓉,共同调戏小姨子尤三姐。贾瑞不知天高地厚,竟然勾引泼辣狠毒的凤姐。在封建社会,女性不论身份地位的尊卑,在男性的眼中,她们就好比是石呆子手中的古扇,占有她、控制她不是为了欣赏,而是为了满足他们物质和肉体上的欲望。

宝玉在某些时候似乎也有"好色"的轻浮之举,譬如他"吃红"的毛病。在第十九回中,袭人就曾劝过他改掉这个毛病,"还有更要紧的一件,再不许吃人嘴上擦的胭脂了,与那爱红的毛病儿"。[⑤]袭人为什么要他改掉呢,从正常人的角度来看,即便在现代社会,一个男子无缘无故地去吃女子嘴上的胭脂,不是好色,就是变态。

① 《论语·阳货》,参见《论语译注》,杨伯峻著,中华书局,2009年,第188页。
② 鲁迅著:《中国小说史略》,上海古籍出版社,2004年,第207页。
③④⑤ 曹雪芹著. 无名氏续:《红楼梦》,中国艺术研究院红楼梦研究所校注,人民文学出版社,2008年第三版,第613页,第922页,第262页。

但是，从宝玉的成长环境来看，"吃红"其实是宝玉亲近女性的一种方式。第二十四回，宝玉看见鸳鸯的美丽，请求吃红：

> 回头见鸳鸯穿着水红绫子袄儿，青缎子背心，束着白绉绸汗巾儿，脸向那边低着头看针线，脖子上戴着花领子。宝玉便把脸凑在他脖项上，闻那香油气，不住用手摩挲，其白腻不在袭人之下，便猴上身去涎皮笑道："好姐姐，把你嘴上的胭脂赏我吃了罢。"一面说着，一面扭股糖似的粘在身上。①

在这里我们看不到，男性对女子的狎押、玩弄之意，而是一种自然而然的亲密感。宝玉自幼在女儿堆中长大，他与女儿有一种自然的亲近感，甚至淡化了彼此间的性别差异，他早已将自己视为女性中的一员，并不觉得"吃红"是什么不正常的行为，而不过是表达亲近、喜爱之情的一种方式而已。

当然，宝玉作为一个正常的男性，生理上的成熟，也会使他对女性产生性幻想。譬如说宝玉看到宝钗"雪白一段酥臂"时，"不觉动了羡慕之心"。②这种幻想，不是以占有、玩弄为目的，而是将它转化到了林妹妹的身上，"这个膀子要长在林妹妹身上，或者还得摸一摸，偏生长在他身上"，③这是宝玉爱情情感的一种寄托。可见，宝玉对宝钗的美是绝对的欣赏，对宝钗其人是绝对的尊重。

第二十八回，在宝玉与薛蟠、蒋玉菡等人作的酒令中，更加清晰地反映出他们对女性态度的不同。席间以女儿的"悲、愁、喜、乐"为酒令：

> 女儿悲，青春已大守空闺。女儿愁，悔教夫婿觅封侯。女儿喜，对镜晨妆颜色美。女儿乐，秋千架上春衫薄。（宝玉作）

> 女儿悲，丈夫一去不回归。女儿愁，无钱去打桂花油。女儿喜，灯花并头结双蕊。女儿乐，夫唱妇随真和合。（蒋玉菡作）

> 女儿悲，儿夫染病在垂危。女儿愁，大风吹倒梳妆楼。女儿喜，头胎养了双生子。女儿乐，私向花园掏蟋蟀。（冯紫英作）

> 女儿悲，嫁了个男人是乌龟。女儿愁，绣房蹿出个大马猴。女儿喜，洞房花烛朝慵起。女儿乐，一根鸡巴往里戳。（薛蟠作）④

首先，从关注的角度来说，宝玉所关注的是女儿个体青春、生命、情感体验，其涉及的是女性的精神层面。蒋玉菡比宝玉又差了一层，他所关注的是女性的婚姻理想，而非情感体验。冯紫英则将聚焦点放在了女性外在物质生活的困顿中。薛蟠则完全将目光锁定在性的层面。

---

①②③④ 曹雪芹著. 无名氏续：《红楼梦》，中国艺术研究院红楼梦研究所校注，人民文学出版社，2008年第三版，第319-320页，第389页，第389页，第382-385页。

其次，从价值取向上来说，宝玉在对女儿悲、愁、喜、乐的诉说中，批判了封建礼教对女性青春、情感的摧残；赞颂了女儿自由、自然的天性。蒋玉菡、冯紫英的价值取向，反映了传统男性中心的价值观，"夫唱妇随""头胎养了双生子"，这完全是男性对"相敬如宾"的夫妻关系，"传宗接代"的女性价值的理解。在薛蟠这里，无论男性还是女性，似乎已经没有了人的价值，只剩下动物的本能而已。

最后，从两性地位上来说，宝玉对女性悲欢喜乐感同身受的理解，打破男尊女卑的两性地位，女性回归到了人的主体地位上。蒋玉菡、冯子英对女性的理解都是围绕着男性展开，仍然将女性视为依附在男性身后的客体。薛蟠彻底地将男女两性都划入到了原始的动物类，而非"人"的存在。

（二）宝玉与贾政等人的区别

贾政及其门客们，他们所代表的是封建士大夫群体，也是宝玉口中所说"文死谏，武死战"的"国贼禄鬼"之流。在他们的思想中，女性是男性实现政治理想、争夺名利的工具。第七十八回，从《姽婳词》创作目的，可以得到证明。贾政及其门客们，创作《姽婳词》其目的之一是要"以志其忠义"颂"圣朝无阙事"。"忠君"思想是封建宗法思想的重要组成部分，林四娘以女儿之身报效国家，这种忠义的行为固然是要被赞颂的，但是，这并非是对女性本身的价值和力量的赞颂，而是为了彰显他们对本朝君主的忠心。其目的之二，"昨日因又奉恩旨，着查核前代以来应加褒奖而遗落未经请奏各项人等，无论僧尼乞丐与女妇人等，有一事可嘉，即行汇送履历至礼部备请恩奖。"① 也就是说，《姽婳词》可为应制之举，可为他们博得政治上的名利，女性身前身后都成为了实现男性政治目的的工具。

从贾兰和贾环的诗歌中，也体现了这种观念。贾兰的诗中写道："姽婳将军林四娘，玉为肌骨铁为肠，捐躯自报恒王后，此日青州土亦香。"② 这首诗歌的重点在于后两句上，点出了林四娘的"忠义之志"。但是，在两性关系上，贾兰认为林四娘只有依附在男性身后，才有其价值意义，其传达出来的仍然是男性中心主义思想。贾环所作的诗："红粉不知愁，将军意未休。掩啼离绣幕，抱恨出青州。自谓酬王德，讵能复寇仇。谁题忠义墓，千古独风流。"③ 贾环虽也以颂其"忠义"为名，却进一步反映出了男性对女性的轻视和否定。在贾环看来，女性本身是没有任何的能力和价值，所以在抵挡敌寇这件事情上，其用"讵"对林四娘提出了质疑。最后两句则有所歧义，究竟是林四娘本身的事迹可存留千古，

---

①②③ 曹雪芹著．无名氏续：《红楼梦》，中国艺术研究院红楼梦研究所校注，人民文学出版社，2008 年第三版，第 1101 页，第 1102 页，第 1102 页。

还是传颂其事迹的人，可流芳百世。显然，贾环所要表达的是林四娘所有的意义价值，都是被今日应制之人所赞颂出来。

宝玉的《姽婳词》，从立意上就与贾兰、贾环所不同，他不是为了赞颂"忠义"，而是揭示女性沦为男性政治工具的痛苦和悲哀。首句写道："恒王好武兼好色，遂教美女习骑射。"[①] 指出了男性视女性为玩物的心理，女性是满足男性享乐的工具。紧接着又写道："叱咤时闻口舌香，霜矛雪剑娇难举。丁香结子芙蓉绦，不系明珠系宝刀。战罢夜阑心力怯，脂痕粉渍污鲛鲻。"[②]在这几句中，不仅写出了女性的阳刚之美，也写出了女性娇弱身躯所承受的骑射之苦，其旨在于表明女性作为工具被强制剥夺其自然天性的痛苦。

"纷纷将士只保身，青州眼见皆灰尘，不期忠义明闺阁，愤起恒王得意人。……天子惊慌恨失守，此时文武皆垂首。何事文武立朝纲，不及闺中林四娘！"[③]以讽刺和谴责的笔触，写出了男性在危难来临之时的懦弱无能，肯定了林四娘等女性个体的力量和价值，突出了其女尊的意识。

最后一句写道："我为四娘长太息，歌成馀意尚彷徨。"[④]宝玉所"太息"的不仅是林四娘等女性，自然天性被扼杀的悲痛，青春年华早逝的哀痛，更令他痛心的是今日如此灵秀的女子，再次被沦为男性博取名利的工具的感叹。

通过宝玉与贾府其他男性的比较，可见，在宝玉的意识中，女性不再是男性发泄欲望的玩物，及其争权夺利的政治工具，她们有值得被称赞的女性自己的情感和价值，将女性从客体的地位抽离出来，上升到了主体地位上，这是宝玉与贾府其他男性对女性认识上的最本质的区别。

---

①②③④　曹雪芹著．无名氏续：《红楼梦》，中国艺术研究院红楼梦研究所校注，人民文学出版社，2008年第三版，第 1103 页，第 1104-1105 页，第 1105-1106 页，第 1106 页。

第二章

《红楼梦》女儿的理想人生

　　每个人对于人生，都有自己的理解与憧憬。但是，在男权社会中，女性"第二性"的身份，客体的社会地位，她们的人生早已被牢牢地掌控在了父权、夫权的手中，从而剥夺了她们幻想、追求理想人生的权力。

　　《红楼梦》中的女儿们却在女性主体性的回归中，重拾了对理想人生的追求。理想人生的实现，必定有与之相应的理想环境。余英时先生在《红楼梦的两个世界》中曾指出，大观园就是女性的理想世界。① 而冯其庸先生认为红楼梦的理想世界是抽象的、理念性的、虚幻的，只存在于贾宝玉和林黛玉的头脑里。② 无论理想世界是现实的，还是虚幻的，包裹在理想世界中的，女儿们的理想人生内涵是一致的。

　　那么，红楼女儿的理想人生究竟是什么呢？冯其庸先生在《论红楼梦思想》中曾经指出：《红楼梦》的理想世界的内涵是：自由的人生道路，自由的婚恋，妇女命运问题，平等、仁爱的思想。③女儿们的理想人生也就清晰起来，它由几个关键词构成：自由、平等、博爱，以及在此基础上形成的和谐两性关系。

　　当我们站在当代社会的角度，重新审视红楼女儿理想人生时，似乎这种人生太平常不过了。但是，从女性主义的角度来说，即便女性经历了近一个多世纪的解放历程，自由、平等、博爱及和谐的两性关系，依然是女性追求的理想人生。何况是在几百年前的封建社会，传统的伦理秩序、森严的等级关系等，严重阻碍了个人自由的发展，更难以滋生平等、博爱的观念。曹雪芹却以时代先行者的姿态，为红楼女儿开创了极具现代意义的理想人生。无论在现代，还是在封建时代，对女性而言都有着重要的意义。

---

① 余英时著：《红楼梦的两个世界》，上海社会科学院出版社，2002年。
②③ 冯其庸著：《论红楼梦思想中》，商务印书馆，2014年。

第一节　追求自由的自觉

自由是人与生俱来的权力，卢梭说："人是生而自由的。"① 男权社会中，女性从人身到思想都受到男权主义的压榨和束缚，自由于她们遥不可及。尽管在中国古代小说中，也曾论及到女性对自由的追求，如唐传奇中那些追求自由爱情的女性。但是，爱情的自由仅仅是自由的一部分，思想上的自由才是自由的灵魂。明末清初，受资本主义萌芽和个性解放思潮的影响，曹雪芹在《红楼梦》中，塑造了一批赋有自由思想，大胆追求自由爱情的女性。她们努力地摆脱着男权制的束缚，向着自由之路勇敢前行。

一、"自由"内涵的界定

在哲学领域，自由是困扰着诸多哲学家的谜团之一，时代的变化总是赋予自由不同意义内涵。从苏格拉底到黑格尔，都没有寻找到一个令人完全满意的答案，唯一能达成的共识是：自由是人类不断完善和发展的自觉追求。因此，在讨论《红楼梦》女性自由追求之前，我们务必明确自由的内涵。

弗洛姆说："自由是表示人类存在的一个特征，以及人类之发现其为一个独立而个别的生物的程度不一，而自由的意义则视此种发现的程度而改变。"② 自由的发生一定是建立在"人"主体性基础上的。因此，对于男权社会中，处于客体，"非人"的女性来说，追求自由的前提就是主体性的建立。

霍尔巴赫说："人是自然的产物，存在于自然之中，服从自然的法则，不能超越自然……"③ 人对自由的追求，"只是永远遵照他的机体以及自然构成这机体的物质的固有规律而活动。"④这种自由只是出于本能的感性活动，是对自然的适应和服从。然而，人在出生之时，就处于被动的适应自然阶段。在成长的过程中，其不断的个人化过程，其实就是摆脱本能地束缚，主动创造和支配自然。人既是自然的一部分，又是超越自然的。本能的适应不是真正"人"的自由，不过是"天然的自由"。⑤

---

① ［法］卢梭著：《社会契约论》，商务印书馆，1980年，第1页。
② ［美］弗洛姆著：《逃避自由》，《上海文学》，1986年第8期。
③④ ［法］霍尔巴赫著：《自然的体系》（上卷），商务印书馆，1999年，第3页。
⑤ 卢梭认为人的自由分为：天然的自由、社会的自由、道德的自由。自然的自由体现为感性的任意性，沉醉于大自然里的自我没有做主人的欲求和意识。社会的自由就是推翻不平等的专制制度，建立平等的社会契约。道德的自由是人类从善的角度出发，自觉的约束，这才是人类真正的自由。（参见《社会契约论》，商务印书馆，1980年）

人又是社会中的人，自由的追求不能脱离于社会的规范。但是，在一元中心的男权社会中，社会规范带有明显的人格歧视和专制色彩。人从出生就生活在一个固定的结构内，他只需扮演好社会赋予他的角色，其他都是毫无意义的。女性对此的感受是极为深刻的，她永远是男人的女儿、妻子、母亲，而不是自己的主人。在男权社会状态下，女性追求自由的过程，实质上就是反对男性权威，推翻男性社会规范对女性束缚的过程。

综上所述，我们所谈论的《红楼梦》女性追求的自由，超越了"天然的自由"，是女性作为"人"的主体的自觉追求；是女性对抗男性权威，以及不公的社会规范的自由。简而言之，《红楼梦》女性追求的自由，就是女性做自己主人的自由。

二、 对爱情的自由追求

什么是爱情？从心理学上说，爱情是男女双方两情相悦的情绪、情感。从生物学上来说，爱情是性本能和性冲动的反映。综合而言，爱情是人类自由情感的选择，不掺杂心灵之外的其他因素。可是，当爱情进入到社会学范畴，它又变得复杂起来，经济、政治、社会地位等外部因素，都成为阻碍自由爱情的绊脚石。特别是在封建社会，"父母之命，媒妁之言"、门第观念、贞节观等，束缚了爱情的滋生。然而，爱情似乎自古以来就是反抗专制，追求自由的利器。如瓦西列夫在《情爱论》中说："自由和爱情总是交织在一起。"①

在中国古代小说中，从不缺乏女性追求自由爱情的篇章，有自荐枕席的崔莺莺；有追爱离魂的倩娘；有自主择夫的聂隐娘等诸多的女性。因此，对爱情的自由追求也就成为了封建女儿追求自由的标志之一。但是，却没有哪一部或哪一篇小说，如《红楼梦》般全面、细致地展现女性对自由爱情追求。

（一）钟情对象的自由选择

人类一切的情感关系，都是集中在某一特定人的身上，爱情也不例外。俄国心理学家谢切诺夫曾指出：完整的爱情发展有"三个自然阶段"，第一阶段就是钟情对象的确立。②

同爱情本身一样，钟情对象的选择是一个既简单而复杂的过程。说其简单，是因为钟情对象的选择，无非就是男女双方的相互吸引。说其复杂，是因为生理上的美丑、高矮、胖瘦，社会上的金钱、地位，个人的审美观念、文化修养等诸多因素，决定着每个人选择钟情对象的不同。因此，钟情对象的选择，本身就是

①② ［保加利亚］瓦西列夫著：《情爱论》，三联书店，1984 年，第 391 页，第 176 页。

个体自由的体现。

在贾府中，似乎每一个年轻的女子都爱宝玉。黛玉爱他，视他为生命的全部；宝钗爱他，谆谆教导以引其归入正途；妙玉爱他，以至于走火入魔；晴雯爱他，含冤而死；袭人爱他，处处照顾周全，关怀备至。虽然宝玉是贾府众多子孙中，最闪耀夺目的一个，却并非唯一的男子。这些女性不选他人，而唯选宝玉，当然各有各自的理由。黛玉选择宝玉，建立在相同的价值观、人生观基础上；妙玉、晴雯选择宝玉，因为他人物风流，更因为他尊重、平等地看待女性；宝钗、袭人选择宝玉，多少带有功利性的目的。无论女性出于何种理由，这都是她们的自由选择。

当然，并非所有的女子都爱宝玉。譬如自主择夫的尤三姐，贾琏曾误以为她相中了宝玉，"贾琏笑道：'别人他如何进得去，一定是宝玉。'……尤三姐便啐了一口，道：'我们有姊妹十个，也嫁你弟兄十个不成？难道除了你家，天下就没了好男子了不成！'"[1] 尽管宝玉容貌出众，才学风流，又是贾府的继承人，却不是尤三姐的知心人。性格刚毅的尤三姐，所中意的是与她性格相投，有着英雄气概，行侠仗义的柳湘莲。

再如馒头庵的智能儿，"自幼在荣府走动"，"常与宝玉秦钟玩笑"。[2] 儿时结下的情谊，使她对宝玉或秦钟都可能产生爱情情愫。从封建社会的门第观念来看，秦钟的父亲不过是营缮郎，家境算不上贫寒，也并不富贵，连秦钟上学的贽见礼，都是东拼西凑出来的。相比之下宝玉的家境、地位，自然在秦钟之上。智能儿钟情宝玉的概率远远大于秦钟。但是，她却独钟情于秦钟，"他如今大了，渐知风月，便看上了秦钟人物风流，那秦钟也极爱他妍媚，二人虽未上手，却已情投意合了。"[3]智能儿放弃宝玉而选秦钟，这是个体的自由选择。说明钟情对象的确立是不以门第来衡量的，而是以男女双方是否情投意合为标准。如脂砚斋批注的那样"不爱宝玉，却爱秦钟，亦是各有情孽"。[4]

王夫人身边的彩霞（或彩云）[5] 不爱"神采飘逸，秀色夺人"[6]的宝玉，而爱"人物猥琐，举止荒疏"[7]的贾环。彩霞与贾环的爱情最初显现在第二十五回：

> 可巧王夫人见贾环下了学，便命他来抄个《金刚咒》唪诵唪诵。那贾环正在王夫人炕上坐着，命人点灯，拿腔作势的抄写。一时又叫彩云倒杯茶来，一时又叫玉钏儿来剪剪蜡花，一时又说金钏儿挡了灯影。众丫鬟们素日

①②③⑥⑦ 曹雪芹著. 无名氏续：《红楼梦》，中国艺术研究院红楼梦研究所校注，人民文学出版社，2008年第三版，第911页，第197页，第310页，第310页，第335—336页。

④ 朱一玄主编：《红楼梦资料汇编》，南开大学出版社，2001年，第247页。

⑤ 《红楼梦大辞典》中认为，彩霞、彩云在书中常常交错甚至重叠出现，实际为一人，是王夫人身边的贴身丫头。（参见冯其庸、李希凡主编：《红楼梦大辞典》，文化艺术出版社，1990年，第736页）

厌恶他，都不搭理。只有彩霞还和他合得来，倒了一盅茶来递与他。因见王夫人和人说话儿，他便悄悄地向贾环说道："你安些分罢，何苦讨这个厌那个厌的。"贾环道："我也知道了，你别哄我。如今你和宝玉好，把我不搭理，我也看出来了。"彩霞咬着嘴唇，向贾环头上戳了一指头，说道："没良心的！狗咬吕洞宾，不识好人心。"①

在这段文字中，彩霞对贾环的关心，凸显出二人亲密的关系。当贾环对彩霞与宝玉交好，而感到不满时，不是主子对仆人忠诚的不满和示威，而更像是情侣间，因第三人的介入，而产生的酸妒心理。这说明在他们两人之间，已经超越了主仆的关系，而有了爱情的情愫。

再看彩霞对宝玉的态度又如何呢：

宝玉便和彩霞说笑，只见彩霞淡淡的，不大搭理，两眼睛只向贾环处看。宝玉便拉他的手笑道："好姐姐，你也理我理儿呢。"一面说，一面拉他的手，彩霞夺手不肯，便说："再闹，我就嚷了。"②

彩霞的不搭理、夺手，都表示在彩霞的眼里，容貌俊逸的宝玉远不及形象猥琐的贾环吸引她，直接表明了彩霞的态度——不爱宝玉，只爱贾环。彩霞选择贾环似乎不可理解，而无论彩霞出于何种理由选择了贾环，恰恰说明了钟情对象的选择是自由的，不以容貌、才情、品质而论。如脂砚斋批注：风月之情，皆系彼此业障所牵。虽云"惺惺惜惺惺"，但亦从业障而来。蠢妇配才郎，世间固不少，然俏女慕村夫者尤多，所谓业障牵魔，不在才貌之论。③

（二）爱情表达方式的自由化

在恋爱之初，每对钟情的男女，都会通过某种方式向彼此传达着爱慕之情。不同的文化造就了表达爱情方式的差异。斯宾格勒曾在《西方的没落》中指出西洋有两种文化模式：一是以稳定秩序为基础的阿波罗式的文化；二是以竞争、冲突为要素的浮士德式的文化。这不仅是西方社会不同的文化模式，也是人类历史普遍的两种文化模式。从地缘上来说，西方文化是相对激进的浮士德文化，东方文化是相对内敛的阿波罗文化。在爱情表达方式上，有着西方文化背景的人多

---

① 曹雪芹著．无名氏续：《红楼梦》，中国艺术研究院红楼梦研究所校注，人民文学出版社，2008年第三版，第911页，第197页，第197页，第310页，第335-336页。

② 曹雪芹著．无名氏续：《红楼梦》，中国艺术研究院红楼梦研究所校注，人民文学出版社，2008年第三版，第335页，第332页。

③ 朱一玄主编：《红楼梦资料汇编》，南开大学出版社，2001年，第379页。

是直白、大胆的。但丁在《新生》中炽热地表达着对女神贝雅特丽齐的爱，歌德也曾用14首诗歌来表达对丽莉狂热的迷恋，① 莎士比亚笔下的罗密欧与朱丽叶互诉衷肠，表达着她们对爱情的痴迷。而东方文化下的人，其表达爱情的方式则较为含蓄。在中国古代礼教传统下，无论男性还是女性，他们往往通过某些小道具的使用，委婉的语言，来表达对钟情对象的爱意。

在中国封建社会，受"男女授受不亲"观念的影响，手帕、香囊等女子贴身的物品，成为了表达爱情的一般工具。第二十四回中，小红遗失了手帕，睡梦中梦到被贾芸拾了去，"忽听窗外低低地叫道：'红玉，你的手帕子我拾在这里呢。'红玉听了忙走出来看，不是别人，正是贾芸。"② 梦是人潜意识的反映，是人内心真实想法的体现。贾芸走进小红的梦中，说明小红对贾芸已经产生了不一样的情感。而此时梦中小红的第一反应不是要回手帕，而是"不觉得粉面含羞"，③ 进一步证实了小红对贾芸暗生情愫。

在第二十六回中，贾芸确认手帕是小红遗失的，"心内不胜喜幸"。④贾芸喜的是什么呢？贾芸的心理同红玉是相似的，通过手帕他获得了接触小红，表白情感的机会。第二十七回，贾芸与小红通过坠儿还帕、答谢，表明了两人之间的情感，为后续两人的婚姻打下了基础。

司棋与潘又安的爱情，是由一个香囊牵扯出来的。第七十三回，傻大姐在大观园中拾到了一个五彩绣香囊，"一面却是两个人赤条条的盘踞相抱，一面是几个字"。⑤这种带有情欲色彩的图案，意味着大观园内已有风月之事。随后，王夫人彻查此事，在司棋的箱子里发现了她与潘又安的定情信物：

> 及到了司棋箱子中搜了一回，王善保家地说："也没有什么东西。"才要盖箱时，周瑞家的道："且住，这是什么？"说着，便伸手掷出一双男子的锦带袜并一双缎鞋来。又有一个小包袱，打开看时，里面有一个同心如意并一个字帖儿。一总递与凤姐。凤姐因当家理事，每每看开帖并账目，也颇识得几个字了。便看那帖子是大红双喜笺帖，上面写道："上月你来家后，父母已觉察你我之意。但姑娘未出阁，尚不能完你我之心愿。若园内可以相见，你可托张妈给一信息。若得在园内一见，倒比来家得说话。千万，千万。再所赐香袋二个，今已查收外，特寄香珠一串，略表我心。千万收好。表弟潘又安拜具。"⑥

---

① 曾思艺著：《在艳丽魅惑之爱中的挣扎——歌德青年时期的爱情及"丽莉组诗"》，《品味》，2009 年第 2 期。

② 曹雪芹著．无名氏续：《红楼梦》，中国艺术研究院红楼梦研究所校注，人民文学出版社，2008 年第三版，第 335 页，第 332 页。

③④⑤⑥ 曹雪芹著．无名氏续：《红楼梦》，中国艺术研究院红楼梦研究所校注，人民文学出版社，2008 年第三版，第 332 页，第 353 页，第 1011 页，第 1033-1034 页。

男子的锦带袜、缎鞋都是贴身之物，出现在司棋的箱中，可见，二人关系匪浅。同心如意象征着二人心意相通，表达彼此对这份感情的认可。喜帖明确地表达了二人情缘已订，渴望相见的相思之情，也确定了傻大姐所拾的香囊正是司棋赠予潘又安的定情之物。

除此之外，女子还会割发、断甲以赠情郎表达爱意。第七十六回，晴雯在临终之前，将自己的指甲与贴身红袄赠予宝玉，以表她对宝玉的情感：

> 晴雯拭泪，就伸手取了剪刀，将左手上两根葱管一般的指甲齐根铰下；又伸手向被内将贴身穿着的一件旧红绫袄脱下，并指甲都与宝玉道："这个你收了，以后就如见我一般。快把你的袄儿脱下来我穿。我将来在棺材内独自躺着，也就像还在怡红院的一样了。论理不该如此，只是担了虚名，我可也是无可如何了。"宝玉听说，忙宽衣换上，藏了指甲。①

相对于贴身的物品，头发、指甲是身体的一部分，比任何东西都显得亲密，而更加坚定地表达了女子对男性情感忠贞。中国古代伦理制度，重视"孝道"。《孝经·开宗明义》中说："身体发肤，受之父母，不敢毁伤，孝之始也。"② 头发、指甲不仅是女子身体的一部分，还是检验此人是否重"孝"的依据。一般情况下，没有谁愿意违背孝道，割发、断甲。黑格尔曾经说过："爱情在女子身上特别显得最美，因为女子把全部精神生活和现实生活都集中在爱情里和推广成为爱情，她只有在爱情里才找到生命的支持力……"③ 因此，只有爱情才会让女子背负不孝的罪名，甘愿割发、断甲以赠情郎表达爱意。

从总体上来说，虽然东方女子表达爱情的方式是含蓄的，但是受身份地位、受教育程度等因素的影响，个体表达爱情的方式也独具特色而显自由。在封建社会中，下层女子较少受到教育，以物相赠是较为简单直接表达情感的方式，而相对受过良好教育的上层女性而言，在赠物之外，还会通过诗歌的方式表达爱意。如第三十四回中，黛玉就将对宝玉的疼惜、相思之情，写在宝玉所赠的定情之物——两方旧帕上：

> 眼空蓄泪泪空垂，暗洒闲抛却为谁？尺幅鲛绡劳解赠，叫人焉得不伤悲！
> 抛珠滚玉只偷潸，镇日无心镇日闲；枕上袖边难拂拭，任他点点与

---

① 曹雪芹著. 无名氏续：《红楼梦》，中国艺术研究院红楼梦研究所校注，人民文学出版社，2008 年第三版，第 1086 页，第 465 页。
② 《孝经》，阮元校刻，《十三经注疏》，中华书局，1980 年，第 2545 页。
③ ［德］黑格尔著：《美学》（第二卷），商务印书馆，1979 年，第 327 页。

斑斑。

> 彩线难收面上珠，湘江旧迹已模糊；窗前亦有千竿竹，不识香痕渍也无?①

虽然这三首诗都围绕着"泪"而展开，但是此时的泪已经不再有往日的悲戚，而是喜极而泣的泪。长久以来，黛玉一直不能确定宝玉的心意，经历了久久的猜疑、相思的痛苦折磨，今日终于迎来了定情信物。面对这得之不易的爱情，黛玉怎能不感慨落泪呢？在这长期的等待中，黛玉体会到了自由爱情的痛苦和甜蜜，作为诗人的她，怎么不将这喷薄而发的情感诉说于诗作之中呢？如马瑞芳先生所说："《题帕三绝句》才是林黛玉的爱情宣言，是货真价实、情深意浓、毫不隐讳的情诗"。② 按照中国古代爱情小说中，男女情人之间诗词互和的模式来说，黛玉应该将此诗传递给宝玉，但是，直到第九十七回黛玉焚诗，宝玉也不知晓。那是因为一直以来黛玉对宝玉的"情"是明确的，特别是宝玉挨打后，黛玉哭肿了双眼，说的那一句："你从此可都改了罢!"表现了其对宝玉情感的深厚，即便诗歌没有传递给宝玉，黛玉对他的情，宝玉也是知晓的。而黛玉毕竟生活在封建社会，封建女德的教育对她或多或少都有一定的影响，这样的情诗对她大家闺秀的身份来说，是十分危险的，如果传递，很有可能被人发现而被视为不洁。但是，不管怎样，黛玉写下的这三首诗，终究是她与宝玉爱情的见证。

至于宝钗这样严守着封建女德的贵族女子而言，她们将爱情深深地埋藏在心中，不会写诗以抒发情感，更不会赠物以明心意，只有在最不经意之时，下意识地流露出来。第三十四回，宝钗探望挨打后的宝玉：

> "早听人一句话，也不至今日。别说老太太、太太心疼，就是我们看着，心里也疼。"刚说了半句又忙咽住，自悔说的话急了，不觉得就红了脸，低下头来。宝玉听得这话如此亲切稠密，大有深意，忽见他又咽住不往下说，红了脸，低下头只管弄衣带，那一种娇羞怯怯，非可形容得出者，……③

宝钗作为封建淑女的代表，时常劝诫黛玉等人不要乱了性情，也就是说不要对爱情产生什么幻想。而宝钗一系列的语言、神情，已经暴露了她内心深处的秘密——她爱宝玉。如果她只是以姐姐的身份，表达对弟弟的疼惜之情，何至于咽

---

① 曹雪芹著．无名氏续：《红楼梦》，中国艺术研究院红楼梦研究所校注，人民文学出版社，2008 年第三版，第 1086 页，第 465 页。

② 马瑞芳著：《红楼梦风情谭》，商务印书馆，2013 年，第 191 页。

③ 曹雪芹著．无名氏续：《红楼梦》，中国艺术研究院红楼梦研究所校注，人民文学出版社，2008 年第三版，第 448-449 页，第 478 页。

住、自悔、红了脸。就是因为她大家闺秀的修养，以及封建女德的教育，使她意识到自己的话语中，传递出了一份特殊的男女之情，而感到害羞。

第三十六回，宝钗看到袭人为宝玉绣鸳鸯戏莲的肚兜鲜亮可爱，不由自主地替袭人绣了起来。肚兜是宝玉的贴身之物，鸳鸯又是爱情的象征，宝钗作为封建淑女的典范，触及此物，实在有悖于女德的说教。宝钗下意识的动作，只能说明，她把宝玉当作了自己的爱人，而不自知地拿起绣活来。而后，宝钗听到宝玉的梦话："和尚道士的话如何信得？什么是金玉姻缘，我偏说是木石姻缘！""薛宝钗听了这话，不觉怔了。"① 宝钗之所以"怔了"，说明在其内心中，期望着与宝玉实现"金玉姻缘"的婚姻，而宝玉梦中吐露的心意，打碎了她的情感期待，而有所伤感。宝钗种种的举动，正说明任何人都抵挡不了爱情的诱惑，即便隐藏地再好，也会在下意识的动作中表现出来。

（三）爱情产生方式的自由化

从情感上来说，爱情是同而为一的情感，而从爱情的产生方式来说，爱情是多样的，这本身就是自由的。爱情的产生涉及到人的总体个性及意识的各个方面，文化背景、生活处境等都会影响爱情的产生方式；触发个体爱情的因素不同，也使爱情的产生带有自由的特征。总体来说，爱情产生的方式有三种：

第一种，一见钟情式的爱情。

什么是一见钟情？汤显祖说："情不知所起，一往而情深"，② 这种解释似乎为一见钟情蒙上了神秘主义的色彩，却说明了一见钟情突发性和偶然性的特征。从生物学的角度来说，一见钟情不过是人感官的作用，刺激了性的冲动而已。如警幻仙姑所言："是以巫山之会，云雨之欢，皆由既悦其色。"③ 人是种感官的动物，任何美的事物都可以引发审美的愉悦感，"爱美"是人不可压抑的天性，美色自然是吸引男女双方的因素之一。

贾芸与小红的爱情就源自对美色的追求。贾芸第一次见到小红，就觉得她长的"细巧干净"，说话更是"简便俏丽"，所以贾芸"口里说话，眼睛瞧那丫头还站在那里呢"，④他已经被小红的美貌所吸引了。而小红也是"下死眼把贾芸钉了两眼"，⑤似乎要把贾芸深深地印进脑海中。贾芸看小红是因她长得好看，小红为什么如此看贾芸呢？当然也是因为贾芸长得俊俏。书中虽然没有正面描述过贾

---

① 曹雪芹著．无名氏续：《红楼梦》，中国艺术研究院红楼梦研究所校注，人民文学出版社，2008 年第三版，第 448-449 页，第 478 页。

② ［明］汤显祖著．徐朔方、杨笑梅校注：《牡丹亭》，人民文学出版社，1963 年，第 1 页。

③④⑤ 曹雪芹著．无名氏续：《红楼梦》，中国艺术研究院红楼梦研究所校注，人民文学出版社，2008 年第三版，第 87 页，第 328 页，第 320 页，第 918 页。

芸的容貌，而宝玉的一句戏言却道出了他的俊朗，宝玉说："你倒比先越发出挑了，倒像我的儿子。"① 宝玉是贾府第一等丰彩人物，与他相像，其俊朗可想而知。因此，脂砚斋批注："这句是情孽上生"，② 说的就是小红与贾芸二人因为彼此的美貌，而产生的一见钟情。

尤三姐对柳湘莲的爱情，也是一见钟情式的爱情。如尤二姐所说："五年前我们老娘家里做生日，妈和我们到那里给老娘拜寿。他家请了一起串客，里头有个作小生的叫作柳湘莲，他看上了，如今要是他才嫁。"③五年前的匆匆一面，尤二姐就肯为他吃斋念佛以表钟情，断簪以明非他不嫁之志，如此深情真是应了汤显祖对一见钟情的解释。如果说尤三姐对柳湘莲的爱情，仅仅因"美色"而起，则太过于浅薄，也不至于用情如此至深。那么，尤三姐的爱情是因什么而起呢？书中没有具体的说明，但从尤三姐的处境可窥探一二。围绕在尤三姐身边的，多是贾珍、贾琏般的好色之徒，他们卑劣、猥琐、懦弱，被尤三姐玩弄于股掌之中，而没有男性的刚正纯良之气。这类男性看得多了，尤三姐自然一眼就能区分出，豪爽、刚毅的柳湘莲与他们的差异，这构成了吸引尤三姐的要素之一。这种差异与尤三姐的性格又相辅相成，柳湘莲自然成为了尤三姐的爱情期待。因此，也就产生了如此至情的一见钟情式的爱情。

第二种，日久生情式的爱情。

日久生情的爱情则是男女双方在长期交往之上实现的，建立在彼此足够了解的基础之上。司棋与潘又安的爱情就是日久生情式的爱情。他们从小便在"一处顽笑起住"，④ 天长日久的相处，二人彼此生情，"便都订下将来不娶不嫁"⑤的誓言。如果说儿时的盟誓，只是孩童间的玩笑，而长大后的二人，"彼此又出落的品貌风流"，⑥加深了彼此间的情感。日久生情也使她们对彼此的情感比较坚定。当潘又安逃跑之后，司棋以"女子不适二夫"的封建礼教为挡箭牌，坚守着他们的爱情。当封建礼教的卫道者，强硬的欲将二人分开，司棋便以死捍卫自己的爱情。潘又安也没有辜负司棋的情意，追随司棋而去。二人用生命印证了对爱情的忠贞。

藕官与药官的爱情，虽也是日久生情式的爱情，但其产生却与她们的身份、处境相关。如芳官所说："（藕官）他竟是疯傻的想头，说他自己是小生，药官是小旦，常做夫妻，虽说是假的，每日那些曲文排场，皆是真正温存体贴之事，故

---

① ③ 曹雪芹著．无名氏续：《红楼梦》，中国艺术研究院红楼梦研究所校注，人民文学出版社，2008 年第三版，第 87 页，第 328 页，第 320 页，第 918 页。

② 朱一玄主编：《红楼梦资料汇编》，南开大学出版社，2001 年，第 289 页。

④ ⑤ ⑥ 曹雪芹著．无名氏续：《红楼梦》，中国艺术研究院红楼梦研究所校注，人民文学出版社，2008 年第三版，第 993 页，第 806 页，第 48 页。

此二人就疯了，虽不做戏，寻常饮食起坐，两个人竟是你恩我爱。"① 作为戏子，在戏曲舞台上她们要扮演于现实不同的角色。戏曲效果的呈现，不仅需要技巧，更需要演员情感的投入，投入得越深，越分不清楚什么是现实生活，什么是戏曲中的人生。在长期的角色错位中，藕官与菂官假戏真做，而产生了爱情。

第三种，兼具一见钟情与日久生情的爱情。

还有一种爱情兼具一见钟情和日久生情的爱情特点。这种爱情是男女双方初次相见互生好感，而不自知为爱情，通过长期的交往而逐渐确认彼此的情感过程。贾宝玉和林黛玉是最好的例证。第三回中，宝玉与黛玉的初次见面，"黛玉一见，便吃一大惊心下想道：'好生奇怪，倒像在哪里见过一般，何等眼熟到如此！'"，②宝玉的第一句话就是"这个妹妹我曾见过的"。③从场景的设定来说，初次见面的熟悉感，任何人都无法解释，因此贾母笑道："可又是胡说"。④在佛教观念中，世间万物都有因果联系。曹雪芹将其视为前世的因缘，用"木石前缘"地来解释宝黛之间的奇特感觉。然而，将其放置在爱情的范畴中，与其说"木石前缘"是出于对神秘事物的解释，不如说是对"情不知所起"另一种阐释。

此时的宝黛尚在幼年，还不知爱情为何物。就是带着这份陌生的熟悉感，二人在日后耳鬓磨厮的环境中，情感日渐清晰。中国古代社会，男女异群而居的生活模式，阻断了彼此间的接触、了解，但宝玉和黛玉却不存在这样的问题。黛玉刚入贾府，贾母就安排她与宝玉同住在自己的房里：

> 当下，奶娘来请问黛玉之房舍。贾母说："今将宝玉挪出来，同我在套间暖阁儿里，把你林姑娘暂安置碧纱橱里。等过了残冬，春天再与他们收拾房屋，另作一番安置罢。"宝玉道："好祖宗，我就在纱橱外的床上很妥当，何必又出来闹的老祖宗不得安静。"贾母想了一想说："也罢了。"⑤

生活在同一屋檐下的宝玉和黛玉，为日后彼此的相知、相爱提供了客观的条件。搬进大观园后，二人又选择了相邻的两个院子居住：

> 只见林黛玉正在那里，宝玉便问他："你住哪一处好？"林黛玉正心里盘算这事，忽见宝玉问他，便笑道："我心里想着潇湘馆好，爱那几竿竹子隐着一道曲栏，比别处更觉幽静。"宝玉听了拍手笑道："正和我的主意一样，我也要叫你住这里呢。我就住怡红院，咱们两个又近，又都清幽。"⑥

---

①②③④　曹雪芹著. 无名氏续：《红楼梦》，中国艺术研究院红楼梦研究所校注，人民文学出版社，2008年第三版，第993页，第806页，第48页，第48页。

⑤⑥　曹雪芹著. 无名氏续：《红楼梦》，中国艺术研究院红楼梦研究所校注，人民文学出版社，2008年第三版，第51页，第311页，第432页。

　　相对于外部世界而言，大观园是一个相对独立、自由的空间。这里没有贾母、王夫人、贾政等人的监督、说教，礼教的束缚也相对较少。在这种相对自由的环境下，客观上为宝黛二人的爱情提供了有利的发展空间。

　　爱情的保鲜不仅要依靠客观的条件，更重要的是相爱双方在精神上的相通。在"木石前缘"的情节中，宝玉和黛玉本就不属于人间世界，他们是三生石畔自由的仙草和侍者，降落人间的他们生来就是追求自由而不受羁绊的。因此，他们不完全认同封建礼教，成为了封建社会"异类"存在。

　　对于"男尊女卑"，宝玉发表过"女儿是水做的骨肉，男人是泥做的骨肉"的言论；对于封建社会的仕途经济，宝玉提出过"文死谏，武死战"的看法，显然这都是对传统封建思想的反叛。在封建主流社会中，能够理解宝玉的人少之又少，多数人都在不断地规劝宝玉重返"正途"，就连有着魏晋名士风范的湘云也曾劝道："还是这个情性不改。如今大了，你就不愿读书去考举人进士的，也该常常的会会这些为官做宰的人们，谈谈讲讲些仕途经济的学问，也好将来应酬事务，日后也有个朋友。"① 更不用说王夫人、贾政、宝钗等封建卫道士对他的规劝了。然而，这些人都被宝玉列入了"沽名钓誉之士"，"国贼禄鬼之流"，只有那个"从不说此混账话"的林妹妹是他的知己。的确，黛玉从来没有劝导过宝玉归入仕途，他们之间关注的只有爱情、青春、生命等人生命题。

　　第二十三回，宝玉和黛玉偷看《会真记》，宝玉认为"真真这是好书！"，黛玉也"越看越爱看……自觉辞藻警人，余香满口"。② 宝玉和黛玉所体味的不仅是辞藻之美，更是被那自由的爱情故事所吸引，以至于宝玉开口说道："我就是个'多愁多病身'，你就是那'倾国倾城貌'"，③ 惹得黛玉"不觉带腮连耳通红，……微腮带怒，薄面含嗔"④ 一副娇羞之态，在他们的心里早已将彼此化作了张生和崔莺莺，透露出他们对自由爱情的渴望。

　　第二十八回，宝玉听闻黛玉歌咏的《葬花吟》，"先不过点头感叹；次后听到'侬今葬花人笑痴，他年葬侬知是谁'，'一朝春尽红颜老，花落人亡两不知'等句，不觉恸倒山坡之上"。⑤ 宝玉之所以备受触动，那是因为生命和青春是短暂的，此时的相知相守终究会化作昨日的梦，这是他所不愿经历而又不得不经历的，或许这就是生命的无奈。黛玉也是带着对生命、青春的无奈和悲戚创作了这首《葬花吟》。对生命的共同认识，使他们心有灵犀，成为彼此的知己。这也构成了他们爱情的催化剂和保鲜剂。

---

① 曹雪芹著. 无名氏续：《红楼梦》，中国艺术研究院红楼梦研究所校注，人民文学出版社，2008 年第三版，第 51 页，第 311 页，第 432 页。

②③④⑤ 曹雪芹著. 无名氏续：《红楼梦》，中国艺术研究院红楼梦研究所校注，人民文学出版社，2008年第三版，第 315 页，第 315 页，第 315 页，第 373 页。

三、　自由思想的表达

思想是人类区别于动物的重要指征。思想就如同伊甸园内的禁果，开启了人类文明的进程。陈寅恪先生认为"独立之精神，自由之思想"① 是人存在的重要意义，可与天地同久，永放光辉。人类进入到父系社会后，思想似乎只专属于男性。女人们"她们改随丈夫的姓氏，皈依于丈夫的宗教，认同于丈夫的阶级"，② 当然她们的思想意识也依附于男性。千百年来，面对自由思想的缺失，女性们始终是一个失语者。但是，红楼女儿们在主体性的回归中，再也不愿意做男人身后那个空洞的能指，她们勇于突破传统封建思想的束缚，通过诗歌和言语的表述，发表她们对世界、人生、价值的独特看法。

（一）以诗歌自由表达思想

诗歌作为人类最初表情达意的方式，它以高度凝练的语言，赋有音乐性的节奏和韵律，清晰、准确地表达着人类的思想、情感。《毛诗·大序》中说："诗者，志之所之也，在心为志，发言为诗。"③ 《沧浪诗话》中说："诗者，吟咏性情也。"④ 封建女性失语者，在诗歌中寻求到表述的空间，她们将对人生、生命的理解通过诗歌传递出来。红楼女儿们在诗歌创作中，表达的自由思想，笔者从诗歌的形式和内容两个大方面来论述。

第一，从诗歌外在形式上，表达对自由的向往。

在中国古代诗歌的发展史上，诗歌在形式上经历了从自由到约定俗成的过程。诗歌起源于原始先民们劳动中的号子，是劳动人民即兴而发的创作，没有固定的格式和韵律。在先秦时期，无论是《诗经》还是《楚辞》，其句式长短不一、辞藻、韵律没有固定的规律，只是自然的叙事和抒情。诗歌逐渐发展到了唐代，随着五言、七言律诗、绝句的定型，起承转合、平仄的使用都有了具体固定的要求，诗歌形式开始变得程式化了。诗歌形式的程式化，一方面，有利于人们对诗歌技法的掌握；另一方面，在一定程度上，阻碍了情感、思想的自由表达。对诗歌创作是依律而为，还是自由发挥的表述，也就传递出了人们是否向往自由的思想。

第三十七回，宝钗和湘云拟设菊花题，就如何限韵的问题进行了讨论，宝钗说道："我平生最不喜限韵的，分明有好诗，何苦为韵所缚。咱们别学那小家派，

① 陈寅恪著：《金明馆丛稿二编》，三联书店，2001 年，第 299 页。
② ［法］波伏娃著．陶铁柱译：《第二性》，中国书籍出版社，1998 年，第 487 页。
③ 《毛诗正义》，阮元校刻，《十三经注疏》，中华书局，1980 年，第 269 页。
④ ［宋］严羽著．郭绍虞校释：《沧浪诗话校释》，人民文学出版社，1961 年，第 157 页。

只出题不拘韵。"① 宝钗向来是恪守封建礼教的典范，以宝钗的性格来说，做什么事情，都要守规矩。即便是自己提出来帮湘云设宴、拟诗题，也不忘记教导湘云："究竟这也算不得什么，还是纺绩针黹是你我的本等。一时闲了，倒是于你我深有益的书看几章是正经。"② 然而，在作诗上，宝钗却不愿意被韵律所缚，不遵从诗歌创作的规律，实不符合她封建淑女的作风，却证明了即便如宝钗似的克己复礼的封建淑女，在其内心深处也隐藏着对自由的一点点向往，生活中难以得到的自由，就在诗歌创作中实现一点点吧。

第四十八回中，香菱学诗中，黛玉也有过对诗歌创作形式的评价：

> 黛玉道："什么难事，也值得去学！不过是起承转合，当中承转是两副对子，平声对仄声，虚的对实的，实的对虚的，若是果有了奇句，连平仄虚实不对都使得的。"香菱笑道："怪道我常弄一本旧诗偷空儿看一两首，又有对的极工的，又有不对的，又听见说'一三五不论，二四六分明'。看古人的诗上亦有顺的，亦有二四六上错了的，所以天天疑惑。如今听你一说，原来这些格调规矩竟是末事，只要词句新奇为上。"黛玉道："正是这个道理。词句究竟还是末事，第一立意要紧。若意趣真了，连词句不用修饰，自是好的，这叫作'不以词害意'。"③

黛玉所说的起承转合、平仄等技法，正是格律诗定型后诗歌创作的基本技法。虽然作诗有一定的规律可循，但是黛玉认为好的诗歌，内容、情感是第一位的，不应该被辞藻、技法之类的外在因素所束缚。所以，黛玉的诗歌无论是《葬花吟》《桃花行》《五美吟》等，都不拘泥于形式，任其生命情感的自然流露，多了几分灵气，少了几分匠气。这不仅是诗歌创作的真谛，也是黛玉用尽生命一生追寻的自由。

第二，从诗歌的内容上来说，红楼女儿主要表达以下几种思想：

（1）对自由爱情的歌颂和赞美。在《红楼梦》中，没有哪一个人比林黛玉更有资格歌颂、赞美自由的爱情了。第三十四回中，黛玉在宝玉两方旧帕上，写下的寄予着爱情理想的诗句，自不必说了。且看，黛玉《五美吟》中的《红拂》："长揖雄谈态自殊，美人巨眼识穷途。尸居余气杨公幕，岂得羁縻女丈夫。"④ 这首诗歌描述的是红拂与李靖的爱情，"美人巨眼识穷途"，赞颂了红拂不受世俗金钱、地位的羁绊，而慧眼识人。诗末两句则歌颂了红拂不畏权贵，追求

---

① ② ③ 曹雪芹著．无名氏续：《红楼梦》，中国艺术研究院红楼梦研究所校注，人民文学出版社，2008 年第三版，第 501 页，第 500 页，第 645—646 页。

④ 曹雪芹著．无名氏续：《红楼梦》，中国艺术研究院红楼梦研究所校注，人民文学出版社，2008 年第三版，第 892 页，第 688 页，第 689 页。

爱情，与李靖私奔，其勇堪比男子为"女丈夫"。以此肯定了红拂和李靖的自由爱情。

薛宝琴出现在大观园时，已许配人家，却也没有燃灭她对自由爱情的向往，通过诗歌的创作，歌颂、肯定着爱情。第五十一回，宝琴作的十首怀古诗中，其中第六首《桃叶渡怀古》歌颂的就王献之与其妾桃叶的爱情故事。在这首诗中，宝琴认为尽管南京是六朝古都，留下了许多的王侯将相的故事。但是，远不及王献之与桃叶的爱情故事来的缠绵悱恻，值得留恋。于是，她写下了这样的诗句："六朝梁栋多如许，小照空悬壁上题。"①

第八首《马嵬怀古》赞咏的是杨贵妃的爱情。马嵬坡是安史之乱杨贵妃被缢死之地，题目虽为怀古，却对这段历史事件只字不提，而是怀着同情的笔触写出了杨贵妃缢死之时对爱情的无奈和伤痛，"寂寞脂痕渍汗光，温柔一旦付东洋"。②末尾两句"只因遗得风流迹，此日衣衾尚有香"。③认为杨贵妃的爱情是值得流芳百世的。

最末一首《梅花观怀古》："不在梅边在柳边，个中谁拾画婵娟。团圆莫忆春香到，一别西风又一年。"④源自《牡丹亭》中杜丽娘和刘梦梅的爱情故事。杜丽娘梦遇柳梦梅而开启了少女心中的爱情，后因相思而死，被葬在梅花观中。寄居观中的柳梦梅拾得杜丽娘的画像，挖墓开棺，救活杜丽娘，二人终结为夫妇。在这首诗中，宝琴表达了相遇、相知的不易，相爱之人离别的痛苦，流露出对这段超越生死的爱情感慨。

（2）寄托了对理想人格的追求。黛玉是大观园中一株圣洁的仙草，她始终以一颗赤子童心冷眼观望着这个世界，却总是被世俗之人冠以孤傲之名。然而，作为黛玉自己而言，她宁愿被世俗所不容，也不愿随波逐流，被世俗的污浊所染。在她的诗歌中，常常以花喻人，以表自身人格的高洁。如在《葬花吟》中，她以落花自喻，愿自己如落花一般由净土而来，终归净土而去，"未若锦囊收艳骨，一抔净土掩风流。质本洁来还洁去，强于污淖陷渠沟。"⑤ 在《问菊》中，直接歌颂道："孤标傲世偕谁隐，一样花开为底迟？"⑥菊花因为开放在寒秋之时，迎霜而立，自古以来就被看作是高尚节操的象征，黛玉以菊花的高洁比喻自己高尚的人格。

湘云虽不似黛玉般"孤高傲世"，却颇有魏晋名士的洒脱豪爽，她所写的

---

① ② ③ ④ 曹雪芹著. 无名氏续：《红楼梦》，中国艺术研究院红楼梦研究所校注，人民文学出版社，2008年第三版，第892页，第688页，第688页，第689页。

⑤⑥ 曹雪芹著. 无名氏续：《红楼梦》，中国艺术研究院红楼梦研究所校注，人民文学出版社，2008年第三版，第372页，第512页，第511页，第491页，第492页，第105页，第119页。

《供菊》以菊花之高洁与桃花李花的凡俗为对比，"傲世也因同气味，春风桃李未淹留。"① 寄予了自己如同菊花般高洁的节操。贾府中那朵带刺的玫瑰——探春，在《簪菊》中，"瓶供篱栽日日忙，折来休认镜中妆。长安公子因花癖，彭泽先生是酒狂。短鬓冷沾三径露，葛巾香染九秋霜。高情不入时人眼，拍手凭他笑路旁。"② 表达了对有着菊花独立精神的陶渊明的敬仰之情，以此寓意自己要如陶渊明一样，在繁华人世间，不怕他人讥笑，心怀高洁的品质。

与黛玉、湘云、探春对独立人格的向往不同，宝钗的理想人格始终围绕着封建女德而展开。在海棠诗中，宝钗首句写到海棠的姿态"珍重芳姿昼掩门"，③"珍重"二字定下海棠花端庄矜持的仪态，就如同封建闺秀一样，时时以女德来要求自己而有"珍重"之态。"淡极始知花更艳"④更是以花自喻。平日里她是极"淡"的。第七回，送宫花，薛姨妈说道："宝丫头古怪着呢，她从来不爱这些花儿粉儿。"⑤第八回，写到宝钗的容貌："头上挽着漆黑油光的纂儿，蜜合色棉袄，玫瑰紫二色金银鼠比肩褂，葱黄绫棉裙，一色半新不旧，看去不觉奢华。唇不点而红，眉不画而翠，脸若银盆，眼如水杏。"⑥就连她住的屋子都如"雪洞"一般。这正是对自己素淡的写照。"欲偿白帝凭清洁"，⑦"清洁"二字指海棠花品质的洁净，似乎与黛玉的"质本洁来还洁去"有异曲同工之妙。但是，宝钗的"清洁"却是建立在封建道德基础之上的清洁，而非黛玉的去除外部束缚后，人最纯粹的"童心"之洁。如脂砚斋批注：宝钗诗全是自写身份，讽刺时事。只以品行为先，才技为末。⑧

（3）诉说人生际遇的不平之音。韩愈在《送孟东野序》中提出了"物不平则鸣"的文艺理论："草木之无声，风挠之鸣；水之无声，风荡之鸣。……金石之无声，或击之鸣。人之于言也亦然！有不得已者而后言，其歌也有思，其哭也有怀，凡出乎口而为声者，其皆有弗平者乎！"⑨ 这其中包含了两方面的含义：一方面，文学是揭露世间"不平"之事物的工具；另一方面，作家抒发"不平"之感。明末的李贽将此理论进一步的丰富和发展，"世之真能文者，比其初皆非有意为文。……一旦见景生情，触目兴叹，夺他人之酒杯，浇自己之垒块，诉心中之不平，感数奇于千载。既已喷玉唾珠，昭回云汉，为章于天矣，遂亦自负，发狂大叫，流涕恸哭，不能自止。"⑩ 黛玉自幼丧母复丧父，从小寄居在贾府，虽然如同自己家一样，但孤苦无依的悲凉始终伴随着她，再加上其"孤高傲世"

①②③④⑤⑥⑦　曹雪芹著. 无名氏续：《红楼梦》，中国艺术研究院红楼梦研究所校注，人民文学出版社，2008年第三版，第372页，第512页，第511页，第491页，第492页，第105页，第119页，第492页。

⑧　朱一玄主编：《红楼梦资料汇编》，南开大学出版社，2001年，第435页。

⑨　屈守元、常思春主编：《韩愈全集校注》，四川大学出版社，1996年，第1464页。

⑩　[明] 李贽著：《焚书》卷三《杂说》，中华书局，2011年，第159页。

的性格，时刻感受到来自污浊社会的排挤、压榨。当她看到落花、秋雨等飘零而下的时候，自然而然将身世的不幸、生活处境的不平之感，寄托在诗歌之中。《葬花吟》中"一年三百六十日，风刀霜剑严相逼，明媚鲜妍能几时，一朝漂泊难寻觅。"是黛玉生活处境和身世漂泊的真实写照。《秋窗风雨夕》中黛玉借秋花、秋风、秋雨等意象，诉说人生孤独的苦闷：

> 秋花惨淡秋草黄，耿耿秋灯秋夜长。已觉秋窗秋不尽，那堪风雨助凄凉！助秋风雨来何速！惊破秋窗秋梦绿。抱得秋情不忍眠，自向秋屏移泪烛。泪烛摇摇爇短檠，牵愁照恨动离情。谁家秋院无风入？何处秋窗无雨声？罗衾不奈秋风力，残漏声催秋雨急。连宵脉脉复飕飕，灯前似伴离人泣。寒烟小院转萧条，疏竹虚窗时滴沥。不知风雨几时休，已教泪洒纱窗湿。①

秋，在中国诗人的眼中充满了悲凉的意味。春去夏逝，往日繁华景色落尽，迎来的是秋的凋零和凉意。此时的黛玉身染重病，看到这样荒凉的景色，怎能不想到自己身世的凄苦，生活的艰难，未来的迷茫，而人生的苦闷她却无处诉说，只能独自落泪。诚如陈其泰评论的那样："愁病交侵，郁郁可怜。诗思凄清，与泣残红相似。读者尚难为怀，作者何以自遣？"② 完全是黛玉自身的写照。

在《红楼梦》中妙玉作诗不多，初次展露诗才，便是在中秋之夜作的《右中秋夜大观园即景联句三十五韵》：

> 香篆销金鼎，脂冰腻玉盆。箫增嫠妇泣，衾倩侍儿温。空帐悬文凤，闲屏掩彩鸳。露浓苔更滑，霜重竹难扪。犹步萦纡沼，还登寂历原。石奇神鬼搏，木怪虎狼蹲。赑屃朝光透，罘罳晓露屯。振林千树鸟，啼谷一声猿。歧熟焉忘径，泉知不问源。钟鸣栊翠寺，鸡唱稻香村。有兴悲何继，无愁意岂烦。芳情只自遣，雅趣向谁言。彻旦休云倦，烹茶更细论。③

这首诗作原意是一改黛玉所联"冷月葬诗魂"太过悲凉之气。但是，诗中却仍不乏凄楚，特别是"有兴悲何继，无愁意岂烦。芳情只自遣，雅趣向谁言。"更似黛玉诗风，充满了孤独悲凉的味道。之所以有此相似之处，是因为妙玉同黛玉有着相似的身世和性格。妙玉本是宦官家的小姐，自幼多病而被送入佛

---

① 曹雪芹著．无名氏续：《红楼梦》，中国艺术研究院红楼梦研究所校注，人民文学出版社，2008 年第三版，第 608-609 页。

② 朱一玄主编：《红楼梦资料汇编》，南开大学出版社，2001 年，第 736 页。

③ 曹雪芹著．无名氏续：《红楼梦》，中国艺术研究院红楼梦研究所校注，人民文学出版社，2008 年第三版，第 1070-1071 页，第 875 页，第 516 页，第 517 页。

门，而后父母双亡，又因她"不合时宜，权势不容"，① 从苏州辗转到金陵，寄居与贾府之内。从宦官小姐到仰人鼻息的尼姑，妙玉的不幸与苦闷无处向人道，她只能自己慰疗自己了。而此时正值中秋佳节，孤苦的身世，客居他乡的处境，妙玉又怎么能吟咏出欢乐的诗句，只是不似黛玉那般太颓丧而已。

（4）讽刺世俗的世态炎凉。从《诗经》始，"美刺"是诗歌的主要作用之一。所谓"美刺"，顾名思义就是歌颂美好的事物，讽刺丑恶的事物。中国诗歌的"美刺"传统，多半是对社会制度、时事政治的揭露与批判。对女性而言，处在深闺中，她们无法及时触碰到社会上的时事政治，故多不关注于此。但是，身处在封建社会之中，她们还是会感受到世态炎凉。宝钗在螃蟹宴中，以螃蟹来比喻世间恶人的横行霸道和心黑意险，"眼前道路无经纬，皮里春秋空黑黄"。②众人看过都说："讽刺世人太毒了些。"③宝钗向来是一个中正平和之人，而今却写出如此讽刺之作，其意在宝钗虽然恪守封建礼教，却对世态人情有着不平和敏感。因为薛家皇商的身份，上能接触到皇亲国戚、达官贵人，下能接触到三教九流之徒。从小耳濡目染之后，固然对世情百态有所了解，所以才有了这首螃蟹诗。

（二）日常谈论中的自由思想表达

任何的思想、观念都是通过语言、文字传递出来的。在日常的生活中，人与人的话语交流，蕴含着人对不同事件、事物及人的观点、立场和见解，这是人表达自由思想的常态。如孟德斯鸠说："要享受自由的话，就应该使每个人能够想什么就说什么；要保全自由的话，也应该使每个人能够想说什么就说什么。"④然而，在封建社会，掌握话语权的统治者们，会设置诸多的话语禁忌，以奴役被统治者的思想，达到专制统治的目的。红楼女儿们，却在对日常家庭生活的谈论中，自知不自知地批判、反驳了封建专制思想，表达了自由、进步的思想。

1. 在自由爱情的肯定中，批判和反驳封建的婚恋观

在封建社会中，爱情对于女性而言是难以触碰的话语禁忌。"父母之命，媒妁之言"的婚姻观念，割裂了爱情与婚姻的关系，将爱情列入了色、欲的行列，阻断了爱情的滋生。女性贞节观，为女性爱情的产生又加上了道德的枷锁。在这双重枷锁之下，禁锢了女性对爱情的呼喊。在《红楼梦》中，尤三姐和司棋以不同的方式，发出了自由爱情的声音，批判了封建的婚恋观。

第六十五回中，在对尤三姐婚事的讨论中，尤三姐对众人表明了其自主择夫的渴望："但终身大事，一生至一死，非同儿戏。我如今改过守分，只要我拣一

---

①②③　曹雪芹著. 无名氏续：《红楼梦》，中国艺术研究院红楼梦研究所校注，人民文学出版社，2008 年
　　　第三版，第 1070—1071 页，第 875 页，第 516 页，第 517 页。

④　［法］孟德斯鸠著. 张雁深译：《论法的精神》，商务印书馆，1963 年，第 587 页。

个素日可心如意的人方跟他去。若凭你们拣择，虽是富比石崇，才过子建，貌比潘安的，我心里进不去，也白过了一世。"①这不仅是尤三姐对自己婚姻的想法，也是对封建主流话语的直接对抗，她批判的正是封建婚姻制度对爱情的扼杀。同时，也是对女性贞节观的重新评估。在尤三姐看来，自主择夫非但不是女性不洁的表现，反而是一种"守分"的道德约束。

第九十二回中，在司棋因潘又安与母亲的争吵中，也表达了对自由爱情的肯定。司棋说："一个女人配一个男人。我一时失脚上了他的当，我就是他的人了，决不失身给别人的。"②从表层上看，司棋的言谈是对封建女性贞节观的坚守，但是，女性贞节观维护的是正统的封建婚姻，而司棋维护的则是她与潘又安的自由爱情，她不过是挟封建礼教来反抗封建家长对自由爱情的扼杀，从侧面批判了封建的婚姻制度。

2. 在对封建家长的评判和反驳中，批判了封建家长制和等级制

在封建家长制家庭中，伦理制度与等级制并存。长辈与晚辈、主子与奴才，既是长幼尊卑的伦理关系，又是统治与被统治的等级关系。处在下层的晚辈或奴才要绝对顺从家长或主子的意志，无论家长或主子本身的言行，是否正确，是否违背道德和法律，都没有质疑的权力。而探春和晴雯却以客观公正的态度，大胆的反驳了，或者说批判了统治者错误的言行，在一定程度上对封建家长制和等级制发出了挑战。

第四十六回，贾母因贾赦纳鸳鸯为妾的事，迁怒于王夫人：

> 可巧王夫人、薛姨妈、李纨、凤姐儿、宝钗等姊妹并外头的几个执事有头脸的媳妇，都在贾母跟前凑趣儿呢。……贾母听了，气得浑身乱战，口内只说："我通共剩了这么一个可靠的人，他们还要来算计！"因见王夫人在旁，便向王夫人道："你们原来都是哄我的！外头孝敬，暗地里盘算我。有好东西也来要，有好人也要，剩了这么个毛丫头，见我待他好了，你们自然气不过，弄开了他，好摆弄我！"王夫人忙站起来，不敢还一言。③

这件事与王夫人没有任何的关系，不过因为王夫人的身份，同邢夫人一样都是贾母的儿媳妇，贾母便将对邢夫人、贾赦的气都发泄到王夫人身上。如脂砚斋批注的那样："千奇百怪，王夫人亦有罪乎？老人家迁怒之言必应如此。"④ 在座

①② 曹雪芹著．无名氏续：《红楼梦》，中国艺术研究院红楼梦研究所校注，人民文学出版社，2008 年第三版，第 911 页，第 1277 页。

③ 曹雪芹著．无名氏续：《红楼梦》，中国艺术研究院红楼梦研究所校注，人民文学出版社，2008 年第三版，第 624 页，第 644 页。

④ 朱一玄主编：《红楼梦资料汇编》，南开大学出版社，2001 年，第 459 页。

众人，宝玉、李纨、凤姐等贾府的子孙，出于对封建父权的畏惧，对孝道的尊崇，不敢忤逆贾母。薛姨妈、宝钗等又是王夫人的娘家人，如果为王夫人辩驳，有护短之嫌，更何况是她们本就寄居贾府，不便插手贾府的家务事。此时，只有探春对贾母直言相谏到："这事与太太什么相干？老太太想一想，也有大伯子要收屋里的人，小婶子如何知道？便知道，也推不知道。"① 探春此言直指贾母的错误，无论从伦理关系，还是等级关系来说，都是对封建权威的反驳，稍有不慎，很可能会引火上身。《礼记·内则》中说："父母怒不悦，而挞之流血，不敢疾怨，起敬起孝。"②《史记·李斯传》中说："父而赐子死，尚安敢复请。"③ 幸好，贾母还算是开明的家长，而且比较宠爱孙女，不但没有迁怒探春，还正视了错误"可是我老糊涂了！……可是委屈了他"。④ 或许探春正是凭着对贾母的了解，才会直言相谏。但是，与探春相比，同席而坐的宝玉更受贾母的溺爱，宝玉还是王夫人的亲儿子，他都不敢为母亲辩驳。由此可见，探春的谏言秉持的是对是非功过的正确认知，而做出自由、自主地选择。

晴雯撕扇作为《红楼梦》中最经典的情节，其所彰显的是一个奴婢对平等的追求。事情的起因是端午佳节，宴席之上，众人都无兴致，而草草散了，因此，宝玉心中闷闷不乐，恰逢此时，晴雯失手跌了扇子，折了股子，宝玉便把这郁闷之气发泄到了晴雯身上，宝玉因叹道："蠢才，蠢才！将来怎么样？明日你自己当家立事，难道也是这么顾前不顾后的？"⑤ 从封建社会的主仆关系来说，主子的权力可以无缘由的打骂奴婢，奴婢要无条件接受。晴雯虽是无心之过，却足可以构成主子打骂的理由，而宝玉不过是抱怨了一句，根本算不上恶意的打骂，招来的却是晴雯的一顿据理必争的反驳：

> 晴雯冷笑道："二爷近来气大得很，行动就给脸子瞧。前儿连袭人都打了，今儿又来寻我们的不是。要踢要打凭爷去。就是跌了扇子，也是平常的事。先时连那么样的玻璃缸、玛瑙碗不知弄坏了多少，也没见个大气儿，这会子一把扇子就这么着了。何苦来！要嫌我们就打发我们，再挑好的使。好离好散的，倒不好？"宝玉听了这些话，气得浑身乱战，因说道："你不用忙，将来有散的日子！"⑥

---

① ④ ⑤ 曹雪芹著. 无名氏续：《红楼梦》，中国艺术研究院红楼梦研究所校注，人民文学出版社，2008 年第三版，第 624 页，第 644 页，第 644 页。

② 《礼记》，阮元校刻，《十三经注疏》，中华书局，1980 年，第 1463 页。

③ ［汉］司马迁著：《史记》，中华书局，1982 年，第 2551 页。

⑥ 曹雪芹著. 无名氏续：《红楼梦》，中国艺术研究院红楼梦研究所校注，人民文学出版社，2008 年第三版，第 418 页，第 1030 页，第 1042 页。

很显然，在这段对话中，占据主导地位的不是主子宝玉，而是奴婢晴雯。首先，晴雯指出了宝玉的发火的真正原因：在别处受了气，无端地发泄在自己身上。其次，晴雯以毒攻毒的方式，告诉宝玉，作为主子，你有打骂奴婢的权力。但是，奴婢也是人，人与人之间是平等的，我也有反抗的权力。这样，晴雯借由宝玉，直接反抗了封建家长制和等级制对人的压迫。

3. 在对家庭事件的评论中，揭露了封建统治内部的弊端和腐败

长期封闭在家庭中的女性，接触的都是家庭生活的烦杂琐事。相对统治层的男性而言，她们缺乏对封建政治的敏感。但是，家国同构的社会结构，却使她们在对家庭事件的评论中，有意无意地揭露了封建统治内部的弊端和腐败。

在中国历史上，有很多的谏臣，他们存在的意义是针砭时弊，从而使国家、社会向更好的方向发展。对于贾府而言，探春就是谏臣，她大胆地指出贾府衰败的根源，希图挽救濒临灭亡的封建家庭。第七十四回，抄检大观园，探春说道："你们别忙，自然连你们抄的日子有呢！……可知这样大族人家，若从外头杀来，一时是杀不死的，这是古人曾说的'百足之虫，死而不僵'，必须先从家里自杀自灭起来，才能一败涂地！"[1] 第七十五回，探春冷笑道："正是呢，有叫人撵的，不如我先撵。亲戚们好，也不在必要死住着才好。咱们倒是一家子亲骨肉呢，一个个不像乌眼鸡，恨不得你吃了我，我吃了你！"[2] 虽然封建家庭的衰败、灭亡是历史发展的必然方向，但是俗语说"祸起萧墙之内"，"攘外必先安内"。无论一个国家亦或一个家庭，其衰败、灭亡都是内外因共同作用的结果，而内在原因起到了决定性的作用。探春以古鉴今，敏锐地洞察到了贾府衰败的内在因素。但是，这对封建统治者而言，却有些忠言逆耳，如探春自言："我还顶着罪呢"，其罪就在于她作为统治阶级的一员，本应该极力地维持贾府繁荣的假象，却要揭穿这虚伪的面目。可是，贾府毕竟是探春成长依靠的家，中国人的家族情结使她对这个家充满了情感和眷恋，也有对家庭的责任和义务。所以，探春必须坚决、果敢地说出真相，以求唤醒沉醉于虚伪繁荣假象中的贾府中人。

如果说探春对封建统治内部弊端的揭露，代表的是统治者的利益。那么，平儿却以下层被统治者的体验，揭露了统治层的残暴和腐败。第四十八回，平儿对宝钗诉说贾琏挨打的始末：

> 平儿咬牙骂道："都是那贾雨村什么风村，半路途中那里来的饿不死的野杂种！认了不到十年，生了多少事出来！今年春天，老爷不知在那个地方看见了几把旧扇子，回家看家里所有收着的这些好扇子都不中用了，立刻叫

①② 曹雪芹著．无名氏续：《红楼梦》，中国艺术研究院红楼梦研究所校注，人民文学出版社，2008 年第三版，第 418 页，第 1030 页，第 1042 页。

人各处搜求。谁知就有一个不知死的冤家，诨号儿世人叫他作石呆子，穷的连饭也没的吃，偏他家就有二十把旧扇子，死也不肯拿出大门来。二爷好容易烦了多少情，见了这个人，说之再三，把二爷请到他家里坐着，拿出这扇子略瞧了一瞧。据二爷说，原是不能再有的，全是湘妃、棕竹、麋鹿、玉竹的，皆是古人写画真迹，因来告诉了老爷。老爷便叫买他的，要多少银子给他多少。偏那石呆子说：'我饿死冻死，一千两银子一把我也不卖！'老爷没法子，天天骂二爷没能为。已经许了他五百两，先兑银子后拿扇子。他只是不卖，只说：'要扇子，先要我的命！'姑娘想想，这有什么法子？谁知雨村那没天理的听见了，便设了个法子，讹他拖欠了官银，拿他到衙门里去，说所欠官银，变卖家产赔补，把这扇子抄了来，作了官价送了来。那石呆子如今不知是死是活。老爷拿着扇子问着二爷说：'人家怎么弄了来？'二爷只说了一句：'为这点子小事，弄得人坑家败业，也不算什么能为！'老爷听了就生了气，说二爷拿话堵老爷，因此这是第一件大的。这几日还有几件小的，我也记不清，所以都凑在一处，就打起来了。也没拉倒用板子棍子，就站着，不知拿什么混打一顿，脸上打破了两处。"①

这段话从表层看，平儿是在为贾琏挨打抱不平，却无意识的揭露了封建官僚内部的黑暗和腐败。第一，暴露官场上趋炎附势，攀附权贵的现象。贾雨村出生普通的书礼人家，在官场上没有根基，初入官场的失败，使他明白了一个道理，要想在做官上平步青云，必须攀附权贵。于是，他投靠了贾府这样的皇亲之家。既然攀附，势必要讨靠山的欢心，才可保全其权势。所以，贾雨村要想方设法满足贾赦的要求，夺取石呆子的扇子。第二，恃强凌弱，草菅人命。贾雨村深受儒家文化影响的人，最初做官的目的是兼济天下。但是，权力是一把双刃剑，一方面，可为其实现兼济天下的人生理想；另一方面，也可促使人欲望的膨胀。从社会现实来说，封建社会末期，官场到处都是颠倒是非、贪污腐败的现象，贾雨村在经历了宦海沉浮之后，他自然看透了这个现实的本质。为了实现一己私利，他变得不择手段，甚至到了草菅人命的地步。平儿作为女性，她当然不懂官场上的事情。但是，她作为被统治阶级的一员，其本身也遭受着统治者的压迫和剥削。透过她平淡的描述，其实质表达了被统治者对贾雨村这般贪官污吏的深恶痛绝。

这种对封建专制的批判，固然有其进步的意义，但也触及了封建统治者的利益。红楼女儿的言论必然要遭到打压和遏制。在《红楼梦》中，有很多女性因为言语的不慎而被逐出贾府。譬如第三十回中，金钏因为与宝玉开了几句玩笑，

---

① 曹雪芹著. 无名氏续：《红楼梦》，中国艺术研究院红楼梦研究所校注，人民文学出版社，2008 年第三版，第 644 页。

莫名其妙的挨了打，还被赶出了贾府：

> 宝玉上来便拉着手，悄悄地笑道："我明日和太太讨你，咱们在一处罢。"金钏儿不答。宝玉又道："不然，等太太醒了我就讨。"金钏儿睁开眼，将宝玉一推，笑道："你忙什么！'金簪子掉在井里头，有你的只是有你的'，连这句话语难道也不明白？我倒告诉你个巧宗儿，你往东小院子里拿环哥儿同彩云去。"宝玉笑道："凭他怎么去罢，我只守着你。"只见王夫人翻身起来，照金钏儿脸上就打了个嘴巴子，指着骂道："下作小娼妇，好好的爷们，都叫你教坏了。"①

金钏所受的这一记耳光，就是因为她触犯了封建统治者的话语禁忌——男女情事。在封建社会，贞节观一直针对女子而言，实际上它也制约着男性。在王夫人这个封建家长看来，男女情事，特别是未经过封建统治者应允的情事，是道德败坏的行为。金钏的"金簪子掉在井里头，有你的只是有你的"回应宝玉，暗示她对宝玉是有情的，这已经有悖于一个丫头的本分。在王夫人眼中，这是对主子公然的勾引。金钏让宝玉去抓贾环和彩云之事，一方面，暴露了贾府中存在的风月之事，有损了诗书礼赞人家的名誉，为统治者所不容；另一方面，意味着将宝玉引向了男女的肌肤之亲，王夫人不仅作为封建统治者难以忍受，作为母亲也难以接受。随后，金钏被王夫人赶出贾府，跳井自杀，一个少女年轻的生命就这样被封建话语权残害致死。

同金钏一样，四儿也因为一句："同日生日就是夫妻"，② 被王夫人赶出了贾府。如果说四儿的这句话是针对普通的小厮来说，可能还不会被逐这么严重。但是，这句话却是对宝玉来说的。在统治者的眼里，四儿的话与金钏是一样的，为的是勾引主子以改变奴婢的身份。这是违背封建社会做奴婢的道德与本分的，为统治者所不容。

晴雯的死，表面上看来并非因言论所致，但是王夫人曾就四儿的事情说过："打谅我隔的远，都不知道呢。可知道我身子虽不大来，我的心耳神意时时都在这里。"③证明了王夫人早已在怡红院内部安插了眼线，否则丫头背地里说的话，王夫人怎能知晓呢？相较于金钏、四儿，晴雯平日的话语句句直击统治者的要害，威胁到了封建统治者的专制统治。第三十一回，面对宝玉的斥责，她敢大胆的回击，这无疑是对统治权威的直面反抗。第三十七回，晴雯说："一样这屋里

---

① 曹雪芹著．无名氏续：《红楼梦》，中国艺术研究院红楼梦研究所校注，人民文学出版社，2008 年第三版，第 411 页。

②③ 曹雪芹著．无名氏续：《红楼梦》，中国艺术研究院红楼梦研究所校注，人民文学出版社，2008 年第三版，第 1097 页，第 1079 页，第 495 页。

的人，难道谁比又比谁高贵些。"① 这样平等的话语，更是对封建等级制度的质疑。晴雯被赶出贾府是不可避免的命运。

在一个专制的社会中，自由思想历来都是被打压的对象。在中国历史上，频有发生的文字狱，就是最好的例证。而对于女性来说，她们遭受的是封建制度和男权制的双重压迫，她们对自由思想的表述和追求，需要巨大的勇气，也要付出更沉重的代价。

四、 小结

自由是衡量社会发展的重要指标之一。即便历史发展到当代社会，人们已经实现了人身、思想、政治等自由的权力。伴随着权力的实现，当代人的生存压力也越来越大，外界的诱惑也越来越多，人人都会有身不由己的感觉，自由仍然是人追求的目标之一。处在封建社会的红楼女儿们，封建制、男权制早已剥夺了她们追求自由的权力，她们却冒着随时受到封建权威惩处的威胁，在对爱情的向往中，在诗歌的创作中，在言语的表述中，极尽所能的追求着可能实现的自由，这不仅对封建时代的女性来说是有进步意义，就是对当代的女性来说也是极具启发的。但是，她们在追求自由的过程中，却时刻感受到"无立足之境"的孤独感，因为她们所追求的东西，是被封建主流思想所压抑、否定的东西。作为时代的"异类"必定会有孤独的痛苦，而这却是通往自由的必经之路。如弗洛姆在《逃避自由》中论述的：人在摆脱外在权威而追求自由的同时，孤立、无助、无权利感也会伴随始终。②

第二节　平等意识的觉醒

如果说自由是窥见人类社会不公的一面镜子，平等就是构建人类理想社会的基石。在美国，《独立宣言》将"人人生而平等"确立为国家的基本准则。在中国的清末，康有为在《大同书》中预设了一个"人人平等"的大同社会，平等乃是中西方社会共同追求的目标之一。然而，自人类进入到父系社会，同为"人"的女性，却被迫区别于男性，成为"第二性"的存在，从而进入了一个不平等的时代。进入到封建社会，男女之间的不平等，进一步扩大到人与人之间，封建统治者赤裸裸地宣扬着"人皆有差""君权天赋"的不平等思想。

明清时期，在经历了高压政治统治之后，从明中叶以后，商品经济的长足发

① 曹雪芹著. 无名氏续：《红楼梦》，中国艺术研究院红楼梦研究所校注，人民文学出版社，2008 年第三版，第 1097 页，第 1079 页，第 495 页。
② ［美］弗洛姆著：《逃避自由》，《上海文学》，1986 年。

展，促使了资本主义萌芽在封建母体内的出现。新的生产方式及生产关系的产生，必然影响着人们的思想观念，随即出现了李贽、顾炎武、黄宗羲等提倡平等的思想家。

这种思想也反映在明末清初的市民文学之中，如"三言二拍"中就涉及了对男女平等问题的讨论。① 但是，这种讨论多就个体差异而言，还未涉及促使不平等思想形成的根源——男权制、封建制。在《红楼梦》中，曹雪芹透过宝玉及其身边女子的家庭、爱情故事，展现了女性对阶级地位、人格尊严、话语权等平等权利的追求，从而揭示了封建不平等思想的根源所在。

一、"平等"内涵的界定

虽然人类一直在追求着平等，但是真正给平等下个定义，却同自由一样是一个仁者见仁、智者见智的问题。在西方哲学领域，对平等有两种主流的讨论：一是以霍布斯、洛克等为代表，认为无论是自然生理机能，还是社会地位等方面，人都是平等，具有等同性的意味。二是以哈耶克、诺齐克等为代表，认为个体人的天赋和能力是不同的，但是拥有平等的权利和平等的机会。

中国当代的某些学者则认为：平等概念作为一种衡量标准，一种尺度，无法作为一种一般的要求而独立并且普遍有效。平等始终就是针对某种东西的要求的比较与衡量的尺度，而并非绝对的独立自存的标准，也不是独立自存的价值。②

女性主义学者所讲的平等，则主要针对男权社会中，男女平等的问题而言。如某些女性主义研究者所说："性别歧视仍然存在，妇女仍无法充分地享有平等的生存和发展机会。政治、经济、文化资源的匮乏使妇女无法有效地运用和保护自己的人权。种种情况表明，妇女的权利与她们所承受的负担不成比例，她们的人权与男人相比是不平等的，妇女仍在政治、经济、教育、家庭等领域中处于不利地位。"③ 在中国古代这种不平等的现象屡见不鲜。《诗经·小雅·斯干》中说

---

① "三言二拍"中塑造了许多独立自主的女性形象，如杜丽娘、黄贞女、苏小妹等，通过她们的爱情故事、才智故事等，发出了女性对人格、教育、家庭地位等方面要求平等的呼声，并且作者在某些篇章的楔子，或行文的议论中，直接提出了男女无差的思想。如《喻世明言》卷十九中"聪明男子做公卿，女子聪明不出身，若裙钗应科举，女儿哪见逊公卿。"这是对女子受教育及政治平等的呼声。（参见《喻世明言》，许政扬校注，人民文学出版社，1958 年）《二刻拍案惊奇》卷十九中，"有一种能文的女子……上可以并驾班，下可以齐驱骆；有一种能武的女子，智略可比韩、白，雄名可赛关、张；有一种善能识人的女子……俱另具法眼，物色尘埃；有一种报仇雪耻的女子……俱中怀胆智，力开强梁……"更加具体的表述了男女无差的思想。（参见《二刻拍案惊奇》，陈迩冬、郭隽杰校注，人民文学出版社，1996 年）
② 韩水法著：《平等的概念》，《文史哲》，2006 年，第 4 期。
③ 孙萌著：《妇女人权实现障碍研究》，见徐显明编，《人权研究》（第 1 卷），山东人民出版社，2001 年，第 482 页。

"乃生男子，载寝之床。载衣之裳，载弄之璋。乃生女子，载寝之地。载衣之裼，载弄之瓦"，① 是封建男女不平等的真实写照。康有为在《大同书》戊部第一章中，从生活、政治、经济、教育等方面，具体描述了封建女性受到的不平等待遇。

但是，无论是中西方哲学家，亦或女性主义学者，对平等有着怎样不同的理解，其仍然是建立在"人权"基础之上的。如弗洛姆所理解的那样"人类生而平等这个命题的含义是，他们有相同的基本人性，他们都具有人类的基本命运，他们对自由和幸福，都具有不可让与的权利"，② 不过是设定的维度不同而已。

因此，我们所谈论的《红楼梦》女性的平等意识，必然是建立在"人权"之上，并结合具体时代背景，主要针对男女之间的不平等问题而言。封建社会作为男权社会的表现形态，强权制和等级制度，直接剥夺了女性基本的人权。受时代、文化程度的制约，封建社会的女性，不可能如 20 世纪女权主义者那样，要求在政治、经济、文化上取得与男性平等的权利。她们只能在自身所能触及的范围内，提出平等的要求，我们所探求的就是她们如何追求平等的过程。

二、 对等级制的突破

等级制是封建社会显著标识之一。对于等级制度下阶级关系的产生，恩格斯说："在历史上出现的最初的阶级对立，是同个体婚制下的夫妻间的对抗的发展同时发生的，而最初的阶级压迫是同男性对女性的压迫同时发生的。"③ 凯特·米利特在《性政治》一书中指出男女两性间的关系是政治：所谓政治是"人类某一集团用来支配另一集团的那些具有权力结构的关系和组合"，"两性关系是一种支配和从属的关系"，④ 这种关系实际上是阶级关系。等级制度实质上是男权制在封建社会的强化和衍变。女性在摆脱客体位置，追求与男性平等的过程中，不可避免地与阶级平等相连。从中国封建男性家长制家庭的常态来看，《红楼梦》中的贾府是一种特殊的家长制家庭，女性构成了家长统治集团主体。女性家庭地位的提高，并不意味男女之间的对抗，以及阶级矛盾的消失，但在一定程度上淡化了阶级地位的差异。特别是在大观园，这个包容度和自由度相对较高的环境中，为女性追求阶级地位的平等提供相对客观的条件。

宝玉是大观园中唯一的男性，无论从男权制还是等级制出发，宝玉都是"君

---

① 《毛诗正义》，阮元校刻，《十三经注疏》，中华书局，1980 年，第 437-438 页。

② ［美］弗洛姆著：《逃避自由》，《上海文学》，1986 年，第 125 页。

③ ［德］恩格斯著：《家庭、私有制和国家的起源》，参见《马克思恩格斯选集》(第四卷)，人民出版社，1972 年，第 63 页。

④ ［美］凯特·米利特著. 钟良明译：《性的政治》，社会科学文献出版社，1999 年，第 36 页，第 38 页。

主"的存在。尤其是在更为封闭的怡红院中，宝玉就是最高统治者"父亲"的象征，怡红院中的大小丫头们，作为宝玉的私有财产，理应臣服于宝玉的脚下。然而，宝玉与奴仆之间却是另一番景象。兴儿曾这样评价宝玉："再者也没刚柔，有时见了我们，喜欢时没上没下，大家乱顽一阵；不喜欢各自走了，他也不理人。我们坐着卧着，见了他也不理，他也不责备。因此没人怕他，只管随便，都过得去。"① 在中国传统的礼仪中，主仆之间有着一套严整的凸显"主尊仆卑"的礼仪制度。在日常的生活中，站立礼是最普遍的礼仪。非权力主体的仆人，在权力主体主子面前，要"从神儿似"的呆板、严肃地站着，以表对主子的尊重。但是，在宝玉与奴仆间，这套礼仪变得可有可无，宝玉没有主子的架子，奴仆没有奴仆的礼数，在行为上淡化了主尊仆卑的观念。

宝玉对兴儿们尚且如此，对怡红院中的丫头们更"每每甘心为诸丫鬟充役"。②第三十一回，宝玉误踢了袭人，为表悔意为袭人斟茶倒水，"向案上斟了茶来，给袭人漱了口"，③袭人"因此只在榻上由宝玉去服侍"。④晴雯病中补雀金裘，"宝玉在旁，一时又问：'吃些滚水不吃？'一时又命：'歇一歇。'一时又拿一件灰鼠斗篷替他披在背上，一时又命拿个拐枕与他靠着。"⑤奴婢、家仆是奴隶制度在封建社会的残余形态，主要承担手工、杂役劳动以及提供娱乐服务，简而言之就是服侍主子。宝玉作为主子，他踢了袭人，根本不用向袭人道歉，更不用因为内疚而服侍袭人。晴雯补裘，这本身就是做奴婢的分内的事情，也不用如此关心。但是，宝玉却放下主子的权威，甚至降低自己的身份，以平等之心关心、尊重她们。

宝玉思想中的平等意识，必然会影响到其身边的人。怡红院中的丫头们，也知道宝玉没有主子的架子，而更加的随意。第十九回中，宝玉出门，"他房中这些丫鬟们都越发恣意的玩笑，也有赶围棋的，也有掷骰抹牌的，磕了一地瓜子皮。"⑥面对宝玉乳母李嬷嬷的斥责，她们也不在乎，因为她们"明知宝玉不讲究这些"。⑦她们不但不用顾忌礼数，更可同主子同席而坐，嬉戏玩耍。第六十三回，"寿怡红群芳开夜宴"，宝玉与丫头们脱衣而坐，共同庆祝生日：

> 袭人道："不用围桌，咱们把那张花梨圆炕桌子放在炕上坐，又宽绰，又便宜。"说着，大家果然抬来。……宝玉说："天热，咱们都脱了大衣裳才好。"众人笑道："你要脱你脱，我们还要轮流安席呢。"宝玉笑道："这一安就安到五更天了。知道我最怕这些俗套子，在外人跟前不得已的，这会子还恼我就不好了。"众人听了，都说："依你。"于是先不上坐，且忙着卸妆

①②③④⑤⑥⑦ 曹雪芹著. 无名氏续：《红楼梦》，中国艺术研究院红楼梦研究所校注，人民文学出版社，2008年第三版，第916页，第437页，第416页，第416页，第714-715页，第258页，第258页。

宽衣。

　　袭人等一一的斟了酒来，说："且等等再划拳，虽不安席，每人在手里吃我们一口罢了。"于是袭人为先，端在唇上吃了一口，余依次下去，一一吃过，大家方团圆坐定。小燕四儿因炕沿坐不下，便端了两张椅子，近炕放下。……宝玉因说："咱们也该行个令才好。"袭人道："斯文些的才好，别大呼小叫，惹人听见。二则我们不识字，可不要那些文的。"麝月笑道："拿骰子咱们抢红罢。"宝玉道："没趣，不好。咱们占花名儿好。"晴雯笑道："正是早已想弄这个玩意儿。"……①

　　主仆围坐在一起，没有主仆尊卑之别，也没有男女之间的禁忌，就连客套的"安席"②之礼都被忽略了。在这样一幅和谐的画面中，宝玉与丫头们不似主仆、宾客般拘谨，更似亲密无间的一家人，在一定程度上，淡化了阶级地位间的差异。

　　晴雯、袭人等，虽为女婢，却可以统管、支配其他的小丫头们，成为怡红院内的半个主子。在宝玉及其地位的双重因素的影响下，平等意识悄然而生。袭人作为宝钗的影子人物，她是十分守礼的。她不仅规劝宝玉改掉自身"顽劣"的毛病，走上正途，更以男女有别建议王夫人让宝玉搬出大观园。如此恪守封建礼教的袭人，似乎不可能有平等的意识。但是，在宝玉面前，却有意无意中透露出一丝丝的平等意识。第十九回，宝玉在袭人本家看到一红衣女子，便对袭人说："我因为见他实在好得很，怎么也得他在咱们家就好了。"袭人冷笑道："我一个人是奴才命罢了，难道连我的亲戚都是奴才命不成？定还要拣实在好的丫头才往你家来？"③对此脂砚斋批注到："妙答。宝玉并未说'奴才'二字，袭人连补'奴才'二字最是劲节，怨不得作此语。"④的确，在袭人的意识中，等级意识是根深蒂固的，否则她的第一反应不会是"奴才"二字。但是，从袭人反问式的话语中，可知她对自己奴才的身份是无可奈何的。袭人作为买来的丫头，其家族中其他成员并不是贾府的奴才，她不想因为自己的身份，而降低了家族中其他人的身份地位，对此她是十分敏感介意的，她希望宝玉能够平等的对待她的家人。这就流露出了袭人思想中的一点平等的意识。

　　晴雯与袭人的性格截然相反，晴雯更为自主、自我，她的平等意识也更为突出。第三十七回中，秋纹得到了王夫人赏赐的几件衣服，正在跟晴雯、麝月炫耀，却被晴雯抢白到："要是我，我就不要。……一样这屋里的人，难道谁又比

---

① ③　曹雪芹著．无名氏续：《红楼梦》，中国艺术研究院红楼梦研究所校注，人民文学出版社，2008 年第三版，第 866-868 页，第 259 页。

②　所谓安席，是旧时宴席入座时主人对宾客的一套礼节。

④　朱一玄主编：《红楼梦资料汇编》，南开大学出版社，2001 年，第 307 页。

谁高贵些?"① 对于主子的恩典,晴雯没有秋纹般感恩戴德、欣喜若狂,甚至还要拒绝,足见晴雯是何其的自尊,颇有些陶渊明"不食嗟来之食"的傲骨。而且,晴雯的话虽然是对着秋纹等人说的,但是"一样这屋里的人",当然也包括宝玉在内。这样她就将矛头直指封建等级制度,揭穿了等级制度的虚伪性——人生而平等,不过是封建统治者硬性的区分了人的等级、身份。

第五十二回,晴雯赶坠儿出去,坠儿的母亲抓住晴雯直呼宝玉的名字作为把柄,以求留住坠儿:

> 宋嬷嬷听了,只得出去唤了他母亲来,打点了他的东西,又来见晴雯等,说道:"姑娘们怎么了,你侄女儿不好,你们教导他,怎么撵出去?也到底给我们留个脸儿。"晴雯道:"你这话只等宝玉来问他,与我们无干。"那媳妇冷笑道:"我有胆子问他去!他那一件事不是听姑娘们的调停?他纵依了,姑娘们不依,也未必中用。比如方才说话,虽是背地里,姑娘就直叫他的名字。在姑娘们就使得,在我们就成了野人了。"晴雯听说,一发急红了脸,说道:"我叫了他的名字了,你在老太太跟前告我去,说我撒野,也撵出我去。"②

名字的产生就是方便人与人之间的交流沟通。在等级社会中,名字作为身份的象征,失去了其最单纯的意义。为了突出主子尊贵的地位,处在"卑"地位的仆人,在"尊"地位的主子面前,必须用敬语、谦称,更不可以直呼主子的名字。晴雯直呼宝玉其名,藐视了主仆之礼,跨越了主仆的身份,仅就这一条足可以被封建统治者扫地出门。所以,晴雯才被坠儿的母亲要挟。但也从侧面反映出晴雯的平等意识,她没有视宝玉为主子,而是同自己一样的平等的人。

在大观园中,下层女婢尚有平等的意识,那么,上层的贵族小姐是否也有平等意识呢?在贾府的统治层中,潜藏着"女尊男卑"的意识,因此,在上层女性中也存在平等的意识。在《红楼梦》的众多女子中,黛玉的精神特质与宝玉最为相似。虽然黛玉"孤高傲世,目下无人"的性格常常被世人所误解,但是拨开这层高冷的外衣,黛玉却有着一颗平等待人的心。从黛玉对紫鹃的态度,以及对香菱学诗的态度上,最能体现黛玉的平等意识。

第三十回中,黛玉与宝玉吵架后,紫鹃劝解到:

> 紫鹃度其意,乃劝道:"若论前日之事,竟是姑娘太浮躁了些。别人不知宝玉那脾气,难道咱们也不知道的。为那玉也不是闹了一遭两遭了。"黛

①② 曹雪芹著. 无名氏续:《红楼梦》,中国艺术研究院红楼梦研究所校注,人民文学出版社,2008年第三版,第485页,第712页。

玉啐道:"你倒来替人派我的不是。我怎么浮躁了?" 紫鹃笑道:"好好的,为什么又剪了那穗子? 岂不是宝玉只有三分不是,姑娘倒有七分不是。我看他素日在姑娘身上就好,皆因姑娘小性儿,常要歪派他,才这样。"①

在封建社会,只有主子教导奴婢的道理,紫鹃却当面指出了黛玉的错误,这实则超越了女婢的身份和权责。但是,黛玉并没有因此而生气,或者是处罚紫鹃,黛玉的反驳,不过是还没有消解对宝玉的怒气,并没有转嫁到紫鹃的身上。而且,她也接受了紫鹃的意见,默许紫鹃让宝玉进门。在这幅场景中,看到的不是阶级间差异的对抗,而是人与人之间平等的交流。

正因如此,黛玉从未将紫鹃视为奴婢,而是视为知己、亲人。第九十七回,黛玉病重无人过问,守在黛玉身边的只有紫鹃一人。黛玉对紫鹃说:"妹妹,你是我最知心的,虽是老太太派你服侍我这几年,我拿你就当我的亲妹妹。"②《论语·泰伯》中说:"人之将死,其言也善",③ 这是黛玉生命最后的寄言,是她内心中最真挚、真实情感地诉说。紫鹃也无愧于黛玉的真情,无论平日里多少人围绕在黛玉身边,在黛玉最危难的时刻,陪伴她的只有紫鹃。她们之间的情谊,已经超越了主仆之情,更似姐妹亲情。

香菱是薛蟠的侍妾,本与黛玉没有过多的交集,黛玉却也能平等相待。香菱拜师学诗,第一想到的自然是亲近的宝钗,而宝钗却说香菱是"得陇望蜀","不守本分"。在她看来,香菱地位卑贱,根本没有资格学诗,这是宝钗等级意识的流露。但是,当香菱求教于黛玉时,黛玉笑道:"既要作诗,你就拜我作师。我虽不通,大略也还教得起你。"④ 黛玉没有丝毫的推脱,并以自谦之词爽快地答应下来。说明在黛玉的意识中,不觉得教香菱学诗有失身份,而是一种荣幸和骄傲。相比与宝钗对香菱学诗的态度,黛玉的思想中较少封建等级意识,显现的是平等的进步意识。

探春既有敢于揭露封建统治内部弊端的勇气,又有封建等级制度的烙印。⑤如她对其庶出的身份十分介意,甚至只认王夫人,而不认亲生母亲赵姨娘。不可否认,任何一个生活在封建社会中的人,或多或少都会受到封建思想的影响。却

---

①② 曹雪芹著. 无名氏续:《红楼梦》,中国艺术研究院红楼梦研究所校注,人民文学出版社,2008 年第三版,第 406 页,第 1337 页。

③ 杨伯峻译注:《论语译注》,中华书局,2009 年,第 78 页。

④ 曹雪芹著. 无名氏续:《红楼梦》,中国艺术研究院红楼梦研究所校注,人民文学出版社,2008 年第三版,第 645 页,第 648 页,第 759 页,第 68 页,第 273—274 页。

⑤ 李希凡在《传神文笔足千秋——〈红楼梦〉人物论》中认为:探春"正是以这宗法等级观念为'武器',锋芒毕露地来维持她的贵族小姐的尊严"(文化艺术出版社,2006 年);刘梦溪在《探春新论》中认为,探春是一个"被封建伦理观念侵蚀透了"的人(《红楼梦学刊》1980 年第一辑)。

不可因此，完全否定探春身上的进步思想。在探春的身上也有平等的意识，主要体现在邀请香菱入诗社上。虽然香菱拜黛玉为师，但是香菱学诗初见成果时，第一个邀请香菱加入诗社的却是探春，"明儿我补一个柬来，请你入社"。① 中国古代的文学社团，几乎都被男性文人所垄断，这本身就有等级差异的意味。探春组建诗社的原因，就在于打破这种差异，实现男女之间的平等。从海棠社的成员来看，几乎都是贵族少爷、小姐，香菱作为侍妾，被邀请入社，足见探春不以身份地位作为入社的条件，而是平等的对待每一个对诗歌有兴趣的人，这就打破了传统等级制的限制，至少在诗歌面前探春实现了人人平等。

封建等级制不仅存在于统治与被统治者之间，也存在于上层贵族统治者之间，最典型的就是嫡庶之间的差异。嫡庶差异的产生与封建一妻多妾的婚姻制度相连。在家庭关系中，妻妾本身就是主仆的关系，妻妾间地位的不平等，直接影响她们子嗣间的地位。

在封建社会，对于男性来说，只有嫡长子才有资格继承家业，如宝玉和贾环，宝玉是贾府的继承人。对于女性来说，庶出的女子未必能获得一份满意的婚姻，如凤姐所说："虽然庶出一样，女儿却比不得男人，将来攀亲时，如今有一种轻狂人，先要打听姑娘是正出是庶出，多有为庶出不要的。"②

然而，从父系血缘关系出发，他们都是父亲的子嗣，并无差异。宝玉对兄弟姐妹们都一视同仁，从不摆出兄长或继承人的架子。第二十回，贾环因赌输了钱，与莺儿争吵，恰巧宝玉路过。在封建家庭中，伦理的长幼尊卑，做哥哥的有教导、斥责弟弟的权力。可是，宝玉却"天性所禀来的一片愚拙偏僻，视姊妹弟兄皆出一意，并无亲疏远近之别。"③又想着"兄弟们一并都有父母教训，何必我多事，反生疏了。"④所以，只是劝导了贾环几句，并无斥责。宝玉正是抱着兄弟姐妹相亲的心态，淡化了嫡庶之间的差异。

可见，在大观园这个相对自由的"国度"中，以宝玉为中心的红楼女儿们，无论是上层的贵族小姐，亦或下层的女婢，在彼此的影响下，或多或少的萌发了平等的意识，淡化了阶级地位的差异。

三、 对人格尊严的平等追求

男权制、等级制不仅区分了人身份、地位的贵贱，也区分了人格的高低贵贱。尼采认为自尊是比生命更可贵的东西，但它只存在于贵族统治者中，而女性及被统治者，不过是统治阶级手中的玩物，毫无尊严可言。即便贾府中地位较高

---

① ② ③ ④ 曹雪芹著. 无名氏续：《红楼梦》，中国艺术研究院红楼梦研究所校注，人民文学出版社，2008年第三版，第645页，第648页，第759页，第68页，第273—274页。

的女性也不可避免地受到人格尊严的侮辱。

第十一回中，宁国府开寿宴，凤姐正赏玩宁国府景致时，突遇到贾瑞：

> 猛然从假山石后走过一个人来，向前对凤姐儿说道："请嫂子安。"凤姐儿猛然见了，将身子往后一退，说道："这是瑞大爷不是？"贾瑞说道："嫂子连我也不认得了？不是我是谁！"凤姐儿道："不是不认得，猛然一见，不想倒是大爷到这里来。"贾瑞道："也是合该我与嫂子有缘。我方才偷出了席，在这个清净地方略散一散，不想就遇见嫂子也从这里来。这不是有缘么？"一面说着，一面拿眼睛不住的觑着凤姐儿。①

如果贾瑞只是为了上前请安，在动作上不会如此猛撞、突然，让凤姐猝不及防，吓了一跳。只有贾瑞在兴奋之下，才会出现"猛然"的动作。那么，贾瑞见到凤姐为什么兴奋呢？接下来他与凤姐的对话和动作暴露了他兴奋的原因——垂涎凤姐的美色。贾瑞虽为贾氏宗族之人，却不常出现在荣、宁二府，凤姐作为女眷不见得认识贾瑞，所以才问道是不是贾瑞的问题。而贾瑞的回答，可以翻译成：你我是什么关系，怎么连我都不认识了？封建社会"男女授受不亲"，贾瑞此番回答，明显有挑逗的意味。"觑着"的动作，进一步暴露出贾瑞地对凤姐不轨的内心。眼睛是心灵的窗户，一个人内心的想法，会通过眼神而暴露出来，贾瑞"觑着"的动作，显然不是正常的眼神交流，而是带着色欲的偷看。尔后，听了凤姐一家骨肉的话，贾瑞"那神情光景亦发不堪难看了"。②接着凤姐假意体贴劝他入席，"贾瑞听了，身上已木了半边，慢慢地一面走着，一面回过头来看"。③由偷瞄凤姐，到直面凤姐，再到回头看凤姐，贾瑞的肉欲淫意表现的已经很明显了。此时凤姐心里暗忖道："这才是知人知面不知心呢，那里有这样禽兽的人呢！他如果如此，几时叫他死在我的手里，他才知道我的手段！"④凤姐将贾瑞定义为"禽兽"，就是看透了他妄想轻薄凤姐之心。

凤姐是贾府的当权者，几乎没有人敢冒犯凤姐，贾瑞却对凤姐起了色心，只能说一方面色欲使贾瑞丧失了理性；另一方面，在贾瑞的潜意识中，他作为男性，还是贾姓宗族的一员，怎么也算是个主子，而凤姐不过就是个女人，天生就是男性手中的玩物。这对凤姐来说，不仅是对其权威的蔑视，也是人格上莫大的侮辱。

无论凤姐作为当权者，亦或作为一个女人，如康有为所说："夫凡人之生，

①②③ 曹雪芹著. 无名氏续：《红楼梦》，中国艺术研究院红楼梦研究所校注，人民文学出版社，2008年第三版，第155页，第.156页，第156页。

④ 曹雪芹著. 无名氏续：《红楼梦》，中国艺术研究院红楼梦研究所校注，人民文学出版社，2008年第三版，第156页，第1030页，第1031页。

· 094 ·

皆出于天，故人无贵贱，莫非天民，各为独立，安有视为玩物者哉！"① 凤姐必然会发起反击。第十二回，凤姐将计就计，毒设相思局。但是，凤姐并非要致贾瑞于死地，不过是对他侮辱凤姐人格的惩罚。最后，贾瑞死于的是对肉欲的沉迷。因此，对于贾瑞，凤姐并非十分歹毒，不过是捍卫女性的人格尊严而已。

男权制对女性最大的荼毒，不是男性对女性直接的统治和人格的侮辱，而是对女性思想上的同化，使女性之间相轻相贱。第七十四回，抄检大观园是以检查少女们的贴身物品为方式，其目的实施封建权威的强压政策。此举本身就侵犯了少女们的隐私权。搜查就意味少女们有不洁的行为，这是以王善保家为首的男性同盟者们，对贾府少女集体的人格侮辱。其中不仅包括丫头，还包括贵族小姐们。在整个搜查的过程中，只有探春和晴雯做出了反抗。

且看在搜查的队伍还没有抵达秋爽斋前，"早有人报与探春了。探春也就猜着必有缘故，所以引出这等丑态来，遂命众丫鬟秉烛开门而待"，② 以此表达着对这次搜检行动的不满，也在告知众人秋爽斋清清白白、坦坦荡荡，不怕任何人搜查。而后探春又"命丫头们把箱柜一齐打开，将镜奁、妆盒、衾袱、衣包若大若小之物一齐打开，请凤姐去抄阅。"③ 此时探春已经明确表达了自己的愤怒，就连凤姐都要赔笑着，谁知那王善保家的"他自恃是邢夫人陪房，连王夫人尚另眼相看"，④ 而探春不过是个庶出的姑娘，不知天高地厚的"越众向前拉起探春的衣襟，故意一掀，嘻嘻笑道：'连姑娘身上我都翻了，果然没有什么。'"⑤ 在封建社会中，主子的权力决定了其身边奴才地位的高低，王善保家的认为自己是邢夫人的心腹，探春不过是奴才生的女儿，根本就没把探春放在眼里。又或许，以她奴才的心理，想象着无论自己有怎样的举动，探春作为庶出的女儿，也不敢对她怎样。但是，她却万万没有想到，她的这个举动，意味着对探春品行的质疑，一是触怒了探春作为贵族小姐的尊严；二是对探春人格尊严的侮辱。在这双重的侮辱面前，探春以一记响亮的耳光予以回击，"只听'啪'的一声，王家的脸上早着了探春一掌。"⑥ 探春的这记耳光，虽然打在了王善保家的脸上，却也打向了其背后的男权制，以此发起对男权制的反抗，追求平等的人格尊严。

凤姐、探春作为上层统治阶级，都不可避免受到人格的侮辱，更不要说下层的奴仆会遭遇何等的对待了。如刘再复先生说："在主奴结构的社会中，主人要保持人的骄傲不容易，因为他们还必须向更高的主子卑躬屈膝；而奴仆要保持人

① ［清］康有为著．周振甫、方渊校点：《大同书》，中华书局，2012年第2版，第145页。

②③④⑤ 曹雪芹著．无名氏续：《红楼梦》，中国艺术研究院红楼梦研究所校注，人民文学出版社，2008年第三版，第156页，第1030页，第1031页。

⑥ 曹雪芹著．无名氏续：《红楼梦》，中国艺术研究院红楼梦研究所校注，人民文学出版社，2008年第三版，第1031页，第1025页，第1026页，第1029页。

的骄傲就更难，也很稀少。"① 晴雯就是少数保持了人的骄傲的奴仆。

如果说探春的反抗多少带有贵族小姐的等级意识，那么，晴雯的反抗，完全是对人格尊严的平等追求。晴雯是贾府中第一美丫头，凤姐说："若论这些丫头们，总共比起来，都没晴雯生得好。"② 在男权社会中，长得好看的女子多半会受人非议，而晴雯不仅长得好看，性格较为任性，更何况宝玉对她宠爱有加，锋芒毕露的代价，必然是遭人嫉妒。王善保家的在王夫人面前就谗言："别的都还罢了。太太不知道，一个宝玉屋里的晴雯，那丫头仗着他生的模样儿比别人标致些。又生了一张巧嘴，天天打扮得像个西施的样子，在人跟前能说惯道，掐尖要强。一句话不投机，他就立起两个骚眼睛来骂人，妖妖趫趫，大不成个体统。"③ 在封建统治者眼中，晴雯的长相和性格，违背了封建纲常下，一个俯首帖耳的女婢形象，晴雯被逐只是个时间的问题。抄检大观园，正好为王善保家之流提供了铲除晴雯的机会，"要寻他们的故事又寻不着，恰好生出这事来，以为得了把柄"。④

晴雯虽然任性，但为人坦荡刚强，她明知来者不善，却毫无畏惧，奋力反抗。"袭人等方欲代晴雯开时，只见晴雯挽着头发闯进来，豁一声将箱子掀开，两手捉着底子，朝天往地下尽情一倒，将所有之物尽都倒出。"⑤面对这种赤裸裸的人格侮辱，晴雯丝毫不留给封建恶势力任何践踏自己人格的机会，"豁一声"如同探春的那一记耳光，震碎的是男权制剥夺女性人格尊严的美梦。

四、 小结

虽然《红楼梦》中的女性在家庭地位提高的前提下，已经开始自觉地追求阶级地位的平等、人格尊严的平等等，从而对封建男权制、等级制进行了反抗，但是我们要指出的是，红楼女儿们毕竟生活在封建专制社会中，她们不可能完全、彻底地消除封建等级意识。譬如说，探春对赵姨娘的厌恶，不无嫡庶差异的观念；晴雯对坠儿的毒打，也是等级观念的反映。然而，即便是当代社会，消灭了等级差异，而社会制度的缺陷，过度对金钱的重视等，都构成了新的不平等因素，人与人之间还未实现真正的平等。所以，对于红楼女儿们思想中的平等意识，我们不能苛刻的要求她们实现完全的平等，而是根据具体的时代环境，给予客观的肯定。

---

① 刘再复著：《红楼梦悟》，三联书店，2006年，第30页。
②③④⑤ 曹雪芹著. 无名氏续：《红楼梦》，中国艺术研究院红楼梦研究所校注，人民文学出版社，2008年第三版，第1031页，第1025页，第1026页，第1029页。

第三节 博爱理想的践行

在这个世界上，爱有很多种形式，博爱则是最高境界的爱，它是一种超越国家、血缘、物种的大爱，与自由、平等相伴而来，如弗洛姆在《逃避自由》中所指出的：人只有在爱与工作中，才能实现完全的自由。[①] 这其中的"爱"指的就是人与人之间无差别的博爱。在中国古代社会，虽然儒家宣扬着"仁者爱人"的思想，却被封建统治阶级作为巩固政权的工具所利用，博爱仍是难以实现的人生理想。从男权制的角度来说，女性不过是满足男性欲望的工具而已。出于对工具的爱护和犒劳，男性会发出爱的施舍。然而，这种爱却不是建立在"人"的主体平等基础上的。即便男性对女性付出了"人"的真情，也会被封建礼教所打压，于是女性失去了被爱的权利。封建的女德教育，将顺从视为女性的本性，顺从并不是爱的体现，而是权威的奴役；女性的贞洁观，进一步束缚了女性情感的迸发，女性爱人的权力也被无情地剥夺了。在《红楼梦》中，宝玉的"情不情"，黛玉的"情情"超越了血缘、物种的限制，满足了女性爱与被爱的渴望，有了博爱的内涵。而《红楼梦》中其他的女性，亦在儒家文化的熏陶下，在自身的生命体验中，植下了博爱的种子，等待它的发芽、开花、结果。

一、"博爱" 内涵的界定

在秦汉之际，中国的古代典籍中就出现了"博爱"一词。《孝经·三才章》中 "先王见教之可以化民也。是故先之以博爱，而民莫遗其亲。"[②] 《说苑·君道》中的 "人君之道，清静无为，务在博爱"。[③] 三国魏曹植《当欲游南山行》："长者能博爱，天下寄其身。"[④] 这里博爱的内涵，都是儒家"仁爱"的演变。孟子说："亲亲而仁民，仁民而爱物"，[⑤] "仁者以其所爱及其所不爱，不仁者以其所不爱及其所爱"。[⑥]儒家的"仁爱"思想从亲人间的爱，推及到爱他人，再扩大到爱万物的思想，可以说，已经有了博爱的现代意义。但是，儒家的博爱思想一旦被统治者所利用，就改变了其最初的意义。君主专制的封建社会，王道和霸道是统治人民的两种方式。二者的区别就在于，王道是惠施于民，使民众心甘情愿接

---

① ［美］弗洛姆著：《逃避自由》，《上海文学》，1986 年。
② 《孝经》，阮元校刻，《十三经注疏》，中华书局，1980 年，第 2549 页。
③ ［汉］刘向著：《说苑》，文渊阁四库全书（696 册），台湾商务印书馆，1984 年，第 4 页。
④ 赵幼文校注：《曹植集校注》，人民文学出版社，1998 年，第 424 页。
⑤⑥ 《孟子·尽心章句上》《孟子·尽心章句下》，参见《孟子译注》，杨伯峻著，中华书局，1960 年，第 298 页，第 300 页。

受奴役，如鲁迅所说的"暂时做稳奴隶的时代"；[①] 霸道则是以镇压等手段，强制性的令民众臣服于君主统治。博爱显然就是统治者实施的王道，本质上还是不平等的，阶级性的差等之爱。

在西方，没有任何一种宗教或者学说比基督教，对博爱的理解更为深广。基督教的博爱，是建立在严重的种族歧视基础上的，以上帝之名消除人在自然和道德上的不平等。[②] 不管是罪犯、老人、儿童、妇女，上帝都以慈爱之心关怀众生，是一种超越国界、种族无差别的大爱。然而，基督教所提倡的博爱，是具有宗教性质的爱。基督教的原罪思想认为：每个人都是有罪的，人与人天性是不相爱的，只有通过上帝而博爱众生，才可以赎罪。上帝赐予了人类爱人、爱物的力量，而非人类主体能动性自觉的体现。

在中国的传统文化中，墨家的兼爱思想趋近于基督教的博爱。所谓"兼爱"就是"使天下兼相爱，爱人若爱其身。"[③] 提倡的是爱无差等，具有反抗压迫和等级歧视的意义。但是，墨家的"兼爱"又与基督教的博爱有质的差别。墨家认为爱的力量来自于人的本身，每个人在社会集体中，都有其个人的价值，人与人之间都是平等的，在平等基础上，每个人都有被爱与爱人的权力，其所依靠的不是任何的信仰，只是人本身的主体能动性。所以，"兼爱"学说包含着"主体性"的萌芽。[④]

综合东西方文化对博爱的理解，笔者认为：博爱在范围上是一种超越性别、阶级、种族等一切外在因素，无差别的大爱。博爱作为一种情感活动，由施爱方和受爱方共同构成，其体现的是"人"作为主体爱与被爱的能力，因此，它包括两个层面：一是无差别的爱他人；二是他人无差别的爱自己。其最终的目的是实现人与人之间的相爱、和谐。这种完全意义上的博爱，只有人类实现了全面的自由之后，才有可能实现。对于处在封建社会的女性来说，她们被排除在"人"的行列，被动的服从于男性权威，其爱与被爱的权力也被无情的剥夺了。而《红楼梦》中的女性，将博爱作为一种情感理想，在她们渴望被爱及主动爱他人的过程中流露了出来。但是，由于时代的局限，她们不可能彻底、完全的实现博爱的意义内涵。

二、"情不情" 之爱

在《红楼梦》第十九回中，有脂评曰："后观《情榜》评曰：宝玉'情不

---

① 鲁迅著：《鲁迅全集》（第一卷），人民文学出版社，1958年，第213页。
② 张斌峰著：《墨子"兼爱"学说的新透视》，《中国哲学史》，1998年，第1期。
③ 《墨子》，文渊阁四库全书（848册），台湾商务印书馆，1984年，第48页。
④ 张世英著：《天人之际》，人民出版社，1995年，第218-220页。

情'，黛玉'情情'。此二评自在评痴之上，亦属囫囵不解，妙甚。"① 根据这条批注可知，"情不情"与"情情"是曹雪芹最后一回对宝玉和黛玉的总评。何为"情不情"，从脂砚斋到当代学者都对此做出过具体的阐释。② 《红楼梦大辞典》根据脂砚斋的评语，认为："宝玉情不情"，前一个"情"字做动词，钟情，用情之意，"不情"指不知情之物或人，意思是说宝玉对不知情者（无情者）也钟于情……宝玉对无情之人也钟情。③ 从爱的范围上来说，这已经囊括了世间的万物，是一种无差别的爱，而具有了博爱的意义。

对于宝玉思想中的博爱意识，也有许多学者论述过。譬如洪秋藩说："宝玉天性，视姊妹兄弟皆出一意，并无亲疏远近之别，故待宝钗、黛玉无分厚薄"，"宝玉多情博爱，在紫鹃自不能无此疑"。④ 鲁迅先生在论及宝玉与《红楼梦》女性关系时说："周旋于姊妹中表以及侍儿如袭人、晴雯、平儿、紫鹃之间，昵而敬之，恐拂其意，爱博而心劳，而忧患亦日甚矣。"⑤ 当然，相关的论述还有很多，笔者在此就不一一列举了。⑥ 但是，很少有学者从"情不情"与女性情感理想的角度来论述。笔者认为，宝玉的"情不情"正是女性情感理想中，被他人无差别之爱的体现。

第一，宝玉的"情不情"，是建立在承认女性主体性身份基础上的爱。在"男尊女卑"的封建社会，女性作为物的存在，而被男性所占有、操纵、践踏。但是，从小在女性身边长大的宝玉，却认为"女儿是水做的骨肉，男儿是泥做的骨肉。我见了女儿，我便清爽；见了男子，便觉浊臭逼人"。⑦ 宝玉还说过："原来天生人为万物之灵，凡山川日月之精秀，只钟于女儿，须眉男子不过是些渣滓浊沫而已。因有这个呆念在心，把一切男子都看成混沌浊物，可有可无。"⑧ 从阶级身份上来说，宝玉是贵族统治阶级的一员；从两性关系来说，作为男性的宝

---

① 朱一玄主编：《红楼梦资料汇编》，南开大学出版社，2001年，第308页。
② 甲戌本第八回有一眉批云："按警幻《情榜》，宝玉系'情不情'。凡世间之无知无识，彼俱有一痴情去体贴。"现代学者在脂砚斋的基础上对宝玉的"情不情"做出阐释。朱淡文认为，贾宝玉的"情不情"是"以不情为情，向不情用情。凡世间之无知无识，彼俱有一痴情去体贴。"（朱淡文. 贾宝玉形象探源（下）红楼梦学刊，1996年）陈才训认为："宝玉身上还有庄子影子，其天然本色论、'情不情'分别是庄子自然论、齐物论的显示。"（陈才训. 宝黛染楚色，林贾影屈庄——论宝、黛形象与楚文化的渊源关系. 宁夏社会科学，2005年）
③ 冯其庸、李希凡主编：《红楼梦大辞典》，文化艺术出版社，1990年，第1047-1048页。
④ 洪秋藩著：《红楼梦抉隐》，参见冯其庸《重校八评批红楼梦》，江西教育出版社，2000年，上册第127页，下册第2146页。
⑤ 鲁迅著：《中国小说史略》，上海古籍出版社，2006年，第207页。
⑥ 有关宝玉博爱思想的论述，可参见饶道庆先生的《红楼梦的超前意识与现代阐释》中的《红楼梦"泛爱"思想的价值重估》，北京图书馆出版社，2004年。
⑦⑧ 曹雪芹著. 无名氏续：《红楼梦》，中国艺术研究院红楼梦研究所校注，人民文学出版社，2008年第三版，第28页，第274页。

玉,是男性权威的继承人,他是贾府中不折不扣的权力主体。但是,作为权力主体的宝玉,并不认为自己有多么的高贵,反而以自己身为男儿而耻,而在主流观念中被压制、排挤的客体女性,在宝玉那里却无比的纯洁高贵。在男女两性清、浊的对比中,提高了女性主体地位,从而在观念上颠覆了男女两性主客体的位置。

在日常的生活中,宝玉也身体力行地践行着他对女性主体的尊重。第三十六回中,宝玉"日日只在园中游卧,不过每日一清早到贾母王夫人处走走就回来了,却每每甘心为诸丫鬟充役,竟也得十分闲消日月"。①袭人生病,宝玉甘愿端茶倒水;晴雯生病,宝玉细致地照料;平儿受了凤姐、贾琏的气,宝玉代哥嫂道歉,并亲自为平儿整理妆容。作为男性主子,宝玉的行为似乎有损主子的威严,但是,宝玉却不以为然,更乐此不疲的为女性服务。宝玉以自己的实际行动,践行着他"女尊男卑"的理念。

第二,宝玉的"情不情"之爱,突破了伦理尊卑、亲疏远近的限制,甚至是超越物种的平等之爱。②如第五回中说宝玉"自天性所享来的一片愚拙偏僻,视姊妹兄弟皆出一体,并无亲疏远近之别"。③在以伦理秩序为基础的封建家长制家庭中,十分注重长幼尊卑的伦理观念,"凡做兄弟的,都怕哥哥",④而宝玉"是不要人怕他的"。⑤所以,即便是庶出的迎春、贾环,宝玉都能给予关心,而无嫡长的架子。第七十九回中,宝玉听说迎春即将出嫁,搬出大观园,看着紫菱洲寥落凄惨的景象,他情不自禁地吟咏道:"池塘一夜秋风冷,吹散芰荷红玉影。蓼花菱叶不胜愁,重露繁霜压纤梗。不闻永昼敲棋声,燕泥点点污棋枰。古人惜别怜朋友,况我今当手足情!"⑥他所表达是手足即将分离的悲伤和不舍,更是对迎春婚后生活担忧。第八十一回,得知迎春婚后遭到虐待,宝玉不无孩子气地说:"我昨儿夜里倒想了一个主意:咱们索性回明了老太太,把二姐姐接回来,还叫她紫菱洲住着,仍旧我们姐妹兄弟一块儿吃,一块儿玩,省得受孙家那混蛋行子的气。等他来接,咱们硬不叫他去。由他接一百回,咱们留一百回,只说是老太太的主意。这个岂不好呢!"⑦虽然这不切实际,却表达出对姐姐的关心,想尽办法帮助姐姐摆脱困境。

第三十七回,探春在给宝玉诗社的邀请帖中说:"娣探谨奉二兄文几:前夕新霁,月色如洗,因惜清景难逢,讵忍就卧,时漏已三转,犹徘徊于桐槛之下,

---

① ③ ④ ⑤ ⑥ ⑦ 曹雪芹著. 无名氏续:《红楼梦》,中国艺术研究院红楼梦研究所校注,人民文学出版社,2008 年第三版,第 473 页,第 273 页,第 273 页,第 1120 页,第 337 页,第 1139—1140 页。

② 二知道人指出:宝玉一视同仁,不问迎、探、惜之为一脉也,不问薛、史之为亲串也,不问袭人、晴雯之为侍儿也,但是女子,俱当珍重。若黛玉,则性命共之矣。姚燮(即大某山民)也曾指出:宝玉于园中姊妹及丫头辈,无在不细体贴。钗、黛、晴、袭身上,抑无论矣。(参见一粟《红楼梦资料汇编》,中华书局,1964 年)

未防风露所欺，致获采薪之患。昨蒙亲劳抚嘱，复又数遣侍儿问切，兼以鲜荔并真卿墨迹见赐，何痌瘝惠爱之深哉！……"① 探春病了，宝玉不仅亲自去探望，嘱咐丫鬟们好生照顾，更贴心的送去新鲜的荔枝，以及探春喜爱的颜真卿的墨迹，供探春解闷，一个哥哥能如此细致、周到的关心妹妹，足见其骨肉亲情，而无嫡庶之别。

宝玉不仅爱自己的亲人、姐妹，对待家中的女婢们，不管认识或不认识，他都能理解她们的行为，感受到她们的苦楚，给予她们关怀和呵护。第三十回，宝玉根本不认识龄官，看到龄官划蔷心里却想："这女孩子一定有什么话说不出来的大心事，才这样个形景。外面既是这个形景，心里不知怎么熬煎。看他的模样儿这般单薄，心里那里还搁的住熬煎。可恨我不能替你分些过来。"②从心理学上来说，人的外在行为，是其内心想法的映射，龄官划蔷正是因为她心中有无法言说的苦痛才会如此。宝玉从龄官的角度出发，理解她的痛苦，更因为自己不能为她分担而悔恨。而后在雨中，宝玉顾不上自己淋了雨，一心想着提醒龄官避雨，直到龄官的提醒，宝玉"才觉得浑身冰凉。低头一看，自己身上也都湿了。……心里却还记挂着那女孩子没处避雨"。③可见，宝玉对龄官的关心并不是表面的应付，而是真心诚意的关爱。

同样的情景还发生在第三十五回，玉钏替宝玉端汤，恰巧有两个老婆子来访，宝玉和玉钏"两个人的眼睛都看着人，不想伸猛了手，便将碗碰翻，将汤泼了宝玉手上。玉钏儿倒不曾烫着，唬了一跳，……宝玉自己烫了手倒不觉的，却只管问玉钏儿：'烫了那里了？疼不疼？'"。④龄官、玉钏她们只是贾府的奴婢，但是，宝玉对她们的关心，不是源自主子自上而下的同情，而是以己之心体他人之痛的"忘我"关怀。而且龄官、玉钏还不是宝玉身边的丫头，宝玉依然给予关爱，足见宝玉的爱是不分高低贵贱，亲疏远近的。

博爱是一种大爱，其所爱之物包括天地万物。佛家说"众生平等"，在世界上无论有生命的物种，亦或无生命的物体，存在即有意义。如宝玉所言："凡天下之物，皆是有情有理的。也和人一样，得了知己，便极有灵验的。"⑤正是带着对天地万物的尊重，宝玉哪怕对一幅画、落花都是极为怜惜的。第十九回，宁国府中唱戏、放花灯，热闹非常，宝玉忽然想起小书房内挂着一轴美人图，"今日这般热闹，那里自然怜静，那美人也自然是寂寞的，须得我去望慰她一回"。⑥第二十三回，被宝玉"恐怕脚步践踏了"落花，"只得兜了那花瓣，来至池边，抖在池内。那花瓣浮在水面飘飘荡荡，竟流出沁芳闸去了"。⑦无论是画中的美人，亦或落花，它们本就是供人玩赏的，没有生命的物品。很少有人会在意它们的存

---

①②③④⑤⑥⑦ 曹雪芹著. 无名氏续：《红楼梦》，中国艺术研究院红楼梦研究所校注，人民文学出版社，2008年第三版，第485页，第413页，第413页，第469页，第1082页，第254页，第314页。

在，而宝玉不仅关注它们，更赋予了它们人的情感体验，给予它们疼惜、关爱，这种爱已经超越了种族，甚至超越了生命的限制，足以体现其博爱的情怀。

宝玉的博爱情怀，不仅停留在世间真实存在的事物上，就连刘姥姥虚构出来的茗玉姑娘，宝玉都极为关心。第三十九回中，刘姥姥看贾母、这些哥儿姐儿们都爱听乡野故事，"便没了说的也编出些话来讲"，[①] 于是讲道：冬日里，雪下了三四尺厚，却有一个十七八岁的姑娘抽柴草。这本就是一个子虚乌有的故事，其他人听个趣儿，也就算了，只有宝玉问道："那女孩儿大雪地作什么抽柴草？倘或冻出病来呢？"[②]宝玉并不关心这件事奇不奇，而是将注意力放在了人的身上，对宝玉来说人比事更重要。宝玉的关爱，远不止如此，背地里拉刘姥姥细问女孩的事，刘姥姥也只能继续编下去，说道："女孩是十七八岁病死了，家人为她修庙塑神，村民们都以为她成精了，要平了庙。"宝玉信以为真，吩咐茗烟寻庙，加以修葺、供奉。在他人眼中，宝玉简直就是个呆子，为了一个不存在的人而费心费力，而这也正是博爱的最高境界，不管人是否存在，都要付出怜爱、关切之心。

第三，宝玉的"情不情"之爱，是不图回报的爱。第三十六回，宝玉请龄官唱曲，遭到了龄官的拒绝，宝玉完全可以告诉龄官当日画蔷之事，以此让龄官回他个人情，宝玉却没有这样做，"从来未经过这番被人弃厌，自己便讪讪地红了脸，只得出来了"。[③]宝玉宁愿自己受委屈，也不愿说出当日提醒避雨之恩，更不愿意以主子的身份发号施令，尊重龄官的选择。

再如，宝玉对鸳鸯的爱也是不图回报的。在第四十六回前，宝玉与鸳鸯的关系很亲近，譬如第二十四回，鸳鸯看袭人的针线，宝玉便"把脸凑在他脖颈上，闻那香油气，不住用手摩挲……便猴上身去涎皮笑道'好姐姐，把你嘴上的胭脂赏我吃了罢'"，[④]只有极为亲近的人，宝玉才能毫无顾忌地提出"吃红"的要求。可是，当鸳鸯以终身不嫁为誓，拒绝贾赦纳妾后，就开始疏远宝玉。宝玉却仍然想为鸳鸯近一份心意。第五十四回，宝玉回到怡红院中，看见鸳鸯和袭人在说话，"宝玉听了，忙转身悄向麝月等道：'谁知他也来了。我这一进去，他又赌气走了，不如咱们回去罢，让他两个清清静静地说一回。袭人正一个闷着，他幸而来的好。'"[⑤]人性是不完美的，每个人都自私的一面，当个体在付出情感的时候，都希望能得到相应的情感回报。然而，宝玉不仅不图回报，更不求鸳鸯知道他的情意，只求能给她一时轻松和安静。

至于那些没有生命情感的自然之物，譬如说第十九回中，画中的美人；第二十三回中的落花；刘姥姥口中的那个不存在的女子，宝玉都能以人的情感珍惜、

---

①②③④⑤　曹雪芹著．无名氏续：《红楼梦》，中国艺术研究院红楼梦研究所校注，人民文学出版社，2008年第三版，第525页，第525-526页，第481页，第319-320页，第734页。

关爱他们。而她们本身就是一群没有生命的物体，根本无法给予宝玉爱的回应，宝玉仍然要把爱给予他们，这种爱本身就是一种圣洁的，超功利的大爱。这种大爱，也正是封建社会，得不到爱的女性，所期望的情感。

三、"情情"之爱

黛玉的"情情"，据《红楼梦大辞典》所说：脂砚斋多次提到黛玉"情情"，前一个"情"，做动词，钟情、用情之意，意思是黛玉钟情于自己所爱的人，即黛玉只钟情于宝玉。[①] 孙逊也根据脂砚斋的评语指出：这里"情情"的意思似都是指黛玉只对宝玉一人钟情，即只对自己钟爱之人，才有一痴情去体贴。这样，"情情"二字也应是一个动宾结构，前一个作动词，后一个为名词，指黛玉只对世间自己的钟爱之人，才有一痴情去体贴。[②] 从这个角度理解，黛玉的"情情"贵在专一，而不在于博爱。但是，笔者认为，黛玉的"情情"在于对钟情对象的选择。从爱情的角度，当然只钟情于宝玉，而从其他的角度，黛玉所钟爱的并非宝玉一人，还涉及《红楼梦》中其他的人或物，其选择的范围虽无宝玉之广、博，却也超越了外在因素的限制，而有无差别之爱的因素。黛玉作为女性来说，她渴望被爱，也去爱别人，体现的是女性作为"人"主体的能动性，展现了博爱的两个层面。因此，她的"情情"具有博爱情感理想的要素。

第一，从被爱的角度来说，黛玉渴望得到他人精神上的关爱，这种关爱不是女性作为客体、弱者得到的从上到下的被施舍的爱，而是将女性作为无差别主体，深入到女性主体精神内部，理解她真正地痛苦的关爱，体现的是女性渴望作为主体被爱的权力。黛玉从小丧母而后丧父，父爱、母爱的缺失，使她极度渴望被爱。在贾府中，对于这个孤女，从贾母到凤姐，每个人都或多或少的关心着黛玉。贾母对黛玉的疼爱自然不必说，紫鹃对黛玉无微不至的照顾也不必说，就连王夫人也关心黛玉的身体，如第二十八回中，问道黛玉吃了太医的药是否好了些；凤姐也是比较关爱黛玉，譬如在抄检大观园的时候，已经睡下的黛玉正要起身，凤姐"忙按住她不许起来，只说：'睡吧，我们就走'"，[③] 这里不无凤姐对黛玉的爱护之情。即便有这么多的人爱黛玉，她还是感到孤独，因为无论贾母、王夫人，她们都只关心黛玉的物质生活，并不理解她精神上的痛苦，黛玉所要的爱，是能给予她精神关怀的爱。在偌大个贾府，似乎只有宝玉与她精神相通，他

---

① 冯其庸、李希凡主编：《红楼梦大辞典》，文化艺术出版社，1990 年，第 1047-1048 页。

② 孙逊著：《"情情"与"情不情"：〈红楼梦〉伦理文明和生态文明的现代阐释》，《红楼梦学刊》，2014 年第三辑。

③ 曹雪芹著，无名氏续：《红楼梦》，中国艺术研究院红楼梦研究所校注，人民文学出版社，2008 年第三版，第 1029 页。

们都有对生命本真、自由的向往，都感觉到世俗世界的压抑和束缚。

从宝钗与黛玉的关系中，可以窥见黛玉对爱的渴望。在第四十五回前，因为"金玉良缘"之说，黛玉对宝钗是心存芥蒂的，时常讥讽宝钗。第三十四回，宝钗因为宝玉挨打而质问薛蟠，受到了哥哥的抢白，哭红了双眼，次日恰巧被黛玉瞧见："姐姐也自保重些儿。就是哭出两缸眼泪来，也医不好棒疮！"① 而在这之前，宝玉早已向黛玉表明了心意，送上两方旧帕以定情。此时，黛玉对宝钗的讥讽，不无几分得意，其潜台词是：即便你怎么对宝玉，也得不到宝玉的真心，分明是"木石前缘"战胜"金玉良缘"后的一次炫耀。说明黛玉已经把宝钗当作了情敌，十分介意她存在于自己和宝玉之间。

然而，从第四十二回后，黛玉对宝钗的态度开始有所改变。缘起贾母宴请刘姥姥，行酒令时，黛玉失口说出《西厢记》中的戏文。封建社会女性贞节观，不允许《西厢记》这种歌颂自由爱情的书存在，女子读了便是有失检点。宝钗作为封建女德的恪守者，没有当众揭穿黛玉，而是私下里，以自己的亲身经历，晓之以理，动之以情的教导黛玉："你当我是谁，我也是个淘气的。从小七八岁上也够个人缠的。我们家也算是个读书人家，祖父手里也爱藏书。先时人口多，姊妹弟兄都在一处，都怕看正经书。弟兄们也有爱诗的，也有爱词的，诸如这些《西厢》《琵琶》以及'元人百种'，无所不有。……你我只该做些针黹纺织的事才是，偏又认得了字，既认得了字，不过拣那正经的看也罢了，最怕见了些杂书，移了性情，就不可救了。"②宝钗这番说教是真诚，其意表明她理解黛玉的痛苦，因为她自己曾经有过同样痛苦的经历，而现实的世界就是这样的残酷，黛玉如不做出改变，必将为社会所不容。在贾府中，除了宝玉之外，似乎只有宝钗一人如此真诚地表达过对黛玉的理解，不过这种理解是建立在劝诫的基础上，但这却也算作是对黛玉精神上的一种关爱了。

到了第四十五回，宝钗和黛玉的关系发生了质的变化。秋日里黛玉惯犯嗽疾，宝钗觉得黛玉的药方中人参肉桂太多，不益于黛玉的调理，"昨儿我看你那药方上，人参肉桂觉得太多了。虽说益气补神，也不宜太热。依我说，先以平肝健胃为要，肝火一平，不能克土，胃气无病，饮食就可以养人了。每日早起拿上等燕窝一两，冰糖五钱，用银铫子熬出粥来，若吃惯了，比药还强，最是滋阴补气的。"③从中医上来说，黛玉的嗽疾因肺火所致，人参肉桂属于温热的补药，而燕窝性平味甘，具有滋阴润肺的功效。《本草从新》中说："燕窝，大养肺阴，化痰止嗽，补而能清，为调理虚损痨瘵之圣药，一切病之由于肺虚不能清肃下行

---

① ② ③　曹雪芹著．无名氏续：《红楼梦》，中国艺术研究院红楼梦研究所校注，人民文学出版社，2008 年第三版，第 459 页，第 565—566 页，第 605—606 页。

者，用此皆可治之。"① 宝钗对黛玉的关心，细致到关注药方的细节，这是一种发自内心的真诚的关爱。而后她更理解黛玉在贾府中的处境，主动提出送给黛玉燕窝吃。

宝钗的这种从精神到物质的关爱，深深地感动了黛玉，消除了对宝钗的误解。"你素日待人，固然是极好的，然我最是个多心的人，只当你心里藏奸。从前日你说看杂书不好，又劝我那些好话，竟大感激你。往日竟是我错了，实在误到如今。"② 自此以后，黛玉在"宝钗前亦直以姐姐呼之"，对待薛姨妈"亦如宝钗之呼"，对宝琴"宝琴前直以妹妹呼之"，钗、黛二人如亲姐妹般亲密"俨似同胞共出，较诸人更似亲切"。③

第二，从爱他人的角度来说，博爱是主体的自发活动，体现的是爱人的能力。黛玉的"情情"之爱，具有主体的自觉能动性。在有关黛玉"情情"的论述中，大部分的研究者认为，黛玉只爱宝玉一人，只对宝玉一人付出情感。的确，在爱情上，黛玉将所有的爱都给予了宝玉。宝玉挨打，她哭肿了眼睛，"两个眼睛肿得桃儿一般，满面泪光"，④痛心之情如鲠在喉，"心中虽然有万句言词，只是不能说得，半日，方抽抽噎噎地说道：'你从此可都改了罢！'"⑤寥寥数句，说不尽的是黛玉对宝玉的心痛、关爱之情。她尊重宝玉的价值观，不论他人对宝玉的"不务正业"如何指摘，她也从不规劝宝玉走仕途经济的正途，"林姑娘从来说过这些混账话不曾？若她也说过这些混账话，我早和她生分了"。⑥ "林黛玉听了这话，不觉又喜又惊，又悲又叹。所喜者，果然自己眼力不错，素日认他是个知己，果然是个知己"。⑦何为知己，知己者必定惺惺相惜，尊重彼此的价值观、世界观。然而，她也因太爱宝玉，常常耍小性子。在宝玉挨打之前，黛玉对"金玉良缘"之说十分敏感、芥蒂，"所叹者，你既为我之知己，自然我亦可为你之知己矣；既你我为知己，则又何必有金玉之论哉；既有金玉之论，亦该你我有之，则又何必来一宝钗哉"。⑧因此，第二十九回，黛玉与宝玉之间爆发了一场激烈的争吵，起因本是张道士提亲，黛玉却将矛盾的主要原因落在了"金玉"之说上。

对于贾府中其他的人，从表面上看，黛玉似乎对谁都漠不关心。在这个世界上，外祖母——贾母应该是黛玉最亲的人，却从未见过黛玉似凤姐般，主动讨好、取悦贾母；或是向宝钗般，照顾贾母的感受：即便自己过生日，也要挑选贾母喜爱的戏文。贾府中的小姐们，湘云、探春等，她们年龄相仿，又共同生活在一起，姐妹之情较为深厚，也没见过黛玉主动关心过她们，还不时地讥讽、打趣

---

① ［清］吴仪洛著：《本草从新》，中国中医药出版社，2013年，第265页。

②③④⑤⑥⑦⑧　曹雪芹著. 无名氏续：《红楼梦》，中国艺术研究院红楼梦研究所校注，人民文学出版社，2008年第三版，第606页，第797页，第450页，第451页，第432页，第433页，第433页。

她们。即便是与宝钗相亲，也没见过黛玉对宝姐姐有任何关爱的举动。雪雁是黛玉从本家带来，也未见过她们之间有什么亲密的行为，就算是紫鹃与黛玉情同姐妹，也没见黛玉对紫鹃有特别的眷顾。

但是，这并非黛玉对她们无情，不过是没有宝玉那样强烈而浓厚，在表达上也就不那么地明显而已。一方面，黛玉"质本洁来还洁去"的人格理想，世人中很少有人能够理解她，只有宝玉理解她、认同她，所以她对宝玉才有强烈的爱和表达爱的欲望。另一方面，黛玉自身所处的环境，也使她不那么轻易地向他人表达爱意。尽管贾府在表面上是一个充满了温情的诗书礼教之家，实际上却充斥着人与人的仇视、倾轧和欺诈。黛玉无论与贾府有怎样的渊源，始终是外来的客，她对生存处境比其他人更敏感，"一年三百六十日，风刀霜剑严相逼"是黛玉对生存处境的写照。从心理学上来说，当人有危机感的时候，身体机能会自发的形成自我保护意识。在这样恶劣的生活处境下，黛玉更愿意将爱封闭、隐藏起来，没有付出情感，即没有伤害。

黛玉对宝玉的爱，恰恰说明了黛玉是一个自觉施爱的主体，她有爱人的能力，不过是将爱神圣化了，不愿意将纯洁的爱被世间的虚伪、欺诈所熏染，一旦遇到可以爱的人，她便会舍弃一切地去爱他，这是情感累积到一定程度后的爆发。

第三，黛玉的"情情"之爱，是一种对钟情对象有选择性地爱，而其选择的范围，超越了性别、阶级等外在的限制。作为大观园中的第一诗人，黛玉有着诗人的感性，同时，长期寄人篱下的生活，她比任何人对事物的理解都敏感。正是这样，她常常将孤独的心绪，悲楚的身世，寄予于春花秋月之中。所以，当看到落花飘零的时候，她不似宝玉将之付与流水，因为"撂在水里不好。你看这里的水干净，只一流出去，有人家的地方脏的臭的混倒，仍旧把花糟蹋了"。① 而是把落花埋于泥土之中，"那犄角上我有一个花冢，如今把他扫了，装在这绢袋里，拿土埋上，日久不过随土化了，岂不干净"。②对宝玉来说，水是纯净的，泥土是污浊的，所以他将女儿们比作水，把落花放置水中。然而，对于黛玉来说，泥土、大地则象征着人的本真。在海德格尔诗学中，往往把泥土、大地视为灵魂的栖息之所，"灵魂之本质在于：在漫游中寻找大地，以便在大地上诗意地筑造和栖居，并因之得以拯救大地之为大地"。③ 如同海德格尔对灵魂本质的追求，黛玉一生的人格理想就是"质本洁来还洁去"。对落花来说，它从泥土中来，其生命的本真就在泥土之中，花落归根，自然要回到泥土中去，生命的本真才不会

---

①② 曹雪芹著. 无名氏续：《红楼梦》，中国艺术研究院红楼梦研究所校注，人民文学出版社，2008 年第三版，第 315 页，第 315 页。

③ ［德］海德格尔著. 孙周兴译：《在通向语言的途中》，商务印书馆，2004 年，第 34 页。

被玷污。如果说宝玉将对女儿的真情赋予了落花，那么，黛玉已经与落花融为一体，同样的飘零、孤独之感，使黛玉更能理解落花的苦闷和回归本真的心。因此，脂砚斋批注道："写黛玉又胜过宝玉十倍痴情。"① 这种痴情正是超越物种的博爱之情。

在《红楼梦》中，黛玉除了对宝玉和作诗有着极大的热情外，从未见过她对任何的事情上过心，而唯有香菱学诗，她表现出了前所未有的热心。首先，当香菱求教到黛玉的时候，黛玉并没有推脱，而是爽快地答应了下来。其次，在学诗的过程中，黛玉极为细致、认真地为香菱讲解作诗的技巧。先是让香菱理解作诗的要义，"第一立意要紧。若意趣真了，连词句不用修饰，自是好的，这叫作'不以词害意'。"② 掌握了诗歌的创作主旨，为后续的作诗打下基础。然后，根据香菱的情况，因材施教，以读王维的五言律诗开始，深入浅出的进行学习，并且细心地告诉香菱"你只看有红圈的都是我选的，有一首念一首。不明白的问你姑娘，或者遇见我，我讲与你就是了"。③当宝钗埋怨黛玉把香菱变成了"诗魔"，黛玉的回答是："圣人说：'诲人不倦。'他又来问我，我岂有不说之理。"④为人师者，必定传道、授业、解惑，黛玉正是以师者之心理解、尊重香菱学诗的意愿。最后，面对学痴了的香菱，黛玉没有厌烦和讥讽，而是不断地给予她鼓励和支持。且看，一日，"黛玉方梳洗完了"，⑤香菱就来换杜甫的诗集，黛玉没有因为香菱来得太早，而有所抱怨，而是笑着询问她读诗的情况。香菱初次成诗，宝钗的评价是"这个不好，不是这个作法。"⑥直接否定了香菱的诗歌，而到了黛玉却说"意思却有，只是措词不雅。皆因你看的诗少，被他缚住了。把这首丢开，再作一首。只管放开胆子去作。"⑦黛玉先是给予肯定，指出其诗歌已有其意，而后指出其中的不足，并且告知原因所在，最后给予鼓励，从而激励香菱学诗的热情。香菱不过是薛蟠的侍妾，作为贵族小姐的黛玉并没有嫌弃香菱，反而热心的帮助香菱，这正说明了黛玉的爱是不分高低贵贱的。

四、《红楼梦》 其他女性的博爱意识

在封建社会，每个女性都渴望着爱与被爱，现实的客观条件，她们无法要求他人来爱自己，却可以无条件的爱他人。这是封建传统文化对女性的要求，也是日常人际交往的一种方式。

儒家思想提倡"仁者爱人"，虽然封建时代的女性被硬性的划分到了"他者"的行列，算不上"仁者"，而以儒家思想为基础的女德教育，却要求女性围

---

① 朱一玄主编：《红楼梦资料汇编》，南开大学出版社，2001年，第314页。
②③④⑤⑥⑦ 曹雪芹著．无名氏续：《红楼梦》，中国艺术研究院红楼梦研究所校注，人民文学出版社，
2008年第三版，第646页，第647页，第651页，第647页，第649页，第459页。

绕着男性，无条件的爱他人。《女诫》中说："夫得意一人，是谓永毕；失意一人，是谓永讫，欲人定志专心之言也。舅姑之心，岂当可失哉?"，"妇人之得意于夫主，由舅姑之爱已也；舅姑之爱已，由叔妹之誉已也。由此言之，我臧否誉毁，一由叔妹，叔妹之心，复不可失也。"① 《内训》中还规定了女性要"睦亲""慈幼"，这都是对女性爱他人的要求。《女论语》中还要求女性要义亲善的态度，对待客人、邻里，这在爱的范围上已经超越了"亲亲"的范畴，上升到对他人的爱。长期处在这种教化之下，女性已经养成了付出了的习惯。因此，一个受过封建女德教育的女性，即便不懂何为博爱，也会在日常的人际交往中，表现出来的无差别的爱，而有了一丝博爱的味道。

宝钗就是这样一位有着良好教养的女性，赵姨娘曾说："（宝钗）会做人，很大方"，② 这对宝钗人际交往的评价。具体来说，宝钗的"会做人"主要体现在两个方面：

第一，宝钗极为体恤、照顾他人的感受。第二十二回，贾母为宝钗过生日，问及宝钗喜欢听什么戏，吃什么东西，而"宝钗深知贾母年老人，喜热闹戏文，爱吃甜烂之食，便总依贾母往日素喜者说了出来。"③这并非宝钗刻意的奉承，而是作为一个晚辈对长辈的尊重。在中国传统的孝道文化中，"悦亲"是为孝的体现，在传统文化教育下成长的宝钗，必然形成一种惯性，而做出的自觉行为。

宝钗不仅对长辈关爱有加，对身边的姐妹们，她也极为细心，理解她们的处境，为她们排忧解难。第三十二回，袭人想请湘云帮她做女红，细心的宝钗当即否定了袭人的想法：

> 你这么个明白人，怎么一时半刻的就不会体谅人情。我近来看着云丫头神情，再凤里言凤里语的听起来，那云丫头在家里竟一点儿做不得主。他们家嫌费用大，竟不用那些针线上的人，差不多的东西多是她们娘儿们动手。为什么这几次他来了，她和我说话儿，见没人在跟前，她就说家里累得很。我再问他两句家常过日子的话，她就连眼圈儿都红了，口里含含糊糊待说不说的。想其形景来，自然从小儿没爹娘的苦。我看着她，也不觉的伤起心来。④

湘云从来没有直接向宝钗诉说过她的苦楚，宝钗是在与湘云交往的细节中，了解湘云的处境，体味她的艰辛。这种关爱和理解，不是堂而皇之地表面功夫，而是不着痕迹地真心的心疼湘云。所以，当湘云提出开社、做东的时候，宝钗直

---

① ［清］王相笺注:《女四书》，中国华侨出版社，2011年，第15-16页。
②③④ 曹雪芹著. 无名氏续:《红楼梦》，中国艺术研究院红楼梦研究所校注，人民文学出版社，2008年
  第三版，第565-566页，第293页，第435-436页。

指湘云经济窘迫的难处，帮助湘云出谋划策，于是有了蘅芜苑夜拟菊花题和螃蟹宴的情节。而且，宝钗担心自己的帮助，会有伤湘云的自尊心，说道："我是一片真心为你的话。你千万别多心，想着我小看了你，咱们两个就白好了。你若不多心，我就好叫他们办去的。"① 宝钗对湘云的关爱，不仅真诚而且细致周到。

第二，宝钗对人的关爱，也是不分亲疏远近的。赵姨娘和贾环是贾府中两个被忽视的人物，平日里就连丫头、下人都不愿意搭理他们，而宝钗对他们却能一视同仁，从来就不排斥、歧视他们。第二十回中，宝钗带贾环玩围棋，"宝钗素习看他亦如宝玉，并没他意，今儿听他要顽，让他上来坐了一处。"②在宝钗的眼中，没有把贾环作为庶出而歧视他，反而视他为宝玉般的兄弟，这对贾环来说是少有的待遇，而宝钗的这种一视同仁，在一定程度上也淡化了嫡庶观念。

第六十七回，薛蟠从南方带给宝钗一些礼物，宝钗也不忘记给贾环一份，以至于赵姨娘赞叹道："他哥哥能带了多少东西来，他挨门儿送到，并不遗漏一处，也不露出谁薄谁厚，连我们这样没时运的，他都想到了。"③从宝钗不厚此薄彼的处事态度，足见她对每个人的关心、照顾，是不以亲疏远近为衡量标准的。

宝钗为人处世的态度，看上去有些许的老成、圆滑世故，也因此而被评论者所诟病，如涂瀛就曾指出："宝钗徇情，黛玉任性。宝钗做面子，黛玉绝尘埃。"④然而，宝钗的会做人，却在一定程度上超越了血缘的限制，淡化了等级思想，而散发出博爱思想的萌芽，或许这正是宝钗"任是无情也动人"的动人之处。

湘云既是封建女德教育下的大家闺秀，还是大观园中的真名士。她的性格中既有男性粗犷的一面，也有女性的细心、体贴。在《红楼梦》中湘云无论对上层贵族阶级，还是对下层的奴才，她都热情相待。譬如，第三十一回，湘云来贾府亲自带来绛纹戒指，送给袭人、鸳鸯、金钏、平儿四个丫头。如黛玉所说，湘云大可不必亲自带来，"你们瞧瞧她这主意。前儿一般的打发人给我们送了来，你就把她的带来岂不省事？今儿巴巴的自己带了来，我当又是什么新奇东西，原来还是她。真真你是糊涂人。"⑤而湘云却自有她的道理："给你们送东西，就是使来的不用说话，拿进来一看，自然就知是送姑娘们的了；若带她们的东西，这得我先告诉来人，这是那一个丫头的，那是那一个丫头的，那使来的人明白还好，再糊涂些，丫头的名字她也不记得，混闹胡说的，反连你们的东西都搅糊涂了。若是打发个女人素日知道的还罢了，偏生前儿又打发小子来，可怎么说丫头们的名字呢？横竖我来给她们带来，岂不清白。"⑥可见，湘云是多么的细心。一方面，她送给丫头同小姐一样的东西，说明她没有把袭人等人当作奴仆，而是当作

---

①②③⑤⑥　曹雪芹著．无名氏续：《红楼梦》，中国艺术研究院红楼梦研究所校注，人民文学出版社，2008
　　年第三版，第500页，第273页，第931页，第424页，第424页。

④　一粟主编：《红楼梦资料汇编》，中华书局，1964年，第143页。

姐妹来待；另一方面，她亲自带来更显对袭人等的尊重，同时也考虑到了客观的情况，以及封建礼教的制约，更显其细心、体贴。

再如，第五十七回，邢岫烟在贾府中度日艰难，还要受老婆子们的气，湘云听说后，便要为她抱打不平，"史湘云便动了气说：'等我问着二姐姐去！我骂那起老婆子丫头一顿，给你们出气何如？'"① 这不免有几分孩子气，却也是湘云性格豪爽之处，而这也体现了湘云无论对任何人，即便是刚刚相识不久的人，也要仗义相助。当被宝钗、黛玉劝阻之后，湘云还是竭尽全力地想帮助邢岫烟，说道："既不叫我问她去，明儿也把她接到咱们苑里一处住去，岂不好？"②湘云对邢岫烟的关心，是发自内心的，而非一时的冲动。

在螃蟹宴中，更集中、直接地体现了湘云的细心、体贴。螃蟹宴中，湘云宴请的主角是贾母和贾府中的小姐们，赵姨娘、周姨娘及丫头们这些身份较低的人都不能与主角们同席。但是，东道主湘云一视同仁，也不忘为她们送去螃蟹。如湘云"令人盛两盘子与赵姨娘周姨娘送去"；"又令人在那边廊上摆了两桌，让鸳鸯、琥珀、彩霞、彩云、平儿去坐"；③当贾母等人退席之后，"又命另摆一桌，拣了热螃蟹来，请袭人、紫鹃、司棋、侍书、入画、莺儿、翠墨等一处共坐。山坡桂树底下铺下两条花毡，命答应的婆子并小丫头等也都坐了，只管随意吃喝，等使唤再来。"④一顿螃蟹宴湘云几乎照顾到了贾府上上下下各个阶层，尽量不冷落、忽视每个人，使每个阶层都感受到一种热情和关爱。

湘云对他人的细心、体贴，其不仅来自封建女德的教育，更多的是湘云的性格使然。作为真名士的代表，湘云崇尚的是一种豁达、豪爽的处世态度，这样的人生态度，使湘云有包容万物的胸襟和气度。所以，即便是湘云不相识、不熟悉的人，她也能热心地帮助，而且也不似宝钗那般有些做作、圆滑，是一种发自内心的自然地表露，从而在一种不自知的状态下，显现出了博爱的因素。

贾母虽贵为贾府中金字塔尖上的人物，身上不免有些统治阶级的强势，但是，作为诗书礼赞之家的标志性人物，她也"最是惜老怜贫"，所以，在某些时候，即便是对下人，都能表现出慈爱之情。

第二十九回，贾母到清虚观打醮，一个小道士撞到了凤姐怀里，"凤姐便一扬手，照脸一下，把那小孩子打了一个筋斗"。⑤贾母得知此事后，忙说道："快带了那孩子来，别唬着他。小门小户的孩子，都是娇生惯养的，那里见的这个势派。倘或唬着他，倒怪可怜见的，他老子娘岂不疼得慌？"⑥在这里贾母没有统治者被冲撞后的愤怒，而是以父母体恤子女之心，怜惜小道士。再看，贾母对刘姥姥也是如此，刘姥姥初见贾母，贾母没有摆出高贵的姿态，刘姥姥向她请安，

①②③④⑤⑥ 曹雪芹著. 无名氏续:《红楼梦》，中国艺术研究院红楼梦研究所校注，人民文学出版社，2008 年第三版，第 794 页，第 794 页，第 505 页，第 507 页，第 393 页，第 393 页。

"贾母亦欠身问好，又命周瑞家的端过椅子来坐着"，① 这不仅是礼貌的回敬，更是对刘姥姥的尊重，而一句"老亲家，你今年多大年纪了？"，②拉近了贾母与刘姥姥的距离，使刘姥姥少了些拘束，多了份亲近。而后，贾母更是热情的，亲自带领刘姥姥逛大观园，并且专门设宴款待刘姥姥。如果说贾母只是顾及礼数，那么，她大可不必劳神亲自陪伴，只需命人好好待刘姥姥即可。从阶级身份上来说，对待刘姥姥这个下层的农妇，贾母更无需以礼相待。但是，贾母却能如此盛情，的确是出自真心的"惜老怜贫"。

尽管贾母的"惜老怜贫"是自上而下的同情和怜悯，而非平等的关怀。孟子说："老吾老，以及人之老；幼吾幼，以及人之幼"。③ 贾母出身名门，受过良好的教育，她必然知晓这句话的含义。知晓容易而做不易，特别是对一个统治者来说，她已经习惯了封建权威那高高在上的感觉，习惯了人们对她的毕恭毕敬，很难放下身段，亲老善幼。但是，贾母作为一名女性，她必然感受过男权制对女性的压抑、忽视、排挤。所以，她才能将心比心的做到"惜老怜贫"，在不自知中已开启了博爱的意识。

如果说贵族女性的博爱意识，来自于她们良好的教育及性格因素，那么下层女性的博爱意识，更多源自她们的身份、处境。平儿是凤姐最信任的人，李纨曾说过："你就是你奶奶的一把总钥匙"，④由此可见，平儿对凤姐来说是十分重要的。正因为这样，下边的老婆子、丫头、小厮们都巴结、奉承平儿。且看平儿过生日，柳家的向平儿磕头，"有赖林诸家送了礼来，连三接四，上中下三等家人来拜寿送礼的不少"。⑤论身份地位，他们都是贾府的下人，不同就在于作为凤姐的副手，平儿多少有点权力，能与当权者对话。然而，平儿并没有因此而摆起二层主子的架子，而是心存善念，关心和帮助别人。第四十二回，刘姥姥临走之时，平儿私下来将自己的衣服送给了刘姥姥，"这两件袄儿和两条裙子，还有四块包头，一包绒线，可是我送姥姥的。衣裳虽是旧的，我也没大狠穿，你要弃嫌，我就不敢说了。"⑥面对刘姥姥的道谢，平儿说道："休说外话，咱们都是自己，我才这样。"⑦如此谦逊的语言，没有自上而下的怜悯，而是把自己同刘姥姥放在同一位置上，给予力所能及的帮助。

虽然平儿是凤姐的心腹，但是平儿并非事事都顺从、认同凤姐的所作所为，特别是当凤姐以恶毒的手段对付他人的时候，平儿甚至不怕得罪凤姐，帮助受迫害的人。第六十九回，凤姐将尤二姐骗入贾府，进行阴毒的迫害，凤姐身边的人，多帮着凤姐欺侮作践尤二姐。只有平儿从不说三道四，落井下石，"除了平

---

①②④⑤⑥⑦ 曹雪芹著．无名氏续：《红楼梦》，中国艺术研究院红楼梦研究所校注，人民文学出版社，
　　2008 年第三版，第 523 页，第 523 页，第 519 页，第 848—849 页，第 561 页，第 562 页。
③ 《孟子·梁惠王上》，参见《孟子译注》，杨伯峻译著，中华书局，1960 年，第 15 页。

儿，众丫头媳妇无不言三语四，指桑说槐，暗相讥刺。"① 不仅如此，平儿还十分看不过这些奴才的卑劣行为，暗中帮助尤三姐。看到尤三姐吃的都是不堪之物，"平儿看不过，自拿了钱出来弄菜与她吃，或是有时只说和她园中去玩，在园中厨内另做了汤水与他吃"。②尤三姐病了，没有丫头伺候，"平儿看不过去"，说丫头们："你们就只配没人心地打着骂着使也罢了，一个病人，也不知可怜可怜。她虽好性儿，你们也该拿出个样儿来，别太过逾了，墙倒众人推。"③尤三姐吞金而死，平儿不怕凤姐看到，不禁大哭起来。贾琏无钱安葬尤三姐，平儿偷偷拿出二百两碎银作为安葬费。其实对平儿来说，她的处境又何尝不是同尤二姐一样。从身份上来说，平儿早被贾琏收入房中，不同的是，平儿作为凤姐的陪嫁，她更了解凤姐，对自己的定位更准确，她知道自己不过是凤姐拴住贾琏的棋子，她始终都要站在凤姐的一边，如果真的拿自己当成贾琏的妾，她的下场定如尤二姐一样。正是带着同病相怜的同情，善良的平儿才会冒着得罪凤姐的风险，义无反顾的帮助、善待尤二姐。

袭人是宝玉身边的第一大丫头，作者在介绍袭人的时候曾说："这袭人亦有些痴处：服侍贾母时，心中眼中只有一个贾母，如今服侍宝玉，心中眼中又只有一个宝玉。只因宝玉性情乖僻，每每规谏宝玉，心中着实忧郁。"④这虽不免有为奴为婢顺从的奴性因素，但这也不失可贵的忠诚亦或真诚的品质。在现实生活中，袭人的忠诚最直接第表现就是对宝玉无微不至的关心、照顾。且看第十九回中，宝玉去袭人本家时候的情景：

> 袭人笑道："你们不用白忙，我自然知道。果子也不用摆，也不敢乱给东西吃。"一面说，一面将自己的坐褥拿了铺在一个炕上，宝玉了；用自己的脚炉垫了脚，向荷包内取出两个梅花香饼儿来，又将自己的手炉掀开焚上，仍盖好，放与宝玉怀内；然后将自己的茶杯斟了茶，送与宝玉。⑤

脂砚斋说："叠用四'自己'字，写得宝袭二人素日如何亲洽如何尊荣，此时一盘托出。"⑥ 亲洽是一方面，从各种细节中，也看到了袭人平日里是如何细致地照顾宝玉，这既是一种习惯，也是一种关心和爱护。袭人不仅在生活上关心宝玉，对宝玉的人生道路也很关心。同一回中，袭人又以赎身离开贾府为由，劝诫宝玉要改掉自身的三个毛病：一是不许轻言生死之事；二是在贾政或人前，做出喜欢读书的样子；三是不许毁僧谤道，不许吃人嘴上擦的胭脂了。在封建社会，这种劝诫一是父母之职；二是妻子之责。袭人作为奴婢，这本不在她职责范

---

① ② ③ ④ ⑤ 曹雪芹著. 无名氏续：《红楼梦》，中国艺术研究院红楼梦研究所校注，人民文学出版社，2008年第三版，第 956 页，第 956 页，第 961 页，第 52 页，第 256-257 页。

⑥ 朱一玄主编：《红楼梦资料汇编》，南开大学出版社，2001 年，第 303 页。

围之内，即便贾母、王夫人等人有意将其纳为宝玉之妾，但此事尚未落实。如果袭人不是出自内心对宝玉真诚的关心，封建女德的束缚，奴婢身份的制约，女儿家的羞涩等，都可成为袭人缄口不言的理由。

似乎袭人将她所有的关爱都给了宝玉，但是，某些时候在以关爱宝玉为出发点时，也关照、帮助了其他人。譬如在李嬷嬷的诸件事情中，袭人有意无意地替李嬷嬷解围或遮蔽过错。素日里李嬷嬷以宝玉乳母的身份妄自尊大，不仅常常训话宝玉，还辱骂包括袭人在内的宝玉身边的丫头们。第八回中，因她喝了枫露茶，点燃平日里积压在宝玉心中对她的怒火，而要不由分说地要赶李嬷嬷出去。袭人见宝玉"摔了茶钟，动了气，遂连忙起来解释劝阻"，[1] 这才将此事平息。虽然袭人是以关心宝玉为出发点，却在无形中替李嬷嬷求了情，挡了祸。第十九回中，李嬷嬷将宝玉留给袭人的酥酪吃了，宝玉"才要说话"，袭人赶紧打圆场："原来是留的这个，多谢费心。前儿我吃的时候好吃，吃过了好肚子疼，足闹得吐了才好。他吃了倒好，搁在这里倒白糟蹋了。我只想风干栗子吃，你替我剥栗子，我去铺炕。"[2]袭人此举其实怕宝玉生气，再如枫露茶般掀起一场风波，同时也帮李嬷嬷遮掩了过错。

再如第四十一回，刘姥姥醉酒后，误闯进宝玉的房间，睡在宝玉的床榻之上，满屋的酒屁臭气。宝玉素喜欢女儿家的洁净，刘姥姥的这一闯，想必已经犯了宝玉的忌讳，而这恰巧被袭人撞见了。"袭人恐惊动了人，被宝玉知道了，只向他摇手，不叫他说话。忙将鼎内贮了三四把百合香，仍用罩子罩上。"袭人对此并没有深责或埋怨刘姥姥，而是及时地想到补救的对策，并且还安慰刘姥姥到："不相干，有我呢。你随我出来"，"你就说醉倒在山子石上打了个盹儿。"[3]虽然这仍然是以怕宝玉生气为出发点，但袭人这样做也帮助刘姥姥开脱了过失。袭人祥和的态度，相信也使刘姥姥感受到了几分暖意。

袭人作为奴婢，主子是她生活的中心，这是她的职责所在。然而，袭人通过对宝玉的关心，还能关照和帮助到他人，不可不说这是袭人内在品质中善良、赋有爱心的一种体现，这种品质潜藏着一定的博爱因素，把其放在适合的时间和空间之内，博爱的意识便会更加的明显。

平儿、袭人作为下层的奴婢，她们可能不懂得儒家"仁爱"的思想，而且受到身份、地位的限制，她们不可能如宝玉、黛玉般超越时间、空间、生命的束缚，将爱播散于世间万物，只能在有限的环境和范围内，尽自己最大的努力，关心、爱护周边的人。

---

[1][2][3] 曹雪芹著. 无名氏续：《红楼梦》，中国艺术研究院红楼梦研究所校注，人民文学出版社，2008 年第三版，第 127 页，第 259 页，第 557 页。

第四节　两性和谐的终极追求

"和而不同"是中国儒家传统文化要义之一，《论语·子路》中说："君子和而不同，小人同而不和。"① 李泽厚认为保持个体的特殊性和独立性，经过调整、配置、处理到某种适当的地位、情况、结构中，各得其所，整体便有"和"的发展。② 因此，"和而不同"也可以理解为当代意义上的和谐。简单来说，和谐就是对立的事物间，在一定条件下，相辅相成、互相合作共同发展。对于男女两性来说，他们本是共同构筑家庭、社会的主体，《周易》中说："男女构精，万物化生"，说的就是这个道理。然而，男权专制统治却打破了和谐的天平，他们标榜着自己是世界的主人，磨灭了女性对社会和家庭的贡献，阻碍了社会和家庭的和谐发展。20 世纪，女权主义者一直呼喊着要求恢复女性的权力，女性权力的恢复，却并非如男权专制那样，以一方统治另一方为目的，而是修复失衡的和谐，如罗素在《婚姻革命》中说："妇女想要的是一个能给予两性自由的制度，而不是一种束缚男性的制度。"③ 在《红楼梦》中，曹雪芹开篇就借助"女娲补天"的神话，传达了和谐社会的理想，通过宝玉和众女性的交往，诠释了两性和谐的内涵：首先，两性和谐，是男女两性自然的交往。其次，两性和谐，意味着男女两性在精神和行为上互相指引。最后，和谐的两性关系，不以社会道德作为相互评价的标准，而是审美性的评价。

一、　两性间自然的交往

在哲学术语中，自然既是表象，又是本质。老子在《道德经》中说："有物混成，先天地生。寂兮寥兮，独立而不改。周行而不殆，可以为天地母。……人法地，地法天，天法道，道法自然。"④ 自然就是事物的本真面目，不夹杂各种外界复杂的因素。女性主义研究者，波伏娃曾在被誉为女性解放"圣经"的《第二性》中以马克思的一段话作为结尾："人和人之间的直接的、自然的、必然的关系是男女之间的关系。……男女之间的关系是人和人之间最自然的关系。"⑤ 既然男女两性是自然的关系，其首先体现在两性间的交往，是不以功利为目的的交往；其次，自然的两性关系，就是以本真的面目，彼此坦诚相待。

---

① ② 李泽厚著：《论语今读》，三联书店，2004 年，第 369 页，第 370 页。《周易》，阮元校刻，《十三经注疏》，中华书局，1980 年，第 88 页。

③ ［英］罗素著：《婚姻革命》，东方出版社，1988 年，第 4 页。

④ 王弼注、楼宇烈校释：《道德经注校释》，中华书局，2008 年，第 62–64 页。

⑤ ［法］波伏娃著．陶铁柱译：《第二性》，中国书籍出版社，1998 年，第 827 页。

（一）不以功利性为目的的交往

人存在于社会之中，每个人都是社会的价值主体，墨子说："兼相爱，交相利。"① 所谓"利"不是利益，而是个体的主体价值作用。但是，人终究是"自私"的动物，每个人都是欲望的载体。明末清初，伴随着资本主义萌芽，商业的兴起，人与人之间的交往更加注重"利益"，在满足个体私欲的同时，人与人的交往也失去了最初的真诚，蒙上了功利主义的色彩。如贾雨村结交贾政、贾赦，他的目的无非是借助贾府的政治势力，使自己平步青云。还有贾政的那些门客们，他们堂而皇之地依附贾府而生存，因此，在第十七至十八回中，无论他们心中多么否定宝玉，表面上都不惜余力地夸赞宝玉，目的就是讨贾政的欢心，换取衣食的保障。

然而，这种功利性的交往，一旦利益失效，便会揭露虚伪的本相。第一百零七回，贾府的护院包勇闲逛时，听人议论贾雨村与贾府，"别人犹可，独是那个贾大人更了不得！我常见他在两府来往，前儿御史虽参了，主子还叫府尹查明实迹再办。你道他怎样？他本沾过两府的好处，怕人说他回护一家，他便狠狠地踢了一脚，所以两府里才到底抄了"。② 这里的贾大人就是贾雨村，第一百零三回中，已经指出贾雨村依靠贾府升任了京兆尹，当贾府衰败之际，他不但不知恩图报，为了撇清了自己与贾府的关系，更是落井下石。"利益"成为了衡量敌友的标准，迷失了人纯真的本性。

但是，在大观园这个理想世界中，宝玉与众女儿却保留了人的本真，相互尊重、欣赏、体贴，实现自然而然的人际交往。第四十四回，平儿因为贾琏偷情鲍二家的，而受了委屈，宝玉便将平儿拉去怡红院，亲自赔礼道歉，帮她整理妆容，正是"喜出望外平儿理妆"。宝玉为什么会因此而"喜出望外"呢：

> 宝玉素日因平儿是贾琏的爱妾，又是凤姐儿的心腹，故不肯和她厮近，因不能尽心，也常为恨事。……忽又思及贾琏唯知以淫乐悦己，并不知作养脂粉。又思平儿并无父母兄弟姊妹，独自一人，供应贾琏夫妇二人。贾琏之俗，凤姐之威，她竟能周全妥帖，今儿还遭荼毒，想来此人薄命，比黛玉尤甚。想到此间，便又伤感起来，不觉洒然泪下。③

从伦理关系上，宝玉与平儿是叔嫂，封建礼教要求他们应该保持一定的距离。从阶级关系上，他们虽为主仆关系，但平儿毕竟是凤姐的陪嫁，过于亲近，

---

① 《墨子》，文渊阁四库全书（848 册），台湾商务印书馆，1984，第 48 页。

②③ 曹雪芹著. 无名氏续：《红楼梦》，中国艺术研究院红楼梦研究所校注，人民文学出版社，2008 年第三版，第 1448 页，第 593 页。

必然会让人误会，他对平儿有所企图。因这两点，宝玉平日里因不得亲近而懊恼。可见，宝玉对平儿的亲近，没有任何的私欲和杂念，而是出于对平儿处在夹缝中两难处境的理解和怜惜，单纯的希望自己的体贴，能够带给平儿一丝安慰。

宝玉对香菱的体贴，犹如对平儿一样，尊重、理解她的处境，而给予帮助。第六十二回，香菱弄脏了宝琴送给她的裙子，宝玉首先就想到了香菱所面临的困境："只是头一件既系琴姑娘带来的，你和宝姐姐每人才一件，她的尚好，你的先脏了，岂不辜负她的心。二则姨妈老人家嘴碎，饶这么样，我还听见常说你们不知过日子，只会糟蹋东西，不知惜福呢。这叫姨妈看见了，又说一个不清。"①宝玉完全是从香菱的角度，考虑到裙子脏了的后果，一是有损友谊；二是会受到主子婆婆的责骂。"香菱听了这话，却碰在心坎儿上"，②宝玉不愧为女性的知己。因此，让香菱换上了袭人的裙子，帮助香菱解决了这个难题。而后，宝玉又因联想到香菱可怜的身世而感伤，"可惜这么一个人，没父母，连自己本姓都忘了，被人拐出来，偏又卖与了这个霸王"，③在这里没有歧视，而是充满了对金玉般的女儿落入污渠的怜惜。

宝玉从小生活在"白玉为堂金作马"的贾府里，金钱、权力诱惑不了宝玉。同女儿们共同成长起来的经历，他理解女儿们的处境，尊重女性的人格，从不以色欲、占有之心对待女性。这样的客观条件，削弱了宝玉与人交往的功利性。从宝玉自身来讲，他并不认同封建现实世界的价值观，也不愿意与贾雨村般虚伪、功利的人来往，"那宝玉本就懒与士大夫诸男人接谈，又最厌峨冠礼服贺吊往还等事"。④由此宝玉在主观上就断绝了功利的人际交往。在主客观的相互作用下，宝玉保持着一颗赤子之心与女性自然的交往，形成了他与女性之间和谐的两性关系。

（二）两性间的坦诚相待

在阶级社会中，女性顺从于男性，被统治阶级顺从统治者，这种建立在尊卑和强权基础上的交往，难免充斥着虚伪的赞美、颂扬和恶意的批评，如贾政门客们对宝玉蓄意的奉承和赞扬。然而，曹雪芹在揭示现实世界虚伪的面孔之时，也展现了人与人之间的坦诚相待。

所谓的坦诚相待，就是人际交往的主体能够真诚的赞美彼此的优点，毫无芥蒂的指出彼此的缺点或错误，并欣然的接受改正。这种人与人之间的坦诚相待，集中体现在众人对诗歌的评价上。李纨是诗社中的判官，她的评判从不因血缘的亲疏远近，家庭地位的高低，亦或性格的差异，而偏袒、倾向任何人。

---

①②③④　曹雪芹著. 无名氏续：《红楼梦》，中国艺术研究院红楼梦研究所校注，人民文学出版社，2008年第三版，第861页，第861页，第862页，第473页。

第三十七回，评海棠诗，李纨道："若论风流别致，自是这首；若论含蓄浑厚，终让蘅稿。"① 第三十八回，评菊花诗，李纨笑道："等我从公评来。通篇看来，各有各人的警句。今日公评：《咏菊》第一，《问菊》第二，《菊梦》第三，题目新，诗也新，立意更新，恼不得要推潇湘妃子为魁了；然后《簪菊》《对菊》《供菊》《画菊》《忆菊》次之。"②

李纨是贾府中的长孙媳，若论与众人的关系，当然是与同胞小叔宝玉最为亲近，其次就是探春；若论谁在贾母面前最得宠，要数宝玉和黛玉；若顾忌到性格差异，黛玉的小性子，最爱生气，探春是朵带刺的玫瑰，最在意公允。如果李纨在评论诗歌的过程中，顾忌到这诸多的因素，不但有失公允，又会徒增众人的矛盾，还会失去诗歌创作的真谛。所以，李纨的评判，秉承的是对诗歌的立意、技法、辞藻、意境等方面客观的评价。众人对她的评判也都心悦诚服，宝玉说道："稻香老农虽不善作却善看，又最公道，你就评阅优劣，我们都服的。"③探春道："这评的有理。"④

在这种公正的氛围之下，无论夺魁之人还是落榜之人，都"不以物喜，不以己悲"，在彼此的交流中认识到自己的不足和他人的优点：

> 黛玉道："我那首也不好，到底伤于纤巧些。"李纨道："巧的却好，不露堆砌生硬。"黛玉道："据我看来，头一句好的是'圃冷斜阳忆旧游'，这句背面傅粉。'抛书人对一枝秋'已经妙绝，将供菊说完，没处再说，故翻回来想到未折未供之先，意思深透。"李纨笑道："固如此说，你的'口齿噙香'句也敌得过了。"探春又道："到底要算蘅芜君沉着，'秋无迹'、'梦有知'，把个忆字竟烘染出来了。"宝钗笑道："你的'短鬓冷沾'、'葛巾香染'，也就把簪菊形容的一个缝儿也没了。"湘云道："'偕谁隐'、'为底迟'，真个把个菊花问的无言可对。"李纨笑道："你的'科头坐'、'抱膝吟'，竟一时也不能别开，菊花有知，也必腻烦了。"说得大家都笑了。宝玉笑道："我又落第。难道'谁家种'、'何处秋'、'蜡屐远来'、'冷吟不尽'，都不是访，'昨夜雨'、'今朝霜'，都不是种不成？但恨敌不上'口齿噙香对月吟'、'清冷香中抱膝吟'、'短鬓'、'葛巾'、'金淡泊'、'翠离披'、'秋无迹'、'梦有知'这几句罢了。"⑤

在这里，没有虚伪的吹捧，恶意的指摘，也没有亲疏远近之分，主客之别，有的只是真诚的对彼此诗作的欣赏和批评。众人彼此间的坦诚相待，不仅是对诗

---

①②③④⑤　曹雪芹著．无名氏续：《红楼梦》，中国艺术研究院红楼梦研究所校注，人民文学出版社，2008年第三版，第495页，第514页，第491页，第493页，第514-515页。

歌的尊重，也是对人的尊重。

如果说诗社的诗歌评判不过是贵族小姐间的游戏，不涉及金钱，权力的争夺，较容易坦诚相待，那么，在有着尊卑差异的不同阶级之间，能做到坦诚相待则实属不易，所要突破的是传统思想的束缚，以及对权威的畏惧。紫鹃和黛玉虽为主仆，而实际上她们更像是姐妹。面对黛玉性格的缺陷，以及处事的态度、方法，紫鹃从没有顾忌过两人之间的等级差异，直接指出或批评黛玉，就如黛玉和宝玉闹别扭，紫鹃直接说道："是姑娘太浮躁了些"，"岂不是宝玉只有三分不是，姑娘倒有七分不是。我看他素日在姑娘身上就好，皆因姑娘小性儿，常要歪派他，才这么样。"[1] 这里没有蓄意的指责，没有对人格尊严的侮辱，只有真诚的劝解。而黛玉也不认为，紫鹃的行为是"以下犯上"，有损其小姐的尊严和权威，而是真心诚意地接受紫鹃的意见。真正的朋友，不是对彼此的奉承、吹捧，而是在彼此迷茫、沉醉于自我无法自拔的时候，伸出援助之手，或许这只手有些许的粗糙，在紧握之际有些许的不适，却有足够的力量指明方向。

宝玉和晴雯在平等的基础上，也做到了坦诚相待。以"撕扇"为例，晴雯不是如其他奴婢一样，唯唯诺诺的接受宝玉的责备，而是直白的指出宝玉动怒的真正原因，是因为在其他人那里受了气，借着晴雯撒气罢了。晴雯犀利的反击，虽然一时间激怒了正在气头上的宝玉，而当宝玉平静下来之后，也意识到了自己的错误，并以"撕扇"的形式来弥补自己的过错。与此同时，宝玉也指出了晴雯的毛病："你的性子越发惯娇了。早起就是跌了扇子，我不过说了那两句，你就说上那些话。"[2]的确，如果没有宝玉这样一个尊重、理解女性的主子，纵然晴雯再自尊、自强，在主子的权威下，也会收敛一些。正是宝玉的娇惯，在客观上塑造了晴雯自尊、平等、反抗的意识，同时她也确实越发骄纵，对于这一点，晴雯在沉默中也表示认同。晴雯和宝玉这场激烈的冲突，所展现的是人类最真实的情感。无论主子、奴仆，任谁在遭到批评时候，都会有不满的情绪。但是，如果批评是客观、真诚的，当彼此冷静过后，就会相会理解，坦然面对自己的缺点或错误。而当事双方，不但不会因此而感情淡化，还会增进彼此间的情谊。

在现实生活中，两性关系具体表现为亲人关系、朋友关系、爱人关系等。任何的人际关系，一旦掺杂了功利的目的，缺失了彼此间的坦诚相待，都将失去原来的意味，而造成两性间关系的紧张和对立。因而，建立一个自然的，坦诚相待的，摒除功利的两性关系，是两性和谐的基础。

---

[1][2] 曹雪芹著. 无名氏续:《红楼梦》，中国艺术研究院红楼梦研究所校注，人民文学出版社，2008 年第三版，第 491 页，第 420 页。

二、 两性间精神观念上的认同

在阶级社会中，统治者在外以经济、政治等手段打压民众，在内以抢劫绑架民众的思想为手段，将被统治者永远定格在奴隶的位置上。男女两性关系亦然如此，无论在行为和精神上，男性永远都是女性的引领者。正是这种独断式的引领，使女性始终处在弱势的状态，两性的和谐被硬性的打破。然而，在《红楼梦》中，男性不在担任女性人生导师的角色，反之，女性成为了男性前行的指引者。但是，这种指引，不是男性对女性行为的完全顺从，也不是在精神观念上，女性对男性的强行灌输和束缚，而是在彼此的启迪中，完成了精神观念上的认同，从而达到了两性和谐的目的。

宝玉是《红楼梦》中最"多情"的人，然而，他的"多情"不是凡夫俗子的两性欢爱，也不是世道人情，而是发自内心的儿女真情。而最初让宝玉明白、理解自己"多情"真谛的，不是承担教育他的父亲，而是在女性的引领下完成的。第五回中，宝玉应邀去宁国府赏梅花，一时略有困意，秦可卿引领宝玉到自己的房中。且看，秦可卿房间的摆设，就充斥着"情"的味道：

> 刚至房门，便有一股细细的甜香袭人而来。宝玉觉得眼饧骨软，连说："好香!"入房向壁上看时，有唐伯虎画的《海棠春睡图》，两边有宋学士秦太虚写的一副对联，其联云：
> 嫩寒锁梦因春冷，芳气笼人是酒香。
> 案上设着武则天当日镜室中设的宝镜，一边摆着飞燕立着舞过的金盘，盘内盛着安禄山掷过伤了太真乳的木瓜。上面设着寿昌公主于含章殿下卧的榻，悬的是同昌公主制的联珠帐。宝玉含笑连说："这里好!"秦氏笑道："我这屋子大约神仙也可以住得了。"说着亲自展开了西子浣过的纱衾，移了红娘抱过的鸳枕，于是众奶母服侍宝玉卧好，款款散了，只留袭人、媚人、晴雯、麝月四个丫鬟为伴。①

在封建男权社会中，杨贵妃、武则天、赵飞燕等，她们或背负历史的骂名，或沦为男性的政治工具。但是，她们却都是大胆追求爱情的女性，"情"于她们是终其一生不可抹灭的烙印。在卧室中陈设的这些有"情"女性的物品，其意在暗喻秦可卿也是一个有情的女子，而宝玉两次所说的"好"，所表达的不仅是对房间的喜爱，更是不自知的对"情"的肯定。此时，宝玉已经在"情"的门

---

① 曹雪芹著. 无名氏续:《红楼梦》，中国艺术研究院红楼梦研究所校注，人民文学出版社，2008 年第三版，第 70~71 页。

槛之外了。而后，宝玉在梦境中，走进了"情"的世界——太虚幻境。在太虚幻境中，宝玉不仅目睹了天下女子不幸的命运，而且在警幻仙姑的指引下，了悟了其"多情"的真谛。警幻仙姑称宝玉为"乃天下古今第一淫人也"。① 然而，宝玉的"淫"并非肉欲之欢，而是"意淫"，什么是"意淫"呢？警幻仙姑的解释是："'意淫'二字，唯心会而不可口传，可神通而不可语达。汝今独得此二字，在闺阁中，固可为良友，然于世道中未免迂阔怪诡，百口嘲谤，万目睚眦。"②警幻仙姑的解释似乎有些模糊，不过"良友"二字便将宝玉的"意淫"与普通的肉欲分离开来，而脂砚斋的批注则更清楚地表达了"意淫"的含义：按宝玉一生心性，只不过是体贴二字，故曰"意淫"。③ 这是男女之间超越了利益、色欲的"情"，是如儿童间纯粹的儿女真情。

但是，爱情也是儿女真情的一部分。从生理学上来说，爱情的产生就是性的冲动，"意淫"之情在男女之间升华为爱情后，并不排斥和否定性爱之欢，反而会增加爱情的浓度，这就是警幻仙姑口中所说的"好色即淫，知情更淫"。因此，警幻仙姑将"乳名兼美字可卿者"许配给宝玉，并受以云雨之事，以便宝玉更加深刻、真切的体会男女情爱的真谛。在宝玉情感的启蒙过程中，秦可卿是引领他走近"情"的领路人，警幻仙姑则是他情感的导师，在她们共同指引下，开启了宝玉的情感之路。

如果说宝玉情感的引领者还过于虚幻，那么在世界观、人生观、价值观的认识上，大观园中那众多的女子，都可成为宝玉精神上的女神。而在众多的红楼女儿中，黛玉可谓是宝玉的第一女神。第二十二回中，宝玉悟禅，写下偈语："你证我证，心证意证。是无有证，斯可云证。无可云证，是立足境"，④如果联系之前的情节，黛玉正因为湘云说自己像戏子的事情，而与宝玉闹别扭，宝玉因为黛玉不了解自己的心意，才写下了这首偈语，这是宝玉对情感的感悟。

从佛法的角度来说，这正是由色到空的过程，是对人生和世界的顿悟。那么，这首偈语的便可以解释：情感双方，都想得到彼此的感情印证，却徒添烦恼，而只有到了灭情绝意时，无需再验证时，才可谈得上情感的彻悟。由此联想到人生的价值和世界的意义，只有到了万镜归空的时，什么都无可验证了，才是真正的立足之境。宝玉的偈语固然是对人生、世界的彻悟，但他却想立足于俗世之中，这便是对世俗世界的留念。而黛玉则彻底阻断了自己与世俗世界的联系。黛玉道："你那偈末云：'无可云证，是立足境。'固然好了，只是据我看，还未

---

①②④ 曹雪芹著．无名氏续：《红楼梦》，中国艺术研究院红楼梦研究所校注，人民文学出版社，2008年第三版，第87页，第87页，第298页。

③ 朱一玄主编：《红楼梦资料汇编》，南开大学出版社，2001年，第175页。

尽善。我再续两句在后。"因念云："无立足境，是方干净。"① 黛玉所谓的"不尽善"指的就是宝玉心中对俗世的期望。在黛玉看来，人只有在没有任何欲望的时候，才能回归到真正纯净的自我世界中，而越是纯净的人，在世俗世界中越没有立足之地，这才是彻底的顿悟。宝玉和黛玉此番论禅，恰似神秀与慧能论禅，虽然神秀已经深得禅意，但慧能的"菩提本无树"更达到了佛家一切皆空的境界，这种出世的思想与黛玉的"无立足之境"异曲同工。由此可见，黛玉的悟性要比宝玉更胜一等。

第二十三回，同是对落花的怜惜，宝玉将落花付与流水，而黛玉则将落花归于泥土。流水固然纯净，但不知是否会流入污渠，与其任由落花随波逐流，不如将之回归泥土，保持本真。不管宝玉、黛玉怎样对待落花，其初衷都是害怕世间的污浊玷污了落花的纯洁。但是，黛玉的回归本真，比宝玉的任其漂流，对纯洁的理解更加透彻。这正如他们对人生、世界的态度一样，他们都不愿意被封建礼教束缚，而迷失了自我。但是，对自我的寻找，黛玉比宝玉更为彻底。宝玉在黛玉的引领下，一步步寻找到最纯粹的自我。如刘再复先生所说："男人的眼睛总是被占有的欲望和野心所遮蔽而狭窄化了，贾宝玉虽然也是男性，但在林黛玉的指引下不断地放下欲望，不断提升和扩大眼界。林黛玉实际上是引导贾宝玉前行的女神。"②

在宝玉情感和思想、观念不断发展、完善的过程中，女性一直承担了他指引者的重要角色。从宝玉的角度来说，他能够接受这种引导，就是因为他认同女性的情感、思想，在认同的基础上，宝玉与女性达到了精神上的惺惺相惜。譬如，当宝玉听见黛玉吟咏的《葬花吟》，"听了不觉痴倒"，而听到"侬今葬花人笑痴，他年葬侬知是谁"，"一朝春尽红颜老，花落人亡两不知"等句，更"不觉恸倒山坡之上"。③在这里，黛玉所抒发的是对生命、青春转瞬即逝的哀叹，也有对自己人生漂泊的悲叹，而宝玉正是体会到了黛玉的心绪，并由此想到与众姐妹终究要各自分离，无所寻觅的情景，而悲恸倒地：

> 试想林黛玉的花颜月貌，将来亦到无可寻觅之时，宁不心碎肠断！既黛玉终归无可寻觅之时，推之于他人，如宝钗、香菱、袭人等，亦可到无可寻觅之时矣。宝钗等终归无可寻觅之时，则自己又安在哉？且自身尚不知何在何往，则斯处、斯园、斯花、斯柳，又不知当属谁姓矣！④

---

① ③ 曹雪芹著. 无名氏续：《红楼梦》，中国艺术研究院红楼梦研究所校注，人民文学出版社，2008年第三版，第299页，第373页。

② 刘再复著：《红楼梦悟》，三联书店，2006年，第19页。

④ 曹雪芹著. 无名氏续：《红楼梦》，中国艺术研究院红楼梦研究所校注，人民文学出版社，2008年第三版，第373页，第916页。

宝玉和黛玉的心灵相通，不仅是从小耳鬓磨厮的客观环境所造就的，更是建立在价值观念彼此认同的基础之上的。在《葬花吟》中，宝玉最终顿悟的是："真不知此时此际欲为何等蠢物，杳无所知，逃大造，出尘网。"① 这种不愿被世俗所累的出世思想，与黛玉"质本洁来还洁去"的人生理想是相一致的。正因如此，黛玉从不劝宝玉走仕途经济之路，宝玉因此与黛玉更为亲近，二人互为知己，在精神、观念上实现了两性和谐。

在男权社会中，女性作为客体存在，女性的思想、文化，完全被男性文化所否定。然而，宝玉身为男性，他认同女性的思想、观念，并能达到精神上的惺惺相惜，足可以说明男性文化不是唯一、有着绝对价值的文化，相反，某些时候需要女性文化来弥补男性文化的缺陷，修正男性文化的错误，从而共同完成人类文明的进步，在思想、文化上逐渐步入两性和谐的局面。

三、 两性间审美式的评价

男女两性作为社会人，已经忽略其生物体的个性，而变成了社会文化的产物，如波伏娃所说："女人不是天生。"② 在波伏娃看来，女性之所以为女人，完全是按照男性对女人的想象而设定的，她们的形象、性格都失去了女性本真的样子。然而，男权文化在设定女人的同时，也定义了男人，波伏娃的话也可转变为"男人也不是天生的"。男女两性既然受制于社会，就不免遭受到来自社会的道德评价。在这种评价之下，男女两性原本自然、本真的性格、行为，不得不隐藏起来，否则，就会遭到误读、曲解。

在封建社会中，女子在行为上被要求"三从四德"，如邢夫人、王夫人，无论对错与否，都要无条件的顺从丈夫的决议，接受婆婆无端的指责；在性格上，女子要温柔敦厚，就如宝钗、袭人，百般温柔，万般宽厚；在形象上，要淡雅端庄，如宝钗从不喜花粉之物，如李纨般"槁木死灰"。对于男性而言，就要如贾政般，崇尚仕途经济，以"立德、立言、立行"为人生目标。如此看来，黛玉"孤高傲世"、耍小性，湘云的天真、豪爽，晴雯长的"水蛇腰，削肩膀"，尤三姐的自主择夫，实在算不上是封建传统认可的女子。而宝玉的"不习文、也不学武，又怕见人，只爱在丫头群里闹"③的性格、行为，也实在有悖于封建传统对男人的设定。

然而，宝玉、黛玉、湘云的性格、行为，却不失人性的自然本真，而较少的矫揉造作。也正因为这样，他们也遭到了传统道德评价的误解。如《西江月》

---

① ③ 曹雪芹著. 无名氏续：《红楼梦》，中国艺术研究院红楼梦研究所校注，人民文学出版社，2008 年第三版，第 373 页，第 916 页。

② ［法］波伏娃著. 陶铁柱译：《第二性》，中国书籍出版社，1998 年，第 10 页。

对宝玉的评价："纵然生得好皮囊，腹内原来草莽。潦倒不通世务，愚顽怕读文章。""富贵不知乐业，贫穷难耐凄凉。……天下无能第一，古今不肖无双。"① 至于黛玉，就连最亲近的贾母都觉得她尖酸、刻薄，"要赌宽厚待人里头，却不及她宝姐姐有担待、有尽让了"。②

显然，传统的道德评价体系，忽视了个体自然本真的美，遮蔽了人发现"美"的眼睛。从两性关系来说，这种有失偏颇的道德评价，使原本"自然"的两性关系变得紧张、对立。如尤三姐与柳湘莲的爱情悲剧，就是传统道德评价所造成的。第六十六回中，面对尤三姐的自主择夫，原本下了定情信物的柳湘莲狐疑起来，"难道女家反赶着男家不成。我自己疑惑起来，后悔不该留下这剑作定。"③在封建传统的婚姻观中，绝对不允许女性自主择夫，因此，多半是男性向女性提亲，除非女子身体或品行有所缺陷，才会出现女子向男子提亲的状况。柳湘莲的疑惑，正是因为他陷入到了传统的道德评价之中。而当听说尤三姐是宁国府的亲戚时，柳湘莲在没有接触尤三姐的情况下，以平日里众人对宁国府的印象，对尤三姐武断地下了结论："你们东府里除了那两个石头狮子干净，只怕连猫儿狗儿都不干净。我不做这剩王八。"④如果柳湘莲能够突破道德评价的限制，以审美性的眼光，发觉尤三姐身上的美，也就不会造成尤三姐自刎，自己出家的结局。

在和谐的两性关系中，男女两性对彼此的评价，不是道德式的评价，而是审美式的评价。所谓审美评价，其所突破的是传统观念的束缚，以"美"为标准，对个体的独特魅力进行挖掘，是一种建立在真实、客观基础上的评价。

尤三姐对宝玉的评价就是审美性的。在兴儿评价宝玉性格乖张怪癖，不学无术的时候，尤三姐从客观的角度为宝玉正名：

> 咱们也不是见一面两面的，行事言谈吃喝，原有些女儿气，那是只在里头惯了的。穿孝时咱们同在一处，那日正是和尚们进来绕棺，咱们都在那里站着，他只站在头里挡着人。人说他不知礼，又没眼色。过后他没悄悄地告诉咱们说："姐姐不知道，我并不是没眼色。想和尚们脏，恐怕气味熏了姐姐们。"接着他吃茶，姐姐又要茶，那个老婆子就拿了他的碗倒。他赶忙说："我吃脏了的，另洗了再拿来。"这两件上，我冷眼看去，原来他在女孩子们前不管怎样都过得去，只不大合外人的式，所以他们不知道。⑤

宝玉自幼在女儿堆里长大，客观的成长环境造成了他的"女儿气"，而在传

---

①②③④⑤ 曹雪芹著．无名氏续：《红楼梦》，中国艺术研究院红楼梦研究所校注，人民文学出版社，2008年第三版，第49页，第1186页，第921页，第922页，第916-917页。

统的道德评价中，往往忽视了这一点，认为宝玉没有男子的刚强。但是，尤三姐却客观的指出了宝玉"女儿气"形成的原因，相比其人而言，尤三姐已经突破了传统观念的制约。尤三姐正是秉承着客观的态度，不仅理解宝玉的性格、行为，更发现了宝玉身上难能可贵的美。"原来他在女孩子们前不管怎样都过得去"，说的就是宝玉对女性无差别的"体贴"。这种体贴在传统道德评价中，恐怕会被冠以"好色"的名头。而尤三姐以女性的感受来说，宝玉的体贴正是她所需要的尊重和关心，没有任何亵渎女性的成分。"只不大合外人的式，所以他们不知道"，直指出了传统道德评价对宝玉的曲解，忽视了宝玉身上的"美"。

在《红楼梦》中，尤三姐与宝玉相处的时间并不多，却能以审美的眼光，发现宝玉与众不同的"美"，是因为尤三姐本身就被传统道德评价所累。在传统的道德评价中，尤三姐平日的行为可用"淫情浪态"四个字来形容。然而，尤三姐的所作所为，不是故意作践自己，而是以此保全自己的清白之身，"咱们金玉一般的人，白叫这两个现世宝玷污了去，也算无能。……趁如今我不拿他们取乐作践准折，到那时白落个臭名，后悔不及"。[1] 这种置之死地而后生的处事态度，无疑违背了封建女性贞节观的要求，没有谁会从尤三姐的生存处境出发，真正了解尤三姐的品性，理解尤三姐的行为。正因为尤三姐亲身经历过被误解的痛苦，所以，她才能对宝玉进行审美性的评价。

同样的，宝玉对尤三姐的评价也是审美性的，只见他对柳湘莲说："难得这个标致人，果然是个古今绝色，堪配你之为人。"[2] 柳湘莲本就是刚毅正直之人，能配得上他的人自然也品行高尚。宝玉并没有如其他人那样，以女性贞节观对尤三姐进行道德评价，而是从表象看到了尤三姐刚强的品质。尤三姐和宝玉正是在对彼此审美性的评价中，相互理解，加深了对彼此的认识，而呈现出自然的和谐的两性关系。

宝玉那篇满怀着哀悼之情的《芙蓉女儿诔》，实质上也是宝玉对晴雯的一次审美的评价。在这篇悼文中，宝玉写道："忆女儿曩生之昔，其为质则金玉不足喻其贵，其为性则冰雪不足喻其洁，其为神则星日不足喻其精，其为貌则花月不足喻其色。"[3] 从品质、性情、容貌全方位地对晴雯做了高度的评价。但是，在封建社会的道德评价体系中，晴雯却没有宝玉眼中这么高洁，而是一个"狐狸精"式的女子。从容貌上来说，晴雯是贾府中第一美丫头，凤姐曾说："若论这些丫头们，总共比起来，都没晴雯生得好。"[4] 贾母也是因为晴雯漂亮，而给了宝玉做丫头。女儿漂亮本是件好事，而在男权制的道德评价体系中，她们却是祸水、是妖孽。在中国历史上，从妲己、褒姒开始，似乎每个漂亮的女人，都要背负上祸

---

①②③④　曹雪芹著．无名氏续：《红楼梦》，中国艺术研究院红楼梦研究所校注，人民文学出版社，2008年第三版，第910页，第921页，第1108页，第1026页。

国殃民的罪行。在宝玉身边的晴雯，自然而然被先入为主地认为是勾引宝玉的"狐狸精"。从性情上来说，晴雯过于聪明伶俐，也过于任情、任性。王夫人曾言，她就喜欢袭人、麝月"这两个笨笨"的丫头。太过于聪明的女子，统治者很难控制她的思想意识、行为举动，稍有不慎，就会对统治者发起挑战，而笨笨的女子，便于奴役和统治。晴雯平日里的言行，早已违背了一个俯首帖耳的女婢形象，被封建统治者认为是轻狂之举。在这样的道德评价之下，封建统治者们很难发现晴雯比金玉高贵的内在品质。而宝玉从来没有把晴雯当作一个女婢来看待，而是他的一个知己，一个朋友，在平等的关系中，宝玉自然摒弃了传统的道德评价，而是以真诚的态度，审美的眼光发现晴雯弥足珍贵的品质。

在《红楼梦》中，宝玉曾对整个女性群体进行过审美评价，宝玉说："女孩儿未出嫁，是颗无价之珠宝；出了嫁，不知怎么就变出许多不好的毛病来，虽是颗珠子，却没有光彩宝色，是颗死珠了；再老了，更变得不是珠子，而是鱼眼睛了。"[①] 在封建传统的道德评价中，"三从四德"是最简单、最直接的女性群体评判标准。而宝玉突破了传统的束缚，以"出嫁"与否为评价的标准。在宝玉看来，女儿的美是因为她们纯洁，而男性的世界中则充满了污秽、谎言、欺诈。女儿在未出嫁前，虽然封闭性的环境禁锢了未出嫁女儿的自由，却也断绝了女儿被世俗社会的侵染。女儿一旦出嫁，不免进入到男性的世界，而沾染上了男性的世俗气息，而在男性世界的时间长了，自然而然的被男性同化，女性丧失了身上的纯洁，就变得不美了。宝玉的这种评价消除了两性间阶级、意识形态等方面的差异，以挖掘人性中的"美"为宗旨的审美评。所以，宝玉才能以博爱的情怀，关怀每一个红楼女儿，与她们保持着和谐的两性关系。

---

① 曹雪芹著. 无名氏续:《红楼梦》，中国艺术研究院红楼梦研究所校注，人民文学出版社，2008 年第三版，第 811 页。

第三章

《红楼梦》女性主体的生活状态与女性意识

　　男女两性作为自然界的物种之一，"物竞天择适者生存"的自然法则，将男性推到了统治者的位置。无数的历史事实证明，在以侵略和统治为目的的战争中，胜利的一方为了巩固、完善专制统治，势必要抹杀被统治者的自由意识，以防御被统治者的反击，从而完成从肉体到精神的统治。然而，曾经的辉煌岂能轻易地失落，女性的思想和文化必定残存在历史的缝隙间，等待着重新被开启的时间。

　　就在我们为女性意识的失落感到惋惜时，中国古典小说作为边缘的文体形态，为女性意识预留了一扇寻找本真的窗户。从唐传奇到明清世情小说，爱情成为了凸显女性意识的共同主题。《红楼梦》作为一部以女性为主体，以"大旨谈情"为宗旨的小说，爱情自然是其展现女性意识的一方面。纵然，爱情是女性生活的重心，却不是其全部的生活内容，尚不能全面反映女性意识。从当前学界对《红楼梦》女性意识研究的成果来看，[①] 没有明确女性意识的具体含义，只是笼统的论述《红楼梦》对男权意识的颠覆与认同；在研究角度上，主要停留在人物性格分析，理论意义研究的层面。

　　因此，笔者认为对《红楼梦》女性意识的研究，应该明确女性意识的具体意义内涵。所谓的女性意识，是心理学的范畴，指女性在情感、心理、思想上，

---

① 有关《红楼梦》"女性意识"的研究，大多集中在以下几个方面：

　　1. 从《红楼梦》女性诗词中，看女性意识。莫砺锋的《论红楼梦诗词中女性意识》认为，曹雪芹以男性作家的身份代替作品中女性进行诗词创作，而林黛玉等人的诗词则是当时最富有女性意识的文本，从二者的矛盾中，说明男女两性之间并没有不可逾越的鸿沟，他们完全可能互相理解、互相关怀，并达到心灵上的真正沟通。王文俊、南潮的《从诗词创作角度探视"潇湘妃子"女性意识的潜流》认为：文学创作是女性意识显露甚至无声呐喊的重要领域，女性对自我的认同和超越是其文学创作成就的重要内因。（接下页）

不同于男性的独特意识。它不受外部因素的限制，是女性自然的、自主的、自觉地对生命体验、对生活状态的关注。但是，人终究是社会中的人，他的思想、意识或多或少受到社会文化的影响。在中国历史的发展过程，从原始的洪荒时代到周礼的完备，再到汉代封建统治的巩固。女性意识也经历了从最初体现女性原始的、自然的心理、生理机制，到展现其独特的体验和感受的意识形态，再到认同于以男尊女卑及封建道德观念为基础的男性统治思想的转变。因此，《红楼梦》中的女性意识也打下了封建时代的烙印。综上所述，我们所探讨的女性意识，除了女性自然、自主的心理、情感体验外，还包括封建女性感受来自男性意识压迫的心理，及其挣脱、逃离被压迫、被统治的客体地位，恢复女性主体性的意识。

从研究的角度上来说，杨昆岗的《从〈红楼梦〉中妇女的生活论曹雪芹的女权意识》，虽然是从作者的角度分析《红楼梦》中的女权问题，而非女性人物自身投射出来的女性意识，却为我们提供了《红楼梦》女性意识研究的新角度。笔者认为，《红楼梦》的女性意识研究，应突破人物性格分析、理论意义研究，而将其放置在女性本位的日常生活中进行考察，以全面细致挖掘男性意识与女性意识的差别，还原女性意识本来的面貌。

（接上页）

2. 从人物形象的角度，分析作品中的女性意识。丁丽荣的《论〈红楼梦〉中女性形象的自主意识》从个人自由与社会规范之间的矛盾性出发，认为以林黛玉为代表的女性人物是在男权社会中对女性规范的抗争和挑战，而以薛宝钗为代表的女性人物则是在反抗、挑战失败后对男权规范的认同。疏蕾《贾宝玉性格中的女性主义意识分析》中认为作者借贾宝玉的性格刻画，努力表现和推崇一种与封建社会中的父权制文化截然不同的一种文化——女性文化。贾宝玉性格的三个方面，对待女性的基本态度、对待男性和女性的两性观点以及对情的体验和感悟，揭示了《红楼梦》中所蕴涵的反对封建父权制文化的女性主义意识。

3. 与女性主义批评之间的关系，看《红楼梦》中的女性意识。张翼的《〈红楼梦〉女权意识范畴建构之初探》中认为，《红楼梦》从女性性别认同意识入手，表现了女性意识的权利要求，确立了相关的价值观及审美标准。然而，在男权主义的条件下，女权意识的相对性及依附性，又使该范畴呈现出消解的特征。高娟娟的《建构批判超越——〈红楼梦〉女性意识范畴与女性主义批评》认为，《红楼梦》以批判父权制为中心，强调性别差异和女性经验的独特表达，实现了历史文化批判与审美追求的统一；还通过文本内部叙述模式的变换，强调女性作为主体在外射其主体意识的同时，又存在着被"客体化"的可能，实现了对西方现代女性批评的"女性主体论"的补正与超越。彭巧的《〈红楼梦〉女性主义意识探究》认为，自西方女性主义传入以来，不少人以此来分析《红楼梦》，并得出其中蕴含着强烈的女性主义意识的结论。然而，深入探讨发现，实际上《红楼梦》中并没有反映出鲜明的女性主义意识。就文本本身而言，众多优秀的女性身上流露出来的，不过是个人意识的觉醒及其对男权的戏仿。

4. 其他有关女性意识的论文。范凤仙的《〈红楼梦〉中的三个世界及女性意识》通过《红楼梦》描写的三个世界，剖析渗透于作品中的丰富、复杂、多元的女性意识。姜洪涛的《论〈红楼梦〉的女性意识》认为，面对《红楼梦》复杂的女性世界，曹雪芹带着对男权社会黑暗的深切感悟，将弘扬女性美的美好愿望落归于毁灭女性美的当时社会的主体意识。无可奈何中完成由源于传统到反叛传统终至回归传统的循环。杨昆岗的《从〈红楼梦〉中妇女的生活论曹雪芹的女权意识》在《红楼梦》女性人物的具体生活中，探索曹雪芹对男性文化的批判，从而体现其男女平等的女权意识。

第一节 女性意识在《红楼梦》中的三个层面

从个体发展的角度而言，社会规范总是伴随着人的成长，而慢慢地渗透到人的内在意识中，从而获得与外部规范的一致性。在儒家文化之中，孟子的"性善说"与荀子的"性恶说"，分别对人性做了最初的定义。然而，从生物学的角度来看，人在婴儿之时，没有"善、恶"之分，一切的行为、意识均出自个体的本能反应，而所谓的"善、恶"之说，不过是社会规范对人的设定。马克思主义哲学认为，人之所以为的人的特质就在于其"社会属性"，作为社会群体，个人必须认同社会规范。但是，个体在社会化的过程中，其自然的天性必定要与社会性发生冲突，如某些学者所说："处于自然状态的人的自由一直是人性发展的最佳境界，一旦提出规范前提便是对人性的束缚"，① 这是生而为人不可避免的异化过程。

在男权社会中，一切的社会规范都是由男性来设定的。女性作为被统治的一方，其所受到的异化程度较男性更深。她们没有自主权，连最基本生存的权利都是由男性来主宰的，她们只能服从、顺从于男性而得以生存，而这一切都以丧失女性的自然天性为代价。如宝玉对女性群体的评价"女孩儿未出嫁，是颗无价之珠宝；出了嫁，不知怎么就变出许多不好的毛病来，虽是颗珠子，却没有光彩宝色，是颗死珠了；再老了，更变得不是珠子，而是鱼眼睛了"。② 形象地指出了女性意识被男性意识异化的三个层面，即女性意识凸显、转折、泯灭三个层面。

一、 女性意识的凸显

用宝玉的话来讲，"未出嫁"的女子是颗"宝珠"，为什么是颗宝珠呢？张锦池先生认为，"宝珠"指的就是红楼女儿的"童心"，如黛玉、妙玉等，她们不被封建思想所累，争取作为"人"的价值以获得人之天性的合理发展。③ 从女性意识的角度来说，"宝珠"是指保留着自然女性意识的女性。这一阶段的女性，虽然仍处在"父亲"的家中，接受着来自男性意识的教化，教授她们如何成为一名男性意识规范下的女性形象。但是，她们尚处在懵懂阶段，并且相对封闭的空间条件，使她们较出嫁的、年老的女性，受男性意识异化程度较浅，而表现出较为突出的自然的女性意识。

---

① 张福贵著：《惯性的终结》，吉林大学出版社，1999 年，第 28 页。
② 曹雪芹著. 无名氏续：《红楼梦》，中国艺术研究院红楼梦研究所校注，人民文学出版社，2008 年第三版，第 811 页，第 447 页，第 279 页。
③ 张锦池著：《红楼梦考论》，黑龙江教育出版社，2008 年。

这一时期的女性意识，通常表现为少女天真烂漫、任情、任性的自然天性。大观园是红楼女儿们的日常居所，"园中那些人多半是女孩儿，正在混沌世界，天真烂漫之时，坐卧不避，嬉笑无心"。① 在封建社会，作为一名合格的封建淑女，即便在家庭之内，也要"大门不出，二门不迈"，就如《牡丹亭》中的杜丽娘，十几年也不曾踏足家中的后花园。在行为举止上，《女论语》中说："凡为女子，先学立身。……行莫回头，语莫掀唇，坐莫动膝，立莫摇裙，喜莫大笑，怒莫高声。"② 从人性发展的角度来说，在儿童和少年时期，他们的心理、行为尚未完全成熟，嬉笑怒骂皆源自本能反应，而男权意识对女性的规范恰恰是对自然天性的束缚。而大观园中少女们随意的状态，正是少女自然天性的反映，却也违背了封建男权意识对女性的规范。

就红楼女儿个体而言，黛玉固然不失任情、任性之美，但是，最能体现少女天真烂漫的自然天性者，非湘云莫属。在《红楼梦》中，曾两次写到湘云的睡姿。第二十一回中，"那史湘云却一把青丝拖于枕畔，被只齐胸，一弯雪白的膀子撂于被外，又带着两个金镯子。"③湘云的睡姿犹如孩子般的浑朴，脂砚斋批注到："湘云之态，则俨然是个娇态女儿，可爱。"④ 当代身体语言学家罗伯特·菲利普斯的研究表明，一个人的睡姿最能体现其内心的真实性格。从湘云的睡姿中，透露出的是她豪爽、自由的个性。作为封建大家闺秀，即便是在睡梦中，也要展现出静若处子之美，湘云的豪气与男性意识规范下的女性形象相差甚远。

第六十二回，憨湘云醉眠芍药裀，只见：

> 湘云卧于山石僻处一个石凳子上，业经香梦沉酣，四面芍药花飞了一身，满头脸衣襟上皆是红香散乱，手中的扇子在地下，也半被落花埋了，一群蜂蝶闹嚷嚷地围着他，又用鲛帕包了一包药花瓣枕着。众人看了，又是爱，又是笑，忙上来推唤挽扶。湘云口内犹作睡语说酒令，唧唧嘟嘟说：泉香而酒冽，玉盏盛来琥珀光，直饮到梅梢月上，醉扶归，却为宜会亲友。⑤

这俨然一幅充满着诗情画意的《芍药春睡图》，自然的景致，与少女自由、天真的天性相形益彰。同时，也烘托出湘云个性中的洒脱、自然。与那些坐卧相避的闺阁女儿相比，更加的自然、真实，有几分魏晋风味。如清代的二知道人

---

① ③ 曹雪芹著. 无名氏续：《红楼梦》，中国艺术研究院红楼梦研究所校注，人民文学出版社，2008 年第三版，第 811 页，第 447 页，第 279 页。

② ［清］王相笺注：《女四书》，中国华侨出版社，2011 年，第 76 页。

④ 朱一玄主编：《红楼梦资料汇编》，南开大学出版社，2001 年，第 335 页。

⑤ 曹雪芹著. 无名氏续：《红楼梦》，中国艺术研究院红楼梦研究所校注，人民文学出版社，2008 年第三版，第 855 页。

说："史湘云纯是晋人风味。"① 当代学者吕启祥先生认为："《红楼梦》人物之中，个性气质含有魏晋风度的，当然不只史湘云一人。但在史湘云身上表现最为集中突出，则是显而易见的。"② 在中国历史上，魏晋时期是一个社会动荡、政治黑暗的年代，众多的文人志士在感叹时代、人生的悲凉中，欲寻找人生痛苦的解脱。于是，他们纵情于山水之间，在诗酒唱和之中张扬个性，摆脱封建礼教的束缚，这种对自然天性的彰显也成为了中国历代文人追求的人格理想。湘云身上的"魏晋风度"，是对少女天真烂漫自然天性最好的注解。

然而，红楼女儿们毕竟处在男权社会之中，男权意识对女性自然天性的压迫、异化，带给少女的是对自身处境的焦灼和敏感。如波伏娃所说："强加于女人并变成'有教养'少女的第二天性的自我控制，扼杀了自然的本性，压抑了她充沛的活力，其结果是紧张、厌倦。"③ 因此，林黛玉在《葬花吟》中写下"一年三百六十日，风刀霜剑严相逼"，这是黛玉自己生活处境的写照，她以少女的敏感，控诉了男权制对女性的压迫和异化。第二十三回，本不大喜欢看戏的黛玉，偶然间听到《西厢记》的戏文便被深深地吸引了：

> 只是林黛玉素习不大喜看戏文，便不留心，只管往前走。偶然两句吹到耳内，明明白白，一字不落，唱道是："原来姹紫嫣红开遍，似这般都付与断井颓垣。"林黛玉听了，倒也十分感慨缠绵，便止住步侧耳细听，又听唱道是："良辰美景奈何天，赏心乐事谁家院。"听了这两句，不觉点头自叹，心下自思道："原来戏上也有好文章。可惜世人只知看戏，未必能领略这其中的趣味。"想毕，又后悔不该胡想，耽误了听曲子。又侧耳时，只听唱道："则为你如花美眷，似水流年……"林黛玉听了这两句，不觉心动神摇。又听到："你在幽闺自怜"等句，亦发如醉如痴，站立不住，便一蹲身坐在一块山子石上，细嚼"如花美眷，似水流年"八个字的滋味。忽又想起前日见古人诗中有"水流花谢两无情"之句，再又有词中有"流水落花春去也，天上人间"之句，又兼方才所见《西厢记》中"花落水流红，闲愁万种"之句，都一时想起来，凑聚在一处。仔细忖度，不觉心痛神痴，眼中落泪。④

从生物学的角度来说，人都是感性的动物，任何美好或悲伤的事物都能触动人的情感。社会的规范却有意克制感性，使人走向理性，而过分的理性却抑制了

① 一粟主编：《红楼梦资料汇编》，中华书局，1964年，第95页。

② 吕启祥著：《湘云之美与魏晋风度》，参见《红楼寻梦》，文化艺术出版社，2005年，第126页。

③ ［法］波伏娃著．陶铁柱译：《第二性》，中国书籍出版社，1998年，第385页。

④ 曹雪芹著．无名氏续：《红楼梦》，中国艺术研究院红楼梦研究所校注，人民文学出版社，2008年第三版，第316-315页，第486页，第752页。

情感的萌发。特别是在男权社会，"情"是女性不可触碰的禁区，其压抑、消解着女性对生活、生命的热情。《西厢记》吸引黛玉的不仅是辞藻的优美，唱腔的婉转动听，重要的是戏文背后，透露出的女性青春的孤寂，情感的压抑所震动。这是男权社会中所有女性都要面对的现实，黛玉作为女性的一员，她感同身受，因而黯然伤神，潸然泪下。

曹雪芹曾用"敏"来形容探春，探春不仅敏锐地探察到了贾府衰败的内因，也敏锐地感受到了男权意识对女性意识的异化和压抑。第三十七回，成立海棠社时候，探春说："孰谓莲社之雄才，独许须眉；直以东山之雅会，让余脂粉。"① 第五十五回中，探春说："我但凡是个男人，可以出得去，我必早走了，立一番事业，那时自有我一番道理。偏我是女孩儿家，一句多话也没有我乱说的。"② 这是探春作为女性，强烈感受到的男权意识对女性客体权力的剥夺，蕴含着女性欲独立、自主的主体意识。

但是，在任何的群体中，都会有不同的"异类"出现，宝钗似乎就是未出嫁的女儿中失去宝珠光彩的少女，从表面上看，其女性意识似乎已经完全被男性意识所同化。对待宝玉，她时刻不忘规劝其走上经济仕途的道路；对待大观园中的女儿们，她时常以"女子无才便是德"的封建教条，教导女儿们做一个合格的封建淑女；对待自己，她更是恪守着封建女德教诲，不喜花粉，穿戴素雅。然而，就是这样一个完全以男性意识规范自己的少女，却也不时地表现出少女的天真烂漫。譬如，第二十七回，在滴翠亭中，宝钗追逐蝴蝶的样子，不正是少女对自然、美好景致喜爱之情的自然流露吗：

> 忽见前面一双玉色蝴蝶，大如团扇，一上一下迎风翩跹，十分有趣。宝钗意欲扑了来玩耍，遂向袖中取出扇子来，向草地下来扑。只见那一双蝴蝶忽起忽落，来来往往，穿花度柳，将欲过河去了。倒引的宝钗蹑手蹑脚地，一直跟到池中滴翠亭上，香汗淋漓，娇喘细细。③

此刻的宝钗已经没有了封建淑女的镇静和沉稳，而是少有的天真活泼，连脂砚斋都不禁发出疑问："可是一味知书识礼女夫子行止？写宝钗无不相宜。"④ 再看每一次的诗歌创作，哪一次不是流露出少女逞才任性的天性，如元春省亲之时，宝钗对宝玉"绿蜡"典故的提醒，岂不是在彰显她的博学吗？在如对于惜

---

① ② 曹雪芹著. 无名氏续：《红楼梦》，中国艺术研究院红楼梦研究所校注，人民文学出版社，2008 年第三版，第 316-315 页，第 486 页，第 752 页。

③ 曹雪芹著. 无名氏续：《红楼梦》，中国艺术研究院红楼梦研究所校注，人民文学出版社，2008 年第三版，第 363 页，第 565-566 页。

④ 朱一玄主编：《红楼梦资料汇编》，南开大学出版社，2001 年，第 406 页。

春画大观园图，宝钗对画论的阐述，对作画工具的陈列，不又是在凸显自己的多才吗？这岂是一个恪守着"女子无才便是德"的名门闺秀的作风，完全是少女彰显才能的表现。

宝钗之所以自觉地隐藏或压抑少女的天性，如她自己所说："你当我是谁，我也是个淘气的。从小七八岁上也够个人缠的。……弟兄们也有爱诗的，也有爱词的，诸如这些《西厢》《琵琶》以及'元人百种'，无所不有。他们是偷背着我们看，我们却也偷背着他们看。后来大人知道了，打的打，骂的骂，烧的烧，才丢开了。"① 所谓的"大人"就是封建家长，他们是封建权威、男权意识的象征。打骂是他们对个体天性打压的手段。对女性来说，其实就是男性意识对女性意识的压迫和异化。

同男孩相比，女孩在被异化的过程中，母亲起到了至关重要的作用。如波伏娃所说："女儿对于母亲来说，既是她的化身，又是另外一个人；……母亲把自己的命运强加给女儿。"② 母亲的命运是什么呢？无非就是归顺、认同男性意识，自觉臣服于男性为女性预设的命运。在《红楼梦》中，在林黛玉、妙玉、湘云等人的成长过程中，母亲的缺席，使她们在童年时期缺少了模仿的范本。如林黛玉对宝钗所说："细细算来，我母亲去世得早，又无姊妹兄弟，我长了今年十五岁，竟没一个人像你前日的话教导我。"③ 所以，她们的行为举止，生活态度都出于内心深处最真实的声音。宝钗则不同，从小到大，母亲一直陪伴在身边，虽然《红楼梦》中没有直接描写薛姨妈对宝钗的教导，但是相信在宝钗的成长过程中，母亲绝对是她人生的导师和学习的范本。宝钗在男性意识的打压下，不得不隐藏起少女的自然天性，将自己塑造成一个封建淑女。

无论是黛玉、湘云，还是宝钗，无论她们身上的女性意识是凸显，还是隐藏。总之，未出嫁的女儿们还没有完全踏入到男性世界，受男权意识的异化程度还尚浅，其自然的女性意识正如宝珠般散发着光彩。

二、 女性意识向男性意识转变

当少女们踏出"父亲"的家门，她们迈向的不是一条自由、自主之路，而是跨入了"夫权"的门槛，其所面临的将是再次被男性意识异化的过程，如波伏娃所说："婚姻没有给女人带来独立的自主性，反而使她完全地依附于丈夫的

① 曹雪芹著. 无名氏续：《红楼梦》，中国艺术研究院红楼梦研究所校注，人民文学出版社，2008 年第三版，第 363 页，第 565-566 页。

② ［法］波伏娃著．陶铁柱译：《第二性》，中国书籍出版社，1998 年，第 325 页。

③ 曹雪芹著. 无名氏续：《红楼梦》，中国艺术研究院红楼梦研究所校注，人民文学出版社，2008 年第三版，第 606 页，第 55 页。

世界，失去作为一名完整'人'的资格。她们终归是附属的、次要的、寄生的。只能通过男人所主导的家庭来体现自己的价值，实现自己的生存。"① 在经历了父权、夫权的双重异化后，女性们开始醒悟，在男性世界中生存，必须学会男性的生存法则，服从男性的权威，女性意识不可避免地向男性意识转变，如宝玉所说的那样，出嫁了的女人，已经失去了宝珠的光彩，而变成多了许多毛病的死珠了。然而，死珠毕竟还是珠子，也就意味着，这一时期的女性还尚存女性意识，不过被男性意识所掩盖了。所以，这一时期的女性意识是极为复杂的，通过《红楼梦》中结了婚的女性，展现了女性意识在向男性意识转变过程中的不同情况。

第一种情况，是大部分封建女性的选择，在男性世界中，她们顺从于男性意识，将自己规范成男性意识下的女性。但是，一旦她们有机会脱离男性世界的束缚，便会展露出女性意识中对生活、生命的热情，以及女性的自主意识。李纨就是这样的一位女性。李纨出身于诗礼之家，从小谨遵"女子无才便有德"的父训，纵使亲族之中"男女无有不诵诗读书者"，李纨也"只不过将些《女四书》《列女传》《贤媛集》等三四种书，使她认得几个字，记得前朝这几个贤女便罢了"。② 在这样严苛的女德教育下，李纨作为一名年轻的寡妇，恪守着女性的贞节观。封建女性的贞节观，最根本的目的维护男性的权威统治。女性作为男性的私有财产，即便男性个体客观存在的现实已经逝去，活着的女性还要从一而终。这就要求女性克制情感、欲望，存贞洁的天理，而灭符合人性的欲望。所以，李纨年纪轻轻"竟如槁木死灰一般"清心寡欲，即便作为长房长孙媳，却从不争权斗势，从不陷入到家族内部的矛盾之中，"唯知侍亲养子，外则陪侍小姑等针黹诵读而已"。③ 这是男性意识对女性人身权利和精神自由的剥夺。

从表面上看，李纨已经失去了年轻女性生命的活力，她就像一只牵线木偶，被男性意识操纵着，女性自然的心理体验，女性的自主意识已经不见了踪影。然而，当李纨回到女性世界——大观园中，却呈现出迥然不同的模样。在海棠社中，李纨没有因为自己不会作诗而远离诗社，反而以主体的热情做东开社、自荐掌坛，"我虽不能作诗，这些诗人竟不厌俗客，我做个东道主人，我自然也清雅起来了"。④ "雅得紧！要起诗社，我自荐我掌坛。"⑤ 在诗社中，没有主客体之分，李纨不再是谁的私有物品，只是她自己。李纨对诗社表现出极大的热情和关注，使她重拾了女性主体意识。好似一个将死之人，偶然得一良药，而唤起生命

---

① ［法］波伏娃著. 陶铁柱译：《第二性》，中国书籍出版社，1998 年，第 437-438 页。

② 曹雪芹著. 无名氏续：《红楼梦》，中国艺术研究院红楼梦研究所校注，人民文学出版社，2008 年第三版，第 606 页，第 55 页。

③④⑤ 曹雪芹著. 无名氏续：《红楼梦》，中国艺术研究院红楼梦研究所校注，人民文学出版社，2008 年第三版，第 55 页，第 489 页，第 487 页。

的激情。这才是一名正常的年轻女性热爱生活、生命的自然情感的表现。

李纨在男女世界中强烈的对比，形象地说明了在男性世界中，为了生存，女性不得不违心地表现出对男性意识的顺从、服从男性世界对女性的规范。而一旦回归到男性意识略显松动的女性世界中，女性自然的情感、心理体验及自主意识，又如沐浴阳光般，重现生机。

第二种情况，这类女性早已接受或者说认同了男性意识，表现出自觉地对男性权威的维护。但是，在面对她们所在乎的人、事、物的时候，偶然散发出原始的女性意识，甚至会出现对男性意识的反抗。母爱是女性原始的、自然的天性，然而，在封建社会中，母爱在男权意识异化下，已经改变了模样，成为女性生存在男性世界的工具。如第三十三回，宝玉挨打时，王夫人说得很清楚：

> 王夫人连忙抱住哭道："老爷虽然应当管教儿子，也要看夫妻分上。我如今已将五十岁的人，只有这个孽障，必定苦苦的以他为法，我也不敢深劝。今日越发要他死，岂不是有意绝我。既要勒死他，快拿绳子来先勒死我，再勒死他。我们娘儿们不敢含怨，到底在阴司里得个依靠。"说毕，爬在宝玉身上大哭起来。贾政听了此话，不觉长叹一声，向椅上坐了，泪如雨下。王夫人抱着宝玉，只见他面白气弱，底下穿着一条绿纱小衣皆是血渍。禁不住解下汗巾看，由臀至胫，或青或紫，或整或破，竟无一点好处，不觉失声大哭起来，"苦命的儿吓！"因哭出"苦命儿"来，忽又想起贾珠来，便叫着贾珠哭道："若有你活着，便死一百个我也不管了。"①

在中国宗法家族中，女性存在最主要的价值就是传宗接代，是否有儿子是衡量一位母亲，在家族中地位和权力的重要指标，所谓"母以子贵"就是这个道理。对于王夫人而言，虽然元春贵为皇妃，但毕竟远离家族，再加上贾珠的早逝，宝玉成为她在荣国府内唯一的依靠，是她权力和地位的保障。这种带有浓厚封建宗法伦理色彩的母爱，消解的是女性自然、原始的母爱意识。

但是，无论怎样，对于一名母亲来说，孩子就是她的一切。波伏娃曾在《第二性》中引用黑格尔的话指出女性怀孕的痛苦，她说："孩子的出生便是父母的死亡"，②坚持物种绵续本身就与个体相对立。在孕育的过程中，母体不仅要消耗自身的养料供给未出生的生命个体，在分娩的过程中更要面对死亡的威胁。如此艰辛的生产过程，怎能不使她如珍宝般爱护自己的孩子呢？即便如王夫人对宝玉的爱中已经掺杂了男性意识，但是，在日常的生活中，仍然不乏自然、原始母

---

① 曹雪芹著. 无名氏续：《红楼梦》，中国艺术研究院红楼梦研究所校注，人民文学出版社，2008 年第三版，第 444 页，第 310 页。

② ［法］波伏娃著. 陶铁柱译：《第二性》，中国书籍出版社，1998 年，第 531 页。

爱的流露。第二十三回，贾政训示宝玉，展现的就是一幅严父慈母的画面：

> 王夫人摩挲着宝玉的脖项说道："前儿的丸药都吃完了？"宝玉答道："还有一丸。"王夫人道："明儿再取十丸来，天天临睡的时候，叫袭人服侍你吃了再睡。"宝玉道："只从太太吩咐了，袭人天天晚上想着，打发我吃。"贾政问道："袭人是何人？"王夫人道："是个丫头。"贾政道："丫头不管叫个什么罢了，是谁这样刁钻，起这样的名字？"王夫人见贾政不自在了，便替宝玉掩饰道："是老太太起的。"贾政道："老太太如何知道这话，一定是宝玉。"宝玉见瞒不过，只得起身回道："因素日读诗，曾记古人有一句诗云：'花气袭人知昼暖'。因这个丫头姓花，便随口起了这个名字。"王夫人忙又道："宝玉，你回去改了罢。老爷也不用为这小事动气。"①

王夫人"摩挲"的动作表现的不仅是母子间的亲近，更是蕴藏了浓厚的母爱。当贾政问道袭人名字的时候，王夫人以贾母为宝玉打掩护，掩护不成"忙道"改名，都是母亲保护儿子的自然反应。

第二十五回中，王夫人对宝玉的嘘寒问暖，宝玉对王夫人的亲昵，都表现了母子间最自然的亲情：

> 两人正说着，只见凤姐来了，拜见过王夫人。王夫人便一长一短地问他，今儿是那几位堂客，戏文好歹，酒席如何等语。说了不多几句话，宝玉也来了，进门见了王夫人，不过规规矩矩说了几句，便命人除去抹额，脱了袍服，拉了靴子，便一头滚在王夫人怀里。王夫人便用手满身满脸摩挲抚弄他，宝玉也搬着王夫人的脖子说长道短的。王夫人道："我的儿，你又吃多了酒，脸上滚热。你还只是揉搓，一会闹上酒来。还不在那里静静地倒一会子呢。"说着，便叫人拿个枕头来。②

这里没有封建礼法的拘谨，没有掺杂任何功利性的目的，有的只是慈母娇儿间轻松、自然的情感交流，这是女性母爱的自然而然的流露。王夫人对宝玉的爱不止如此，当宝玉的生命受到威胁时，她会奋不顾身的反抗男性权威，保护宝玉。从封建"三从四德"的女性道德来说，王夫人无愧于贤妻良母的美称，她谨遵妇道，与贾政相敬如宾，唯一一次与贾政的正面冲突，就是宝玉挨打时：

---

① 曹雪芹著.无名氏续:《红楼梦》，中国艺术研究院红楼梦研究所校注，人民文学出版社，2008年第三版，第444页，第310页。

② 曹雪芹著.无名氏续:《红楼梦》，中国艺术研究院红楼梦研究所校注，人民文学出版社，2008年第三版，第336页，第443页。

　　王夫人一进房来，贾政更如火上浇油一般，那板子越发下去的又狠又快。按宝玉的两个小厮忙松了手走开，宝玉早已动弹不得了。贾政还欲打时，早被王夫人抱住板子。①

　　从"父权"来说，贾政管教儿子，是其作为父亲的权力；从"夫权"来说，王夫人只有顺从贾政的义务，没有反对贾政的权力。然而，如波伏娃所说："只有天真的丈夫才会以为他可以轻而易举地让妻子服从他的意志"，"妻子确实往往屈从于男性的权威；但一碰到所真正关心的事情，她就会暗地里顽强地反对他"。②王夫人无论出自天然的母爱，还是为了维护巩固自己在贾府中的地位，宝玉都是她所真正关心、在意的人，宝玉挨打激发了潜藏在她内心中，反抗男性霸权主义的女性意识。

　　第三种情况，这类女性她们并不认同或顺从男性意识，而是利用男性意识，维护或实现女性主体利益。男权社会中，女性的价值就是帮助男性实现他们的价值，女性不过是男性价值、利益的工具。然而，在《红楼梦》中却有这样一位特殊的女子，她反其道而行之，男性及其背后的男权意识成为她争权夺利，贪财敛钱，捍卫女性尊严的工具，她就是王熙凤。

　　譬如王熙凤毒设相思局，她所利用的就是男性好色的心理。凤姐初遇贾瑞就已经窥见了他的不轨企图，贾瑞此举所触动的，不仅是凤姐作为家庭掌权人的尊严，更是女性主体的人格尊严。所以，第十二回，凤姐将计就计，顺势而为，惩处了贾瑞。首先，凤姐在言语上挑逗贾瑞，使他上钩，说道："男人家见一个爱一个也是有的……像你这样的人能有几个呢，十个里也挑不出一个来"，③凤姐的话说得很暧昧，容易让贾瑞误认为凤姐对自己有好感，这正中贾瑞本意，"贾瑞听了，喜的抓耳挠腮"，④殊不知他已经中了凤姐的圈套。接下来，贾瑞更加的放肆，"由不得又往前凑了一凑，觑着眼看凤姐带的荷包，然后又问戴着什么戒指"，⑤越发的不尊重起来，淫荡之意昭然若见，这也在凤姐的掌控之中，凤姐顺势说道"大天白白，人来人往，你就在这里也不方便。你且去，等着晚上起了更你来，悄悄地在西边穿堂儿等我。……我把上夜的小厮们都放了假，两边门一关，再没别人了"，⑥贾瑞更加得意了，以为自己已经得手了，而真正得手的却是凤姐，在腊月寒冷的天气里，贾瑞被冻了一夜，"朔风凛凛，侵肌裂骨，一夜几乎不曾冻死"。⑦凤姐的所言所行，都在刻意的迎合男性色欲的心理。在色欲的迷

---

① 曹雪芹著．无名氏续：《红楼梦》，中国艺术研究院红楼梦研究所校注，人民文学出版社，2008年第三版，第336页，第443页。

② ［法］波伏娃著．陶铁柱译：《第二性》，中国书籍出版社，1998年，第531页。

③④⑤⑥⑦ 曹雪芹著．无名氏续：《红楼梦》，中国艺术研究院红楼梦研究所校注，人民文学出版社，2008年第三版，第161页，第162页，第200页，第953页。

惑下，贾瑞早已失去了判断的能力，从而给了凤姐机会，步步为营，将贾瑞设计到了圈套中，教训了贾瑞，捍卫了女性的人格尊严。

王凤姐弄权铁槛寺，更是直接利用了男性权威，实现了自己的经济利益。水月庵老尼托凤姐替张财主家退亲，凤姐借此敛财，要了张家三千两银子。在封建社会，女性被排除在社会公共事业之外，凤姐本身没有能力解决这类的事情，却可凭借贾琏，以及其背后贾氏家族的势力来干预此类事件。于是，凤姐"假托贾琏所嘱，修书一封，……两日工夫俱已妥协"。① 凤姐利用男性权威，实现了敛财的目的。

至于凤姐整治尤二姐，其所利用的是男性"贤妻美妾"的婚姻理想，达到她捍卫婚姻、家庭的目的。首先，凤姐将尤二姐赚入大观园，这个举动本身就已经为她博得了贤妻的美名，尤二姐作为第三者的存在，凤姐不仅不嫉妒，还要接受她，将她接回贾府，这完全符合封建贤妻的标准，以至于迷惑了贾母，"既你这样贤良，很好"。②贾琏更希望凤姐能够接受尤三姐，凤姐主动示好尤三姐，满足了贾琏"贤妻美妾"的心愿，"贾琏……未免脸上有些得意之色，骄矜之容"。③ 实际上，凤姐不过是将尤二姐放在身边，更方便她整治，并以贤良的美名，撇清了她残害尤二姐的干系。爱情、婚姻对女性而言是神圣的，也是排他性的，每个女性都不希望他人分享丈夫的爱，凤姐也是一样。尽管她对尤二姐不免有些狠毒，但是，她也捍卫了自己的情感、婚姻。

在中国传统的儒家思想中，"君子喻于义，小人喻于利"，④ 人们耻于对"利"的争夺。然而，之于人性而言，"利"是人性欲望中不可缺少和抹灭的一部分，也是人生存的基础和保障。在现实的世界中，男性为了利益不择手段。争夺、欺骗、压榨等，都是男性获得利益的手段。却道貌岸然的要求女性，放弃自身的利益，服从男性的统治。王熙凤看透了男性对女性利益无耻的剥夺，"以其人之道，还治其人之身"，利用男性世界的规则，反叛着男性对女性的统治，实现女性主体的利益。其所体现的正是女性对男性权威的反抗意识，恢复女性主体性的意识。尽管这种意识被蒙上了男性意识的外衣，但是，正如宝玉说的那样，它仍然是颗珠子，不过是生了毛病的"死珠"而已。

三、 女性意识的泯灭

在男性世界待久了的女性，就犹如走进了一座陌生的城市，时间久了，适应

---

① ② 曹雪芹著．无名氏续：《红楼梦》，中国艺术研究院红楼梦研究所校注，人民文学出版社，2008 年第三版，第 161 页，第 162 页，第 200 页，第 953 页。

③ 曹雪芹著．无名氏续：《红楼梦》，中国艺术研究院红楼梦研究所校注，人民文学出版社，2008 年第三版，第 955 页，第 627 页，第 613 页。

④ 《论语·里人》，参见《论语译注》，杨伯峻译注，中华书局，2009 年，第 38 页。

了这个城市的生活，慢慢地也就与其融为一体了，再也没有初来乍到的异样感。或许她们还想找回曾经的故乡，却越走越远再也回不去了。女性意识亦是如此，她们在抗争、转折之后必然走向无意识的认同，而成为了曾经对立面的一员，她们再也不是一颗"珠子"了而变成了"鱼眼睛"。

邢夫人的"贤惠"是出了名的，贾母曾经说道："你倒也三从四德，只是这贤惠也太过了！"① 凤姐说邢夫人"只知奉承贾赦以自保……家下一应大小事务，俱由贾赦摆布"。② 从出身来说，她既不是达官显赫又不是礼赞之家。从贾府的地位来说，邢夫人是填房，介于原配与妾之间，又没有子嗣，只能依靠丈夫贾赦生存。对于这样一个毫无依靠，又不能自立自强的女人来说，她只能选择顺从。当贾赦提出要纳鸳鸯为妾时候，她不但没有拒绝、劝诫，还出面说媒。因为在她的意识中，做妾是件"又体面，又尊贵"的事情，是男性权威对鸳鸯的恩赐。可见，男性意识就像盐溶于水一样，深深地侵蚀了邢夫人的心灵和血液，女性意识也随之消失殆尽了。

在贾府中，还有一群老婆子们，她们没有名字，只能被称呼为：王善保家的、周瑞家的、林之孝家的、秦显家的、费婆子、夏婆子、柳婶子、李嬷嬷……。以夫之名而唤之，是她们"菟丝附女萝"处境的诠释，女性意识就如同这称呼一般，已被男性意识所代替。

对于这些老婆来说，男性意识已经深深地融入了她们的骨骼血液之中。她们自觉地坚守着男性意识下的社会规范，如她们对封建等级制的恪守。赖嬷嬷早已受主子的恩典，恢复了自由身，孙子也当了官，应该说她已经挤入了上层主子的行列。但是，在她的内心深处仍然没有忘记"奴才"的身份，不时地教导孙子："上托着主子的洪福，下托着你老子娘……你哪里知道那'奴才'两字是怎么写的"，③"你一个奴才秧子，仔细折了福"。④ 在赖嬷嬷的意识，丝毫没有做奴才的屈辱感，而是陶醉于做奴才。因为，如果没有曾经的奴才身份，她也不会得到今天富贵的日子，这一切都源自主子的恩赐。

再如林之孝家的也沉迷于做奴才的体面中。第六十三回，林之孝家的巡夜到怡红院，对宝玉的一番宣讲、说教：

> ……林之孝家的又笑道："这些时我听见二爷嘴里都换了字眼，赶着这几位大姑娘们竟叫起名字来。虽然在这屋里，到底是老太太、太太的人，还该嘴里尊重些才是。若一时半刻偶然叫一声使得，若只管叫起来，怕以后兄

① ② 曹雪芹著. 无名氏续：《红楼梦》，中国艺术研究院红楼梦研究所校注，人民文学出版社，2008 年第三版，第 955 页，第 627 页，第 613 页。

③ ④ 曹雪芹著. 无名氏续：《红楼梦》，中国艺术研究院红楼梦研究所校注，人民文学出版社，2008 年第三版，第 601 页，第 602 页，第 865-866 页。

弟侄儿照样，便惹人笑话，说这家子的人眼里没有长辈。"宝玉笑道："妈妈说的是。我原不过是一时半刻的。"袭人晴雯都笑说："这可别委屈了他。直到如今，他可姐姐没离了口。不过玩的时候叫一声半声名字，若当着人却是和先一样。"林之孝家地笑道："这才好呢，这才是读书知礼的。越自己谦越尊重，别说是三五代的陈人，现从老太太、太太屋里拨过来的，便是老太太、太太屋里拨过来的，便是老太太、太太屋里的猫儿狗儿，轻易也伤他不得。这才是受过调教的公子行事。"①

一个奴才居然教授小主子的为主之道，这是多么讽刺啊！在她的意识里，奴才没有被主子压迫的痛苦，反而在诗书礼仪之家，作奴才是一种荣耀，因为主子的教养，善待甚至"尊重"她们，而使她忘记了自己实质上，还是被压迫、奴役群体中的一员。鲁迅先生曾经说："自己明明知道是奴隶，打熬着，不平着，挣扎着，一面'意图'挣扎以至于实行挣扎的，即使暂时失败，还是套上镣铐罢，但却不过是单单的奴隶。如果从奴隶生活中寻出美来，赞叹、抚摸、陶醉，那可简直是万劫不复的'奴才'了……"②赖嬷嬷、林之孝家就是这样的奴才，在做奴才的自我陶醉中，找不到女性的尊严和自主意识，只有为奴的卑微，男性意识已经将她们彻底同化了。

如果这些老婆子们安心、本分的做一名奴才也就罢了，但是她们却偏偏爱寻滋挑衅，煽风点火，成为男权统治女性的帮凶。譬如第六十回，因芳官拿茉莉粉代替蔷薇硝给贾环的事，夏婆子挑唆赵姨娘找芳官闹去。夏婆子并非真心诚意的帮助赵姨娘，不过是想借赵姨娘之手，惩治一下如芳官般的女孩们。因为平日里芳官、藕官这些学戏的女孩子们"或心性高傲，或倚势凌下，或拣衣挑食，或口角锋芒，大概不安分守理者多。因此众婆子无不含怨，只是口中不敢与她们分证"。③夏婆子的怨气没处发泄，而赵姨娘给了她机会。

再如王善保家的，因为园中的丫头们不大奉承她，便借由绣春囊的事情，在王夫人面前污蔑年轻的女子，"这些女孩子们一个个倒像受了封诰似的。她们就成了千金小姐了"，④借此机会重点打击晴雯，最终在王善保家的挑唆下，晴雯被逼出了贾府。

芳官也好，晴雯也罢，这些侍候贾府小姐、少爷的年轻女仆们，因为主子的

---

① 曹雪芹著．无名氏续:《红楼梦》，中国艺术研究院红楼梦研究所校注，人民文学出版社，2008 年第三版，第 601 页，第 602 页，第 865-866 页。

② 鲁迅著:《南腔北调集·漫与》，参见《鲁迅全集》(第四卷)，人民文学出版社，1981 年，第 453 页。

③④ 曹雪芹著．无名氏续:《红楼梦》，中国艺术研究院红楼梦研究所校注，人民文学出版社，2008 年第三版，第 798 页，第 1025 页，第 261 页。

宠爱和维护，她们在贾府中的地位、待遇都要高于老婆子们，袭人曾说过贾府内的少女女仆比"平常寒薄人家的小姐，也不能那样尊重的"。[①] 常被老婆子们称为"副小姐"。同为奴仆，不平等的待遇，自然会遭到老婆子们的嫉妒。而且处在花季的少女们，正是张扬个性的时期，少女们的青春、活力，反照着老婆子们的衰老、颓废，这也会激起老婆子们嫉妒的怒火。基于这两点，老婆们必定要找到机会发泄心中的愤怒，以获得心理的平衡。当然，这些张扬个性的年轻女子们，也绝不是男性意识下温顺的奴仆，老婆子们对年轻女仆的迫害，实际上成了男性意识异化、规训少女自然天性的帮凶。她们的女性意识早已泯灭了，质变成了代表着男性意识的"鱼眼睛"。

第二节　《红楼梦》中少女的生活与女性意识

自母系社会起，由于男女生理机能的差异，形成了男主外、女主内的自然分工。进入到封建社会，这种分工更加明确，《女论语》中说："内外各处，男女异群。"王相笺注道："礼：男子处外，女子处内……"[②] 这种自然分工留下的习俗，决定了男女两性不同的生活内容。《内训》中说："男子八岁而入小学，女子十年而听姆教。"[③]姆教的内容就是无非就是女工、蒸煮食尝等。相比于男子读书的脑力活动，女子的教育属于技艺型，在机械的反复训练中便熟能生巧。枯燥乏味、繁重的家务琐事，使女性无暇体验生活的乐趣，无暇释放生命的情感，无暇认知世界的千变万态。这正是男性意识对女性意识的剥夺。但是，马克思主义美学认为，美起源于劳动。无论是男子读书，亦或女子的家庭劳动，其都是寻找、发现美的过程，而审美又是一种自主的意识活动，因此，在女性的日常生活中，必然投射着女性独有的智慧和创造力，寄托着女性自然的生命情感，实现着女性独立、自主的意识。

一、　针织女红中的女性意识

《礼记·内则》中说："女子十年不出，姆教婉娩听从，执麻枲，治丝茧，织纴，以供衣服。"[④] 清代蓝鼎元编撰的《女学》中说："班氏曰'妇功不必工巧过

---

① 曹雪芹著. 无名氏续:《红楼梦》，中国艺术研究院红楼梦研究所校注，人民文学出版社，2008 年第三版，第 798 页，第 1025 页，第 261 页。

②③ ［清］王相笺注:《女四书》，中国华侨出版社，2011 年，第 77 页，第 24 页。

④ 《礼记》，阮元校刻，《十三经注疏》，中华书局，1980 年，第 1471 页。

人也，专心纺绩，劬劳女红，洁齐酒食，以俸宾客，是为妇功'。"① 针织女红是古代女子毕生修炼的功课。

《红楼梦》中的女子亦然如此，李纨"只以纺绩并臼为要，因取名为李纨，字宫裁"。她的工作除了侍亲养子外，就是"陪侍小姑等针黹诵读"。② 黛玉虽然体弱多病，也曾为宝玉绣过荷包。湘云豪爽大度，女红也略为精通，袭人曾经劳烦她替宝玉做鞋子。探春果敢爽利，为报宝玉带物之劳，做鞋以赠宝玉。宝钗也是针织的能手，曾情不自禁地替袭人绣鸳鸯肚兜，并时常教导姐妹们"还是纺绩针黹是你我的本分"，③ "你我只该做些针黹纺织的事才是"。④

娇贵的小姐们尚且是针织高手，做惯了杂活的少年女仆们，更是心灵手巧。宝玉的孔雀裘被烧坏，"不但能干织补匠人，就连裁缝绣匠并作女工地问了，都不认得这是什么，都不敢揽"。⑤ 只有擅长针织的晴雯可以将其修补成原样，宝玉瞧了后说道："真真一样了。"如果说晴雯是在针线方面拔得头筹，那么莺儿在编织方面更胜一筹。莺儿不仅可以用丝线打络子，就连柳枝的嫩条都可以编出个玲珑的篮子来。

或许是因为历史的沿袭，女红成为古代女子生活中最重要的一部分。早在母系社会，就行成了"女主内，男主外"的家庭分工，女性不仅要为家人提供果腹之食，还要供给遮体避寒之衣。进入到男权社会，原本自然的劳动分工，变成了男性束缚女性的借口，将女性绑定在重复的女红中，使她们无暇顾及其他，逐渐麻痹她们的自我意识，从而被约定俗成的传承下来。

在习俗之下，对自由意志主体的女性来说，女红却成为了她们情感寄托的途径。在古代，女子绣制的香包、香囊都可作为定情信物，这其中蕴含的正是女子对男性爱慕情感的含蓄表达。在"大观园试才题对额"中，宝玉得到了贾政门客的夸赞，小厮们便将他身上的所佩之物搜刮一空，黛玉误以为自己送个宝玉的荷包也被抢了去，而"赌气回房，将前日宝玉所烦他作的那个香袋儿，做了一半，赌气拿过来就铰"。⑥ 黛玉之所以生气，是因为荷包不仅仅是一份礼物，更凝聚着她对宝玉的感情。宝玉对荷包的态度，意味着对黛玉情感的回应。如果被下人拿了去，不仅是对物的轻视，更是对黛玉情感的不在意，换作任何一个女子都会如黛玉般生气。

第五十二回，勇晴雯病补雀金裘，所表达的也是晴雯对宝玉关爱的情感。宝

---

① ［清］蓝鼎元著：《女学》，沈云龙主编，《近代中国史料丛刊第二辑》，文海出版社，1966 年，第341 页。

②③④⑤ 曹雪芹著．无名氏续：《红楼梦》，中国艺术研究院红楼梦研究所校注，人民文学出版社，2008 年第三版，第 56 页，第 500 页，第 566 页，第 714 页。

⑥ 曹雪芹著．无名氏续：《红楼梦》，中国艺术研究院红楼梦研究所校注，人民文学出版社，2008 年第三版，第 312 页，第 714 页，第 478 页。

玉烧坏了贾母给的孔雀金裘，没有任何的工匠能够修补，第二日又是祭祖的大日子，晴雯担心宝玉受责，即便在重病之中，也挣扎着补裘，"只觉头重身轻，满眼金星乱迸，实实撑不住。若不做，又怕宝玉着急，少不得恨命咬牙捱着。"①如果宝玉只是一般的主子，没有主子的命令，晴雯大可不必劳神，就是因为她爱宝玉，不愿所爱之人受到委屈，所以才坚持修补完整。

宝钗绣鸳鸯肚兜的情节，被认为是对宝玉情感的表达，原因在于：鸳鸯总是成双成对出现，被寓意为情侣、夫妻的象征。而肚兜又是宝玉贴身之物，宝钗应该清楚地知道其中的含义。如没有情感的因素，对于她这样知礼数、端庄大方的女子来说，不会出现这样的举动。绣着肚兜的原本是袭人，宝钗"因又见那活计实在可爱，不由得拿起针来，替他代刺"。②一个擅长针织女红的女子，见到鲜亮可爱之物，又闲来无事可做，技痒而伸手一试，岂会思虑过多，实在是宝钗下意识的动作。弗洛伊德潜意识理论认为"思想和欲望都可以是潜意识"。③ 存在于心理结构的最底层，是人类欲望的来源。在潜意识驱动下，表现出的行为，自然代表着个人内心中真实的情感体验。正是这一动作暴露了潜藏在她内心深处的青春少女萌动的心。

如果说男子以建功立业展现了雄性的伟力，那么女子在穿针引线中展现了无穷的创造力和审美力。一幅针织、编织作品，从整体的布局到细致的颜色搭配，再到针法、织法的配合，都需要女性精心的设计。晴雯补裘，多少能工巧匠都束手无策，只见"晴雯先将里子拆开，用茶杯口大的一个竹弓钉牢在背面，再将破口四边用金刀刮的散松松的，然后用针纫了两条，分出经纬，亦如界线之法，先界出地子后，依本衣之纹来回织补。……刚刚补完；又用小牙刷慢慢地剔出绒毛来"。④ 这种复杂的界线工艺，是女性在做女红过程中，不断地总结所创造出来，是女性智慧的展现。

晴雯补裘体现的是女性的创造力，那么，莺儿编络子展现的则是女性对服饰文化的审美力。"和"是中国传统文化重要的组成部分，儒家提倡的中庸之道，道家提倡的"天人合一"思想，都是"和"文化的体现。在中国的服饰文化中，也体现着"和"这一文化特征，讲究的是搭配、色彩的和谐统一。莺儿所编的络子，简单来说就是中国结，它适用于扇子、玉佩、汗巾子等搭配中，根据其所搭配的饰品的用途、大小、样式，其编法也有所不同。首先，莺儿要确定络子搭

---

① ② 曹雪芹著. 无名氏续：《红楼梦》，中国艺术研究院红楼梦研究所校注，人民文学出版社，2008 年第三版，第 312 页，第 714 页，第 478 页。

③ 弗洛伊德著：《精神分析引论》，商务印书馆，1986 年，第 9 页。

④ 曹雪芹著. 无名氏续：《红楼梦》，中国艺术研究院红楼梦研究所校注，人民文学出版社，2008 年第三版，第 714 页，第 469 页，第 470 页。

配的饰品，"装什么的络子？"。① 宝玉对此是一无所知的，"不管装什么的，你每样都打几个罢"。②

确定了搭配的饰品后，就是配色了。色彩的搭配在服饰中起着重要的作用。体现的是穿着人的身份、地位、文化修养。配色有两种色系鲜明的对比，也有同一色系的和谐搭配。曹雪芹在《废艺斋集稿·岫里湖中琐艺》中曾说："置一点鲜艳颜色于通体淡色之际，自必绚丽夺目。"③ 莺儿的配色就体现了这一美学原则：

> 莺儿道："大红的须是黑络子才好看的，或是石青的才压得住颜色。"宝玉道："松花色配什么？"莺儿道："松花配桃红。"宝玉笑道："这才娇艳。再要雅淡之中带些娇艳。"莺儿道："葱绿柳黄是我最爱的。"④

服饰的配色还有一个重要的因素，配饰不能喧宾夺主，其突出的是主饰品的光彩。"红黑"的对比配色，以黑色的庄重突出了红色的艳丽，桃红的妩媚突出了松花的淡雅。莺儿一个丫鬟的身份，却深谙配色之道。这不俗的品位，不是在文化教育下形成的，而是在长期的劳作中，以少女对自然界的敏感，培养出来的审美。

由此可见，女性在看似单调、枯燥的女红中，以女性的智慧创造出美的事物，发掘美的存在，而男性将关注点集中在"权""力"中，较女性而言，对"美"的触觉相对笨拙。

在男权社会，女子总是听命于男子，没有自己的主见。而针织女红却是女性自己的一片天地，男性不屑干扰，也无权打扰。女性可以自由地发挥，当一件件针织女红，如艺术品般完成时，女性体验到的是一种超越客体的成就感。

二、 诗歌中的女性意识

如果说封建少女每天只是沉浸在女红之中，那么，生活太过单调了，而生活本身就是丰富多彩的，除了劳作之外，女性也有属于自己的文艺生活。清代画家陈枚，在《月曼清游图》中，描绘了中国古代贵族小姐一年 12 个月的文艺生活内容：正月"寒夜探梅"、二月"杨柳荡千"、三月"闲亭对弈"、四月"庭院观花"、五月"水阁梳妆"、六月"碧池采莲"、七月"桐荫乞巧"、八月"琼台玩月"、九月"重阳赏菊"、十月"文窗刺绣"、十一月"围炉博古"、十二月"踏

---

① ② ④　曹雪芹著．无名氏续：《红楼梦》，中国艺术研究院红楼梦研究所校注，人民文学出版社，2008 年第三版，第 714 页，第 469 页，第 470 页。

③　吴恩裕著：《曹雪芹佚著浅探》，天津人民出版社，1979 年，第 44 页。

雪寻诗"。①

在《红楼梦》中，少女们的生活如陈枚所描绘的那样，"或读书，或写字，或弹琴下棋，作画吟诗，以至描鸾刺凤，斗草簪花，低吟悄唱，拆字猜枚，无所不至"，②而诗歌创作却是红楼女儿生活中最重要的组成部分。如探春组建"海棠社"，成为大观园内少女们的唯一的集体活动。再如，第七十六回，黛玉与湘云"凹晶馆联诗悲寂寞"，恰似少女间的游戏。在某些重要的场合，诗歌还是她们社交的手段。元春省亲之时，命"妹辈亦各题一匾一诗"，黛玉、宝钗诗才本就在众姐妹之上，自然得到元春的赞赏"终是薛林二妹之作与众不同，非愚姊妹可同列者"。③而"迎、探、惜三人之中，要算探春又出于姊妹之上，然自忖亦难与薛林争衡，只得勉强随众塞责而已"。任何的文艺活动，都凝聚着创作者的情感、思想，女性意识自然会在诗歌创作中流露出来。对此，学界已有相关的研究成果。但是，研究者多从诗歌内容的角度，分析其中蕴含的女性反对封建礼教的独立自主意识。本书旨通过对男女两性诗歌的比较中，从题材、主题、美学风格方面，展现女性不同于男性的心理、情感等女性意识。

从诗歌的创作题材上来说，女性诗歌总是集中在日常的家庭生活，以及自然景致的描写上。黛玉的《葬花吟》《秋窗风雨夕》《桃花行》，海棠社的开社之初的《咏海棠》、菊花诗等，其所描写的对象总是逃不出风雨、花草的自然景物。而在中国古代的男性诗歌，虽然也不乏对春花秋月的描写，但多数集中在对国家、民族、人民命运的关注。从屈原的《离骚》到杜甫的《自京赴奉先咏怀五百字》，其所描写的就是对国家前途、人民命运的关切。描写对象的差异，正是由于男女两性所处的空间差异所产生的。封建社会，女性长期被禁锢在家庭之中，被排除在社会公共事业之外，导致她们只能关注其身边的日常事务。如波伏娃所说："女人的性格、信仰、价值观念、智慧、道德、格调和行为，显而易见的，我们都可以从她的处境来解释。笼统地说，没有给予女人超越性这个事实，使她无法达到人类的崇高境界，诸如正义、豪侠、大公无私，以及想象力和创造力。"④

当然，诗歌题材上的差异性也不是绝对，她们也有对历史和社会现实的关注，譬如薛宝琴的《怀古诗》、宝钗的螃蟹诗，都是这方面的代表。但是，与男性怀古诗相比，她们在关注点上还是有所差异的。以宝琴的《怀古诗》为例，虽然题名怀古，实际上关注的却是历史中女性的个人情感。如《马嵬坡怀古》

---

① 周林生编：《清代绘画》，河北教育出版社，2012 年。

②③ 曹雪芹著．无名氏续：《红楼梦》，中国艺术研究院红楼梦研究所校注，人民文学出版社，2008 年第三版，第 312 页，第 244 页。

④ ［法］波伏娃著．陶铁柱译：《第二性》，中国书籍出版社，1998 年，第 704 页。

中肯定了杨贵妃与唐明皇的爱情，以女性的情怀，表达了对杨贵妃的同情和理解。而从杜甫的《哀江头》到白居易的《长恨歌》，其关注的是对"安史之乱"的反思，其中不乏女色乱国的意识，认为杨贵妃是导致"安史之乱"的罪魁祸首，这里充斥的就是男性意识对女性的曲解。这正放映了男性两性对事物理解的不同心理，宝琴突破了传统男性价值标准对女性的道德批判，表现的是女性对爱情敏感，以及对女性处境的理解。

从诗歌的主题来说，女性关注内在自我的情感书写。黛玉的诗歌多是对自我命运不幸的哀怨。譬如《葬花吟》和《秋窗风雨夕》，黛玉将身世的漂泊孤独之感，融入落花、秋风、秋雨之中。[①] 而在男性诗歌中，虽然也有个人人生际遇的感叹，却总是与政治情感相联系。如李白的《将进酒》中，"天生我材必有用"所表达的就是怀才不遇、政治理想无法实现的感叹。一般来说，诗人在对身世命运的审视中，也在追寻着生命的意义。然而，男女两性对生命意义的理解也是不同的，女性的生命意义在于"质本洁来还洁去"，回归生命的本真状态。而男性的理想仍然与政治、国家相连，"安能使我摧眉折腰事权贵"是历代文人志士对生命意义的追求。可见，女性的情感来自纯粹的生命体验，而男性的情感则多源自社会历史的责任感。而这种差异，仍然与女性的处境相连。波伏娃说："一个孤立没有任何势力的女人，无法确定自己的地位，就不能给自己有所评价；她的自我有着无比的重要性，因为她无法攀缘任何其他重要的事物。"[②] 只有在内在自我的关注中，女性才能体会自己的价值和意义。

男女两性诗歌题材、主题的差异性，决定了男女诗歌在美学特征上的差异。女性诗歌往往呈现出哀伤、优美的美学特征，而男性诗歌则是豪放、壮美。在《红楼梦》中，黛玉的诗歌最能体现女性诗歌的哀伤、优美。无论是《葬花吟》《秋窗风雨夕》还是《桃花行》，黛玉总是把外在的落花、桃花化作自我，抒发身世的悲凉、生活的苦闷。李纨说黛玉的诗歌"风流别致"，如《咏海棠》：

> 半卷湘帘半掩门，碾冰为土玉为盆。偷来梨蕊三分白，借得梅花一缕魂。月窟仙人缝缟袂，秋闺怨女拭啼痕。娇羞默默同谁诉，倦倚西风夜已昏。[③]

从诗歌的意象上来说，湘帘、梨蕊、梅花等都极具女性化的特征，而"秋闺

---

① 参见第二章第一节，以诗歌表达自由思想。
② ［法］波伏娃著. 陶铁柱译：《第二性》，中国书籍出版社，1998 年，第 704 页。
③ 曹雪芹著. 无名氏续：《红楼梦》，中国艺术研究院红楼梦研究所校注，人民文学出版社，2008 年第三版，第 492-493 页。

怨女拭啼痕""娇羞默默同谁诉" 两句更展现了女子"养在深闺人未识"的寂寞之情，诗歌的总体风格给人以哀伤、绮丽之感。

在中国的诗歌史上，众多的男性诗人的诗歌多是"不平之作"，在他们的诗歌中总是郁结着壮志未酬的悲壮之气，如杜甫、李白这两个风格迥异的男性诗人，他们的诗歌一个"沉郁顿挫"，一个雄壮豪放、飘逸洒脱，但是，总体上来说，沉郁顿挫、雄壮豪放，所体现的都是男性诗歌的壮美和刚毅。

王国维在《红楼梦评论》中曾对优美和壮美做过区别："美之为物有二种：一曰优美，一曰壮美。苟一物焉，与吾人无利害之关系，而吾人之观之也，不观其关系，而但观其物也；或吾人之心中无丝毫生活之欲存，而观其物也，不视为与我有关系之物，而但视为外物，则今之所观者，非昔之所观者也。此时吾心宁静之状态，名之曰优美之情，而谓此物曰优美。若此物大不利于吾人，而吾人生活之意志为之破裂，因之意志遁去，而知力得为独立之作用，以深观其物，吾人谓此物曰壮美，谓其感情曰壮美之情。"① 简单地说，优美就是纯粹的自然情感、心境的表达；而壮美则受外界客观压迫而产生的悲壮之美。对男女两性诗歌来说，女性长期处在客体、被压抑的地位，情感、思想都无法诉说，诗歌为她们打开了诉说的窗口，苦闷、压抑的情感便喷薄而发，所以她们的诗歌重在自我情感的书写，其表达的是自然而然的情感和心境。而男性诗歌与国家、政治相关，不免在诗歌中郁结悲壮的情感。

如果说诗歌的内容体现了女性对自我情感、价值的认知，那么诗歌创作活动本身则体现了女性的独立的自主意识。譬如香菱学诗。在封建礼法下，香菱妾婢的身份，将她排除在诗歌之外，宝钗就曾说香菱学诗是"得陇望蜀"的非分之想，这是男性意识对女性自主意识打击。但是，大观园却是一座远离封建礼教的世外桃源，这里给了香菱学诗的机会，激发了香菱学诗的积极性和主动性。首先，香菱主动拜黛玉为师，这种主动性突破的是女性客体地位的束缚。香菱学诗是极其执着和痴迷的，宝钗有过四次评价：第一次，"越发弄成个呆子了"；第二次，"这个人定要疯了"；第三次，"可真是诗魔了"；第四次，"你这诚心都通了仙了"。"呆""疯""魔""仙"一次比一次加深，突出了香菱痴迷诗歌的程度，香菱的痴迷正是女性主体能动性作用的反映。

虽然男权制剥夺了女性生存的自由，而恰恰在长期封闭的生活中，开启了女性对自身生活状态的关注。封建的女德教育，女性虽然"不必才绝明异"，却也要能读书、识字，为的是成为贤能淑德、知书达理的好妻子、好媳妇。如唐人李华在给外孙女的信中所说："妇女亦要读书解文字，知古今情状，事父母舅姑，

---

① ［清］王国维著：《红楼梦评论》，上海古籍出版社，2011 年，第3-4 页。

然可无咎。"① 从客观上，提供了女性接触诗歌的机会。诗歌的包容度和自由度，成为了女性抒写生命、生活、情感的方式，呈现与男性诗歌"立言""立志"不同的独异色彩。在得之不易的诗歌学习过程中，更展现了女性摆脱男性束缚的自主意识。

三、 诗社活动中的女性意识

在历史的长河中，男性经过与女性漫长的斗争，建立起了以男性意识为基础的世界，为了这个世界的永存性，男性割裂了女性与外界的联系，以防女性同盟的构成而威胁到男性的统治。作为社会群体中的一员，人与人之间的交往是必然的，女性的交往对象集中在家庭之中，一年之中各种生日、节日、迎宾宴会成为女性相聚的理由，如《红楼梦》中，元春省亲，中秋家宴，宝钗生日、大观园宴请刘姥姥等，多是女性聚会的时刻。但是，正如波伏娃所指出的那样"她们只是被迫联合在一起"，②并没有形成"那种成为每个统一共同体制基础的有机团体"。③而在大观园中，探春却开时代的先河，以女性的共同爱好建立起了"海棠社"。

"海棠社"的成立，显示出了女儿的女性意识，这主要表现在三方面：

第一，它体现了女性呼唤男女平等的意识。在中国的封建社会，男性是组建文学社团的主体，"因思及历来古人中处名功利敌之场，犹置一些山滴水之区，远招近揖，投辖攀辕，务结二三同志盘桓于其中，或竖词坛，或开吟社，虽一时之偶兴，遂成千古之佳谈"。④ 唐传奇就是"贵族士大夫的'沙龙'文学"。⑤ 而对于女性来说，她们被困于家中，"女子无才便是德"的女性道德宗旨，将她们排除在文学活动之外，更不要说走出家门的建立文学社团。探春正是感受到男女两性的不平等待遇，而发起了海棠社。"娣虽不才，窃同叨栖处于泉石之间，而兼慕薛林之技。风庭月榭，惜未宴集诗人；帘杏溪桃，或可醉飞吟盏。孰谓莲社之雄才，独许须眉；直以东山之雅会，让余脂粉。"⑥探春欲比男性之才的志向可见一斑，其意在摆脱女性客体地位，要求同男性平等的意识。女性诗社的成立并非偶然事件，在明清之际，资本主义萌芽滋生了人的主体意识，即便困于家中的女性，亦然受到这种意识的影响。因此，谢国桢先生说："结社这一件事，在明末已成风气，文有文社，诗有诗社……那时候，不但读书人要立社，就是女士们

---

① ［清］董诰等编：《全唐文》（315 卷），中华书局，1983 年，第 3195 页。

②③ ［法］波伏娃著. 陶铁柱译：《第二性》，中国书籍出版社，1998 年，第 674 页，第 674 页。

④⑥ 曹雪芹著. 无名氏续：《红楼梦》，中国艺术研究院红楼梦研究所校注，人民文学出版社，2008 年第三版，第 486 页，第 487 页。

⑤ 石昌渝著：《中国古典小说源流论》，三联书店，1994 年，第 150 页。

也要结起来诗酒文社，提倡风雅，从事吟咏"。① 较为著名的女子诗社有"名媛诗社""蕉园诗社""清溪吟社"等。但是，女性受生活空间的局限，她们不太可能外出结交诗友，② 她们只有在家庭的内部寻找志趣相投的姐妹们。因此，女性诗社的主要成员，基本上是以女性为基础兼及亲眷中的闺伴诗友构成的。

第二，诗社的成立，打破了伦理秩序，进一步体现了人与人之间的平等意识。在海棠社建立之初，诗社成员们所做的第一件事情就是各自起了个别号。李纨叫"稻香老农"，黛玉为"潇湘妃子"，探春名"蕉下客"，宝钗为"蘅芜君"。之所以起别号，黛玉说："咱们都是诗翁了，先把这些姐妹叔嫂的字样改了才不俗。"③ 何为不俗，就是摒弃了世俗的伦理关系、等级关系，以诗会友，诗社成员间彼此都是平等的地位，有的只是诗歌的高下之分。因此，当香菱学诗初见成效时，探春不以其身份的卑微，而热情的邀请她入社，这正是女性间平等意识的体现。

第三，女性诗社的成立，其体现的是女性的独立意识。诗社并不是简单地将几个人聚集到一起，它是一个比较系统完善的组织，有其遵守的规章制度，意义在于明确成员的责任和义务。李纨是"海棠社"的掌坛，立社之约自然也有李纨同众人商量设定，"立定了社，再定罚约。……若是要推我作社长，我一个社长自然不够，必要再请两位副社长，就请菱洲藕榭二位学究来，一位出题限韵，一位誊录监场。亦不可拘定了我们三个人不作，若遇见容易些的题目韵脚，我们也随便作一首。你们四个却是要限定的。若如此便起，若不依我，我也不敢附骥了"。④ 制度的建立不是对男性既有规则的模仿，而是根据诗社成员间各自不同的情况，进行的具体分配，打破了在"男性世界的框架内去建立"⑤ 的尴尬，在一定程度上摆脱了对男性的依附性，形成了相对独立的女性社团。另一方面，诗歌创作活动，本身就是一项独立自主的活动，诗歌的优劣，凭借创作主体的个人的天赋、才情，女性在诗歌的创作中，实现的是女性主体独立的意识。

诗社的成立，诗社成员间的平等地位，消解了女性在男权社会中客体的地位，而以主体的身份彼此交流情感、思想、生活经验，这对长期封闭在家庭琐事中的女性来说，是具有积极意义的，它意味着女性再也不是依附于男性身后的无

---

① 谢国桢著：《明清之际党社运动考》，辽宁教育出版社，1998 年，第 7 页。
② 这种情况也不是绝对的，在清后期，也常常出现女性外出游交的现象。参见《清后期女性文学活动研究》，崔琇景著，复旦大学博士论文。
③ 曹雪芹著. 无名氏续：《红楼梦》，中国艺术研究院红楼梦研究所校注，人民文学出版社，2008 年第三版，第 486 页，第 487 页。
④ 曹雪芹著. 无名氏续：《红楼梦》，中国艺术研究院红楼梦研究所校注，人民文学出版社，2008 年第三版，第 489 页。
⑤ ［法］波伏娃著. 陶铁柱译：《第二性》，中国书籍出版社，1998 年，第 674 页。

意义的群体，女性在彼此身份的认同中，而寻找到了存在的意义，体现了女性对独立自主的渴望和向往。

第三节　《红楼梦》中已婚女性的生活与女性意识

婚姻不仅结束了少女被束之高阁的命运，也结束了她们在父亲的家中简单、闲适的生活。进入到毫无血缘关系的丈夫家中，一方面，她们要相夫教子，"出嫁前，女红是她们生活的主要内容；出嫁后，相夫教子便成了主要职务"；① 另一方面，她们要处理以丈夫为中心的、复杂的家庭人际关系。因此，在婚姻中的女性，她没有体会到自由，而更加深刻的体会到了男权对女性的压迫，她们的女性意识再次被男性意识剥夺，而隐藏得更深，甚至是披上了男性意识的外衣。然而，女性原始的母性，以及对爱情的向往，是难以被压抑的，所以，在"相夫教子"的职责中，会自然展现女性的母爱，以及对爱情的追求。围绕着"相夫"的"事亲"活动，其所展现的是女性感受到男权制压抑的痛苦，而男权制自身的矛盾，激发女性主体的独立意识。

一、"相夫教子"中的女性意识

《礼记·曲礼上》说："十岁不愁、二十不悔、三十而立、四十不惑、五十知天命、六十耳顺、七十古来稀、八十耄耋、九十老童、百岁人仙"，② 说的是人生不同阶段的生活状态，而随着年龄的增长，人的家庭身份、社会身份也会随之转变。女性的一生至少有三次身份的转换，少女阶段是父亲的女儿，进入到婚姻就是丈夫的妻子、孩子的母亲，不同的家庭身份也赋予女性不同的职责。

在中国古代的女性教科书中，对"相夫教子"的具体内容有详尽的规定。首先，"相夫"从表面意义上，是辅助丈夫的意思，其实质与"事夫"并无二意。"相夫"的首要任务，在对丈夫的尊敬顺从。《女学》中云："敬顺无逆，以尽妇道，甘苦同之，死生以之，述事夫之德。"③ 顺从不必有主体意识，只要紧紧地依附在男性意识之后即可。

但是，《女学》中还指出："夫事有曲直，言有是非，直者不能不争，曲者不能不诉。"④也就是说女性在顺从的基础上，还有"谏夫"的职责。"谏夫"女性

---

① 杨昆岗著：《从〈红楼梦〉中妇女的生活论曹雪芹的女权意识》，参见《明清小说与性别研究》，张宏生编，江苏古籍出版社，2002年，第398页。
② 《礼记》，阮元校刻，《十三经注疏》，中华书局，1980年，第1249页。
③④ ［清］蓝鼎元著：《女学》，沈云龙主编，《近代中国史料丛刊》（第二辑），文海出版社，1966年，第32页，第32页。

就要发挥主观能动性了。最起码要有分清何为"曲",何为"直"的能力。"谏夫"的另一面则意味对丈夫合理的"反叛",它需要女性有极大的勇气。此时,女性成为了男性的引导者,男女两性主客体位置发生了倒置。

"可叹停机德"的宝钗,就是"谏夫"的典范。即便她"谏夫"的标准是以封建礼教为基准的,但宝钗的学识使她拥有明辨是非的能力,其知书达理的性格使她具备"谏夫"的勇气。而不似邢夫人那样,只知道一味地"承顺贾赦以自保",以至在纳鸳鸯为妾的事件是丢了脸面。

"相夫"还要求女性在生活上,对丈夫事无巨细的照顾。"夫若外出,须记途程。黄昏未返,瞻望相寻,停灯温饭,等候敲门,莫学懒妇,先自安身。夫如有病,终日劳心。多方问药,遍处求神。百般治疗,愿得长生。莫学蠢妇,全不忧心。夫若发怒,不可生嗔。退身相让,忍气低声。莫学泼妇,斗闹频频。粗线细葛,熨帖缝纫。莫教寒冷,冻损夫身。家常茶饭,供待殷勤。莫教饥渴,瘦瘠苦辛,同甘同苦,同富同贫。死同葬穴,生共衣衾。"① 在这种精细的照顾中,女性似乎是主体,而实质上是男性实施主子的权力,将妻子变成了独享的"奴仆"。但是,从爱情的角度来说,其中暗含着封建女性对爱情的向往。

在封建社会中,自由的爱情被礼教无情扼杀,而向往美好爱情是每个女性的理想。既不能越礼,又要追求爱情。在这两难的境遇下,女性只好将对爱情的幻想投射到丈夫身上。如何"爱",怎样"爱",是封建女性所不熟悉的。在生活上对丈夫的照顾,成为了她们表达爱意的方式。

第十四回,贾琏送黛玉南归,派昭儿回贾府回报消息。百忙之中的凤姐,还记挂贾琏是否平安,"细问一路平安信息"。亲自为贾琏置办行装,"连夜打点大毛衣服,和平儿亲自检点包裹,再细细追想所需何物,一并包藏交付昭儿",嘱咐昭儿好生照料贾琏,"在外好生小心服侍,不要惹你二爷生气;时时劝他少吃酒,别勾引他认得混账老婆"。② 凤姐的这段话虽有威胁、防范之意,但是从其行为到话语中透露的却是对贾琏浓浓的爱意和关心。

儒家认为婚姻的最终目的是"上以事宗庙,下以继后世也"。③ 以子嗣的延绵不息,实现传宗继嗣的任务。生育保障了人类物种的绵续,女性本身的生物体机能决定了她必定要承担这一重任。女性由妻子进入了母亲的角色,"教子"是她的主要职责。"大抵人家,皆有男女。年已长成,教之有序,训诲之权,亦在

① [清] 王相笺注:《女四书》,中国华侨出版社,2011年,第88—89页。
② 曹雪芹著. 无名氏续:《红楼梦》,中国艺术研究院红楼梦研究所校注,人民文学出版社,2008年第三版,第187页,第285页,第560页。
③ 《礼记》,阮元校刻,《十三经注疏》,中华书局,1980年,第1680页。

于母。"①

女性十月怀胎生下孩子，自然的生理联系，必然使女性拥有自然的母爱。这种母爱首先体现在对孩子生理的照顾上。每个母亲都希望自己的孩子是健康的，孩子一旦生病，母亲会无微不至地贴身照顾。第二十一回中，巧姐出天花，"凤姐听了，登时忙将起来：一面打扫房屋供奉痘疹娘娘，一面传与家人忌煎炒等物，一面命平儿打点铺盖衣服与贾琏隔房，一面又拿大红尺头与奶子丫头亲近人等裁衣。"② 四个"一面"不仅写出凤姐做事的爽利、稳妥，更展现了一名母亲为儿担忧的焦急心态。随后，凤姐"随着王夫人日日供奉娘娘"，凤姐曾经说过，她是一个不信奉鬼神的人，而为了自己女儿早日康复，她以虔诚的态度供奉着"痘疹娘娘"，这种关爱源于母爱的无私和伟大。

这样的事情还发生在刘姥姥二进大观园的时候，巧姐发烧，刘姥姥认为是冲撞了花神，又是烧纸，又是念经，凤姐也信以为真，其实不过是心理上的一种安慰而已。而后，让刘姥姥为巧姐取名，"我想起来，他还没个名字，你就给他起个名字。一则借借你的寿；二则你们是庄稼人，不怕你恼，到底贫苦些，你贫苦人起个名字，只怕压得住他"。③无论是古代还是现代，家长出于对孩子的爱护，很重视取名字这件事，特别是贵族人家，名字寄予着对孩子的期望，不说让德高望重之人取名，也要找一个才俊书生取名。凤姐却让一个乡村老妇取名，为的是巧姐一生平平安安，这也道出了一个母亲真实的心声：不求儿女富贵，但求平安。

在孩子长大一些的时候，母爱自然的投射到"教子"的过程中。"教子"是给予孩子社会的需要，按照社会习俗所要求的那样培养孩子的品行，而封建社会"男尊女卑"的观念，对待男、女的教育上有着质的不同。"男人书堂，请延师傅。习学礼仪，吟诗作赋，尊敬师儒，束修酒脯。"④"女处闺门，少令出户。唤来便来，唤去便去。稍有不从，当加叱怒。朝暮训诲，各勤事务。扫地烧香，纫麻缉苎。若在人前，教他礼数。莫纵娇痴，恐他啼怒。莫从跳梁，恐他轻侮。莫纵歌词，恐他淫污，莫纵游行，恐他恶事。堪笑今人，不能为主。"⑤

对男孩来说，母亲扮演的是督导者和后勤保障者的角色。古代妇女接受的女德教育，对于男性仕途经济的教育是陌生的，自身也并非男性榜样，所以只能将男孩托付给老师，自己起到督导和保障的作用。《红楼梦》中，王夫人作为母亲，从来没有亲自教授宝玉四书五经，李纨也是一样，而只是不断地监督、引导。

---

①④⑤ ［清］王相笺注：《女四书》，中国华侨出版社，2011 年，第 88—89 页，第 90 页，第 91 页。

②③ 曹雪芹著．无名氏续：《红楼梦》，中国艺术研究院红楼梦研究所校注，人民文学出版社，2008 年第三版，第 187 页，第 285 页，第 560 页。

对于女孩而言，母亲的责任较为重要。同为女性，母亲更了解社会对女性的规范，母亲的今日，必定是女儿的明日。以此，母亲对女儿的教育相对男孩来说更加的具体严厉。

然而，"教子"的背后却是对儿童自然天性的扼杀，使之社会化的过程。所以，在对宝玉的教育上，王夫人总是以仕途经济督促宝玉，而忽略宝玉真正想要的自由。甚至，抄检大观园，也是以扫清干扰宝玉人生道路的障碍为目的。

李纨对贾兰的教育是成功的，她完成了"贤母"的最终使命：致其子孙功成业就。① 但是，却使贾兰过早地失去了孩童的天真，而戴上了一副道学家的样子。第二十二回中，众人制灯谜，贾政问道："怎么不见兰哥?"，李氏起身笑着回道："他说方才老爷并没去叫他，他不肯来。"② 可以说贾兰应该是贾府中辈分最小的，家庭聚会，嫡系亲属之间，本无所谓请与不请，长辈也没有请小辈的义务，贾兰小小年纪就纠结于此，其童心早已被污染了，难怪众人都笑说："天生的牛心古怪。"③

作为母亲，谁不希望自己的子女事业有成、婚姻幸福。在封建社会，能够实现这一愿望的途径，似乎只有仕途经济之路，以及"门当户对"的包办婚姻。所以，无论是王夫人还是李纨，在"教子"的过程中融入的是自然的母爱，如成中英先生所说："母亲是有之始，是生命的仓储和源流。她抚育孩子，并且铲除她的孩子生长过程中的任何障碍。"④

二、"事亲"中的女性意识

虽然女性婚后的生活主要是"相夫教子"，但是围绕着"相夫教子"，女性还要"事舅姑""事叔妹""睦妯娌"。如《女诫》中说："夫得意一人，是谓永毕；失意一人，是谓永讫，欲人定志专心之言也。舅姑之心，岂当可失哉?"，⑤ "妇人之得意于夫主，由舅姑之爱已也；舅姑之爱已，由叔妹之誉已也。由此言之，我臧否誉毁，一由叔妹，叔妹之心，复不可失也。"⑥《女学》中说："妯娌也，古曰娣姒……娣姒之亲，亦如兄弟异姓相聚。"⑦ 这都没有超出丈夫亲友的范围，我们故可以统称为"事亲"，"事亲"的目的在于"相夫"。

如果说在"相夫教子"的过程中，女性将爱情与自然的母爱投入其中，或

① 胡元玲著：《拂去尘埃——传统女性角色的文化巡礼》，河北人民出版社，2001年，第7页。

②③ 曹雪芹著. 无名氏续：《红楼梦》，中国艺术研究院红楼梦研究所校注，人民文学出版社，2008年第三版，第302页，第302页。

④ ［美］成中英著：《世纪之交的抉择——论中西哲学的会通与融合》，知识出版社，1991年，第241页。

⑤⑥ ［清］王相笺注：《女四书》，中国华侨出版社，2011年，第15页，第16-17页，第59页，第18页，第65页。

⑦ ［清］蓝鼎元著：《女学》，沈云龙主编《近代中国史料丛刊》（第二辑），文海出版社，1966年，第35页。

许她们还可心甘情愿的"相夫教子"。对于丈夫家庭中其他的成员，她们之间没有任何的血缘关系，不可能建立自然亲密的情感，那么，又该如何"事亲"呢？在封建女性教科书中，对此也有具体的论述。《女诫》中说："然则舅姑之心奈何？固莫尚于曲从矣。姑云不尔而是，固宜从令；姑云尔而非，犹宜顺命。勿得违戾是非，争分曲直。此则所谓曲从矣。"①《内训》中说："妇人既嫁人，致孝于舅姑。舅姑者，亲同于父母，尊拟于天地。善事者在致敬，致敬则严在致爱，致爱则顺。"②这是对事舅姑的要求。对于叔妹及其他人，《女诫》中说："然则求叔妹之心，固莫尚于谦顺矣。谦则德之柄，顺则妇之行。凡斯二者，足以和矣。"③《内则》中说："若夫娣姒姑姊妹，亲之至近这矣宜无所不用其情。"王相笺注道："夫弟妇为娣，兄妻为姒，及夫之姑姊妹，乃亲之至近这有同。事舅姑之谊，则亲爱宜无所不至矣。"④顺从依然是"事亲"的第一要义，在这种缺乏情感基础的"事亲"活动中，其所带来的必定是女性情感上的压抑和主体利益上的损害。

从事舅姑的角度来说，贾府中从来就不缺少顺从的媳妇。王夫人对贾母孝顺有加，什么事情都以贾母为主。第三十八回，湘云在大观园中设螃蟹宴，"贾母问那一处好？"，王夫人毫无迟疑地说道："凭老太太爱在那一处，就在那一处。"⑤第四十回，贾母在大观园内宴请刘姥姥，"凤姐问王夫人早饭在哪里摆"，王夫人不假思索地说："问老太太在哪里，就在哪里罢了。"⑥第四十三回，贾母凑份子给凤姐过生日，贾母还未来得及说清楚怎么个过法，王夫人忙说："老太太怎么想着好，就怎么样行。"⑦王夫人实为封建社会中孝顺婆婆的好媳妇。从表面上看，王夫人的顺从，也确实得到了贾母的宠爱，贾母将家政大权交付与她，达到了事亲的目的。

然而，在整个事亲的过程中，我们丝毫看不到王夫人作为"人"的情感和判断，顺从似乎已经让她变得麻木了，这是男性意识对女性情感和精神上的剥夺。可是，即便如此，我们还是可以从细微之处，感觉到王夫人被压抑的痛苦。第四十六回中，贾母因贾赦纳鸳鸯为妾的事情，迁怒于王夫人，只见"王夫人忙站起来，不敢还一言"。⑧从王夫人的动作中，反映出的是一种受到无端指责后，无法诉说、反驳的痛苦和委屈。可见，王夫人虽然麻木，却还没有麻木到感受不到痛苦和委屈的地步。她的这一"站"，是封建女性受男权意识压迫的一种无可奈的心理反应。

从凤姐与邢夫人的关系中，更清晰地反映出女性受到男性意识压迫的痛苦。

---

① ② ③ ④ ［清］王相笺注：《女四书》，中国华侨出版社，2011 年，第 15 页，第 16-17 页，第 59 页，第 18 页，第 65 页。

⑤ ⑥ ⑦ 曹雪芹著．无名氏续：《红楼梦》，中国艺术研究院红楼梦研究所校注，人民文学出版社，2008 年第三版，第 503 页，第 534 页，第 574 页。

⑧ 曹雪芹著．无名氏续：《红楼梦》，中国艺术研究院红楼梦研究所校注，人民文学出版社，2008 年第三版，第 624 页，第 986 页，第 987 页。

凤姐与邢夫人这对婆媳，她们的矛盾是很突出的。原因是复杂的，有因凤姐这个媳妇比邢夫人这个婆婆在贾府中还要体面；也有因凤姐亲近贾母和王夫人的关系；还有第四十六回，贾赦纳鸳鸯的事件。总之，她们之间的关系并不和睦。但是，从顺从的角度来说，凤姐仍不失为一个孝顺的媳妇。第七十一回中，凤姐捆了得罪尤氏的两个老婆子，其中一个是邢夫人的陪房费婆子的亲家。在贾母过生日的当日，邢夫人当着众人的面"陪笑和凤姐求情说：'我听见昨儿晚上二奶奶生气，打发周管家的娘子捆了两个老婆子，可也不知犯了什么罪。论理我不该讨情，我想老太太好日子，发狠的还舍钱舍米，周贫济老，咱们家先倒折磨起人家来了。不看我的脸，权且看老太太，竟放了他们罢。'"①从封建女德对女子的要求看，婆婆的地位要远远的高于媳妇的地位，邢夫人以婆婆的身份求儿媳，显然是在发泄她的不满，告诉众人凤姐不是个孝顺的媳妇。从凤姐方面来说，她并没有当众地顶撞她，也没有对众人抱怨邢夫人的不是，即便是当贾母问起来，凤姐也没有如实禀告。凤姐实际上还是奉行着顺从的原则。

但是，顺从于这种无理的指责，凤姐是痛苦的。当听完邢夫人的一席话后，凤姐"又羞又气，一时抓寻不着头脑，憋得脸紫涨"，②"凤姐由不得越想越气越愧，不觉得灰心转悲，滚下泪来。因赌气回房哭泣，又不使人知觉。"③凤姐此时的感受，同王夫人一样，是受到委屈而不能申诉的痛苦。与王夫人的忍而不发相比，凤姐通过"哭"来发泄这种痛苦，更具有女性的主体意识。

从叔妹的角度来说，作为嫂嫂的女性，从伦理尊卑上，高于叔妹的地位，有管教、照顾叔妹的义务和责任，而封建的女德，却要求女性以"谦顺"之礼对待叔妹，这本身就是矛盾的。一味地顺从或管教，所带来的都是对女性主体利益的损害。如在贾琏偷娶尤二姐的这件事情上，尤氏明知不可为，却因顺从惯了，而没有极力阻拦。从表面上看，尤氏顺从的丈夫、儿子之意，实质上顺从的也是贾琏之意。而顺从过后，尤氏得到的却是凤姐对自己的一顿痛骂。

再如凤姐与贾环的关系，凤姐虽然厌恶贾环，但是有些时候对贾环的指责不无管教之意。第二十回中，对贾环输钱的教训，凤姐向贾环道："你也是个没气性的！时常说给你：要吃，要喝，要顽，要笑，只爱同那一个姐姐妹妹哥哥嫂子顽，就同那个顽。你不听我的话，反叫这些人教的歪心邪意，狐媚子霸道的。自己不尊重，要往下流走，安着坏心，还只管怨人家偏心。输了几个钱？就这么个样儿！"④在这里凤姐显然是一副长嫂如母的架势，在教育贾环如何做一个受人尊重的主子。

---

①②③　曹雪芹著．无名氏续：《红楼梦》，中国艺术研究院红楼梦研究所校注，人民文学出版社，2008 年　第三版，第 624 页，第 986 页，第 987 页。

④　曹雪芹著．无名氏续：《红楼梦》，中国艺术研究院红楼梦研究所校注，人民文学出版社，2008 年第三　版，第 275 页，第 614 页。

这种管教带给凤姐的，是贾环对她的"怕"，同时也在贾环心中埋下了报复的种子，以至于在后四十回中，联合贾芸与王仁卖掉巧姐，以报复凤姐。

事亲的目的是为了博取丈夫的欢心，如果丈夫与父母、兄妹之间有所间隙的话，作为妻子的女性将如何在夹缝中自处，这是封建已婚女性不得不面对的问题。这就要求女性在事亲的过程中，采取相应的对策、措施予以应对。笔者认为，《红楼梦》中，已婚女性所采取的策略，可以概括为"择其要者而亲之，择其不要者而疏之"。

如第四十六回，凤姐在处理"鸳鸯的事件"中，就采取了这样的策略。在这件事情中，涉及凤姐与贾母，与贾赦、邢夫人的关系。在这两者中，作为金字塔尖的贾母当然是不能得罪的，有损凤姐在贾府中的地位。对于贾赦、邢夫人，他们本身不得贾母欢心，况且鸳鸯为贾母最依赖的丫头，纳鸳鸯为妾势必会引发贾母的不满。而丈夫贾琏与父母之间也存在着间隙，譬如说贾琏对贾赦夺取石呆子古扇的反感，邢夫人又是继母，本身与贾琏也没什么亲密的情感。也就是说，凤姐顺不顺从舅姑，贾琏不会在意，也危及不到自己的利益。所以，当邢夫人将贾赦的想法提出来之时，凤姐的第一反应就反对，这无疑是对邢夫人这个婆婆的顶撞，是对"礼"的忤逆，当然要引发邢夫人的不满。凤姐一旦意识到了这一点，马上改口说道："太太这话说得极是。我能活了多大，知道什么轻重？想来父母跟前，别说一个丫头，就是那么大的活宝贝，不给老爷给谁？……如今老太太待老爷，自然也是那样了。依我说，老太太今儿喜欢，要讨今儿就讨去。我先过去哄着老太太发笑，等太太过去了，我搭讪着走开，把屋子里的人我也带开，太太好和老太太说的。给了更好，不给也没妨碍，众人也不知道。"① 但是，凤姐并非真的顺从，而是在顺从的掩护下，为自己制造开脱的机会，以"躲"来回避自己夹在贾母与邢夫人之间的尴尬处境，以防贾母迁怒于她。凤姐的机智与心思的缜密，体现的是女性意识在男性意识压迫下，自觉的应激反应，是封建女性对自我的一种自我保护意识。

再譬如，尤氏、凤姐对待宝玉都比较亲近，做到谦顺之礼。第七回中，宝玉与凤姐同到宁国府做客，尤氏见到"一手携了宝玉同入上房来归坐"，② 无论是对亲近之人还是对于客人，"携"都有拉近彼此距离的含义，尤氏的这个动作，形象的说明她对宝玉的重视程度。当宝玉听说秦钟也在的时候，"即便下炕要走"；尤氏、凤姐都忙说："'好生着，忙什么？'一面便吩咐，'好生小心跟着，

---

① 曹雪芹著．无名氏续：《红楼梦》，中国艺术研究院红楼梦研究所校注，人民文学出版社，2008 年第三版，第 275 页，第 614 页。

② 曹雪芹著．无名氏续：《红楼梦》，中国艺术研究院红楼梦研究所校注，人民文学出版社，2008 年第三版，第 110 页，第 1012 页，第 1036 页。

别委屈着他'。"① 人急于做某件事的时候，往往容易出错，尤氏、凤姐异口同声的话语中透露出的是担忧和关心。

但是，她们对待自己的亲小姑却是相对冷漠的。如对于累金凤的事件来说，迎春懦弱到被奴才欺负的地步，凤姐作为当家人，又是她的亲嫂嫂，对此不闻不问。对于迎春的婚事，凤姐也是漠不关心。难怪邢夫人抱怨道："总是你那好哥哥好嫂子，一对儿赫赫扬扬，琏二爷凤奶奶，两口子遮天盖日，百事周到，竟通共这一个妹子，全不在意。"②尤氏对惜春也是较少关心的。虽然惜春是贾珍的妹妹，但是从小在荣国府贾母身边长大，在整部《红楼梦》中，很少看到贾珍、尤氏对惜春的关心，唯一的一次是在第七十四回，抄检大观园后，尤氏与惜春对入画是否应该被逐的争吵。而在这场争吵中，正暴露了尤氏、贾珍与惜春之间疏远的关系。惜春因为天性孤僻，又因为怕宁国府的恶名连累了自己，所以疏远与哥嫂间的交往。即便惜春"心冷口冷心狠意狠"，却毕竟是个孩子，作为嫂子的尤氏不应该对她的话认真，但是，尤氏却说："我们以后就不亲近了，仔细带累了你小姐的美名"，③从此便对惜春不闻不问，有失为嫂的职责。

尤氏、凤姐对待宝玉与惜春、迎春之所以呈现出不同的态度，一句"倒比不得跟了老太太过来就罢了"道出缘由：宝玉是贾府最高统治者的命根子，与他关系融洽，就等于同讨得老太太的欢心，拉近了她们与家庭权力中心的距离，有利于在家庭中的立足。而惜春、迎春在贾府众女子中，并不出色，贾母也不是十分的宠爱，与他们相亲，虽可做到"礼"的遵守，却未必赢得叔妹的欢心，还可能有损自己的利益。而与之相疏，即便无利，却也无害。这是封建社会女性主体对男性意识的自觉的避让，显示的是女性的独立意识。

在事亲过程中，女性所采取的这种策略，在一定程度上排除了丈夫/男性的因素，"礼"不再是约束，而主体利益则成为了女性重点考虑的方面。而这与时代的进步有着密不可分的关系，费孝通先生在《乡土中国》中曾指出：中国传统社会中，亲密社群关系中，依靠的是"礼"与"情"的维系，但是随着社会的进步，商业的迅猛发展，原有的依靠"礼"与"情"维系的亲密社群关系，不再适应社会的进步，"社会愈发达，人和人之间的往来也愈繁重，单靠人情不易维持相互间权利和义务的平衡"。④ 在明清之际，资本主义萌芽的出现，生产方式和生产关系的改变，人与人的社会关系相应的也会做出调整与改变，换句话说，"礼"已经不是唯一处理各种关系的原则，人更注重"利"的因素。在《红楼梦》中，已婚女性在事亲活动中，对利益的关注，其所反映的就是社会的变化，而这本身也有助于激发女性的主体意识。

---

①②③ 曹雪芹著. 无名氏续:《红楼梦》，中国艺术研究院红楼梦研究所校注，人民文学出版社，2008 年第三版，第 110 页，第 1012 页，第 1036 页。

④ 费孝通著:《乡土中国》，商务印书馆，2001 年，第 80 页。

第四章

《红楼梦》女性价值的多元化呈现

2000 多年前，西方伟大的哲学家苏格拉底提出了"我是谁？我从哪里来？我到哪里去"的人生叩问；东方伟大的诗人屈原仰天长问，诉求宇宙万物的缘起，人类就是在不断地对自我地探索中前行。当男性站在历史的制高点上时，却以创始者的姿态规范着人类存在的价值意义。在男权文化的异化下，作为生命个体的女性，已经无法认识到自己对历史的责任，甚至对自身存在的意义也开始迷茫。

在以男权为中心的中国传统儒家文化中，女性全部的价值，两句话就可以概括："男女居室，人之大伦也"①；"饮食男女，人之大欲存焉"。② 前者说的是女性的人伦价值，后者则是人欲价值。历史上那些著名的贤妻良母、贞洁烈女，不正是这两种价值观的直接体现吗？这并不是女性本体的自我价值，而是建立在为男性服务基础上的价值，其目的是巩固男权统治，是男性附加于女性的价值。

黑格尔说过："凡合乎理性的东西都是现实的，凡现实的东西都是合乎理性的。"③ 女性的存在必然有其特定价值意义。作为生命个体，女性有追求生命内在价值的权利；作为社会中的人，女性有通过奋斗而获取外在价值的权利。然而，在男权社会中，女性主体的价值往往被忽视。"妇无公事，休其蚕织！"④ 的礼教规范，女性彻底地被排挤到社会之外，女性的社会价值也就无从谈起；而"职在供养馈食之间"⑤ 的社会分工，似乎显现了女性的家庭价值，却也被依附在男性价值之后被忽视，至于女性的个体价值，完全被满足男性人欲的价值所

---

① 《孟子·万章上》，见《孟子译注》，杨伯峻译注，中华书局，1960 年，第 193 页。

② 《礼记·礼运》，阮元校刻，《十三经注疏》，中华书局，1980 年，第 1422 页。

③ ［德］黑格尔著．贺麟译：《小逻辑》，商务印书馆，1980 年，第 43 页。

④ 《毛诗正义·大雅·瞻仰》，阮元校刻，《十三经注疏》，1980 年，第 578 页。

⑤ 《白虎通·文质》，文渊阁四库全书（850 卷），台湾商务印书馆，1984 年，第 47 页。

取代。

中国古典世情小说中，虽然揭示了女性多重的价值，但女性的价值始终建立在男性评判标准之内，而非女性主体自我价值的建构。① 《红楼梦》在继承前代世情小说对女性价值关注的基础上，摒弃了男性价值体系，真正揭示了女性作为主体的人格价值、家庭价值和文化价值，标志着女性的主体价值在中国古典小说中真正的凸显。

第一节　女性的独立人格价值

中国的传统文化，从孔孟到老庄，都在强调人的力量和作用，旨塑造崇高和完善的人格。所谓人格，简而言之就是区别于他人的，个体独特的个性，是人之所以为人的必要条件。但是，封建男权制下的人格建构，只针对男性而言，女性被排除在外。因为女性一旦拥有成为人的特质，意味着对男权统治的威胁，所以千百年来，男性总是以保护与供养的谎言，将女性深深地束缚在自己的羽翼之下，实质上，却是对女性独立人格的践踏。如潘绥铭先生所说："农业社会使女性丧失了自己独立的性权利，但同时使她获得了丈夫保护与供养！"②

《红楼梦》中的女性却在艰难的生活处境中，以对自我的正确认识，以"小才微善"的才能，逐渐弱化了对男性的依附，建构其相对独立的人格。通过自我的选择，呈现了女性多样的生命状态。这正是女性独立人格价值的意义所在。

一、 独立人格建构的要素

所谓的"独立人格"是指人不依赖于任何外在权威和现实条件，而具有的独立性、自主性和创造性。这是封建社会客体女性，走出男性藩篱的重要前提。独立人格的建构需要怎样的条件呢？笔者认为，至少有三个条件：

第一，对自我要有准确、客观的评价和定位。

千百年来，在男权的统治下，女性已经成为空洞的能指。她对"我是谁"，"想要什么"，"能做什么"，没有丝毫的认识，只是一味地接受男性的引领。而建立独立人格的第一步，就是要对自我有一个足够准确、客观的评价和定位。一般

---

① 如唐传奇中，《谢小娥传》以为父、为夫报仇模式，揭示了女性家庭价值；《红线》以忠君爱国的模式，揭示了女性对社会的价值；《霍小玉传》《莺莺传》等女性对自由爱情的追求，揭示了女性的独立人格价值。明世情小说"三言二拍"中，许多名篇继承了唐传奇对女性价值的肯定；"才子佳人"小说，虽然在艺术上有程式化的弊病，但对女性才能、主体能动性的发挥都有所揭示，至少证明了女性有实现自我价值的能力。

② 潘绥铭著：《神秘的圣火》，河南人民出版社，1988 年，第 120-121 页。

来说，对自我的评价和定位的依据源自两个方面：一是对自我内心的审视；二是依托社会规范，对自我的评价和定位。简而言之，前者是"我是谁"的问题，后者是"我要成为谁"的问题。

在《红楼梦》中，以黛玉和尤三姐为代表的女性，她们有着浓厚的自我意识，努力地想做真实的自己，即追求的是"我是谁"。黛玉几乎每天都沉溺于对自我身世不幸的哀悼，寄人篱下的孤独痛苦之中。这种对自我的聚焦，使她清楚地知道，自己内心深处想要的是什么。她想要的很简单，就是爱与自由。于是，她一旦得到爱，便爱的深情、爱的至情，将自己全部的生命都投入到爱情中去。至于自由，她无法突破空间、时间的局限，那就只能在有限的空间、时间中，任情、任性一回，在诗歌中自由自在的畅游一回。这就是她生而为人的全部意义。

尤三姐如黛玉一样，她清楚地知道自己是"金玉般的人"，可惜生活将她逼进了污浊的宁国府，过着仰人鼻息的生活。在恶劣的环境中，她一无权势，二无金钱，三无可依靠的人。她只有凭借自己的力量，以毒攻毒的方式，奋起反抗他人对自己的欺凌与玩弄。

黛玉和尤三姐她们在努力追寻着自我的时候，必然要冲破社会规范对自己的束缚，而引来主流社会对自己的误解。黛玉被冠以"孤标傲世、目下无人"之名，尤三姐被他人误以为是"淫娃荡妇"。然而，这都不重要，因为她们追逐的是自己想要的人生价值。

宝钗和李纨则完全以封建社会的女性标准来要求自己。尽管她们也曾自我审视过，知道社会规范下的封建淑女、贤妻良母，并非是她们真正想要的。但是，她们更知道，追寻自我就意味着对主流社会的背离，生存将遭到威胁。于是，她们开始妥协，严格恪守着封建女德，一个将自己塑造成了"冷美人"，一个呈现出"槁木死灰"的状态。她们共同的特点，就是对什么事情都是淡淡的、漠不关心，失去了个体生命的独特性和活力，也就失去了相对独立的人格。

当然，还有一类女性，她们既知道"我是谁"，又知道"我要成为谁"，她们既要不失去自我，又要不违背社会规范的要求。于是，她们开始在自我和社会规范之间努力地寻找平衡点。如凤姐就是这样一个人，她在贾母面前，努力将自己塑造成一个贤妻孝妇的形象，为的是获得释放自我的机会。在理家的过程中，她逞才施能，尽量满足自己的欲望，这是她对自我追求的方式。

探春是贾府的贵族小姐，她认同封建社会的一些规范。如她不愿意承认自己庶出的身份，而不认亲生母亲；有时候，还会把仆人们比作猫儿、狗儿等，这都是她对封建等级制度的认同。但是，她又有为人的尊严和平等意识。如抄检大观园，她秉烛开门而待，本身就是对不合理事件的反抗，并打出了一记象征着为人的尊严的耳光。再如她那欲与男性试比高的志向，是以女性之身对男权制发起的挑战。在社会规范和自我之间，探春选择在社会规范允许的范围内，建立诗社，改革大观园，以此来追求自我的存在。

总而言之，遵从于自我意识的女性，一定是具有独立人格的女性。遵从于社会规范的女性，她们放弃了拥有独立人格的机会。处在自我和社会规范之间的女性，她们还尚有相对独立的人格。

第二，女性自身要具备支撑起独立人格的才能。

在儒家的传统文化中，强调"游于艺"对人格的塑造。人只有熟练掌握和运用某种技能，才能获得因掌握客观规律的自由感，这标志着具有实践力量人格的完成。[①] 胡适在《美国妇人》中指出：女性的自立就是要发展个人的才能，不依赖别人，自己独立生活，个人才能的发展是女性独立的第一步。[②]

在中国古代小说中，提及女性的才能，率先想到的多是隶属于文艺学范畴的诗词歌赋之才。但是，才能是由多方面要素所构成的，《红楼梦》从多个侧面揭示了女性不同的才能。曹雪芹所说《红楼梦》中的女子多是"小才微善"，笔者认为，所谓的"小才"的内涵应包括：薛宝钗、林黛玉的诗赋才情；王熙凤、探春的理家之能；晴雯、莺儿的女红之长，晴雯织补无人能及，莺儿编织第一；香菱苦学诗歌；芳官、龄官等十二人擅戏文，每个人身上都有别人所不能比及的才能。

在儒家文化中，对于技艺的掌握和人格的塑造，还强调学习和教育的作用，譬如说"学而不思则罔，思而不学则殆"[③]"性相近，习相远"[④]等教育观念。传统的女性教育中，女子多被限制在家中听"姆教"，学习针黹女红等技能。所以，《红楼梦》中的女子，特别是底层女性，多能熟练地掌握这项技能。如晴雯擅于织补，莺儿长于编织等。这样的一技之长，为她们带来生存的保障。单就晴雯织补来说，是贾府外多少能干的织补匠人所不及的，如果立足于贾府之外，她完全可凭借此技能，而获得一定的经济来源。立足于贾府之内，就如贾母所说贾府内的诸多丫头，"模样爽利言谈针线多不及他（晴雯），将来只他还可以给宝玉使唤"。[⑤] 可见，她的技艺为她在贾府内赢得了一份好差事。

上层社会的贵族小姐来说，她们未来要面对的是豪门婚姻，培养她们成为一名知书达理的大家闺秀，是其获得豪门婚姻及婚后幸福的前提。所以，较下层女性她们有更多的机会，接受识文断字的教育。如黛玉从小就如男孩一样读《四

---

① 李泽厚著：《华夏美学》，三联书店，2008年，第52-53页。

② 胡适著：《胡适文存》（第四卷），亚东图书馆，1930年，第760页。

③④ 《论语·为政》，《论语·阳货》，参见《论语译注》，杨伯峻译注，中华书局，2009年，第17页，第179页。

⑤ 曹雪芹著．无名氏续：《红楼梦》，中国艺术研究院红楼梦研究所校注，人民文学出版社，2008年第三版，第1092页。

书》，再不然如李纨一样读一些贞洁烈女传等。培根曾经在《论读书》中说过："读史使人明智，读诗使人聪慧，学习数学使人精密，物理学使人深刻，伦理学使人有高尚，逻辑修辞使人善辩。"① 总之，无论读什么样的书，都会对人格的完善起到一定的作用。如探春在理家之才上，之所以要比凤姐更胜一筹，原因如凤姐所说，探春能"知书识字"，这是因为教育使女性在思想、精神上，有独立分析事件、事物的能力，从而引发在行为上，能够独立解决、处理事件的能力。

所以说，一技之长，可以使女性在物质上独立，不依靠他人而生存。而读书，可以使女性在精神上独立，不受制于人。两者相结合，必能树立女性脱离男性羽翼的信心，从而迈出独立人格的步伐。

第三，基于对自我的认识和才能，弱化对他人的依附。

封建男权社会，主流的男主女客的两性地位，使封建女性很难彻底地实现人格的独立。但是，当她们对自我有了较为清晰的认识，拥有了独立的才能之后，她们尽量弱化自身对男性的依附，实现相对的独立人格。

从现代意义上说，经济独立是女性独立的基础。但是，在封建社会，女性很难走出家庭，在社会上谋取获得经济收入的职业，所以，通常状况下，家庭的经济来源多由男子承担。然而，《红楼梦》所描绘的贵族之家中，无论是男性还是女性，都不是家庭经济的承担者。从男性来说，贾赦、贾珍、贾政都是受祖宗庇护而得到官职，俸禄是他们的经济来源，但是却不足以支撑如此庞大的家庭，就如贾珍对皇上的恩赏所言"咱们家虽不等这几两银子使，多少是皇上天恩"。② 从女性来说，她们生活在家中，更无经济来源。

那么他们的家庭收入从何而来呢？第五十三回，乌庄头的到来揭开了这个谜团，庄头是清代满汉旗籍贵族地主经营旗地的代理人，专管监督佃户生产，催收地租，摊派劳役等事。③ 明清之际，虽然资本主义萌芽已经产生，但是农耕依然是封建经济的基础，贾府的经济来源就是庄园农耕的产出，而贵族自身又并无耕种的能力，土地的获取大多来自于上层的封赏，如果去掉了贵族的外衣，他们将无法生存。

在此条件下，贾府内，王夫人、王熙凤般的富贵之家的儿媳妇，自然有一份丰厚的嫁妆任其支配，而邢夫人、尤氏、秦可卿等中产阶级家庭出身的女性，其嫁妆虽不似富贵人家的丰厚，却也有一定的经济基础。所以，从经济上来说，贾府中的男女两性都有一定的经济基础，难分伯仲，很难说谁依附于谁，从而弱化了彼此间的依附性。

---

① 培根著：《论读书》，见《培根随笔集》，曹明伦译，人民文学出版社，2006年，第164页。

②③ 曹雪芹著．无名氏续：《红楼梦》，中国艺术研究院红楼梦研究所校注，人民文学出版社，2008年第三版，第718页，第719页。

在精神层面和行为层面上，封建社会的男性，向来以引导者而自居。但是，从整体上来看，《红楼梦》中的女子可为男子之师。宝玉作诗常常要得到黛玉的帮助，如大观园题匾，黛玉代替宝玉题"凸碧堂""凹晶馆"；元春命题作诗，黛玉帮宝玉作《杏帘在望》一首。贾琏则时时受凤姐的支配，如贾芸、贾芹托凤姐、贾琏谋差事，贾琏不得不以凤姐为主；贾琏也需王熙凤辅助才能成事，例如，贾琏向鸳鸯乞求挪用老太太的家私，只有央求凤姐说服鸳鸯才能实现。从而凸显出女性才能对男性的超越。所以，从这一点上来说，《红楼梦》中的女性对男性的依附性相对弱化。

二、 多样生命形态下的独立人格

在封建男权制度下，女性独立人格的丧失，总是使她们的生命形态呈现出千人一面的形态，即死寂、冰冷，毫无生命活力与生气的状态。而有着独立人格的女性，她们对生命的思考，应是自觉地摆脱男权制的束缚与压抑，抵制男权制对人性的扭曲和异化，彰显出生命的自由和尊严。在《红楼梦》中，那些重新拾起独立人格的女子，她们不愿意接受男权制对自己生命的塑造，而是自主、自觉地选择她们想要的，属于她们自己的生命形态，不仅呈现出丰富、多样的女性生命形态，而且在多样的生命形态下，也凸显了她们作为"人"的独立人格。

（一）自然生命形态中的独立人格

这种生命形态，通常存在于有着浓厚自我意识的女性身上，如黛玉和尤三姐这类的女性。她们以一颗赤子之心，自觉地追求生命的自由，摆脱男权制的束缚，呈现出最接近生命自然本真的状态。作为黛玉副本人物的晴雯，如黛玉一样的任情任性，追求生命的平等和自由，也呈现出一种自然的生命形态。然而，即便是在《红楼梦》出场较晚的宝琴身上，或是着墨不多的芳官、藕官的身上，都显现出纯真、任情、任性的自然生命形态。

虽然薛宝琴在《红楼梦》中出现较晚，却并不妨碍她耀眼的光芒。同黛玉一样，宝琴也是一个率性，崇尚赤子真情的女子。第七十三回中，探春搬出凤姐来，处理累金凤的事情，"谁知探春早使个眼色与待书出去了"。[①] 这个眼色虽然在示意待书禀明凤姐，实际上探春不过是做出个样子罢了，以凤姐之威来震慑王住儿家的，这是探春对待恶奴所不得不使用的手段，却也充斥着人与人之间的虚伪和欺骗。"这里正说话，忽见平儿进来"，[②]面对这种巧合，宝琴拍手笑说道：

---

①② 曹雪芹著．无名氏续：《红楼梦》，中国艺术研究院红楼梦研究所校注，人民文学出版社，2008 年第三版，第 1016 页，第 973 页。

"三姐姐敢是有驱神召将的符术?"① 宝琴如此聪慧的女子，怎会不知道探春的用意，怎会不知在这种场合下，不应该揭穿探春，也岂会不知这样会见罪与人。但是，宝琴还是毫无心机地说了出来，恰恰说明了宝琴不喜欢伪装自己，更厌恶世俗的污浊对人性善的蒙蔽，她自觉地抵制着世俗对自己的侵染，保持着心地的纯净与坦荡。

第七十回，在潇湘馆内放风筝，紫鹃命小丫头们把风筝拿出来放，只见宝琴笑道："你这个不大好看，不如三姐姐的那一个软翅子大凤凰好。"② 要知道，黛玉是这里的主人，宝琴作为客人如此直率地表达心中的想法，不仅不大符合礼数，或许还会引起黛玉的不满。但是，这就是宝琴的可爱之处，不虚伪、不奉承，喜怒哀乐，美丑善恶，皆有心而发，以最真实、自然的心态对待每一个人、每一件事。

第五十一回，宝琴作的怀古诗，最后两首《蒲东寺怀古》《梅花观怀古》分别出自《会真记》和《西厢记》，这两本描写女性自由爱情的书，在奉行女性贞节观的封建时代，无疑是会"移了性情"的邪书。宝琴既然能以此为诗，说明她认同女性对自由爱情的追求，能大胆地表露在众人面前，说明她根本不畏惧封建礼法，而忠实于内心的感受。

芳官和藕官作为戏子出身，她们本身就处在边缘地位，而在舞台上，她们又上演一幕幕儿女真情、生死别离的戏码。她们更懂得生命存在的意义，即不是被封建礼教所累，而是为真情和自由而活。所以，当她们回到现实生活中，便会以恣肆任性的态度，斥责着现实生活的虚伪，而展现出清朗自然的状态。

譬如芳官，她可以随意地只穿着一件贴身的夹袄，就与宝玉划起拳来，没有封建淑女的矫揉造作之态，而是豪情万种。喝醉了，便于宝玉同榻而睡，丝毫不顾及男女之别，主仆之差。面对不公平的事件，她也如晴雯般反抗，如第五十八回中，芳官与她干娘大吵一架，就是因为她干娘偏心，拿着芳官的东西给自己女儿用，芳官反而要用剩下的，这是向往平等的细小表现。第七十七回，面对王夫人对她狐狸精的质疑，芳官笑辩道："并不敢挑唆什么。"③ 这无疑是对封建权威公然的反抗，她的这种勇气是连晴雯都没有的。可见，她对人格尊严的捍卫有着更加强烈的意识。如王蒙先生所见："芳官的美在于天真，在于一切率性而为，在于身为奴碑而毫无奴相奴气……"④

---

① ② 曹雪芹著．无名氏续：《红楼梦》，中国艺术研究院红楼梦研究所校注，人民文学出版社，2008 年第三版，第 1016 页，第 973 页。

③ 曹雪芹著．无名氏续：《红楼梦》，中国艺术研究院红楼梦研究所校注，人民文学出版社，2008 年第三版，第 1079 页，第 806 页。

④ 王蒙著：《红楼启示录》，三联书店，1991 年，第 187 页。

藕官在《红楼梦》中，只正面出现了一次。然而，仅就这一次，她却揭穿了封建贞节观的假象。第五十八回中，藕官在大观园中烧纸祭奠菂官，由芳官说出了祭奠的缘由：

> 他竟是疯傻的想头，说他自己是小生，菂官是小旦，常做夫妻，虽说是假的，每日那些曲文排场，皆是真正温存体贴之事，故此二人就疯了，虽不做戏，寻常饮食起坐，两个人竟是你恩我爱。菂官一死，他哭得死去活来，至今不忘，所以每节烧纸。后来补了蕊官，我们见他一般的温柔体贴，也曾问他得新弃旧的。他说："这又有个大道理。比如男子丧了妻，或有必当续弦者，也必要续弦为是。便只是不把死的丢过不提，便是情深义重了。若一味因死的不续，孤守一世，妨了大节，也不是理，死者反不安了。"①

显然，藕官这种将真情留在心中的纪念，比历史上那些"槁木死灰"般的贞洁烈女，只追求形式的忠贞，来得更加真切，更加实际。因为，生活总要继续，不能因为某个人的离世，而毁掉活着人的生活，这是对人性残酷的扭曲。因此，宝玉不无感叹地说道："天既生这样人，又何用我这须眉浊物玷辱世界。"②

（二）困顿生命形态中的独立人格

这类女性或生活艰难，或经历坎坷，但是，她们却不像黛玉那般过分的关注自我，自怨自艾。也不像李纨、宝钗那样过分尊崇于社会的规范，而使自己的生命呈现出死寂的状态。而是以乐观坚强的态度，面对困顿的人生，呈现出的是生命的张力和人格的尊严。

湘云虽为"阿房宫，三百里，住不下金陵一个史"③的侯门小姐，可是她从小父母双亡，依赖叔叔、婶子生活，其身世与黛玉类似，而处境却比黛玉不幸。不管怎么说，黛玉寄居在贾府，衣食不愁，又有人伺候着，享受着贵族小姐的优渥的物质生活。而湘云在史家，如宝钗所说："那云丫头在家里竟一点儿做不得主。她们家嫌费用大，竟不用那些针线上的人，差不多的东西多是她们娘儿们动手。为什么这几次她来了，她和我说话儿，见没人在跟前，她就说家里累得很。"④这哪里是什么贵族小姐，恐怕贾府中的大丫头们都要比湘云的待遇好些。在精神上，湘云还要压抑自己的情感，生怕得罪了婶娘，给她气受。第三十六回，湘云家里派人来接，"那史湘云只是眼泪汪汪的"不愿回去，又不敢直说，

---

① 曹雪芹著．无名氏续：《红楼梦》，中国艺术研究院红楼梦研究所校注，人民文学出版社，2008 年第三版，第 1079 页，第 806 页。

②③④ 曹雪芹著．无名氏续：《红楼梦》，中国艺术研究院红楼梦研究所校注，人民文学出版社，2008 年第三版，第 807 页，第 58 页，第 435-436 页，第 438 页。

因为怕"她家人若回去告诉了他婶娘，待她家去又恐受气"，[1] 只好偷偷地告诉宝玉记得时常去接她。

然而，这样的困顿的生活，并没有磨灭湘云对生活、生命的热情和活力，她依然保持着天真豪放的个性。她男扮女装，割腥啖膻，醉卧青石，彰显的是女儿豪爽、自由的天性。她心无城府，心直口快，说出黛玉像戏子的事实，还告诉宝琴与大观园外的其他人保持距离。每次的诗歌联对，她都积极地参与，表现出极大的热情，譬如第三十七回，湘云主动要求做东开社，根本没有顾忌到生活的困苦。湘云不因困苦的生活而感到与众姐妹们有什么不同；也没有屈服于困苦的生活，陷入对物质的追求中，而是追求精神的愉悦；更没有因困顿的生活，改变她自然的天性。这一切正是顽强生命力的体现和张扬，也是独立人格尊严的彰显。

香菱的人生经历更为悲惨。香菱本是小康之家的小姐，从小备受父母的疼爱，却在幼年被拐子拐走，而后被卖给薛蟠这个呆子做屋里人。这对于香菱来说是命运的安排，是她作为一个弱女子无法挣脱的不幸命运。但是，这样的生活却没有降低香菱对自己生命质量的追求，她向往高雅的文艺生活。

于是，香菱拜黛玉为师，学习诗歌创作。在学诗的过程中，香菱摆脱的是生活的痛苦，寻找到的是自由生命的意义。在诗歌的国度中，她可以体验大漠的壮丽豪情，感受小桥流水的温柔，她可以不受别人的摆布，独立自由的畅所欲言，在这里她才能感受到自己是"人"的存在。所以，她废寝忘食地痴迷于诗歌的创作。

悲惨的经历，使香菱见识到了人性的丑恶，但是，她却没有走向恶的一面，仍然对人性的善抱着很大的期待。当薛蟠即将迎娶夏金桂时，宝玉不由得对香菱未来的处境产生担忧，而香菱却还天真地相信，夏金桂是一个知书达理，能同自己作诗的好奶奶。这是多么的天真质朴啊，天真质朴到危难来临也浑然不觉。但这也正是香菱的可爱之处，即便遭受苦难，却善念不减。如此纯洁、高尚的人格品质，在香菱这里更显弥足珍贵。

邢岫烟是邢夫人的侄女，因家计艰难而投靠邢夫人。与湘云、香菱比起来，邢岫烟虽然不是孤儿，但是她的父母只知道向她要钱，每个月要在二两银子中，剩下一两送给父母，而邢夫人也不过是碍于脸面，而非真心的疼爱她。这样一位贫寒的女子，在满是势利眼的贾府中，生活更加举步维艰。但是，邢岫烟为人雅量，即便对那些恶意讥讽她的贾府奴仆们，她也从不抱怨，从不记仇，还在他们受罚时，向凤姐求情。

第九十回中，邢岫烟丢了一件衣服，不过是让下人们找一找，却招来老婆子

---

① 曹雪芹著．无名氏续：《红楼梦》，中国艺术研究院红楼梦研究所校注，人民文学出版社，2008 年第三版，第 807 页，第 58 页，第 435-436 页，第 438 页。

们一顿指摘，恰巧被凤姐遇到，凤姐一眼就识破了她们欺穷攀贵的嘴脸，要赶这老婆子出去。邢岫烟赶忙出来替老婆子求情，说："这使不得，没有的事，事情早过去了"，① 并之说是自己丫头不懂事，与老婆子无关。可见，邢岫烟是多么的宽宏大量，与人为善，而这种善良正彰显了她生命的尊贵。

与湘云一样，贫穷的邢岫烟在富贵的姐妹面前也没有自卑，而是保持着人格的自尊。第四十九回中，雪天中，众人都身着御寒的斗篷，"只见众姊妹都在那边，都是一色大红猩猩毡与羽毛缎斗篷，独李纨穿一件青哆罗呢对襟褂子，薛宝钗穿一件莲青斗纹锦上添花洋线番耙丝的鹤氅"，② 只有"邢岫烟仍是家常旧衣，并无避雪之衣"。③ 在众人华丽的外衣的衬托下，邢岫烟显得过于寒酸和窘迫了。但是，邢岫烟并没有因此而感到趋于众姐妹之下，而是以"冻浦不闻潮"④ 的平静心态，淡然处之。而且即便生活贫困到要以典当过日的时候，邢岫烟也从不肯求助于人，哪怕是宝钗问到头上，也是"低头不答"。这种安贫乐道，不为富贵而折腰的高贵品质，是其对自我人格尊严的坚守。

（三）自我、社会双重逃避中的独立人格

妙玉与以上二者又不尽相同，从表层来看，似乎与黛玉有着相似之处，她们总是目下无人、傲人独立，却不似黛玉般对自由灵魂执着地坚守，而是逃避社会规范同时，也在逃避自我，陷入另一种宗教的人生限定中。

妙玉以"槛外人"而自居，独立于世俗之外，与世间万物同存。但是，妙玉却逃离不了对世俗尊卑贵贱的阶级意识。第五十回，贾母带刘姥姥到栊翠庵喝茶，妙玉奉给贾母的茶是用"成窑五彩小盖钟"所盛，而其他人都是"官窑脱胎填白盖碗"。所谓"成窑"是明代成华年间所烧制的瓷器的统称，其以精湛的工艺而成为瓷器中的上品。而"白盖碗"则是较为普通常见的瓷器了。身份不同的，使用的瓷器亦不同。可见，妙玉的心中还有尊卑贵贱的思想。而当刘姥姥使用过"成窑小盖钟"后，妙玉命人"将那成窑的茶杯别收了，搁在外头去罢"，"宝玉会意，知为刘姥姥吃了，她嫌脏不要了"。如果从"槛外人"的角度来看，贾母也是俗人之流，应与刘姥姥一视同仁，而妙玉只因刘姥姥用过而扔掉，内在原因不言自明，不过是嫌弃刘姥姥地位卑微而已。佛家讲究的是众生平等，在妙玉的内心中却还有等级意识，其根本未真正体味佛家的精神。

妙玉出家本身就是对自我的逃避。她本是书宦人家的小姐，因自小多病，才入空门，想必妙玉原本没有遁入空门的意愿，只是想逃离疾病的困扰而遁入空门。既然遁入空门，就要遵守佛家的清规戒律，斩断一切尘缘。但是，妙玉却情

---

① ② ③ ④ 曹雪芹著. 无名氏续:《红楼梦》，中国艺术研究院红楼梦研究所校注，人民文学出版社，2008年第三版，第1255页，第661页，第661页，第668页。

根未了，她对宝玉还有男女的情愫。第八十七回中，宝玉偶然见妙玉与惜春下棋，形象的描写出了妙玉对宝玉的情感：

> （宝玉）一面与妙玉施礼，一面又笑问道："妙公轻易不出禅关，今日何缘下凡一走？"妙玉听了，忽然把脸一红，也不答，低了头自看那棋。宝玉自觉造次，连忙赔笑道："倒是出家人比不得我们在家的俗人，头一件事是心静的。静则灵，灵则慧。"宝玉尚未说完，只见妙玉微微地把眼一抬，看了宝玉一眼，复又低下头去，那脸上的颜色渐渐的红晕起来。①

这段话中，妙玉有两次脸红。一般而言，女性在面对心仪的对象时候，内心微妙的变化会通过肢体、形态所反映出来，妙玉脸红就是女性对情感含蓄的表达。而在那一抬、一看中，更加明确传达出妙玉对宝玉的情感。情缘未了为妙玉埋下了悲剧的结局，以致走火入魔，而被强盗掳走。

惜春的出家同样是对自我和社会的双重逃避。作为贾府中年龄最小的小姐，惜春亲眼看见了众多女性的悲剧命运，"迎春姐姐磨折死了，史姐姐守着病人，三姐姐远去，这都是命里所招，不能自由"。②面对众姐妹的结局，惜春看到自己未来的出路，也难以逃离这种命运的悲剧，"又恐太太们不知我的心事，将来的后事，更未晓如何？"③出家在一定程度上，是逃离悲剧的方式。如王国维对惜春出家的评价那样："而解脱之中，又有二种之别。一存于观他人之苦痛。一存于觉自己之苦痛。……前者之解脱如惜春、紫鹃，后者解脱如宝玉。"④

惜春天生的孤介性格使她成为一个"心冷口冷心狠意狠的人"⑤。从表面上看似乎有四大皆空的意味，为她遁入佛门似乎找到了内在的因素。如第七十四回，惜春执意赶入画出去时说："我不了悟，我也舍不得入画了。"⑥然而，佛家的宗旨就是慈悲为怀，提倡的是超越一切的大爱，而惜春连自己身边的人都不爱，又何谈去爱他人。她的出家也不是对佛的真正领悟，更像是一种明哲保身的选择。如她对尤氏所言："我清清白白的一个人，为什么教你们带累坏了我。"⑦因为宁国府的名声一直不太好，如柳湘莲所说："东府里除了那两个石头狮子干净，只怕连猫儿狗儿都不干净。"⑧出家则意味着与尘世一切情缘的割裂，那么宁国府的坏名声自然也连累不到惜春身上。惜春的出家，更像是以佛家之名，掩盖了其人性中的自私和冷漠。

---

① 曹雪芹著．无名氏续：《红楼梦》，中国艺术研究院红楼梦研究所校注，人民文学出版社，2008年第三版，第1224-1225页。

②③⑤⑥⑦⑧ 曹雪芹著．无名氏续：《红楼梦》，中国艺术研究院红楼梦研究所校注，人民文学出版社，2008年第三版，第1505页，第1505页，第1037页，第1037页，第1037页，第922页。

④ 王国维著：《红楼梦评论》，上海古籍出版社，2011年，第8页。

真正的遁入空门，就要如甄士隐般，顿悟一切，看透红尘种种，了无牵挂，进入到超我的境界，而妙玉和惜春只是以佛家为保护壳，逃避自我和社会规范，不仅没有完成自我和世俗的超越，更陷入到另一种生命的束缚之中。但是，这也是妙玉和惜春以独立人格对生命形态的自由选择。

第二节　女性的家庭角色价值

从结构学上来说，三角形是最稳定的结构。雷蒙德·弗思曾经说："从人类学者看来，社会结构中真正的三角是由共同情操所结合的儿女和他们的父母。"①这个三角形所构成的就是家庭。从性别来说，男女两性共同支撑起这个三角结构，去掉任何一方，都面临着坍塌的危险。在男性社会中，与男性对家庭的意义相比，女性的家庭价值总是被忽略在日常生活琐事中。《红楼梦》作为一部描绘女性现实生活的作品，恰恰在这些看似琐碎、平常的家庭生活中，揭示了女性对家庭的意义和价值。但是，长期以来，在反封建思想、女性解放观念的影响下，研究者也忽视了女性以牺牲精神对家庭的价值。不可否认，封建社会中，女性是在男权统治下，被动地承担起家庭的责任，但这也不失为一种价值意义的体现。首先，女性是家庭稳定的重要因素；其次，在家庭政治地位、经济利益方面，女性以婚姻的形式，努力维护着家庭的繁荣；最后，女性的生育功能，以及"相夫教子"的职责，使女性肩负着家庭未来希望的责任。

一、 维护家庭稳定的重要因素

"妇无公事"② 是传统观念下对女性生活的总结。一方面，它将女性排除在社会公共事业之外；另一方面，也反照了女性生活的无意义性。"务桑蚕""劳女红""供馈食""事舅姑"等琐碎的事务，同男性"立言、立德、立行"的伟业比起来，确实是微不足道。但这却是男性伟业的保障，也是一个家庭稳定的基础。

俗语说："家和万事兴"，"和"是家庭稳定，健康发展的基础。"家"不仅是人固定的居所，还是人与人之间情感交流的纽带。家庭和睦，在一定程度上就是人际关系的和睦。然而，不管是社会上，还是家庭中，人与人的矛盾是不可避免的，势必借助外部的力量进行约束、调节，"礼教"最初的意义就在于促进人与人的和睦。凤姐是《红楼梦》中有名的泼辣子，行为处事绝不落于人后，尽管如此，只要不触及她的根本利益，仍能守礼，维系人际关系的表面和谐。

---

① ［英］雷蒙德·弗思著.费孝通译：《人文类型》，商务印书馆，1944 年，第 78 页。
② 《毛诗正义·大雅·瞻卬》，阮元校刻，《十三经注疏》，中华书局，1980 年，第 578 页。

从夫妻关系上来说，凤姐对贾琏不无关心，如贾琏护送黛玉回故乡葬父，凤姐不但亲自打点行装，更嘱咐小厮好生照料。从婆媳关系上说，凤姐对邢夫人也予以尊重，如第七十一回中，邢夫人当众给凤姐难堪，凤姐没有激烈的反驳，仅以"这是哪里的话"回应，委屈自己保全婆婆的面子。从姑嫂关系，妯娌关系上来说，凤姐与众人的关系也是比较亲密的，如第四十五回中，探春等人筹建诗社，资金短缺，于是邀请凤姐作"监社御史"，凤姐明知道邀请她入社，不过为了让她出钱而已，但是，凤姐笑道："我不入社花几个钱，不成了大观园的反叛了。"① 显然，凤姐已经将自己视为大观园中一员，而李纨、探春不管出于何种目的，邀请凤姐入社，就意味着她们很愿意接受这个泼辣子。所以，尽管凤姐争强好胜，她与众人也有矛盾，但她很少挑衅滋事（除了第二十五回，故意挑唆王夫人针对赵姨娘外，凤姐再无故意挑唆生事的事件），她尽量维护着家庭的和睦。

薛姨妈家的稳定，靠的不是薛蟠这个儿子，而是宝钗这个女儿。赵姨娘曾经说宝钗"会做人"，换句话讲，就是宝钗会处理人际关系。当夏金桂扰得薛家家无宁日时，宝钗以大家闺秀的胸襟和气度，调节着家庭的矛盾，支撑着即将破碎的家庭。

第八十三回中，宝钗劝解夏金桂，体现了她对家庭和睦做出的努力。夏金桂与宝蟾争风吃醋，大打出手，薛姨妈以长辈的身份出面斥责阻止，却招来了夏金桂的顶撞，婆媳矛盾一触即发。宝钗为了维护母亲的尊严，为了避免家庭矛盾的再次升级，劝慰夏金桂："大嫂子，妈妈因听见闹得慌，才过来的。就是问得急了些，没有分清楚'奶奶''宝蟾'两字，也没有什么。如今且先把事情说开，大家和和气气地过日子，也省得妈妈天天为咱们操心。"② "和和气气"地过日子，是宝钗对家庭的期望，所以，她才打着听错了的幌子，想要化解彼此间的矛盾和误会。然而，和睦是双方面的事情，不是宝钗一人的努力就可以得到的，夏金桂根本不理宝钗的好意，更将矛头指向了宝钗。"……我们屋里老婆汉子大女人小女人的事，姑娘也管不得！"③ 其言外之意，就是说：宝钗你一个未婚的姑娘，管起男女情爱之事，真是不知道羞。这对于宝钗来说，是赤裸裸的侮辱。但是，宝钗以大家闺秀的涵养，以及抱着家庭和睦的目的，她没有与夏金桂针锋相对，而是一再的忍让，"大嫂子，我劝你少说句儿罢。谁挑拣你？又是谁欺负你？不要说是嫂子，就是秋菱，我也从来没有加他一点声气儿的"。④宝钗已经足够的大气和忍让了，可是，那夏金桂岂是通情达理之人，因提到秋菱更加激起了她嚣

① 曹雪芹著. 无名氏续：《红楼梦》，中国艺术研究院红楼梦研究所校注，人民文学出版社，2008年第三版，第600页。

②③④ 曹雪芹著. 无名氏续：《红楼梦》，中国艺术研究院红楼梦研究所校注，人民文学出版社，2008年第三版，第1176页，第1176页，第1176页。

张的恶焰，再次发出无理的挑衅。面对这种情况，宝钗的忍让、调节已经起不到任何的作用了，她只能采取退避的方式，让其自生自灭，避免矛盾的激化。宝钗的忍让、退避，不是出于对夏金桂的惧怕，而是以宽厚豁达的胸襟，智者的雅量，缓解家庭的矛盾，维系家庭的稳定。

女性作为家庭重要的管理者，一项重要的任务，就是破除一切损坏家庭和睦的弊端。《红楼梦》中几次集中笔墨，描写女性管理者铲除家庭弊端的场面。第一个登场的，当然是贾府的大管家——凤姐。第十三回中，凤姐协理宁国府，是何等的雷厉风行，针对宁国府混论的根源，一一击破，使宁国府严整有序，下人"兢兢业业，执事保全"。然后，"敏探春兴利除宿弊"。支出重叠，支出大于收入，是贾府财政危机的主要因素，探春的这次改革，虽然没有根本上解决贾府的财政问题，至少延缓了危机的深化。

贾母，作为贾府内最高的领导者，"宽待下人""怜贫惜老"是她处世的态度，但是，对于有损家庭健康发展的事端，也绝不心软。第七十三回中，贾母严查聚赌，寥寥数句，就道出了聚众赌博的危害"殊不知夜间既耍钱，就保不住不吃酒，既吃酒，就免不得门户任意开锁。或买东西，寻张觅李，其中夜静人稀，趋便藏贼引奸引盗，何等事做不出来。况且园内的姊妹们起居所伴者皆系丫头媳妇们，贤愚混杂，贼盗事小，再有别事，倘略沾带些，关系不小"。[①] 这是牵一发而动全身的恶性循环，长此以往，家族内部难保不支离破碎。所以，贾母对赌博者的惩处，绝不心慈手软，"贾母便命将骰子牌一并烧毁，所有的钱入官分散与众人，将为首者每人四十大板，撵出，总不许再入；从者每人二十大板，革去三月月钱，拨入圊厕行内"。[②]如此重惩，为的是肃清赌博的歪风，以保家庭的稳定和健康的发展。

试想一下，如果男人们整日被家庭的琐事所束缚，他们势必如薛蟠一样被家庭事务所扰而无法分身，更不要谈什么治国平天下的理想了。而正是女性对家庭琐事的处理，解决了他们的后顾之忧，成为他们建功立业的保障。对女性本身来说，男权的统治，使家庭成为了她们终生的事业，能够经营好这份事业，也是件有成就感的事情。因此，女性以自身的能力和对家庭的责任，肩负起了家庭稳定的重任。

二、 以婚姻维护家庭繁荣

在封建家庭中，一直强调男性是家族政治、经济势力的维护者，如在第五回

---

①② 曹雪芹著．无名氏续：《红楼梦》，中国艺术研究院红楼梦研究所校注，人民文学出版社，2008 年第三版，第 1009 页，第 1010 页，第 80 页，第 203 页。

中，宁荣二公的嘱托对警幻仙姑的嘱托，"故遗之子孙虽多，竟无可以继业。其中惟嫡孙宝玉一人，禀性乖张，生性怪谲，虽聪明灵慧，略可望成"。① 可见，宝玉是唯一可以继承家业之人，对于贾府这个贵族之家而言，对于家业的维护包括政治和经济两个方面。女性作为客体的存在，她对家庭政治、经济的所做出的贡献，往往被忽视或者忽略。但是，在封建社会，女性却实实在在地以婚姻维护了家族的繁荣。

在《红楼梦》中，元春以牺牲骨肉亲情为代价，换取了贾府的"富贵至极"。虽然贾府先辈们立下的赫赫战功，铸就了贾府富贵之家的根基，但元春的封妃，进一步拉近了贾府与皇权中心的距离。第十六回中，贾府上下听闻元春"加封贤德妃"之后，众人无一不欢呼雀跃，"宁荣两处上下里外，莫不欣然踊跃，个个面上皆有得意之状，言笑鼎沸不绝"。②他们高兴的不仅是元春封妃事件本身，更因为他们有了皇帝这个靠山。实际上，世代公卿的贾府，政治权力、阶级地位都已经俱获，贾敬、贾赦世袭了公位，贾政蒙祖上恩德，有工部外郎的官衔，后又出任学差、粮道之职。但是，这一辈人并未立下功勋，也没有实质的权力，贾府的势力正在逐渐的衰落。与皇帝联姻，无疑给摇摇欲坠的贾府打了一针强心剂，就如恩格斯所说："婚姻乃是一种政治的行为，乃是一种籍新的联姻加强自己势力的机会"，③ 皇帝是封建权威的最高点，他的力量足以重振贾府的辉煌。

元春得宠，贾府在经济上不见得有直接的利益。但在政治上，至少是保护贾府的一道屏障。一方面，在元春背后皇权的庇护下，贾府内上到主子，下到奴才，都"交通外官，依势凌弱"。薛蟠为强占英莲打死冯渊，他却毫不在乎，因为有贾府撑腰。贾赦强夺石呆子的古扇，逼得石呆子自尽而亡，也毫无愧疚。就连贾府内的奴才也仗势欺人，周瑞家的女婿冷子兴，同古董商人打官司，"周瑞家的仗着主子的势利，把这些事也不放在心上，晚间只求求凤姐儿便完了"。④正是因为皇权的庇护，他们才敢视人命为草芥，才敢颠倒黑白，歪曲事实，在一定程度上，他们已经成为了封建权威的代表。而失去了这道屏障，抄家在所难免。另一方面，当贾府被抄家之后，也是因为元春的关系，才得到皇帝的特赦，获得了重振贾府的机会。

还有贾府中那个麻木的迎春，她以婚姻的不幸换取了贾赦的经济利益。孙绍祖本身就品行不端，"一味好色，好赌酗酒，家中所有的媳妇丫头将及淫遍"。⑤而

---

① ② 曹雪芹著．无名氏续：《红楼梦》，中国艺术研究院红楼梦研究所校注，人民文学出版社，2008 年第三版，第 1009 页，第 1010 页，第 80 页，第 203 页。

③ ［德］恩格斯著：《家庭、私有制和国家的起源》，见《马克思恩格斯选集》（第四卷），人民出版社，1972 年，第 74 页。

④ ⑤ 曹雪芹著．无名氏续：《红楼梦》，中国艺术研究院红楼梦研究所校注，人民文学出版社，2008 年第三版，第 109 页，第 1136–1137 页。

迎春这个傻小姐，却还幻想着尽贤妻之责任，劝诫孙绍祖，招来的却是非骂即打的下场。其实，正常来讲，孙绍祖多少都应该忌惮贾府的政治势力，就算不善待迎春，也不至于虐待她。迎春之所以遭到如此对待，重要的原因是她不过是贾赦的抵债物，"你老子使了我五千银子，把你准折卖给我的"。① 尽管这并非迎春所愿，但是却不得不说，这是迎春唯一对家庭做过的一点"贡献"。

当然，元春、迎春对家庭政治、经济所做出的贡献，是以牺牲个体幸福为代价的，反映的是男权制对女性的支配作用。如凯特·米利特所指出：这是一种性与权、钱的交易，是男性对女性的政治统治。②

从社会现实来说，在明清时期，资本主义萌芽的出现，使一部分贫民跻身于富人行列，如《金瓶梅》中的西门庆，而一部分贵族则衰落至家贫的境地，如贾芸，空有世族功勋的阶级地位，却还要向醉金刚倪二借贷。刘再复先生曾说："中国门第贵族传统早就瓦解，清王朝的部落贵族统治，另当别论。虽然贵族传统消失，但'富贵'二字很难分开。"③ 在任何的社会中，富者未必是贵族，贵者也未必是富人，它们二者一个象征着经济实力，一个是政治权力的象征。但是，以一般情况而言，富而不贵者，势必要攀附权贵，获取政治地位；贵而不富者，也企图结交富人，改善经济条件，二者各取所需，结盟成坚不可摧的利益链条。婚姻就是富贵结盟的有效途径。

从整个权利场域来说，男性又何尝不面临着性、权的交易。家国同构的中国社会中，每个人心中凝聚着一股"家"的情结，宁愿牺牲个人利益，也要确保家庭利益的实现。哪怕是权力中心的皇帝也在所难免，历代皇帝对皇后的选择，几乎都是以巩固政权为目的，而不是以个人情感为出发点。如果说封建社会"仕途经济"为男性提供了实现家庭政治地位的途径，那么对于无路可走的女性来说，无论出于她们的本意，或是被迫而为，性、权、钱的交易是她们唯一为家庭做出贡献的途径。这也正是女性的可悲之处，却又不得不说，这也是变相的女性对家庭的价值。

三、 广育子嗣与辅佐男性

男权社会，父子继替的继承制度，将家庭繁荣的希望都寄托在男孩身上。

---

① 曹雪芹著. 无名氏续：《红楼梦》，中国艺术研究院红楼梦研究所校注，人民文学出版社，2008 年第三版，第 109 页，第 1136–1137 页。

② 凯特·米利特在《性政治》（钟良明译，社会科学文献出版社，1999 年）一书中指出"两性关系是一种支配和从属的关系"，所谓政治是"人类某一集团用来支配另一集团的那些具有权力结构的关系和组合"，因此，男女两性之间的关系就是一种政治关系。另外，借用马克思·韦伯思想，认为男女两性实现支配关系，有两种方式：一是通过权威实现；二是通过经济实现。

③ 刘再复著：《红楼人三十种解读》，三联书店，2009 年，第 12 页。

《红楼梦》中的宝玉，之所以集众千宠爱于一身，就在于他是贾府兴盛的希望，但这也加大了男女两性地位的差距。讽刺的是，创造男性继承者的，恰恰是不被寄予厚望的女性。这里包含两个方面：一是从母亲的角度来说，女性肩负着子嗣延续和养育的责任；二是从妻子的角度来说，女性是男性继承者的辅助者。在她们的共同培养下，才使男性继承者肩负起家族的责任，不得不说这也是女性家庭价值的一种。

（一）子嗣的延续与养育

世界上任何一个种族，都希望世代延续下去，人类亦然如此。女性独特的生理功能，肩负起了延续人类的重任。而男权制的出现，注定抹杀生育原本崇高的意义。在封建男权社会，只有男孩的出生，才被认定是种族的延续和家族的延续。特别是对走向衰败的贵族家庭而言，男孩是重振家业的唯一希望。因为，这是一个男人至尊的世界，女孩则被视为无意义的"物"的存在而被忽视。

但是，将男孩带到世界上的却是女性，在男性未出生之前，孕育男孩的女性便被赋予了家庭希望的寄托。第二十回中，王夫人因宝玉出家甚是伤心，她伤心不仅因为宝玉走失，更因为振兴家族的希望落空了，可是此时宝钗腹内的遗腹子，却再次燃起了贾府兴盛的希望。"幸喜有了胎，将来生了外孙子必定是有成立的，后来就有了结果了。"① "孙子"是众人对男孩的期望，也是对宝钗的期望，只有宝钗生出了孙子，贾府才有机会重振。那么，宝钗本身自然也被寄予了整个家族的希望。

如果说子嗣的延续是家族对女性的期望，那么女性对儿子的养育，则成为了男性是否能够担当家族重任的关键。一方面，当婴儿呱呱坠地，还没有独立生存的能力，母亲用血化作乳汁滋养着孩子的成长，不辞辛劳的日夜照顾孩子的生活起居，提供生理上的需求。另一方面，养育，除了养之外，还要育，它既包括培养孩子走向独立生活和适应社会的能力，也包括对孩子性格品质的培养，这都是男孩未来担当家庭重任的必要条件。

在男性的教育过程中，虽然父亲是他模仿的样本，但多数时候是在母亲的监督、引导中度过的，再加上长期与母亲生理上的亲密接触，男孩性格品行的形成，必然受到母亲的影响。

李纨是儒家女德教育下的良母，前朝的贞洁烈女是她学习的楷模，《女四书》等女教的要求是她行为的准则。在贾兰的教育上，李纨所信奉的是"仕途经济"的儒家正统教育。前八十回中，很少见到李纨教子的画面，多通过第三全知叙述

① 曹雪芹著．无名氏续：《红楼梦》，中国艺术研究院红楼梦研究所校注，人民文学出版社，2008 年第三版，第 1594 页，第 274 页。

者，及其他人物之口，做以简单的描述。如作者对她的评价是"唯知侍亲养子"，贾母说李纨"带着兰儿静静地过日子"，语言虽然平淡、简单，展现出的却是这样一幅画面：稻花村中，一盏孤灯下，母子相对苦读。在如此的教育下，贾兰小小年纪，已是一副儒士道学的模样。第二十二回中，众人欢聚制灯谜，贾兰因贾政没有叫他，而未出席，如果说这是贾兰自尊心的表现，毋宁说是儒家礼教对童心的污染。所以，张锦池先生指出：贾兰就是贾政、贾雨村的影子人物。①

赵姨娘对贾环的教育，与李纨儒家正统教育，形成了鲜明的对比。赵姨娘虽然为贾府生儿育女，但妾的身份仍然没有改变她奴隶的命运，因此，对生活充满了种种的愤怒和不满。第二十五回，赵姨娘就曾对马道婆抱怨，自己和儿子本应该有的权力和地位，都被宝玉和凤姐独占了。第二十回，赵姨娘训斥贾环："谁叫你上高台盘去了？下流没脸的东西！那里顽不得？谁叫你跑了去讨没意思！"②字里行间流露出的是对自己地位的不满。第六十回，因"茉莉粉替去蔷薇硝"一事，赵姨娘以报复的心理，直接教唆贾环去宝玉处闹事。长此以往，赵姨娘对生活的态度和行为方式，势必会对贾环造成影响。

第二十五回中，贾环因嫉妒宝玉，趁在王夫人房内抄经之机，故意装作失手，将蜡灯推翻到宝玉脸上，想用热油烫瞎他的眼睛。其卑鄙恶劣的行径与其母行出一辙。如果说这是贾环的自主行为，不如说是赵姨娘影响下的自觉行为。更有甚者，第一一八回，贾环甚至为报复"凤姐待他刻薄"，伙同王仁、贾芸竟然要卖掉自己的亲侄女——巧姐。此时的贾环，其人性已经在赵姨娘的抱怨、嫉妒、不满中被扭曲了。可见，母亲的言传身教，极大影响到男性早期的人格塑造。

（二）妻子——男性的辅助者

男性成婚之后，妻子则成为了母亲的继替者，成为男性人格完善和仕途经济的辅助者。封建女德教育，虽然规定了妻子顺从丈夫的义务，却也赋予了妻子劝谏丈夫的职责，因此，妻子顺理成章地接替了母亲"督导"的任务。

《列女传》中曾经记载乐羊子妻的故事，其妻因势利导，循循善诱，助夫修正其身，完成学业，而留下美名。宝钗就是乐羊子妻式的人物，其判词中说"可叹停机德"，直接将宝钗比喻成乐羊子妻。

她的确也有成为乐羊子妻的资质。宝钗本身就是封建礼教下的合格淑女，时

---

① 张锦池著：《论红楼梦悲剧主题的多层次性》，见《红楼梦考论》，黑龙江教育出版社，2008年，第186页。

② 曹雪芹著．无名氏续：《红楼梦》，中国艺术研究院红楼梦研究所校注，人民文学出版社，2008年第三版，第1594页，第274页。

刻以封建女德要求自己。她虽才华满腹，却常常以"女子无才便是德"告诫自己；心中虽钟情于宝玉，"男女授受不亲"的大防，时刻提醒她与宝玉保持距离。在封建礼教中成长的宝钗，在婚前就时常劝诫宝玉回归正途，走仕途经济之路。

在前八十回中，虽然没有直接描写宝钗对宝玉的劝谏但是第三十二回中，通过湘云劝诫宝玉的事情，透露了宝钗也曾劝诫的事实。袭人道："云姑娘快别说这话。上回也是宝姑娘也说过一回，他也不管人脸上过得去过不去，他就咳了一声，拿起脚来走了。"① 在宝玉挨打后，宝钗的"早听人一句，也不至今日"，照应了第三十二回中袭人所说的话，进一步证实了，宝钗的确劝诫过宝玉读书应试、考取功名。

宝钗的劝谏，完全迎合了封建家长对宝玉的期望。贾母、王夫人之所以弃黛玉、选宝钗为媳，其中一方面，就是希望宝钗身体力行的改变宝玉，引导宝玉走入正途。虽然贾母、王夫人没有明确的表述过，但是第三十四回中，王夫人对袭人的认可，完全可以照搬到宝钗身上，而贾母曾明确表态，喜欢宝钗的稳重、沉稳。

婚后，女德的教育明确赋予了宝钗劝诫丈夫的职责，"夫事有曲直，言有是非，直者不能不争，曲者不能不诉"。② 在后四十回中，有了宝钗直接劝诫丈夫的场景。第一一八回，宝钗与宝玉就"赤子之心"展开了一场有关圣贤的辩论，最终宝钗以"不枉天恩祖德"，③ 说服宝玉"把心收一收，好好用功"④博取功名。

在精神上，宝玉向往自由，挣脱封建枷锁的束缚；宝钗固守在封建道德的框架中，二者有质的不同。但是，从时代的环境背景来说，宝玉的自由之路没有实现的土壤。富贵的生活，使他失去了生存的技能，一味追求自由，在实际生活中，宝玉只能是一事无成。仕途经济似乎是宝玉作为男性，唯一能够立足社会，维持生存的道路。以此来看，宝钗对宝玉的规劝，在封建时代不无意义。

虽然在两性关系中，男性占据着主导地位，但是任何关系都是双方面共同作用的结果。女性在日常的言行中，潜移默化地影响着男性，只不过其影响，是在男性设定的范围内完成的。因而，忽略了女性对男性的意义，也忽略女性对家庭的价值。

---

① 曹雪芹著. 无名氏续：《红楼梦》，中国艺术研究院红楼梦研究所校注，人民文学出版社，2008 年第三版，第 432 页。

② ［清］蓝鼎元著：《女学》，见《近代中国史料丛刊》（第二辑），沈云龙主编，文海出版社，1966 年，第 37 页。

③④ 曹雪芹著. 无名氏续：《红楼梦》，中国艺术研究院红楼梦研究所校注，人民文学出版社，2008 年第三版，第 1570 页。

第三节　传统女性价值的文化批判

文化是一个深广而多义的概念，总体上来讲，是人类创造的物质、精神财富的总和。在中国传统文化中，文化的概念通常是文治教化的总和。[①] 余英时先生认为"文化是成套的行为系统，其核心则由一套传统观念，尤其是价值系统所构成"。[②] 费孝通先生在《乡土中国》中也持相似的观点，并进一步指出，在中国的社会格局中，文化相对稳定，具有传承性。[③]

进入到父系社会，文化的形式和内容，总是由男性来设定，女性不过是被动的服从者。文学作为文化的一部分，很长时间内，其书写主体被男性所垄断，间或有些许女性的声音，却只是沧海一粟。当曹雪芹以女性主体为创作对象时，本身就是对传统文化的反思和批判。从女性主义角度来说，对传统文化的批判，也就是对男性文化的颠覆和解构。

封建婚姻和封建女性道德观，是束缚女性个体发展的两大重要因素。《红楼梦》中的女性正是以自身的经历诉说着二者对女性的残害，而获得文化批判的价值。"父母之命，媒妁之言"，"门当户对"是封建婚姻的标准，其扼杀了男女婚恋的自由。纳妾制度以特殊的婚姻形态，扭曲了女性的心理、人格。封建女性贞节观，"女子无才便是德"的道德标准，束缚了女性人性的全面发展，磨灭了女性生命的激情。

一、 传统婚姻形态的批判

婚姻，从情感的角度来说，是男女双方爱情升华的产物。但是，在中国传统文化中，婚姻被赋予了人伦之始的意义，《周易·序卦传》："有天地，然后有万物；有万物，然后有男女；有男女，然后有夫妇；有夫妇，然后有父子；有父子，然后有君臣；有君臣，然后有上下；有上下，然后礼义有所错。夫妇之道，不可以不久也，故受之以恒。"[④] 如此一来，婚姻的社会道德作用掩盖了情感因素，作用到实际婚姻之中，其表现为：男女两性跨越了恋爱阶段，直接进入到婚姻状态。

陈鹏在《中国婚姻史稿》中指出，传统的婚姻形态包括：门第婚、重婚与世婚、财婚、侈婚、媵妾等婚姻类型，最为普遍的则是门第婚和媵妾。[⑤] 《红楼

---

①② 冯天瑜等著：《中华文化史》，上海人民出版社，1990 年，第 14 页。

③　费孝通著：《乡土中国》，江苏文艺出版社，2001 年。

④　《周易·序卦传》，阮元校刻，《十三经注疏》，1980 年，第 96 页。

⑤　陈鹏著：《中国婚姻史稿》，中华书局，1990 年，第 30 页。

梦》中的女性，在婚姻观上，以对人的重视，以对自有情感的追求，反驳了门第婚姻观念。以自身在滕妾婚姻中的痛苦感受，揭示了滕妾婚姻对女性人身的残害，以及对人性的扭曲，而达到了文化批判的意义。

（一）对门第婚的批判

所谓"门第婚"是指："封建之世，阶级小分，身份悬隔，贵族子女依其门第，互为嫁娶"① 的婚姻。由此衍变成封建婚姻中一条重要的原则——"门当户对"。从父母情感角度来说，没有一对父母存心为儿女缔结一段恶的婚姻。在父母的眼中，儿女没有爱情和婚姻的经验，他们以第三人、"过来"人的姿态，对夫妻生活的各方面考虑得比较周全，认为两个文化背景和成长经历相同的人在一起，更容易调和婚姻中的矛盾。这不失为"门当户对"的积极意义。

在家本位的中国社会，家庭利益高于一切，"门当户对"自然就衍变为一种政治、经济利益行为，如陈鹏所指出的"亘中国婚姻史之全部，自天子至士大夫，婚姻之缔结，多属政治行为"。②贾府三春的婚姻中，无一不是着眼于政治、经济利益。元春嫁入皇家，贾府政治利益的保障；迎春嫁给孙绍祖，抵消的是贾赦欠下的五千两银子；探春远嫁，贾政考虑到的也是门当户对，"我看起门户却也相当，与探春倒也相配"。③

贾府中男性的婚姻，则较女性幸运得多，对模样、性情的要求超过了政治、经济因素。宝玉的婚姻是贾府中的头等大事，门当户对是少不了的，而作为大家长的贾母，对未来孙媳妇的标准却是："不管他根基富贵，只要模样配得上就好，来告诉我。便是那家子穷，不过给他几两银子罢了。只是模样性格儿难得好的。"④ 贾府中的媳妇们，大多也符合这个标准，李纨是国子监祭酒之女，与贾府的恭候世家比起来，家世背景相差甚远，但却是贤妻良母。秦可卿的父亲秦业是营缮郎，官卑禄薄，儿子的进学堂的礼金，都是东拼西凑而来，与贾府的富贵形成鲜明的对比，况且秦可卿又是孤儿，与贾府实不匹配，有幸她"生的袅娜纤巧，行事又温柔和平，乃重孙媳中第一个得意之人"。⑤再说邢夫人、尤氏二人，娘家要仰仗着贾府生活，更无门当户对可言，尽管书中没有其模样的描写，能进入贾府中，相信也差不到哪里，而就性情来说，邢夫人虽愚固了些，却符合三从四德的标准。

①② 陈鹏著：《中国婚姻史稿》，中华书局，1990 年，第 30 页。
③ 曹雪芹著．无名氏续：《红楼梦》，中国艺术研究院红楼梦研究所校注，人民文学出版社，2008 年第三版，第 1365 页。
④⑤ 曹雪芹著．无名氏续：《红楼梦》，中国艺术研究院红楼梦研究所校注，人民文学出版社，2008 年第三版，第 396 页，第 39 页，第 911 页。

在贾母的婚姻观念中，对人的重视超越了政治、经济因素，同以政治、经济来衡量的"门当户对"的婚姻，显然具有进步的意义。贾母之所以有如此超前的见识，其原因在于，贾母作为过来人，生活的经验告诉她，政治、经济只是婚姻的外部因素，重要的还是人与人融合，性情好的自然容易磨合。作为女性，社会、家庭的规范将她排挤到政治、经济之外，与男性相比，人的品行、道德是女性的关注点。但是，还有一个重要的原因在于，贾母对家族雄厚政治、经济实力的自信。"便是那家子穷，不过给他几两银子罢了。"① 经济仍然是缔结婚姻的重要因素，其所进行也仍然是性与金钱的交易。

如果说贾母的婚姻观不足以完全、彻底地批判门第婚姻，那么尤三姐自主择夫的婚姻诉求，则达到了真正反叛的意义。尤三姐的婚姻观与她的性格一样，坦率直白、敢爱敢恨。尤三姐很清楚，婚姻意味着什么，她说婚姻是"终身大事，一生至一死，非同儿戏"。②封建社会，女性没有离婚、改嫁的权力，一旦选择，便是唯一，婚姻关系着女性一生的幸福和命运。而且她也十分清楚，无爱婚姻的痛苦，"若凭你们拣择，虽是富比石崇，才过子建，貌比潘安的，我心里进不去，也白过了一世"，③喊出了多少包办婚姻中女性痛苦的心声。因此，尤三姐想要的婚姻很简单，"只要我拣一个素日可心如意的人方跟他去"。④在尤三姐看来，财富、才华、容貌等外在因素，都不是构筑幸福的重要条件，只有人与人的相知、相守，才能获得长久的幸福。然而，封建社会，不要说女性，就算是男性想要选择可心如意的人为伴侣，也是不容易的，宝玉就是一个例子。尤三姐作为女性，发出自主择夫的宣言，这种勇气和远见，是封建社会多少男性所不及的，她以直白坦率的方式，向封建门第婚姻发起了反抗。

（二）对纳妾制度的批判

从人类婚姻的发展历程来看，经历了从群婚到对偶制，再到一夫一妻制的发展过程，是人类文明向前发展的标志，但是，任何的婚姻制度都有其弊端。一夫一妻的婚姻制度，一方面，限制了男性对色、欲的追求，阻碍了对女性肆意的占有；另一方面，从家庭延续来说，一夫一妻制不能完全确保子嗣的诞生。为了弥补这两方面的缺失，纳妾制度应运而生，从而使一夫一妻失去了原本的意义，如恩格斯所说："它成为了只是对妇女而不是对男子的一夫一妻制。"⑤

"贤妻美妾"是封建社会男性理想的婚姻模式，前提是妻妾间的和睦相处。

---

① ② ③ ④　曹雪芹著. 无名氏续：《红楼梦》，中国艺术研究院红楼梦研究所校注，人民文学出版社，2008年第三版，第396页，第39页，第911页。

⑤　[德] 恩格斯著：《家庭、国家、私有制起源》，见《马克思恩格斯选集》（第四卷），人民出版社，1972年，第71页。

但是，从情感的角度来说，感情是自私的，两女甚至多女争夺一夫的情感，必然引发女性间的钩心斗角，争风吃醋。从家庭地位的角度来说，妻妾虽同为丈夫合法的妻子，本应处在平等的位置上，封建的等级制度，却将妾纳入到了奴隶的范围，如韦斯特马克所说："妻对于妾有相当的权力。彼呼其夫如我们一样称为'丈夫'。妾则称为主人"，① 置身其中的女性，势必会引发不平之感，争权夺势促发的心理、人格的扭曲也是必然的。

赵姨娘曾经说过："我在这屋里熬油似的熬了这么大年纪。"② "熬"道出的是赵姨娘做妾的辛酸体验。作了妾，就注定身为下贱，就连贾府的下人也不把她看在眼里。芳官同赵姨娘吵架，开口就说："梅香拜把子，都是奴才。"③这固然是对赵姨娘的轻视、不尊重，但也说出了赵姨娘尴尬地位的实情。既然是奴才，主子的训斥和侮辱在所难免。贾府中，不仅王夫人可以教训她，就连小一辈的王熙凤也可以肆意的教训她。她管教贾环，被凤姐训斥道："他现在是主子，不好，横竖有人教导他，与你什么相干？"④母亲管教儿子本是天经地义之事，就因为她是奴才，而失去了做母亲的资格。大概也只有做了妾，才能感受到这种痛苦。面对这种种的轻视和侮辱，怎能不引发赵姨娘的不甘、不平之心呢？况且，她还有一双儿女，凭什么要受到他人的歧视。于是，她要反抗，要夺回属于自己的一切。但是，她的反抗却没有鸳鸯那样的清烈，而是以卑鄙的手段去荼毒生命。因为，这痛苦的生活已经使赵姨娘失去了为人的骄傲和尊严，她只能化作野兽和恶魔，去啃噬他人的生命，同时，也啃噬着自己的灵魂。这一切都要归罪于纳妾婚姻对人性的扭曲。

如果说赵姨娘是以妾之名，揭示了妾的痛苦和悲哀，那么王熙凤则是以妻之名，展现了纳妾婚姻中，为妻的苦闷和无奈。封建社会，妻子将对爱情的渴望，全部投射到丈夫的身上，爱情的排他性，没有哪一个妻子愿意让丈夫纳妾。并且，妾的介入，打破了原本的夫妻关系，对妻子的地位造成了威胁。然而，男性纳妾却是受到封建礼法保护的，如果妻子反对，便会定性为嫉妒，而招致休妻的危险。所以，做妻子的，在这两难的境地中，必须对丈夫严防死守。第二十五回中，平儿为贾琏收拾衣服铺盖，凤姐叮嘱道："这半个月难保干净，或者有相厚的丢下的东西：戒指、汗巾、香袋儿，再至于头发、指甲，都是东西。"⑤ 这些细微的东西，都可作为男性是否出轨的证据，这是对男性的警告和威慑，以此将

① ［芬兰］爱德华·韦斯特马克著．王亚南译：《人类婚姻史》，上海文艺出版社，第181页。

②③④ 曹雪芹著．无名氏续：《红楼梦》，中国艺术研究院红楼梦研究所校注，人民文学出版社，2008年第三版，第751页，第822页，第275页。

⑤ 曹雪芹著．无名氏续：《红楼梦》，中国艺术研究院红楼梦研究所校注，人民文学出版社，2008年第三版，第287页，第913页。

男性纳妾的念头，打消在摇篮之中。

但是，男性的弱点就在对美色的不断追求。尽管妻子严防死守，也阻止不了男性的纳妾之心。在这种无奈之下，妻子只能做出妥协，与其让丈夫招进一个敌人，不如妻子挑选一心腹之人，送于丈夫，其目的就如兴儿所说："一则显他贤良名儿，二则又叫拴爷的心，好不外头走邪的。"① 凤姐就将自己的陪嫁丫头平儿收到了房中，不仅因为兴儿所说的两方面原因，还因为凤姐有足够掌控平儿的能力，平儿在一定程度上也是她的同盟军，不至于威胁到她的家庭地位。

如果妻子主动择妾，也不能满足男性对女性的欲望时，妻子的忍耐已经达到了极限。然而，受男权制的束缚，妻子无法将心中的愤懑发泄到丈夫的身上，她们只能将矛头指向妾。但是，即便是发泄怨恨，做妻子的也不能如暴风骤雨般的畅快，而是要费尽心机，绞尽脑汁。王熙凤计杀尤二姐，先是用苦肉计，赢得尤二姐的信任，将尤二姐骗进贾府，控制在自己的权力范围之下。然后，在贾母等众人面前上演一出妻妾和乐的戏码，赢得封建家长的赞许。而在这些戏码的背后，她还要自编自导自演一出状告丈夫的戏码，以封建礼法逼退尤二姐。可惜的是这场戏没有达到预期的效果。一计不成，她又生一计——借刀杀人，利用秋桐置尤二姐于死地。

然而，这个过程中凤姐痛快吗？显然，答案是否定的。因为，凤姐已经心力交瘁了，她一方面要伪装成贤妻的模样，压抑自己愤怒的情感；另一方面，她又担心自己的计策失效，或被揭穿。这种痛苦的煎熬，始终在折磨着凤姐。当尤二姐终于如她所愿，吞金自杀，那么，她的烦恼就没了吗？不是的，她还要面对秋桐，还要面对秋桐后边诸多的妾。因为，只要男性不自己遏制纳妾之心，凤姐就有永远面对不完的妻妾之争。

萨特有句名言："他人即是地狱"，对赵姨娘和王熙凤来说，她们的阴险、狠毒，并非她们自身的意愿，始作俑者是男权制下不公的婚姻制度。无论是赵姨娘，还是凤姐，她们正是用一种自我毁灭的方式，揭示了纳妾制对女性人性的扭曲，从而将批判的矛头指向了封建男权制。

二、 传统女性道德观的批判

从西汉刘向的《列女传》开始，中国古代史籍中，就记录了许多女性道德楷模的故事，如谏夫教子的乐羊子妻、孝敬公婆的李德武妻裴氏、忠贞不贰的蔡人之妻、不背节义的鲁义姑。如傅道彬先生所说："中国文化是饶有兴味的，一

① 曹雪芹著．无名氏续：《红楼梦》，中国艺术研究院红楼梦研究所校注，人民文学出版社，2008 年第三版，第 287 页，第 913 页。

方面中国是一个男权至上的国度，而另一方面几乎在所有的社会道德中人们又无不体现出对女性道德的倾慕。"① 然而，所有被歌颂的女性，其维护的都是男性利益。可见，中国封建社会女性道德的实质，就是维护男性家庭伦理秩序而制定的强迫女性遵守的律条。

中国儒家传统的女性道德观，归结起来就是"三从四德"。但是，"三从四德"不过是男性维系人伦，限定妇女职责的表层道德；"贞节""柔顺"才是渗入到女性精神内部，维护男性利益的深层道德。二者互为表里，将女性驯服为听话的奴隶和工具。

《红楼梦》中的某些女性，特别是那些散发着女性主体意识的女性，以"人"的姿态向封建传统的女性道德发起了冲击与反抗，揭示了封建女德的虚伪性。如俞平伯先生所说："十二钗都有才有貌，但却没有一个是三从四德的女子。"②

封建社会，女性道德观的根本目的，就是将女性深深地束缚在男性身后的客体位置上。女性要无条件的顺从男性的意志。如孟子说："以顺为正者，妾妇之道也。"③《女诫》中说："故鄙谚有云：'生男如狼，犹恐其尫；生女如鼠，犹恐其虎。' 然则修身莫若敬，避强莫若顺。故曰敬顺之道，妇人之大礼也。"④要做一个顺从的女子，就必须克制自己的情绪、欲望，不喜、不怒、不妒、不悍……，女性在自我主体的消解中，成为顺从男性的客体存在物。并且，封建统治者，将女性的道德观扩大到权力场域，被统治者顺从统治者的意志，成为了被统治者的道德约束。

从表面上看，《红楼梦》中的女性似乎都没有彻底脱离"三从"的思想，不必说，邢夫人、尤氏的一味顺从夫意。也不必说，迎春顺从父意，嫁于中山狼，就连那最具反抗精神的晴雯，在面对王夫人的时候，也变得温顺了起来。但是，当我们剥开女性们顺从的外衣，跳动的却是一颗颗以人的尊严为基础的，反抗男权统治及女性道德的心。

不必说，鸳鸯的反抗是多么的清烈。也不必说，晴雯的反抗是多么激昂。更不必说，司棋与尤三姐的反抗是多么的悲壮。就连出场不多带的玉钏，都显现出人性的尊严和骄傲。玉钏作为金钏的妹妹，在《红楼梦》中，只正面出现两回，一次是在"白玉钏亲尝莲叶羹"，另一次在"闲取乐偶攒金庆寿，不了情暂撮土为香"中。玉钏这两次的出场，都伴随着对宝玉的冷漠态度。在第三十五回中，

---

① 傅道彬著：《中国生殖崇拜文化论》，湖北人民出版社，1990 年，第 332 页。

② 俞平伯著：《红楼梦研究》，棠棣出版社，1952 年，第 121 页。

③ 《孟子·滕文公下》，见《孟子译注》，杨伯峻注，中华书局，1960 年，第 128 页。

④ ［清］王相笺注：《女四书》，中国华侨出版社，2011 年，第 9 页。

宝玉挨打之后，王夫人命玉钏送荷叶汤给宝玉，宝玉主动温存地问道：玉钏母亲身体状况，只见"玉钏儿满脸怒色，正眼也不看宝玉"。[①] 玉钏的这种冷漠态度，实际上，是在发泄着金钏因宝玉而死的愤怒。第四十三回中，宝玉祭奠金钏归来，玉钏也只是一句"凤凰来了"冷冷的相对，在这句不无讥讽的言语背后，蕴含的是玉钏对宝玉在金钏事件上懦弱的谴责。从主仆关系的道德来说，即便宝玉在金钏之死这件事情中，有着不可推卸的责任，作为仆人的玉钏来说，她根本没有发泄不满、谴责宝玉的权力。但是，玉钏作为人，在面对间接杀死姐姐的凶手时，怎能置亲情于不顾，而以笑脸相迎呢？

第四十三回中，宝玉看到玉钏的时候，玉钏正"独坐在廊檐下垂泪"。她垂泪是因为那天正是金钏的忌日，但是，还要知道那天也正是凤姐的生日，贾母正高兴之时。作为女婢来说，要以主子之乐为乐，即便是亲人的忌日也不能表达出悲伤之情，这不符合做奴才的道德。不要说是玉钏不能，就连宝玉祭奠金钏，也要以谎言相对。玉钏独自流泪，是以沉默的态度，对封建统治者道德的审判，是对封建道德无声的反抗。

如果说封建女性道德观，要求女性绝对地顺从男性，将女性控制在了客体的位置上，那么女性的贞节观，则是男权制对女性人生权力和精神自由的剥夺。

所谓的贞节观，就是要求女性从肉体到精神，对男性无限的忠诚、专一。"性"是贞节观中的关键词。在封建社会，美好的自由爱情都被视作是不洁的行径，"性爱之欢"更被视为洪水猛兽般可怕，女性一旦表现出"性爱"的欲望，就会被冠上"淫娃荡妇"的恶名。然而，从生理学上讲，"性"是人身体机能发展到一定阶段的本能反应，是人性无法回避的特质。从爱情的发生来说，"性爱"是现代爱情萌发的因素之一。在《红楼梦》中，警幻仙姑对"性"与"情"做出明确的解释：

> 忽警幻道："尘世中多少富贵之家，那些绿窗风月，绣阁烟霞，皆被淫污纨绔与那些流荡女子悉皆玷辱。更可恨者，自古来多少轻薄浪子，皆以'好色不淫'为饰，又以'情而不淫'作案，此皆饰非掩丑之语也。好色即淫，知情更淫。是以巫山之会，云雨之欢，皆由既悦其色，复恋其情所致也……"[②]

对于单纯的"好色即淫"警幻仙姑是持否定态度的，因为，那只不过是动物性的本能而已，是低级的、无趣味的行为。但是，对于建立在情感基础上的性

① 曹雪芹著. 无名氏续：《红楼梦》，中国艺术研究院红楼梦研究所校注，人民文学出版社，2008年第三版，第467页。

② 曹雪芹著. 无名氏续：《红楼梦》，中国艺术研究院红楼梦研究所校注，人民文学出版社，2008年第三版，第87页，第200页，第197页，第255页。

爱，却并不反对。"知情更淫"所说的"情"指的是精神之爱，"淫"指的则是肉体上的性爱之欢，男女两情相悦之时，情感上的愉悦会自然的通过身体的而反映出来，从而促发了"性爱"的发生，只有精神与肉体的结合才使爱情臻于完整。

宝玉在接受了警幻仙姑性、情的启迪后，对秦钟与智能、茗烟与小丫头的性爱之欢，产生了不同的态度，进一步明确了性与情的关系。第十五回中，宝玉撞破秦钟与智能的云雨之事后，没有惊讶、斥责，而是"只听那人嗤的一声，撑不住笑了"。① 宝玉之所以"笑"，是因为此前他就已经发觉了智能与秦钟之间的情愫，"宝玉道：'我叫他倒的是无情意的，不及你叫他倒的是有情意的。'"。② 可见，智能与秦钟的性爱是建立在彼此真情基础上，这种是健康的、有着审美情趣的性爱之欢，它不涉及道德，只涉及情感。

第十九回中，茗烟与一个小丫头正要行事，被宝玉撞到及时的制止，"宝玉禁不住大叫：'了不得！'一脚踹进门去，将那两个唬开了，抖衣而颤。"③这种反应与秦钟和智能截然相反，原因就在于，茗烟的行为属于"好色即淫"的肉欲的满足。如宝玉所说："连他的岁属也不问问，别的自然越发不知了。可见，他白认得你了。"④茗烟连小丫头基本的情况都不了解，更不要说精神上的两情相悦了，不过是纯粹的肉体欲望而已。

警幻仙姑对"性"与"情"的阐释已经具有了现代爱情的意义，在理性和感性的交织中突破了封建贞节观对"性"的束缚。

贞节观的另一层含义是指：女性一生只能忠于一个男人，一段婚姻，即"一女不侍二夫"。如李纨一样，丈夫病逝后，尚在青壮年的她，不能改嫁，只能守着儿子过日子。当然，真挚的爱情是有排他性的，女性一辈子有可能只爱一个男人，即便这个人逝去了，她也无法再接受另一段感情，这是发自内心"至情"的表达。

然而，贞节观却是男权制对女性的强制性规范。它不仅限制女性追求情感的自由，更限制女性表达情绪的自由。如李纨其寡妇的身份，使她在人前不能表露喜怒哀乐，只能如"槁木死灰"般无情无欲，这是对人性的泯灭。

在《红楼梦》中，藕官却重新定义了"忠贞"的内涵：真正的忠贞，不以形式上的守节为目的，而是发自内心地对过往情感的怀念，对现在情感的忠诚。第五十八回中，藕官与菂官因戏而生情，"常做夫妻，虽说是假的，每日那些曲文排场，皆是真正温存体贴之事，故此二人就疯了，虽不做戏，寻常饮食起坐，

---

① ② ③ ④ 曹雪芹著. 无名氏续：《红楼梦》，中国艺术研究院红楼梦研究所校注，人民文学出版社，2008年第三版，第87页，第200页，第197页，第255页。

两个人竟是你恩我爱"。① 药官的死让藕官痛不欲生,"他哭得死去活来",②人是情感的动物,爱人的去世,必然带来心灵上的痛苦和创伤。但是,真正相爱的人,都希望彼此幸福,逝者已去,活着的人还要继续生活下去,人不能无意义地活着,追求幸福是人生意义之一。而一味强制性的守节,则将人远远地抛离了幸福的轨道,那么逝者不能安息,活着的人其情感在长期的压抑之下,或许原本忠贞的心也会变得冷漠、怨愤了。这不仅是对人性的压抑,也是对过往情感的亵渎。如藕官所说:"若一味因死的不续,孤守一世,妨了大节,也不是理,死者反不安了。"③真正的忠贞应该如藕官一样,不拘泥于守节的形式,"便只是不把死的丢过不提,便是情深义重了",④每到节日以烧纸的形式怀念过往的情感,对后补的蕊官仍然温柔体贴。这样,藕官既不辜负与药官的感情,也不辜负与蕊官的情感,又满足了人性的情感需求,从而以此批判了传统贞节观对女性情感的束缚。

---

①②③④ 曹雪芹著. 无名氏续:《红楼梦》,中国艺术研究院红楼梦研究所校注,人民文学出版社,2008年第三版,第806页,第82页。

《红楼梦》女性塑造的美学
原则与审美特征

在文学创作的过程中，每一个作家势必会将自己的思想、观念，通过其高超的艺术形式、艺术手法传达出来。《红楼梦》是一部为"闺阁昭传"的作品，如何塑造出丰满深邃、有血有肉的女性艺术形象，成为曹雪芹面临的一个重要问题。

早在清代，有关《红楼梦》的评点中，就已经涉及到了女性形象塑造的问题，直至当代这仍然是评论界研究的热点问题。① 无论是评点派，还是当代学者的研究，多是从女性道德的角度，或是人性的角度，对《红楼梦》女性形象塑造手法进行总结，奠定了《红楼梦》女性形象研究的基础。在前人丰硕的研究成果面前，似乎有关《红楼梦》女性形象塑造的研究已无话可说了。然而，当我们以女性主义的角度去重新探讨这一问题时，或许会有新的发现和突破。

在中国传统的文学作品中，女性形象的塑造，总是以男性为女性设下的封建道德观为基点，划分出美、丑二元对立的女性群体。曹雪芹则以女性主体性为基准，认为无论女性个体，亦或女性群体，美、丑是其构成的基本要素，采取"美丑并举"的手法，突破了传统女性美丑二元对立的模式。

自六朝时起，中国古典小说就延续了"尚奇"的美学传统，对女性形象而言，将女性设置为"奇"的个体或群体，其本身反映的就是男性对女性"异类"身份的归置。曹雪芹在继承前代传统的基础上，运用了"奇、凡交融"的美学手法，还原了女性的真实面貌。

美学手法的改变，必定带来女性形象审美的新特征。传统的文学作品中，女性的审美特征，总是以男性审美为标准，带有道德化的色彩。然而，《红楼梦》以女性主体的角度，无论是女性外在形貌，或是内在性格上，不再对女性美做硬

---

① 参见绪论部分。

性的规定，而是崇尚女性的自然之美；在神韵气质上，不再以柔顺之美作为女性唯一的审美标准，女性亦兼具男性的刚性气质。最后，曹雪芹以多层互补的兼美手法，凸显了女性美的丰富性和多样性。

《红楼梦》在对前代小说，女性形象塑造手法和审美特征的突破中，还原了女性的真实，彰显了曹雪芹女性审美理想的超前性。而曹雪芹的审美理想，并非空穴来风，有其文化渊源及现实的针对性。

第一节　《红楼梦》女性塑造的美学原则

女性作为人的存在，本应该是普遍性和独特性相结合的复杂综合体。但是，在男权社会中，女性作为"非人"的存在，使之在传统文学作品中呈现出简单化、模式化的形象。在中国的古典文学中，从上古时期神话传说中的女娲、嫦娥，到诗歌中的潇湘妃子、洛神，再到史传文学中的贞洁烈女。她们要么温柔顺从、千娇百媚，备受称颂；要么被视为红颜祸水，饱受批判。向着天使和魔鬼的两极化模式发展。这种两极化的模式，是建立在男权社会及女性道德基础上的划分，即顺从或有助于男性权威的女性，就被看作天使的化身。而背离或挑战男性权威的女性，则被视为洪水猛兽般的魔鬼。

小说作为文体形式自出现以来就被视为"小道之词"，而游离于正统文学之外。正因如此，小说较少受到正统文学观念、思想的约束。从六朝时期的志人志怪小说到唐传奇的兴盛，女性形象塑造不再单纯地以道德标准为依据，加入了对人性复杂性的理解，在一定程度上，打破了传统文学中女性两极化的发展模式，丰富了的女性形象。

到了宋明时代，随着理学的深入发展，对女性的约束和禁锢也越来越深。在小说的总体创作中，再次将女性推入到两极化的模式。《水浒传》中的女性，总体上被男性化，失去了女性的性别特征。如孙二娘、顾大嫂，她们不是美和善的象征，而是勇和力的象征。那些被赋予了美貌的女子，如阎婆惜、潘金莲等，她们又是坑害男性的主谋，而被冠以"红颜祸水"的恶名。《三国演义》中的女性则完全成为了实现男性政治理想的工具；《金瓶梅》完全丑化了女性，女性就是欲望化身；《聊斋志异》将女性魔幻化，在主观上就视女性为"异类"的存在。直到《红楼梦》的出现，曹雪芹不再以女性道德为标准，以女性作为主体人的角度出发，以"美丑并举""奇、凡交融"的美学原则，塑造了一个个鲜活的女性形象。

一、"美丑并举" 的美学原则

文学是一门弥补现实缺陷的艺术，因此，在中国的古典小说中，小说家们力图塑造出完美的女性形象，于是，在才子佳人小说中出现了一批高、大、全的女性形象。仅以《好逑传》中的水冰心为例，她貌胜四大美女，才赛李易安，德如班昭，智比诸葛亮，可谓是才德兼修的绝世女子。当然，有美至极致的女子，必然有丑之至极的女子，如《金瓶梅》中的潘金莲，除了貌美之外，无一可取之处，她是集残酷、自私、肉欲于一身丑的代表。然而，任何的艺术形象都是来源于生活，极美与极丑的典型人物，都是缺乏现实说服力的"伪圆形人物"。[1]曹雪芹以前代小说人物塑造手法为鉴，在忠于现实主义原则基础上，提出了"美丑并举"的美学原则。

何为美丑并举？在《红楼梦》的第二回，贾雨村以"正邪两赋"评价宝玉，所谓的"正邪"文本中指出："清明灵秀，天地之正气，仁者之所秉也；残忍乖僻，天地之邪气，恶者之所秉也。"[2]《红楼梦大辞典》中说："正气，刚正之气。邪气不正之气，与'正气'相对而言。"[3]从美学角度来说，正、邪所对应的正是人性中的美与丑、善与恶，宝玉也可以称为"美丑并举"的人物。由宝玉的塑造推及到女性人物塑造上，曹雪芹运用的就是"美丑并举"的美学原则。[4]

（一）"人各一陋"与"人各有当"的个体缺陷与美

马克思主义哲学说，世间任何的事物都有正、反两面，人也是一样，一个真实的、完整的人都是美丑协调的整体。如宗白华先生在《美学散步》中，引用莱辛的观点说："身体美是产生于一眼能全部看到的各个部分协调的结果。"[5]也就是说，对于一个人来讲，身体的各个部分不一定都是美的，有丑的成分在，而美丑相互协调，则构成了身体整体的美。而脂砚斋在评论《红楼梦》人物塑造手法时以"人各一陋""人各有当"，肯定了《红楼梦》人物塑造"美丑并举"的美学原则。

脂砚斋在评点湘云咬舌的时候，提出了"人各一陋"：

> 可笑近之野史中，满纸羞花闭月，莺啼燕语。殊不知真正美人方有一陋处，如太真之肥，飞燕之瘦，西子之病，若施于别个不美矣。今见咬舌二字加之湘云，是何大法手眼，敢用此二字哉。不独不见陋，且更觉轻俏娇媚，

① ［英］福斯特：《小说面面观》，花城出版社，1984 年，第 68 页。
② 曹雪芹著．无名氏续：《红楼梦》，中国艺术研究院红楼梦研究所校注，人民文学出版社，2008 年第三版，第 29 页。
③ 冯其庸、李希凡主编：《红楼梦大辞典》，文化艺术出版社，1990 年，第 406 页。
④ 对于"美丑并举"的美学原则，借鉴于恩师关四平先生有关《红楼梦》人物塑造的美学观点。参见《〈红楼梦〉女性审美理想管窥——以薛宝琴形象塑造为中心》，《红楼梦学刊》，2014 年第六辑。
⑤ 宗白华著：《美学散步》，上海人民出版社，1981 年，第 8 页。

俨然一娇憨湘云立于纸上，掩卷合目思之，其爱厄娇音如入耳内。然后将满纸莺啼燕语之字样，填粪窖可也。①

在此，脂砚斋指出：在《红楼梦》中，即便是以美为主导的人物身上，仍然有其不美之处。但是，丑却并不影响美的存在，现实生活中，美人都是有陋处的，而这更符合客观的生活规律。因此，曹雪芹在塑造以美为主导的女性时，也没有回避对其丑处、陋处的塑造。

黛玉可谓是曹雪芹最钟爱的女性之一，在她身上寄予了作者任情、任性以及自然超脱的人格理想。然而，即便如此，曹雪芹并没有将黛玉塑造成完美的女性形象，黛玉仍然有着无法避免的人格缺陷。譬如她的尖酸、刻薄、耍小性。第四十二回中，她嘲笑刘姥姥是"母蝗虫"，"可是呢，都是他一句话。她是哪一门子的姥姥，直叫他是个'母蝗虫'就是了。"② 刘姥姥以下层村妇的身份，进入豪门深院，诸多的好奇、陌生感，使她出尽了洋相，这并非刘姥姥刻意为之。"母蝗虫"虽然形象，但不免过于刻薄，而流露出黛玉对刘姥姥的不屑与不尊重。至于黛玉的耍小性，常常通过与宝玉闹脾气表现出来，如紫鹃说："我看他素日在姑娘身上就好，皆因姑娘小性儿，常要歪派他。"③紫鹃与黛玉亲如姐妹，她的话是建立在对黛玉极为了解的基础之上的，可见，黛玉经常对宝玉耍小性子，因此，才会爆发了第二十九回二人之间激烈的冲突。

再如，宝钗虽然"行为豁达，随分从时"，无论是对长辈、同辈、对手、小人、刁徒，都宽厚相待，和善相处，不失为一个胸襟宽阔的大家闺秀。然而，宽厚豁达、从容大雅之外，宝钗的性情中却始终有一份冷漠。譬如，面对金钏的死，袭人、宝玉都感到伤心、惋惜，而宝钗却说："多半他下去住着，或是在井跟前憨顽，失了脚掉下去的。他在上头拘束惯了，这一出去，自然要到各处去玩玩逛逛，岂有这样大气的理！纵然有这样大气，也不过是个糊涂人，也不为可惜。"④不管她与金钏相亲与否，这都是一个生命。这不仅是对金钏的轻视，也是对生命的冷漠。对于尤三姐与柳湘莲的爱情悲剧，就连呆霸王薛蟠也为之一哭。宝钗却"并不在意"，因为尤三姐与柳湘莲与她并无瓜葛，这是对情的冷漠。由此可见，宝钗真真的是个"冷美人"，这种冷无疑是她温柔敦厚性格中的缺陷。

那么，以丑为主导的人物身上有没有美的特质呢？脂砚斋在评点尤氏的时，又提出了"人各有当"的人物塑造手法：

> 尤氏亦可谓有才矣。论有德比阿凤高十倍，惜乎不能谏夫治家，所谓

---

① 朱一玄主编：《红楼梦资料汇编》，南开大学出版社，2001年，第332页。
②③④ 曹雪芹著，无名氏续：《红楼梦》，中国艺术研究院红楼梦研究所校注，人民文学出版社，2008年第三版，第567页，第406页，第437页。

'人各有当'也。此方是至理至情，最恨近之野史中，恶则无往不恶，美则无一不美，何不近情理之如是耶？①

所谓的"人各有当"，也就是说每个人都有美的一面。并且脂砚斋指出《红楼梦》"人各有当"的人物塑造手法，避免了前代文学作品中，人物形象类型化、脸谱化的特征。因此，在《红楼梦》中，即便是以丑为主导的女性，也不乏其美之处。

尤氏绝不是曹雪芹赞美的人物，她是一个被封建"三从四德"荼毒了的女性。面对丈夫和继子对自家姐妹的挑逗、调戏，她装聋作哑。贾珍聚众赌博她不闻不问，过于从夫，使她成为了"第四等角色的尴尬形象"。② 但是，在她身上也是有可取之处的。如第四十三回，尤氏操办凤姐的生日，可怜赵姨娘、周姨娘生活困顿，"你们可怜见的，那里有这些闲钱？"③ 偷偷地将份子钱还给了二人，"见凤姐不在跟前，一时把周、赵二人的也还了"。④ 可见，她心地善良，待人宽厚。

论才能尤氏虽然不及凤姐，却也有理家之才。第六十三回，"死金丹独艳理亲丧"，尤氏面对贾敬的突然离世，她从容不迫，有条不紊。首先，了解贾敬的死因，"命人先到玄真观将所有的道士都锁了起来，等大爷来家审问。一面忙忙坐车带了赖升一干家人媳妇出城。又请太医看视到底系何病。"⑤ 然后，一面命人向贾珍、贾蓉报信，"一面看视这里窄狭，不能停放，横竖也不能进城的，忙装裹好了，用软轿抬至铁槛寺来停放，掐指算来，至早也得半月的工夫，贾珍方能来到。目今天气炎热，实不得相待，遂自行主持，命天文生择了日期入殓。寿木已系早年备下寄在此庙的，甚是便宜。三日后便开丧破孝。一面且做起道场来等贾珍。"⑥ 尤氏理丧，同凤姐协力宁国府不相上下，一切都在严整有序中进行。

王夫人亦然如此，她虽然是残害年轻女仆的凶手，但是，她对宝玉的自然母爱也不乏人性之美。如第二十五回中，对宝玉的嘘寒问暖："我的儿，你又吃多了酒，脸上滚热。你还只是揉搓，一会闹上酒来。还不在那里静静地倒一会子呢。"⑦ 在王夫人温柔的话语中浓浓的都是母爱，对此情景，脂砚斋批注到："慈母娇儿写尽矣。"⑧ 这种温馨的场景中，母爱让王夫人散发着无尽的光辉。

无论是以美为主导的女性，亦或以丑为主导的女性，她们的身上都不乏"人各有当"的个体之美，也有"人格一陋"的个体缺陷，而这也正是现实生活人

---

① 朱一玄主编：《红楼梦资料汇编》，南开大学出版社，2001年，第451页。

② 王昆仑著：《红楼梦人物论》，三联书店，1983年，第106页。

③④⑤⑥⑦ 曹雪芹著．无名氏续：《红楼梦》，中国艺术研究院红楼梦研究所校注，人民文学出版社，2008年第三版，第579页，第880-881页，第336页。

⑧ 朱一玄主编：《红楼梦资料汇编》，南开大学出版社，2001年，第379页。

性复杂多样的体现。所以，鲁迅先生说《红楼梦》"和从前的小说叙好人完全是好，坏人完全是坏的，大不相同，所以其中所叙的人物，都是真的人物"。[①] 这种"真的人物"就是"美丑并举"的人物。

(二)"美丑"的两相对照

同女性个体人物塑造一样，在对女性群体的塑造上，曹雪芹也采用了"美丑并举"的美学原则。不同个体人物间的美、丑对照，共同构筑起女性的群体形象。这种对照并非有意为美丑的二元对立，而是如吕启祥先生所指出的那样："《红楼梦》里各色人物几乎都可以做各种排列组合，成为一个序列或某种对照和映衬，在变化中看到统一，在比较中显示个性。"[②] 任何可以拿来对比、对照的事物，必然都有其共通之处，如刘勰在《文心雕龙·丽辞》中说："造化赋形，支体必双；神理为用，事不孤立。"[③] 在刘勰看来，任何的事物，在某一属性内，必然两相对照、映衬。对于《红楼梦》的女性人物来说，艾芜先生曾指出："《红楼梦》的林黛玉和薛宝钗是运用对照的写法，一个心胸狭窄，多疑多忌；一个宽大为怀，深沉狡猾。写林黛玉和贾宝玉也是对照的。林黛玉心目中只有贾宝玉，单爱一个男子，贾宝玉却见了姐姐就忘了妹妹，差不多是见一个爱一个的。又贾宝玉和贾琏、薛蟠也是对照的，……"[④] 这仅是人物性格的对照。曹雪芹在《红楼梦》开篇就明确提出了赞颂女性"情""才"的两大主题，这不失为女性形象美丑对照的两个角度。

1. 晴雯超功利之美与袭人功利之丑的对照

"情"的种类是多样的，有亲情、友情、爱情等，而唯独男女之间的爱情是打开女性主体意识的一把钥匙。因为爱情是源于人类内心最纯粹的情感，与外界的金钱、地位等无关，它展现的是一种超越功利的美，所以中外文学家都不遗余力地，在作品中歌颂美好而伟大的爱情。曹雪芹在《红楼梦》开篇就确立了"大旨谈情"的主旨。然而，在中国封建社会的婚姻观，却阻碍了爱情的萌发，直接跨入到婚姻中。如果说爱情是两个人之间的感性活动，那么婚姻就是两个家族间的理性活动。封建婚姻多涉及到政治、经济、文化等诸多因素的影响，是一种功利性的活动。封建社会的许多女性混淆了爱情与婚姻的关系，她们往往把婚姻当作爱情来看待，爱情被蒙上了功利的色彩，就不那么美了。

在宝玉身边，除了黛玉爱他外，晴雯和袭人也爱他。晴雯爱他，可以病中为

---

① 鲁迅著：《中国小说历史的变迁》，《鲁迅全集》（第九卷），1981年，第338页。

② 吕启祥著：《红楼梦开卷录》，陕西人民出版社，第249页。

③ 周振甫著：《文心雕龙今注》，中华书局，1986年，第314页。

④ 艾芜著：《文学手册》，湖南人民出版社，1981年，第116页。

他补金裘；袭人爱他，照顾的无微不至。但是，晴雯对宝玉的爱，是建立在平等基础上，超功利的爱；袭人对宝玉的爱，却带有做妾的功利性质。

晴雯和袭人原本都是贾母身边的丫头，觉得她们得力给了宝玉。兴儿曾经说过："我们家的规矩，凡爷们大了，未娶亲之先都先放两个人服侍的。"① 也就是说，晴雯和袭人都有晋升"妾"的机会。因此，袭人对宝玉爱，从一开始就是以做妾为目的的。第六回中，她与宝玉初试云雨，因想着"贾母已将自己与了宝玉的，今便如此，亦不为越礼，遂和宝玉偷试一番"。② 袭人已经以妾自居了。第三十一回，袭人在被宝玉误踢导致吐血后，想着往日常听人说："少年吐血，年月不保，纵然命长，终是废人了。"③于是产生了忧虑，"不觉将素日想着后来争荣夸耀之心尽皆灰了"，④透露了她做妾的心声，她把做妾当作了自己的人生目标。

袭人一心想做妾的想法，使她对宝玉的爱中也掺入了功利的成分。她如宝钗般，时时劝慰宝玉读书、做官，走仕途经济之路。第十九回中，袭人就以赎身回家为由，与宝玉约法三章：第一，不许再说随女儿们而去的话；第二，不管喜欢读书与否，在贾政面前都要摆出喜欢读书的样子；第三，改掉吃红的毛病，也就是亲近女性的毛病。这俨然一副贤妻相夫的画面。在封建社会，丈夫是女性生存的依靠，只有他们飞黄腾达，女性才能有好的生活保障，所以，劝导丈夫走上经济仕途，是做妻子的责任。袭人知道宝玉素不喜仕途经济，她只能退而求其次，让他改掉一些毛病罢了。

正因为袭人对宝玉的爱，掺杂了功利性，所以，她对宝玉的爱是不坚定的。第一百二十回，宝玉了去尘缘后，袭人纠结在守节和出嫁之间，"若说我守着，又叫人说我不害臊；若是去了，实不是我的心愿"。⑤袭人早已经把自己当作了宝玉的妾，而且她多少对宝玉有情，守节似乎是情理之中的事。而实际上，袭人的名分一直未定，以丫鬟身份守节，岂不是在告知天下，她已经与宝玉有了男女之事，而有损女儿的名节。在经历了痛苦的抉择后，袭人选择死在家中。然而，当看到夫家"办事极其认真，全都按着正配的规矩。……又恐害了人家，辜负了一番好意"。⑥"不得以"做个温柔体贴的妻子。在袭人的意识中，名分可以抵得过爱情一个"正配"的名分，就动摇了她对宝玉的爱，而失去了爱情原本的至真、至纯。

晴雯则不同，她对宝玉的爱是纯粹的儿女真情，是超功利的爱。首先，晴雯

---

① 曹雪芹著．无名氏续：《红楼梦》，中国艺术研究院红楼梦研究所校注，人民文学出版社，2008 年第三版，第 913 页。

②③④⑤⑥ 曹雪芹著．无名氏续：《红楼梦》，中国艺术研究院红楼梦研究所校注，人民文学出版社，2008年第三版，第 90 页，第 416 页，第 1597 页，第 418 页，第 418 页。

对宝玉的爱，是建立在平等基础上的。第三十一回，撕扇事件中，在晴雯那段犀利的反驳之词中，根本没有把自己当作丫头，也没有把宝玉当作主子，而是以平等的身份对话。这就使晴雯对宝玉的爱中，摒除了等级的差异。

其次，晴雯从不因可能成"妾"而与宝玉有肌肤之亲。第三十一回中，晴雯与宝玉因为扇子发生激烈的争吵，袭人好心劝慰，"好妹妹，你出去逛逛，原是我们的不是。"①却遭到了晴雯的反击，"我倒不知道你们是谁，别教我替你们害臊了！便是你们鬼鬼祟祟干的那事儿，也瞒不过我去，那里就称起'我们'来了……"②晴雯这里暗指宝玉与袭人的云雨之欢，如果晴雯与袭人有同样做妾的想法，想必她与宝玉之间也早有云雨之事了。晴雯的反击，正说明她对此所不耻。晴雯对宝玉的爱，超越了名分、地位的功利性，也超越了肉欲的束缚。

最后，她对宝玉的爱是至情之爱。当晴雯以勾引宝玉的罪名被赶出贾府后，她曾悲愤对宝玉说道："我虽生的比别人略好些，并没有私情密意勾引你怎样，如何一口死咬定了我是个狐狸精！我太不服。今日既已担了虚名，而且临死，不是我说一句后悔的话，早知如此，我当日也另有个道理。不料痴心傻意，只说大家横竖是在一处。"③这是晴雯对自己冤屈的申辩，也是对宝玉迟到的表白。在临死之际，她将自己的"两根葱管一般的指甲齐根铰下；又伸手向被内将贴身穿着的一件旧红绫袄脱下，并指甲都与宝玉"，④以此作为定情信物。还叫宝玉把贴身的袄子换给自己穿，"将来在棺材内独自躺着，也就像还在怡红院的一样了"。⑤晴雯的潜在含义是即便死后，也要一如既往地爱着宝玉。汤显祖说："情不知所起，一往而深。生者可以死，死可以生。生而不可与死，死而不可复生者，皆非情之至也。"⑥晴雯对宝玉的爱已经超越了生死的界限，这是晴雯对宝玉至情的表达。

在晴雯的超功利之美，与袭人的功利之丑的对照中，衬托出的是晴雯高洁的人格之美，以及袭人人格中功利性的、丑的一面，她们共同构筑起了女性的群体形象。

2. 探春人性之美与凤姐人性之丑的对照

中国儒家传统的"礼乐"观，向来与伦理政治相联系，其所强调的是通过"乐"来陶冶、塑造人的内在情感来维护人伦政教，是人性自觉地对礼教的遵守。因此，中国历代儒家士大夫知识分子，都以人际关怀的共同情感作为人性中

---

① ② 曹雪芹著. 无名氏续：《红楼梦》，中国艺术研究院红楼梦研究所校注，人民文学出版社，2008 年第三版，第 90 页，第 416 页，第 1597 页，第 418 页。

③ ④ ⑤ 曹雪芹著. 无名氏续：《红楼梦》，中国艺术研究院红楼梦研究所校注，人民文学出版社，2008 年第三版，第 1086 页，第 1086 页，第 1086 页。

⑥ ［明］汤显祖著. 徐方朔、杨笑梅校注：《牡丹亭》，人民文学出版社，1963 年，第 1 页。

美的品质，而个体自然的私欲则被视为人性丑的品质。① 人性的美与丑的对照是内在隐蔽的，只有通过外在的行为才能显现出来。个体外在的行为，在一定程度上是与"才能"的高低相联系的，对《红楼梦》女性才的考察，可以窥见其人性中的美与丑。

曹雪芹在《红楼梦》开篇就说，他笔下的女性虽无班昭、蔡女之德，却多是"小才微善"的。"才"也是多样的，有黛玉、宝钗的诗才，有惜春的画才，有探春、凤姐的理家之才等。如果说诗才、画才窥见的是人的自然天赋，那么，理家之才则是儒家美学观中，人性美与丑的彰显。

中国封建社会的大家族，多是由两个或两个以上的单个家庭而构成，人口众多，关系复杂，家族事物繁忙，管理者必须施以行之有效的管理手段，保障家族的严整有序的运行。凤姐作为荣国府的当家人，她奉行的是暴力美学。周瑞家的曾说过凤姐"待下人未免太严些个"。② "严"的意义不仅说凤姐要求严格，更在于惩罚手段的严苛。如"协力宁国府"时，一个下人仅因为迟到了，就要受到"打二十板子""革他一月银米"③的惩罚，这种惩罚未免过于严厉了。

第四十四回中，一个小丫头因替贾琏偷情看守，被凤姐毒打，"说着便扬手一掌打在脸上，打的那小丫头一栽；这边脸上又一下，登时小丫头子两腮紫胀起来"。④小丫头不过是听命于主子贾琏的差遣，本身并无过失，凤姐不过是将对贾琏的怒气发泄到丫头身上。相同的场景还发生在兴儿的身上，第六十七回，凤姐听闻贾琏偷娶尤二姐的事情，问话兴儿，兴儿不过问了句什么事，激怒了凤姐：

> 喝命："打嘴巴！"旺儿过来才要打时，凤姐儿骂道："什么糊涂忘八崽子！叫他自己打，用你打吗！一会子你再各人打你那嘴巴子还不迟呢。"那兴儿真个自己左右开弓打了自己十几个嘴巴。⑤

如此暴力的管理手段，使下人们都怕凤姐，如兴儿所说："如今合家大小除了老太太、太太两个人，没有不恨她的，只不过面子情儿怕她"，⑥就是因为怕，凤姐才能威重令行，让下人们"兢兢业业，执事保全"。⑦在一个封建大家族中，其环境是险恶的，如探春所说："一个个像乌眼鸡，恨不得你吃了我，我吃了你！"⑧暴力不失为一种有效的管理手段，却也暴露了凤姐人性中残酷的一面。

探春理家之后，采取的则是施人之惠的政策。如她借鉴赖大家的管理模式，将大观园中的土地交给专门的人员负责，园中所出之物品，均归于负责人所有，负责人只需要孝敬些什么即可。这种管理手段，涉及到了下人的切身利益，在利

---

① 李泽厚著：《华夏美学》，三联书店，2008 年。
②③④⑤⑥⑦⑧ 曹雪芹著．无名氏续：《红楼梦》，中国艺术研究院红楼梦研究所校注，人民文学出版社，2008 年第三版，第 96 页，第 185 页，第 588 页，第 935 页，第 912 页，第 1042 页，第 766 页。

益的驱使下，必然会调动她们的积极性，而能够勤勤勉勉的履行职责。如李纨所说："省钱事小，第一有人打扫，专司其职，又许他们去卖钱。使之以权，动之以利，再无不尽职的了。"① 这种相对温和的管理模式，显然比凤姐的暴力要高级的多，其中不乏人性中善的显现。

其实，不论是凤姐的暴力，抑或探春的施人之惠，她们的最终的目的，都是让奴仆们服从于自己的管理，这就如同鲁迅先生所说的霸道和王道一样："在中国的王道，看上去虽然好像是和霸道相对立的东西，其实是兄弟"，② 其不同就在于王道可以给予人更多的温情。从人性的角度来说，王道与霸道彰显的是人性的善与恶。以探春和凤姐所处的时代背景来说，探春能施以王道，这已经难能可贵了。

从理家的目的上来说，凤姐为的是逞才施能，中饱私囊。凤姐协理宁国府的初衷，为的是"卖弄才干"，"因未办过婚丧大事，恐人还不服"，③ 秦可卿的丧礼为凤姐提供了逞才的机会，众人的顺从也满足凤姐统治者的虚荣心，"凤姐见自己威重令行，心中十分得意"。④

凤姐理家的另一目的就是营私舞弊，中饱私囊。在封建大家族中，各方在不分家的情况下，财产从表面上看，类似于公产的形式。而人是欲望的动物，当然也包括对金钱的欲望，这就导致家庭中有权势的人可以舞弊，挪公款为己用。凤姐就拿着众人的月银，放贷取利。第三十九回，袭人问平儿月钱为什么还没发，平儿悄悄地告诉她说道："这个月的月钱，我们奶奶早已支了，放给人使呢。等别处的利钱收了来，凑齐了才放呢。"⑤ 这些利钱并非公用，而是变成了凤姐的体己的钱。以至于，贾府抄家的一项罪名就是"重利盘剥"，而贾政却不知何人所为。

在封建家庭中，凡是管理家务的人，就有用人的权力，而有用人权就不免收受贿赂。如贾芸托凤姐谋差事，凤姐就收了他的冰片麝香之物。再如，金钏死后，家中的仆人们为了补上这个肥缺，经常孝敬凤姐些东西，"这是他们自寻的，送什么来，我就收什么，横竖我有主意。"⑥ 这是凤姐在理家中得到的实际好处，也满足了她逞才施能的虚荣心。正是凤姐的自私、贪婪，加速了外强中干的贾府的衰败，这也是人性中丑的一面。

探春理家却是以胸怀家族的命运为己任。探春时刻以贾府的利益放在第一

---

① 曹雪芹著．无名氏续：《红楼梦》，中国艺术研究院红楼梦研究所校注，人民文学出版社，2008 年第三版，第 96 页，第 185 页，第 588 页，第 935 页，第 912 页，第 1042 页，第 766 页。

② 鲁迅著：《关于中国的二三事》，参见《鲁迅全集》（第六卷），人民文学出版社，1981 年，第 10 页。

③④⑤⑥ 曹雪芹著．无名氏续：《红楼梦》，中国艺术研究院红楼梦研究所校注，人民文学出版社，2008 年第三版，第 177 页，第 182 页，第 520 页，第 474 页，第 1030 页。

位，她兴利除弊，她所秉承的就是自己对贾府的责任，节流开源虽然不能彻底解决贾府的财政危机，但可以减缓贾府的衰败。抄检大观园，她为家人间的相轻相贱而伤心，"可知这样大族人家，若从外头杀来，一时是杀不死的，这是古人曾说的'百足之虫，死而不僵，必须先从家里自杀自灭起来，才能一败涂地"。①更因预见了贾府最终的衰败而流泪。

探春也从不以权谋私。亲舅舅赵国基的死，她不曾多给一分的安葬费。因为这不仅关系到探春的威信，更关系到贾府的安稳。如果探春以权谋私，很可能因为其不公，而造成贾府人心的涣散，不利于贾府的团结。

中国儒家传统的美学观，以心系天下的品质为美。探春作为封建社会的女性，国家、天下的兴亡不是她所能及，家就是她的整个世界，她把心系家族当成自己的责任。探春这种相对博大的情怀，与凤姐的私欲构成了美丑的对照。

二、"奇凡交融" 的美学形态

搜奇志轶是小说创作的重要审美原则，中国古典小说创作一直有尚奇的传统。以《搜神记》为代表的志怪小说，无一不是记载神魔鬼怪之事。以《世说新语》为代表的志人小说，所记录的也是行为品行高于、异于常人的人或事。至唐代小说创作，其目的则为"始有意为小说"，其创作原则是"作意好奇，假小说以寄笔端"，② 故名之曰"传奇"。

另一方面，小说创作源于生活，追求现实性。从中国古代小说的发源上说，小说的创作源于"史乘""史余"，其创作目的是"羽翼信史而不违"，其创作原则是"实录"，如《搜神记》所记神仙鬼怪就是要"发明神道之不诬蔑"。

明清长篇白话小说，无论是历史演义小说，还是英雄传奇，小说作者均着意处理"奇"与"凡"的关系。"奇"与"凡"的关系，一言以蔽之，就是虚构与现实生活之间的关系，总归为艺术真实与生活真实之间的关系。小说作者过分追求"奇"，虚构有则有之，然不免脱离生活真实，给人以不真实之感；过分追求"凡"，真实感有则有之，然不免平淡无奇，令人读之索然无味。

真正高明的作者会处理好"奇"与"凡"的关系，即处理好艺术真实与生活真实的关系，使二者和谐统一，达到人物形象塑造源于生活，高于生活的境界。曹雪芹在《红楼梦》女性人物的塑造上，也继承了"尚奇"的美学传统，又以现实主义的创作手法，融入了"凡"的美学特征，呈现了"奇凡交融"的美学效果。

---

① 曹雪芹著. 无名氏续：《红楼梦》，中国艺术研究院红楼梦研究所校注，人民文学出版社，2008 年第三版，第 177 页，第 182 页，第 520 页，第 474 页，第 1030 页。

② ［明］胡应麟著：《少室山房笔丛》，上海书店出版社，2001 年，第 371 页。

曹雪芹笔下的主要女性人物，从其身份特征上来看，她们是某个男人的女儿、妻子、母亲。如黛玉，她是苏州城里鹾政林如海的女儿，是金陵贾府的外孙女。再如秦可卿，她是营缮郎秦业的女儿，是贾蓉之妻。从活动的空间来看，《红楼梦》中的主要女性人物，如黛玉、可卿、凤姐等，几乎都没有走出过贾府的大门，她们就是一群生活在深宅大院中的普通女性。可见，《红楼梦》中的主要女性与封建社会的平常女性无异。

但是，在她们某些人的身上，却有着些许的魔幻色彩。在《红楼梦》虚构的那个神话世界——太虚幻境中，秦可卿是与宝玉有着肌肤之亲，又兼有宝钗"鲜艳妩媚"，黛玉"风流袅娜"的"乳名兼美字可卿"的女子。俞平伯先生认为在现实世界中，宝玉与可卿也有男女之事，不过碍于"秦氏实贾蓉之妻而宝玉之侄媳妇；若依事直写，不太芜秽笔墨乎？"①表明太虚幻境中可卿与现实中秦可卿实为一人，虽然这还有待进一步的商榷，但二者遥相呼应，不可不让人同一而视。而作者此举的目的，在于突出秦可卿"情"的象征意味。无论在太虚幻境还是在现实中，秦可卿都是宝玉"情"的引领者。

再如黛玉，在那个神话世界中，她是三生石畔的绛珠仙草，是福如真地中的潇湘妃子。现实世界黛玉纤弱、感性的特质，源自神话世界她仙草娇弱的本质。现实世界黛玉孤傲、目下无人的性格，是因为来自神话世界的她，本就不属于这个世俗世界，她以局外人的身份，站在世俗的彼岸，冷眼瞭望着这个充满冷漠和猜忌的世界。如果说现实世界给予了黛玉凡俗的外壳，那么神话世界就是她生命的本真。

在中国古典小说中，自唐传奇开始，就不乏具有神话、魔幻色彩的女性形象。如《柳毅传》中的龙女、《崔书生》中的玉卮娘子、《任氏传》中的狐女等。再到《聊斋志异》中的花鬼狐妖等。她们或是仙女，或是动物幻化的女子，总之她们是超现实的女性，无论是她们的超能力，还是超越世俗的行为、情感，体现的都是她们神或妖的本质。《红楼梦》中的女性，虽也有超现实的奇幻色彩，但突出的是其人的本质，她们身上的神性，是对人性本质补充和深化。这样"奇凡交融"的美学形态，使黛玉、可卿的形象更加的完整而深刻。

如果说黛玉、可卿的形象是纯粹的虚构与现实的融合，那么再将《红楼梦》的女性还原到封建时代中去，其体现的仍然是一种"奇凡交融"的美学形态。首先，封建社会对平常女子的要求是重德不重才。何为女性之德呢？《女诫》中说："夫云妇德，不必才明绝异也。"②《红楼梦》中的大部分女性也十分重视女德。且不必说李纨、宝钗这样恪守着封建女德的女子，就拿凤姐来说，她也十分

---

① 俞平伯著：《红楼梦辨》，人民文学出版社，1973年，第163页。

② ［清］王相笺注：《女四书》，中国华侨出版社，2011年，第11页。

在意女德。譬如对待贾琏纳妾的事情上，前有凤姐主动将平儿收为贾琏屋里人，后有凤姐骗尤二姐入贾府，其大费心思的目的就在于营造她贤德的假象。凤姐作为封建社会的平常女子，她也绕不开女德的束缚。再看黛玉，她任情、任性的性格，似乎很难受到女德的干扰。但是，第四十二回中，宝钗以"女子无才便是德"来劝导黛玉时，黛玉也心下暗伏。并且还大为感动地说道："细细算来，我母亲去世得早，又无姊妹兄弟，我长了今年十五岁，竟没一个人像你前日的话教导我。"① 可见，哪怕是黛玉这样的女子，在潜意识中也是在意女德的。这是她们作为封建社会平常女子，不得不面对的问题。但是，《红楼梦》中的女子，又多是些"小才微善"的女性。黛玉极赋诗才，宝钗的博学多才，探春嗜书，惜春擅画，资质平平的迎春也能作诗、下棋，凤姐的理家之才，李纨的赏鉴之才等。几乎《红楼梦》中的每个女性身上，都有他人所不能及的才能。以至于，在第四十回中，当刘姥姥见识了各位小姐的才能后，惊讶地感叹道："别是神仙托生的罢"。② 这足以表明，她们已经超越了平常女子，而"才明绝异"，这是她们的不凡之处。德与才在她们身上的统一，实现了"奇凡交融"的美学形态。

其次，封建社会平常的女子，恪守女性的贞节观，顺从"父母之命"，约束着自己的情感。《红楼梦》中的大部分女子，也受制于此。譬如说黛玉，当宝玉以张生与崔莺莺比喻二人时，黛玉就略显嗔怒之意，这就表明作为大家闺秀的黛玉，贞节观对她还是有影响的。而且黛玉还将自己的婚姻寄希望于贾母，也就是说，她还是希望自己的爱情以一种合理的方式出现，不至于有损其女性的名节。再如宝琴也听命于父母的安排，被许配给梅家。宝钗的婚姻也是听从了薛姨妈和贾母的安排，而嫁给宝玉。这是她们于封建平常女子无异之处。但是，无论是黛玉还是宝钗，在她们的内心深处都有着对自由恋爱的向往和憧憬。黛玉对宝玉的爱，已经是对自由爱情的追求了，并且在《五美吟》中，还歌颂着自由的爱情。宝琴虽然没有践行自由的爱情，却在怀古诗中，肯定了自由爱情。宝钗通过给宝玉绣鸳鸯，就已经暴露了她内心中对自由爱情的渴望。这也是她们超越世俗之凡的"奇"。她们对贞节观及父母之命的遵从，与对自由爱情的渴望，这种矛盾对立统一在同一人身上，也不失为"奇凡交融"美学形态的一种。

最后，从审美的角度来说，封建社会要求平常的女性以柔弱为美，如《女诫》中说："阴阳殊性，男女异行。阳以刚为德，阴以柔为用。男以强为贵，女

---

① 曹雪芹著. 无名氏续：《红楼梦》，中国艺术研究院红楼梦研究所校注，人民文学出版社，2008 年第三版，第 606 页。

② 曹雪芹著. 无名氏续：《红楼梦》，中国艺术研究院红楼梦研究所校注，人民文学出版社，2008 年第三版，第 531 页，第 49 页。

以弱为美。"①《红楼梦》中的女子亦然有柔弱之美的一面。如第三回中，有一段对黛玉的描写："两弯似蹙非蹙笼烟眉，一双似喜非喜含露目。态生两靥之愁，娇袭一身之病。泪光点点，娇喘微微。闲静时如姣花照水，行动处似弱柳扶风。心较比干多一窍，病如西子胜三分。"② 从黛玉的形貌上来看，这是一种娇弱之美，是符合传统平常女性审美标准的。第二十二回，凤姐对巧姐的关心、爱护，体现了其母性的温柔。而宝钗、袭人等这些素日里以温柔著称的女性，其女性的柔弱之美自不必说。她们身上的这种柔美，是封建平常女子审美的常态，而无"奇"之处。但是，另一方面，在她们身上也有男性的阳刚之美，这就是她们的出"奇"之处了。譬如说黛玉最后为爱而死，其本身彰显的就是黛玉性格中刚烈的一面。凤姐自身刚强的一面，就胜过女性温柔的一面。在文本中，作者常拿她与男性相比较，认为她是"脂粉队里的英雄"，这是对她阳刚之气直接的肯定。即便温柔如宝钗，其性格也柔中带刚。单就宝钗努力支撑薛家来看，就有男性刚强的特质。宝钗"自父亲死后，见哥哥不能依贴母怀，她便不以书字为事，只留心针黹家计等事，好为母亲分忧解劳。"③ 封建社会，家庭中父亲过世后，如果男性继承人没有能力承担家长的重责，母亲自然要担当起父职，支撑着家庭。宝钗主动分担母忧，实质上就是在帮助母亲支撑着薛家，其已经以柔弱的肩膀担负起家庭的重担，这种刚强是宝钗不同于平常柔弱女子之处。柔与强的审美特征，统一在《红楼梦》女性的身上，也显现出了"奇凡交融"的美学形态。

在唐传奇、《聊斋志异》中，不管是超现实的女子，或是现实中的女子，总是突出她们有悖于封建礼教下淑女的形象。而《红楼梦》中的女性，她们既有符合封建礼教平凡的一面，又有悖于封建礼教的一面。世俗的凡与超世俗的奇对立统一，而又真实地集中在红楼女子身上，从而是《红楼梦》的女性形象更加的真实、立体。

《红楼梦》在女性形象塑造上，以"奇凡交融"的美学形态，实现了女性作为"人"的总体特征。作为个体的人来说，她是普遍性与独特性的结合体。然而，进入到男性社会以来，男性们总在力图从生理、心理等各个方面异化女子，使她们成为区别与男性的"异类"存在。这种男性意识的积淀投射到文学作品中，就是男性作家对女性的"妖魔化""异化"。在中国古典小说中，超现实的花鬼狐妖、仙女、神女，她们本身就不属于人类的范畴之内，是与人类相异的种

---

① ［清］王相笺注：《女四书》，中国华侨出版社，2011年，第9页。

② 曹雪芹著．无名氏续：《红楼梦》，中国艺术研究院红楼梦研究所校注，人民文学出版社，2008年第三版，第531页，第49页。

③ 曹雪芹著．无名氏续：《红楼梦》，中国艺术研究院红楼梦研究所校注，人民文学出版社，2008年第三版，第63页。

群。那些，现实中有悖于封建礼教的女子，她们不仅区别于男性，更区别于正常的女子，可谓是"异类中的异类"。这样，男性作家笔下的女性人物就失去了"人"的主体特征，而成为男性的"他者"。而《红楼梦》中的女子，从女性身份来说，她们的凡是封建社会普通女子的普遍特征，而她们的"奇"又是极具个性的。从对人的认识来说，她们的"凡"是男性意识对女性个体的规定，而她们的却彰显人性的普遍性特征。因为，封建礼教所压抑的正是女性作为人最基本的需求。在"奇""凡"交融的美学形态中，建立起了女性主体的形象。

第二节　《红楼梦》女性的审美特征

在传统的男权文化中，女性作为审美的客体，总是以男性的主观道德评价为标准。柔顺不但是对女性道德的规定，亦是女性美的标准，它分散在女性的外在容貌，以及内在气质的各个方面。如《女诫》中所说："阴阳殊性，男女异行。阳以刚为德，阴以柔为用，男以强为贵，女以弱为美。"① 这是传统审美观，对男女两性美的总体概况。然而，《红楼梦》女性人物塑造手法，已经突破了传统男性对女性形象的塑造，它必然会使曹雪芹笔下的人物带上新的审美特征。② 笔者认为，《红楼梦》中女性的审美特征，不是单一的向度，而是多角度、多层次性的美。首先，《红楼梦》崇尚女性的自然之美，打破了传统男性审美对女性的硬性规定；其次，在神韵气质上，柔顺之美不再是女性美的唯一标准，女性身上兼具了男性的阳刚之美；最后，曹雪芹以多层互补的兼美手法，凸显了女性美的丰富性和多样性。

一、 凸显女性的自然之美

中国道家的审美观念提倡以自然为美。庄子说："若然者，其心志，其容寂，其颡頯；凄然似秋，煖然似春，喜怒通四时，与物有宜而莫知其极"，③ 认为自然就是对人本体的超越，自然之美就是要摆脱一切外在欲望、美丑、形体、声色

---

① ［清］王相笺注：《女四书》，中国华侨出版社，2011 年，第 9 页。
② 有关《红楼梦》女性审美特征的研究，虽然没有专门的论述文章，但其散见在有关《红楼梦》审美的其他研究中。如张锦池老师在《论〈红楼梦〉与启蒙主义思潮》，从启蒙主义的角度，对《红楼梦》女性人物的仪表美、才智美、情欲美、本性美进行分析，认为《红楼梦》中所宣扬的天赋自然的人性观念，是对程朱理学束缚、压抑人性的反驳。再如，刘敬圻老师在《〈红楼梦〉与女性话题》中，认为《红楼梦》中女性的美突破了传统的男性审美视角，是一种各美其美、各有一陋、具有模糊性的、真实的美。吕启祥先生在《老庄哲学与〈红楼梦〉的思辨魅力》以及《〈红楼梦〉与中国现代女性文化形象的塑立》中，认为《红楼梦》女性的审美特质在于自然。
③ 《庄子·大宗师》，参见《庄子今注今译》，陈鼓应注释，中华书局，1983 年，第 186 页。

的束缚，如同四季般自然而然。曹雪芹在《红楼梦》中也曾借他人之口，表达了自然之美的内涵："'天然'者，天之自然而有，非人力之所成也。"① 那么，具体到红楼女性身上，其自然之美体现在哪些方面呢？

首先，外在形貌上，女性的自然美，是千姿百态的。如宝钗体现的是丰腴之美。在《红楼梦》中从未对宝钗的形体进行具体的描写。但是，第三十回中，宝玉曾说宝钗"体丰怯热"，可与杨贵妃相比；第二十八回中说"宝钗生的肌肤丰泽"可见其体态是丰腴的。黛玉则是娇弱之美，黛玉刚进贾府时，众人眼中的黛玉是"身体面庞怯弱不胜"。在此，并没有对黛玉的形貌做过多的描绘，但"怯弱不胜"四字就道出了黛玉的娇弱之态。

《红楼梦》的其他女性，王熙凤"身量苗条，体格风骚"，展现的是女性的性感之美；湘云"蜂腰猿背，鹤势螂行"，是女性的飒爽之美；鸳鸯"蜂腰削背，鸭蛋脸面，乌油头发，高高的鼻子，两边腮上微微的几点雀斑"，彰显女性的俏丽之美；就连"体肥面阔，两只大脚"的傻大姐，其体现也是健康之美。

总之，她们的美都是未经雕琢的，自然而然的美。而在中国传统"柔美"的女性审美观，对女性的外在形貌有着具体的要求。清代的李渔在《闲情偶记》中的《声容》部分概括的那样：肌肤白净、目细眉长、手嫩指尖、小脚瘦软、臂腕丰厚、娇姿媚态、体香容艳等。② 如《诗经·卫风·硕人》中对硕人的描写"手如柔荑，肤如凝脂，领如蝤蛴，齿如瓠犀，螓首蛾眉，巧笑倩兮，美目盼兮。"③ 完全符合传统女性的审美标准。

再看《长恨歌》中对杨贵妃的描写："春寒赐浴华清池，温泉水滑洗凝脂。侍儿扶起娇无力，始是新承恩泽时。云鬓花颜金步摇，芙蓉帐暖度春宵"，柔若无骨、娇柔美态跃然纸上。

《金瓶梅》中对潘金莲容貌的描写也是柔美的"头上戴着黑油油头发鬅髻，一迳里踅出香云，周围小簪儿齐插。……难描画，柳叶眉衬着两朵桃花。……往下看尖翘翘金莲小脚，云头巧缉山鸦。……口儿里常喷出异香兰麝，樱桃口笑脸生花。"④

这种对女性审美特征的硬性要求，带来的必定是人工的锻造。在中国的古代，女性就已经开始使用胭脂、香膏等美容用品，如《红楼梦》中，平儿整妆中，平儿所使用的就是宝玉特制的脂粉，其作用就是弥补肤色上的不足。当然，

① 曹雪芹著. 无名氏续：《红楼梦》，中国艺术研究院红楼梦研究所校注，人民文学出版社，2008 年第三版，第 225 页。

② ［清］李渔著. 杜书瀛评注：《闲情偶记》，中华书局，2007 年。

③ 《毛诗正义》，阮元校刻，《十三经注疏》，中华书局，1980 年，第 322 页。

④ ［明］兰陵笑笑生著. 陶慕宁校注：《金瓶梅词话》，人民文学出版社，2000 年，第 24 页。

修饰得当，自然锦上添花，而面色较黑之人，涂之以白，就未免东施效颦了。形体虽为人体骨骼自然形成，但是，为了满足男性意识对女性形体的要求，中国古代甚至出现了较为变态的习俗。如缠足的恶习，为的就是形成"三寸金莲"的完美脚型，而阻断脚的自然生长，这个过程中，女性要忍受极大的痛苦。虽然后天的弥补和改善，迎合了男性对女性的审美要求，却终因有失自然而不大相宜，如宝玉所说："虽百般精巧，而终不相宜……"①

在内在性格上，女性的自然美，是多样而独特的。如宝钗、李纨、袭人的温柔敦厚，是柔和之美；黛玉、晴雯、龄官的率性、任性，是任情之美；湘云、探春的豪爽，是洒脱之美；鸳鸯、尤三姐是刚烈之美；刘姥姥展现的是劳动人民的质朴之美。而传统的女性审美，要求女性的性格一定是"柔顺"的。《内训》中说："贞静幽闲，端庄诚一，女子之德性也。孝敬仁明，慈和柔顺，德性俱矣。"②在儒家的美学传统中，善美不分，人以德为美。因此，柔顺不仅是女性之德，更是女性美的标准。中国古代文学史上，也不乏许多柔顺的女子形象。如《琵琶记》中的赵五娘，常年以粮米，供养公婆，自己却以皮糠充饥，被公婆误会偷吃而挨打，并不觉得委屈，而是耐心的解释。赵五娘性格中的柔顺，正是传统女性性情美的典范。《红楼梦》中的李纨也是柔顺女子的代表，她孝敬公婆、恭敬姊妹、呵护儿子，坚守着传统女德对女子的规范。但是，无论是赵五娘，还是李纨，柔顺带给她们的不是幸福的人生，而是自然人性压抑下的精神悲剧和家庭悲剧。

其次，女性的自然美，是真实的，即各有一陋的原则。在自然界，无论是四季的变化，亦或自然的景致，都是不完美的。如同天然的美玉一样，即便外表是完美无瑕的，而内里结构遗留下来的冰裂、棉絮物都是无法避免的缺陷。但是，所谓瑕不掩瑜，缺陷没有掩盖玉的温润、柔美，而是带给美玉他物无法取代的独特性。《红楼梦》中的女性，无论在形貌上，还是内在性格上，都有其不完美之处。黛玉的娇弱之中，病态的显现是其缺陷，任情、率性中，又不免带有尖酸刻薄；湘云俊朗之下，咬舌的缺陷，不但不觉其陋，更加一丝娇憨之气；宝钗温润的性格中，却带有一丝冷漠；探春的爽利中，又不免犀利。虽然她们不完美，却给人以真实。

最后，女性的自然美，是无法言说的自由和力量美。庄子说："天地有大美而不言"，③他认为天地、山川河流都是自然馈赠给人类的礼物，它们不受任何

---

① 曹雪芹著．无名氏续：《红楼梦》，中国艺术研究院红楼梦研究所校注，人民文学出版社，2008年第三版，第225页。

② ［清］王相笺注：《女四书》，中国华侨出版社，2011年，第27页。

③ 《庄子·知北游》，参见《庄子今注今译》，陈鼓应注释，中华书局，1983年，第601页。

外力的束缚，彰显的是一种自由之美和自然的伟大力量。对于女性来说，她们的自然美，就是不被伦理道德束缚的个体之自由和力量之伟大。[①] 如黛玉的美，只用"自然风流"四个字即可概括。可是，谁又能说得清她美在哪里呢？她的美是无法言说的诗意。这种诗意源自她对生命自由本真的追求，而在一个礼教社会中，人对自由的追求，需要巨大的勇气，突破种种的阻力，也就彰显出一种力量之美。再如，晴雯的美也是一种无法言说的大美，我们只知道她是贾府内第一美丫头，具体美到何种程度，不得而知。但是，晴雯之死却给人一种悲剧性的冲击力量，这种力量就在于晴雯选择以死亡的方式，宣扬自然的人性和自由的情感。

二、 刚柔相兼的气质之美

《周易》中说："乾，阳物也，坤，阴物也"，[②] "乾道成男，坤道成女"，[③] 而"天尊地卑，乾坤定矣。卑高以陈，贵贱位矣。动静有常，刚柔断矣"。[④] 规定了男女两性在气质上的差异，男性以阳刚为美，女性以阴柔为美。但是，现代心理学家指出，"阳刚"与"阴柔"并不是绝对，"每个人都天生具有异性的某些特质"，"人的情感和心态是同时兼有两性倾向的"。[⑤] 女性主义批评家伍尔夫提出"双性同体"的理论，她认为："在我们之中每个人都有两个力量支配一切，一个男性的力量，一个女性的力量。最正常、最适宜的境况就是这两个力量结合在一起和谐地生活。"[⑥] 在数百年前，曹雪芹以超时代的姿态，在《红楼梦》女性身上发掘了刚柔并济的双性之美。

《红楼梦》最具男性阳刚气质的女性，当属王熙凤。在小说中，众人对她的评价，几乎都是以男性作为比较的对象，如冷子兴说她："言谈又爽利，心机又极深细，竟是个男人万不及一的。"[⑦] 周瑞家说："十个会说话的男人也说他不过。"[⑧] 秦可卿说她："你是个脂粉队里的英雄，连那些束带顶冠的男子也不能过你。"[⑨]

在男性社会，传统的"男主外，女主内"的分工，男性习惯了与外界的竞争，更习惯对权威的掌控。因此，男性的阳刚之气较有侵犯性和控制性。凤姐身上也有这样的阳刚之气。凤姐不仅有可与男性相比肩的"齐家"的能力，对权

① 李泽厚著：《华夏美学》，三联书店，2008年，第98页。

②③④ 《周易正义·系辞下》，阮元校刻，《十三经注疏》，中华书局，1980年，第89页，第75页。

⑤ ［美］霍尔著：《荣格心理学入门》，三联书店，1987年，第53页。

⑥ ［英］伍尔夫著：《一间自己的屋子》，上海人民出版社，2008年，第137页。

⑦⑧⑨ 曹雪芹著. 无名氏续：《红楼梦》，中国艺术研究院红楼梦研究所校注，人民文学出版社，2008年第三版，第33页，第96页，第170页，第40页，第205页。

力更是极为渴望的。她讨好贾母，以保障家庭掌权者的地位；为了彰显权力，她弄权铁槛寺；而对有损自身利益的事情，她更是主动出击；为了维护女性的尊严，她毒设相思局，害死贾瑞；为了捍卫自己的婚姻，她计杀尤二姐。王熙凤"自幼假充男儿教养的"，① 在客观上，滋长了她拥有男性性格和能力。但是，封建男权制对女性的压抑和异化，也促使凤姐向男性化的转变。她只有变的同男性一样，才可以尽量维护女性主体的利益。

王熙凤身上过多的男性气质，使人往往忽略其身上的女性特质。从生理性别来说，王熙凤毕竟是个女人，她也不失女性的温柔。如第二十二回，巧姐出天花，凤姐无微不至的照顾，所体现的就是母爱的温柔。

作为妻子，凤姐也不失女性的娇柔。第十六回，贾琏护送林黛玉于江南归家，凤姐一改往日的威压，展现出小女人撒娇的一面：

> 且说贾琏自回家参见过众人，回至房中。正值凤姐近日多事之时，无片刻闲暇之工，见贾琏远路归来，少不得拨冗接待，房内无外人，便笑道："国舅老爷大喜！国舅老爷一路风尘辛苦。小的听见昨日的头起报马来报，说今日大驾归府，略预备了一杯水酒掸尘，不知赐光谬领否？"②

凤姐作为女性，她也有对爱情的向往和想象。她对贾琏的撒娇，就是其爱情的投射。这不是源于社会和成长环境，而是源自女性近乎本能的触觉。因此，在凤姐身上不可避免的有女性化的一面。

探春在气质上也有几分男性果敢、英爽坚毅的阳刚气质。③ 从探春房内的摆设就可知道她的与众不同：

> 探春素喜阔朗，这三间屋子并不曾隔断。当地放着一张花梨大理石大案，案上累着各种名人法帖，并数十方宝砚，各色笔筒，笔海内插的笔如树林一般。那一边设着斗大的一个汝窑花囊，插着满满的一囊水晶球儿的白菊。西墙上当中挂着一大幅米襄阳《烟雨图》，左右挂着一副对联，乃是颜鲁公墨迹，其词云：

①② 曹雪芹著. 无名氏续：《红楼梦》，中国艺术研究院红楼梦研究所校注，人民文学出版社，2008 年第三版，第 33 页，第 96 页，第 170 页，第 40 页，第 205 页。

③ 早在清代就有研究者注意到了探春的男性气质。青山山农《红楼梦广义》云："宝玉温柔如女子态，探春英断有丈夫风。"二知道人称"探春是巾帼中李赞皇。探春神情态度，近于跋扈。"近代学者，同样也认为探春身上有男性气质。薛瑞生《是真名士自风流：史湘云论》中说："贾探春的男子气质表现为政治风度。"李劼《论红楼梦：历史文化的全息图像》中说："似乎是对王熙凤虎虎生气的一种衬托，读者可以在探春形象上看到另一种豹的敏锐和凶猛。探春是在众姐妹中唯一一个具有王熙凤气质的强者，也是唯一一个敢于与王熙凤公开抗衡的贵族小姐。"

烟霞闲骨格，泉石野生涯。

案上设着大鼎。左边紫檀架上放着一个大观窑的大盘，盘内盛着数十个娇黄玲珑大佛手。右边洋漆架上悬着一个白玉比目磬，旁边挂着小锤。①

开阔的房间格局，自然、雄厚的书画作品，凸显的都是一种阳刚之气。一个人的居住环境，与其个人的性格、喜好息息相关。因此，在探春的性格中，少了几分少女的阴柔之气，而多了一分男性的阳刚之气。

探春曾明白的表达过，要向男性一样立一番事业，"我但凡是个男人，可以出得去，我必早走了，立一番事业，那时自有我一番道理。偏我是女孩儿家，一句多话也没有我乱说的。"②封建时代的客观原因，使探春不可能走出家庭，去成就男性那样安邦定国的伟业。只有在有限的空间内，实现欲比男性试比高的志向，那就是"海棠社"的成立。这种希图与男性平等的思想，其展现的正是男性的阳刚之气。

但是，探春毕竟是名女子，在某些细节之处，也显现出少女的心思和情感。一般的来说，女性对美都比较敏感，她们都喜欢精美雅致的东西。探春不仅喜欢阔朗的饰品，也喜欢较为精巧的香盒儿、小篮子等小玩意。第三十七回，她用精美的花笺发出诗社的邀请函。这些小巧的东西，都好似少女般的精灵剔透，其透露出的是探春作为少女对美的追求。当她求助宝玉为其捎带这些东西时，探春无以回报，只有以做鞋为回馈，这里展现的是女性细腻的情感和心思。可见，探春在其男性阳刚气质的背后，也不失小女生的温柔细致。如张庆善先生说："探春的确是一位与众不同的女性，在她的身上既有着女性的柔美，又时时透露出一种男性的英爽刚毅。"③

在黛玉的身上，似乎充满了女性的阴柔之气，与男性的刚强、刚烈气质无缘。但是，在这柔弱的背后，却潜藏着一股刚强之气。

首先，黛玉儿时的教育和成长环境，提供了她潜在的阳刚之气的土壤。黛玉从小被父亲"不过假充养子，聊解膝下荒凉之叹"，④ 并像教育男孩一样，请老师教她读书写字，而非一味地女德教育，这本身就会塑造出黛玉不同于普通封建女性的独特气质。而后，黛玉父母双亡，其成长过程中，父母的缺失，使她在一定程度上，较少受到封建男权的约束，为其性格、人格的自由发展提供了一定的空间。当黛玉孤身一人，来到贾府，寄人篱下的艰辛，使她每天不得不打起十二

---

① ② 曹雪芹著. 无名氏续：《红楼梦》，中国艺术研究院红楼梦研究所校注，人民文学出版社，2008 年第三版，第 537 页，第 752 页。

③ 张庆善著：《怎样看探春对待赵姨娘的态度》，见《漫说红楼》，人民文学出版社，2000 年，第 89 页。

④ 曹雪芹著. 无名氏续：《红楼梦》，中国艺术研究院红楼梦研究所校注，人民文学出版社，2008 年第三版，第 23 页，第 371 页，第 244 页。

分精神来，面对那充满了尔虞我诈的生存环境，如在《葬花吟》说的："一年三百六十日，风刀霜剑严相逼。"① 在客观上，使黛玉不得不坚强、独立的承受生活之重，同时也促成了孤傲清高的个性。这样独立的人格、孤高的个性，远离了传统女性的温柔敦厚、顺从之美，而具有隐藏的男性刚强的气质。

其次，黛玉争强好胜的心理，也是其阳刚之气的显现。例如，元春省亲命众姐妹作诗题咏，"原来林黛玉安心今夜大展奇才，将众人压倒，不想贾妃只命一匾一咏，倒不好违谕多作，只胡乱作一首五言律应景罢了"，"此时林黛玉未得展其抱负，自是不快"。② 对于传统具有阴柔之气的女性来说，她们只有顺从之义，而没有竞争之意识，而黛玉这种才华不能尽施的失落感以及拔得头筹的竞争意识，恰恰是男性在社会上不能一展抱负的心理表现，这也说明，在黛玉心中潜藏着进取精神的刚强之气。

最后，黛玉对生命的激情，也展现了其刚烈之气。虽然黛玉的身子薄弱，对生命却充满了激情，她将这股激情全部通过爱情表现出来。黛玉对宝玉的爱是浓厚而炽烈的，她不容许任何人侵犯。所以，在宝钗出现的时候，"金玉良缘"的说法，使她总是不断地讥讽宝钗。当她与宝玉的爱情不能以婚姻的形式继续下去的时候，她宁愿为爱而死，也不愿荒诞地活着。其所显示出来的是强大的生命本能和死亡本能，这种意识超越了女性柔弱的气质，更具男性的刚烈。

《红楼梦》女性身上刚柔相兼的双性气质，突破了传统文化对于男女两性气质的硬性规定，凸显出的是一种更加自然的，且符合人性发展的气质之美。

三、 多层互补的兼容之美

在《红楼梦》第五回，宝玉梦游太虚幻境，看到一位女子，"其鲜艳妩媚，有似乎宝钗，风流袅娜，则又如黛玉"，③ 其名为兼美。"兼美"也就是两种不同美质之间的互补，体现《红楼梦》女性的又一审美特征，以及多层互补的兼容之美。这种互补既可发生在不同人物之间，又可发生在同一人物身上，内外美质的互补。多层互补的兼容之美，所展现的是女性美的多样性和层次的丰富性。

（一）不同人物间的美质互补

在曹雪芹的审美观中，每个女性都是各美其美，又各有一陋的。在不同的人

---

①② 曹雪芹著．无名氏续：《红楼梦》，中国艺术研究院红楼梦研究所校注，人民文学出版社，2008 年第三版，第 23 页，第 371 页，第 244 页。

③ 曹雪芹著．无名氏续：《红楼梦》，中国艺术研究院红楼梦研究所校注，人民文学出版社，2008 年第三版，第 86 页，第 749 页，第 679 页，第 680 页。

物间，这个人物的美或许就是那一个人物所缺失的美，从而形成不同美质间的互补。根据《红楼梦》女性群体身份、性格的不同，不同人物间的美质互补，可以分为这样的几类：

第一类，同类（身份相同）异性（性格不同）女性间的美质互补。最具代表的就是宝钗与黛玉间的互补。从内在性格上来说，宝钗的温柔敦厚，弥补的是黛玉性格中尖酸、刻薄的一面；而黛玉的任情、任性，弥补的是宝钗过于理智的情感。从外在形貌上来说，宝钗的丰腴的体态，弥补了黛玉纤弱的体质，反过来，黛玉纤细的身姿也弥补了宝钗的微胖。

再如，凤姐与李纨之间的互补。凤姐素是"尚才不尚德"之人，而李纨则与之相反，"尚德不尚才"，所以在才德之间二人形成了互补。李纨和凤姐都曾理家，凤姐理家以霸道让众人都怕她，而李纨理家则"厚道多恩典无罚"，① 李纨的宽厚弥补了凤姐的残酷。理家又需要机智灵活，凤姐的机灵弥补了李纨的木讷。第五十回，"芦雪庵争联即景诗，暖香坞雅制春灯谜"，面对贾母的突然到访，李纨"早命拿了一个大狼皮褥来铺在当中……早又捧过手炉来"，②听闻贾母要吃糟鹌鹑，"李纨忙答应了，要水洗手，亲自来撕"。③在整个过程中，李纨没有说过一句话，只是默默地去做，然而，这未必能赢得贾母的欢心，换来的不过是"你也坐下"。④而凤姐只需要一句："老祖宗今儿也不告诉人，私自就来了，要我好找"。⑤就让贾母满心欢喜，"贾母见他来了，心中自是喜悦，便道：'我怕你们冷着了，所以不许人告诉你们去。你真是个鬼灵精儿，到底找了我来。以理，孝敬也不在这上头。'"⑥这就是李纨与凤姐的区别，凤姐的精灵使她无需做太多，就能哄得贾母欢心。而李纨的木讷，让她无论做什么，贾母都未必看得到。

第二类，同类（身份相同）同性（性格相同）人物间的互补。譬如湘云和探春，她们的性格之中都有豪爽的一面。但是，探春的豪中有敏，而湘云豪中有憨，敏与憨就形成了互补。探春理家，曹雪芹用了"敏探春兴利除宿弊"来形容，所突出的就是探春对事物本质的敏感把握。如面对吴登新家的刁难，探春一眼看出了她的险恶用心，"你办事办老了的，还记不得，倒来难我们"。⑦ 对于贾府的衰败，探春认为是祸起萧墙，"可知这样大族人家，若从外头杀来，一时也杀不死的，这是古人曾说的'百足之虫，死而不僵'，必须先从家里自杀自灭起来，才能一败涂地！"。⑧

探春对事物的敏锐度，是湘云所没有的。如第二十二回，所有人都看出台上

---

① ②③④⑤⑥　曹雪芹著. 无名氏续：《红楼梦》，中国艺术研究院红楼梦研究所校注，人民文学出版社，2008 年第三版，第 86 页，第 749 页，第 679 页，第 679 页，第 680 页，第 680 页。

⑦⑧　曹雪芹著. 无名氏续：《红楼梦》，中国艺术研究院红楼梦研究所校注，人民文学出版社，2008 年第三版，第 751 页，第 1030 页，第 295 页，第 369 页。

的戏子长得像黛玉，"宝钗心里也知道，便只一笑，不肯说。宝玉也猜着了，亦不敢说。"①因为大家都怕触怒了黛玉的小性儿，只有湘云毫无芥蒂地说："倒像林妹妹的模样儿。"②显然湘云没有意识到众人的顾虑，而这也正凸显湘云心无城府的憨厚。

湘云的憨厚正弥补了探春性格过于敏感的一面。探春对于自己庶出的身份是十分敏感、介意的。因此，对于自己的亲生母亲——赵姨娘，探春往往表现出过于不屑。第二十七回中，宝玉对探春说，赵姨娘抱怨探春给他做鞋，"赵姨娘气的抱怨的了不得：'正经兄弟，鞋搭拉袜搭拉的没人看得见，且作这些东西！'"③这却触动了探春作为贵族小姐的自尊心，"他那想头自然是有的，不过是那阴微鄙贱的见识。他只管这么想，我只管认得老爷、太太两个人，别人我一概不管。就是姊妹弟兄跟前，谁和我好，我就和谁好，什么偏的庶的，我也不知道。"④可见，探春对封建社会嫡庶的等级观念过于敏感，以至于连自己的亲生母亲都不认。探春性格中所缺失的正是湘云的天真憨厚。

平儿与晴雯都是贾府中的大丫头，"勇"是她们的共同特点。如晴雯拖着病重的身体，为宝玉补金裘，这是为爱之"勇"；抄检大观园之时，晴雯的反抗，是捍卫尊严之"勇"。第一一九回中，贾环联合邢夫人、贾芸等，要卖掉巧姐，平儿临危不乱，瞒过众人与刘姥姥一起搭救巧姐，这是一种正义之"勇"，也是一种忠心护主之"勇"。

但是，平儿的平和是晴雯所缺失的。如对坠儿偷手镯事件，平儿顾虑周全，一是怕折了宝玉的脸面；二是怕老太太、太太生气；三是怕有损袭人、晴雯等人的面子，所以，她以大事化小的平和态度来解决：

> 所以我回二奶奶，只说："我往大奶奶那里去的，谁知镯子褪了口，丢在草根底下，雪深了没看见。今儿雪化尽了，黄澄澄的映着日头，还在那里呢，我就拣了起来。"二奶奶也就信了，所以我来告诉你们。你们以后防着他些，别使唤他到别处去。等袭人回来，你们商议着，变个法子打发出去就完了。⑤

这既展现了平儿遇事沉着、冷静的一面，又突出了她善良的本性。而晴雯听闻此事后，"气的蛾眉倒蹙，凤眼圆睁，即时就叫坠儿"，⑥其所反映出是晴雯疾恶如仇的性格，但是，晴雯的急、烈，缺乏的是对事件周全、冷静的判断。

然而，平儿的平和也有着委曲求全的一面。平儿虽是凤姐陪嫁的丫头，却早

---

①②③④　曹雪芹著．无名氏续：《红楼梦》，中国艺术研究院红楼梦研究所校注，人民文学出版社，2008年第三版，第751页，第1030页，第295页，第369页。

⑤⑥　曹雪芹著．无名氏续：《红楼梦》，中国艺术研究院红楼梦研究所校注，人民文学出版社，2008年第三版，第703-704页，第590页。

被贾琏收在了屋里。处在凤姐与贾琏中间，平儿常常受到委屈。如第四十四回，贾琏偷情，凤姐与贾琏都将气撒到了平儿身上，平儿终究是个下人，顺从主子是她的义务。因此，她无法反抗凤姐、贾琏，只能委屈自己，"平儿急了，便跑出来找刀子要寻死"。① 而换作晴雯，她必然会给予有力的还击，就像撕扇事件中，对宝玉的反驳一样。可见，平儿的性格中所缺失的正是晴雯的这份烈，那么平儿的平和与晴雯的烈形成互补。

第三类，异类（身份不同）异性（性格不同）之间的互补。这类互补最典型地出现在不同阶级的对称人物身上。所谓的对称人物，即"影子人物"，② 如晴雯是黛玉的影子人物，袭人是宝钗的影子人物。"影子人物"之所以称为影子，是因为在她们性格、气质的某一方面与本体人物相似。于是，宝钗与晴雯、黛玉与袭人都可以形成不同美质的互补。另外，主仆之间也可以形成互补。如香菱的天真、纯真，弥补的是宝钗的老练，而宝钗的聪慧则弥补了香菱的呆、憨。紫鹃的柔和、稳重，弥补了黛玉的尖酸、刻薄和浮躁，黛玉的率真、任性也弥补了紫鹃的沉稳。司棋的烈，弥补了迎春的懦，迎春的不争、不怒是对司棋烈的弥补。

（二）同一人物间内外美质的互补

一般来说，人的外在形貌、气质、风度，与其内在的人格、道德、才智等是相辅相成的，"相由心生"即是也。如在第三回中，有一段对凤姐外貌的描写：

> 头上戴着金丝八宝攒珠髻，绾着朝阳五凤挂珠钗，项上戴着赤金盘螭璎珞圈，裙边系着豆绿宫绦，双衡比目玫瑰佩，身上穿着缕金百蝶穿花大红洋缎窄裉袄，外罩五彩刻丝石青银鼠褂，下着翡翠撒花洋绉裙。一双丹凤三角眼，两弯柳叶吊梢眉，身量苗条，体格风骚，粉面含春威不露，丹唇未启笑先闻。③

这里尤其对凤姐的眼睛和眉毛进行了具体的描述，"丹凤眼""柳叶眉"这是传统东方美女的标志，其凸显的是女性的俏丽。然而，眼、眉一旦成"三角""吊梢"之态，就给人以精明、狡黠之感，同时也有阴险狠毒之感。这于凤姐性

---

① 曹雪芹著．无名氏续：《红楼梦》，中国艺术研究院红楼梦研究所校注，人民文学出版社，2008 年第三版，第 703-704 页，第 590 页。

② 较早提出"影子"说法的是孙崧甫，他在《〈红楼梦〉弁言总论》中指出，"晴雯是黛玉的影子，袭人是宝钗的影子"（参见梁左：《孙崧甫抄评本〈红楼梦〉记略》，红楼梦学刊，1983 年第 1 辑）涂瀛在《红楼梦问答》中指出，黛玉还有两个影子：藕官是销魂影子，龄官是离魂影子（参见一粟主编：《〈红楼梦〉资料汇编》，中华书局，1964 年，第 143-144 页）。

③ 曹雪芹著．无名氏续：《红楼梦》，中国艺术研究院红楼梦研究所校注，人民文学出版社，2008 年第三版，第 39-40 页，第 12 页，第 389 页，第 363 页。

格中的强悍、泼辣、精灵、狠毒相映衬。所以，脂砚斋批注到："试问诸公，从来小说中可有写形追像至此者？"①

人性又是复杂的，多层次的，"说不得贤，说不得愚，说不得不肖，说不得善，说不得恶，说不得正大光明，说不得混账恶赖，说不得聪明才俊，说不得庸俗平（凡），又说不得好色好淫，说不得情痴情种"。②因此，某些时候，外在形貌也会与内在性格等有所偏差。如对贾雨村的描写："敝巾旧服，虽是贫窘，然生得腰圆背厚，面阔口方，更兼剑眉星眼，直鼻权腮。"③ 这完全是一副中正君子的仪表，或许是因为此时的他还是一个穷儒，还胸怀治国平天下的抱负，而不懂得官场上的尔虞我诈。然而，当贾雨村步入官场后，奸诈、狡猾、残酷成为了他的代名词，这与其外貌产生了很大的差异，打破了以往小说中"恶则无往不恶"④脸谱化的手法，如孙逊先生所说，其反映的是"生活中真人的复杂性"。⑤

从审美的角度来说，与人性的复杂性、丰富性相对，人的美也有着不同的侧面。如果说外在骨骼、容貌是自然的客观存在，难以呈现出美的层次，那么内在美是主观的，它有不同的侧面。因此，外在形貌的美也就会与内在美的不同侧面形成互补。回到凤姐身上，凤姐在外在形貌上，虽有精明、强悍之感，却也是一种刚性之美，而在内在性格中，她也有女性的柔美。譬如说她对巧姐的关心，体现的就是母爱的柔美。对待丈夫贾琏，她也关心、撒娇，展现的是女性的温柔和娇羞之美。于此，形成了内外美质的互补。

宝钗素来以温柔敦厚之美著称，在外在形貌上也显现出端庄大气。第二十八回中，对宝钗有过外貌的描写，"只见脸若银盆，眼似水杏，唇不点而红，眉不画而翠"⑥这是宝钗内在主导性格与外在形貌上的统一。但是，在宝钗内在性格之中，也不乏少女的灵动之美。如"滴翠亭杨妃戏彩蝶"中，宝钗追逐玉蝶而"香汗淋漓，娇喘细细"，⑦展现出鲜有的少女活泼和灵动。这种内在灵动的动感之美与外在端庄的静态之美，也构成了一组内外美质的互补。

同一人物内在美质的互补，在《红楼梦》其他的女性身上也有所体现。如黛玉从外在形貌上来说，她展现的是女性的娇弱和自然之美，而在其内在性格中，除了与之相应的自然娇美外，还有男性的阳刚之美。外在的弱与内在的强形成互补。再如湘云，外在形体是"蜂腰猿背，鹤势螂行"，凸显的是其性格中的豪爽，而其在豪爽之余，还有一份憨厚，这就与其外在的豪形成了互补。鸳鸯的"两边腮上微微的几点雀斑"，彰显的是女性的俏丽之美，这与其内在性格的刚

---

①②④ 朱一玄主编：《红楼梦资料汇编》，南开大学出版社，2001年，第136页，第308页，第451页。

③⑥⑦ 曹雪芹著．无名氏续：《红楼梦》，中国艺术研究院红楼梦研究所校注，人民文学出版社，2008年第三版，第39-40页，第12页，第389页，第363页。

⑤ 孙逊著：《红楼梦脂评初探》，上海古籍出版社，1981年，第208页。

烈之美形成了互补。

第三节　曹雪芹女性审美理想的文化渊源与现实针对性

作家对女性的审美理想，必然是通过女性形象的塑造手法和审美特征来展现的。曹雪芹的女性审美理想，总体概括起来就是：还原了真实的女性形象。在中国的传统文学中，男性作家们对女性的审美理想，总是在封建伦理道德的范畴内建构的，于是塑造了一批极丑或极美的女性形象，从而脱离了现实生活的复杂性和真实性。而《红楼梦》无论是女性形象塑造的，还是女性的审美特征，都打破了传统男性对女性审美的道德判断，女性再也不是一群被妖魔化、异化的，区别于男性的群体，从而还原了自然、真实的女性形象。根据黑格尔在《美学》中，对艺术美的阐释，作家的审美理想，并非空穴来风，而是建立在社会文化与现实生活基础上的。① 曹雪芹的女性审美理想也有其文化渊源和现实针对性。

一、女性审美形态的文化渊源

儒家、道家作为中国传统文化的两大基石，在审美观上，儒家提倡克己复礼的道德美，而道家则宣扬超脱一切外在束缚的自然之美。在《红楼梦》中，宝钗与黛玉分别代表着儒家和道家的审美观。

宝钗的温柔敦厚之美，正是对儒家美学思想中，"乐而不淫，哀而不伤"的展现。宝钗常常被人称为冷美人，如兴儿所说宝钗"是雪堆出来的"，② 怕"气暖了"吹化了她。这种冷，其实就是宝钗对任何的事情都冷静、理智的态度。如她爱宝玉，但"发乎情，止于礼"的思想压抑着她的情感，与宝玉保持着一定的距离。这是儒家克己复礼的道德美。儒家的"礼"其在最初，是用来克制、约束人性中的恶，而向着善的方面发展。宝钗无论对长辈、小人等，她都能以礼相待，譬如她对贾环、赵姨娘的一视同仁。儒家传统的女性道德规范，要求"女子无才便是德"，宝钗总是在恪守着这个原则，并以此时时教导湘云、黛玉等人。

黛玉任情、任性的自然之美，代表着道家的美学精神。道家的美学总是把追求自由和回归生命自然本真的状态作为美的要求。黛玉的性格中总是带有着一股哀伤的气息，她总是伤春悲秋，见落花流泪，飞鸟感伤，这种悲伤正是她受困于

---

① ［德］黑格尔著:《美学》(第一册)，商务印书馆，1979 年。
② 曹雪芹著. 无名氏续:《红楼梦》，中国艺术研究院红楼梦研究所校注，人民文学出版社，2008 年第三版，第 914 页。

世俗，无法得到自由之苦。而她将全部的生命都投入到对宝玉的爱情中，这正是她对自由的追求。"质本洁来还洁去"，不仅是她的人格理想，也是她希图回归生命本真的愿望。

在《红楼梦》其他某些女性身上，也散落着这两种美学精神。譬如袭人与晴雯分别作为宝钗和黛玉的影子人物，她们身上也有其正本人物的审美特征。袭人的温柔和顺，与宝钗的温柔敦厚相对，是儒家美学的代表。晴雯的风流灵巧，与黛玉的自然风流一脉相承，代表着道家的自然美学。邢岫烟安贫乐道、自尊自爱的精神，正是儒家美学所提倡的人格美。宝琴虽不似黛玉般任情、任性，却追求着人性的自然纯粹，这也不失为道家的美学精神。平儿的平和、隐忍，也是儒家美学的一种。芳官、龄官的率性及对自由的向往，也不乏道家的自然超脱之美。

无论是儒家的审美观，或是道家的审美观，不过是对美的理解和角度不同而已，二者并无高低优劣之分。而曹雪芹本人"美丑并举"的美学思想，也从未对宝钗和黛玉做过任何的裁判。以至于在读者和研究者中出现了"几挥老拳"，拥林派和拥薛派的双峰对峙。

"魏晋风流"是中国传统美学观的另一审美尺度。李泽厚先生认为："魏晋风流"是深情的感伤和智慧的结合，其体现的是一种"深情"之美，尤其体现在生死之情上。[①]《红楼梦》中，黛玉之死、晴雯之死、司棋之死，都是深情之美的体现。首先，她们都是为情而死。黛玉焚稿是她死亡的征兆，是她对自己与宝玉爱情的悼念。晴雯在临死之际，她用生命的最后力量对宝玉以至情的表白。司棋之死，表达的是对爱情的执着和忠贞。其次，她们选择以死亡来实现对自由情感的追求。自宋以来，程朱理学对儒家克己复礼的传统，进一步发展为"存天理，灭人欲"的思想，压抑了人的自然情感，特别是人的情欲，更被视为洪水猛兽。而黛玉、晴雯、司棋的为情而死，实际上都是以最决绝的方式，坚守着对自有情感的追求，从而给人以悲壮之美的震撼。

从女性主义的角度来说，女性的美还体现在独立人格之美。其实儒家、道家的美学，其所追求的都是独立人格之美。但是，进入到男权社会，女性作为"他者"的存在，总是依附于男性的身后，从而剥夺了女性的独立人格。在《红楼梦》中，女性不再躲避在男性的羽翼之下，而是走到了男性的前面，施展强于男性的才干，如无论是黛玉、宝钗的诗才，还是凤姐、探春的理家之才，都可谓男子之师。她们还肩负着男子对家庭的责任，如元春肩负起的就是光宗耀祖的责任。她们也对抗着男性对女性人格的侮辱，如凤姐毒设相思局，惩罚贾瑞对自己

① 李泽厚著:《华夏美学》，三联书店，2008年，第139页。

的亵渎；尤三姐以淫荡之态，回击贾珍、贾蓉对自己的玩弄。这种惩罚和回击，使她们摆脱了客体的地位，反驳了男性视女性为玩物的心理，捍卫了女性的人格尊严。

女性的美又是动态的，随着经历、年龄展现出不同的美质。卫游在《悦容编》中说："美人自少至老，穷年竟日，无非行乐之场。"他认为女性的一生都是美的。在《红楼梦》中，曹雪芹以女性"三变"展现女性美的动态变化，但是这种变化不是美的变化，而是美从有到无的变化。事事并非绝对，在文本的具体细节中，曹雪芹也展现了不同年龄段女性的美。曹雪芹以"女清男浊"，肯定了少女的自然纯洁之美。凤姐、李纨等中年女性，虽然没有了少女的青春活力，但是她们可以胜任家庭的重任，处理好复杂的人际关系，从而多了一份成熟和精明之美。并且，作为母亲，在她们的身上散发出一股自然的母性之光。贾母作为老年女性，在她的身上体现的是一种慈爱之美，譬如清虚观打醮中，对挨打的小道士的爱护；对刘姥姥的尊重，都是老年女性独有的慈爱之美。

二、 现实中完美女性的缺失

"兼美"作为《红楼梦》女性的审美特征之一，其所展现的不仅是女性美的多样性和层次的丰富性，它还寄予了作家对完美女性的审美想象。但是，笔者认为，曹雪芹不是借此要塑造一个完美的女性形象，而是借助"兼美"，寓意在现实生活中，不可能存在完美的女性，这也是曹雪芹女性审美理想的现实基础。

那么，在讨论这个问题前，我们要首先了解曹雪芹完美女性审美想象的构成要素。在第五回中，太虚幻境中的兼美，她所兼具的是宝钗的"鲜艳妩媚"与黛玉的"风流袅娜"，这是外在形貌与气质风度上两种美质的互补。由此判断，曹雪芹女性审美理想中的完美女性，一定要兼具钗黛的容貌与气质，这为"钗黛合一"的观点提供了文本依据。另一方面，曹雪芹在开篇，就不无赞赏地说道，他笔下的女性人物，是一群"或情或痴，或小才微善"[①]的女子，可见，内在的才、情也是完美女性所具备的要素之一。

在《红楼梦》中能够符合这两点要求的，或许只有秦可卿。第五回，秦可卿出场时，作者这样介绍她，"生的袅娜纤巧，行事又温柔和平"，[②]这恰巧兼具了黛玉和宝钗之美。俞平伯先生认为："可卿之在十二钗，占重要之位置；故首以钗黛，而终之以可卿。第五回太虚幻境中之可卿，'鲜艳妩媚有似宝钗，风流袅娜则又如黛玉'，则可卿直兼二人之长矣，故乳名'兼美'。……此等写法，明

---

①② 曹雪芹著. 无名氏续：《红楼梦》，中国艺术研究院红楼梦研究所校注，人民文学出版社，2008年第三版，第4页，第69页。

为钗黛作一合影。"①

秦可卿又是极具才智的，第十三回，在她临死之际，托梦给凤姐，如果说探春预见了贾府衰败的根源，那么秦可卿不仅有探春的敏锐，而且还为贾府铺好了后路。这种智慧在《红楼梦》中仅秦可卿一人而已。秦可卿外在的美与内在的才智，似乎确定了她为曹雪芹女性审美理想中的完美女性。

但是，恩师关四平先生认为："按脂本隐含的线索与脂砚斋的批语，秦可卿与公公贾珍也有苟且之事。这在中国传统文化的审美观中当然更是丑恶之事。虽然曹雪芹接受了脂砚斋的建议删削之，但是仍然有痕迹在焉。有鉴于此，秦可卿应该是不够完美的女人形象，难以承载曹雪芹的完美型女性审美理想。"② 这种论断是严谨的，因此，恩师关四平认为在《红楼梦》中能够承载，曹雪芹完美女性人物的只有薛宝琴，"因为薛宝琴既有史湘云的长处，又无她的毛病，钗、黛与湘云三者美质的完美女儿形象，足以承载曹雪芹的完美女性审美理想"。③并且从外在形貌、内在才智及气质风度三方面，具体分析了薛宝琴作为曹雪芹完美女性的依据。恩师关四平的观点既有文本为依据，又有翔实的文献为参照，又有文化的高度。

但是，审美是一种主观的意识活动，对审美客体的认知，与审美主体的兴趣喜好、文化背景等因素息息相关。也就是说，无论谁是曹雪芹女性审美理想中的完美女性，都只不过是研究者，或者说曹雪芹个人的审美理想，不具有现实的普遍意义。换句话说，曹雪芹认为的"兼美"形象未必为每一位读者所接受，而读者根据自己的审美标准认定的"兼美"形象，可能具有个别性，正所谓"一千个读者，就有一千个哈姆雷特"。

再回到文本之中。虽然我们不确定红楼女儿中，谁是曹雪芹审美理想中的完美女性，但是我们可以确定，太虚幻境中的兼美，一定是宝玉心中完美的女性人物。第二十八回中，有一段宝玉对宝钗的心理描写："宝玉在旁看着雪白一段酥臂，不觉动了羡慕之心，暗暗想道：'这个膀子要长在林妹妹身上，或者还得摸一摸，偏生长在他身上。'"④ 这里暗含这两层含义：首先，突出了宝玉对黛玉之爱；其次，宝钗的美是黛玉所没有的，如果二者结合便完美了。而兼美出现在宝玉的梦中。从心理学上来说，梦是人潜意识的反映，是人内心深处最真实的想法。可见，"钗黛合一"的兼美一定是宝玉理想中的完美女性。

---

① 俞平伯著：《红楼梦辨》，人民文学出版社，1973年，第163页。
②③ 关四平．陈默著：《〈红楼梦〉女性审美理想管窥——以薛宝琴形象塑造为中心》，《红楼梦学刊》（第六辑），2014年。
④ 曹雪芹著．无名氏续：《红楼梦》，中国艺术研究院红楼梦研究所校注，人民文学出版社，2008年第三版，第389页。

对于《红楼梦》中其他的男性来说，"钗黛合一"未必是他们眼中完美的女性。以贾琏来说，在家有才貌双全的王熙凤为妻子，在外有美艳、温婉的尤二姐为妾。从王熙凤与尤二姐的互补中，可以略微知晓贾琏心中完美的女性形象，她一定是兼具美貌与温顺的女性，至于女性的才干则可有可无。

由此说来，在现实生活中，真正完美的女性是不存在的，这是由生活的客观规律所决定的。即便是几近完美的宝琴，谁也不能保证，随着年龄、阅历的增长，她会不会也生出些毛病来。而从一颗光芒四射的"宝珠"，变为一颗"死珠"，甚至是"鱼眼睛"。完美的女性形象，只能出现在个人的梦中，亦或文学作品中。曹雪芹有意将兼美放置在宝玉的梦中，恐怕就是寓意着完美女性在现实世界中的必然缺失。也正因如此，曹雪芹才以"美丑并举"的艺术手法，塑造一批自然真实的女性形象。

第六章

《红楼梦》女性世界的
矛盾冲突

马克思主义哲学告诉我们：世界上任何事物都存在着矛盾冲突。在贾府，这样一个人口众多的宗法制家庭中，礼教的约束固然能维持表面上的欢乐和谐。但是，人是欲望的动物，矛盾冲突在所难免。茅盾曾在《怎样阅读文艺作品》中指出《红楼梦》存在的矛盾冲突："主要的是写两种思想的冲突，……这两种思想，一是以贾政为代表的传统的封建思想，另一种是以贾宝玉为代表的反抗封建思想的虚无思想。"[1] 在评论界，此种观点被众多学者所认可。[2] 不可否认，封建思想和反封建思想的冲突，的确是《红楼梦》中一对重要矛盾。

然而，从女性主义的角度来说，封建思想和反封建思想只是矛盾冲突的一方面，构成女性世界矛盾的因素有很多。从矛盾类型上来说，《红楼梦》的女性世界中，有人格矛盾、情感矛盾、利益冲突；从矛盾来源上来说，又存在着女性自我的矛盾、女性之间的矛盾、女性与男性的矛盾，以及不同关系主体间的矛盾。各种矛盾之间既相互独立，又相互交织。

第一节 人格矛盾冲突

在几千年的封建文化中，当女性丧失独立人格，以"物"的存在，依附在男性身后时，一部男性统治女性的暴虐史拉开了帷幕。然而，在经历了数千年的压迫之后，当女性重拾相对的独立人格后，她们不再甘心作一只顺从于男性的绵羊，而是化作一只凶猛的猎豹，对男性及男权制发起了猛烈的冲击。于是，不可

---

[1] 茅盾著：《怎样阅读文艺作品》，转引自《红楼梦人物的矛盾冲突》，王志武著，陕西人民出版社，1985 年，第 4 页。

[2] 蒋和森的《红楼梦论稿》（人民文学出版社，1959 年）和张毕来的《谈红楼梦》（知识出版社，1985 年）中都持有此种思想。

避免地在男性与女性之间展开了一场关于人格的战争。人格本身就是区别于他人的独特性，它决定了人的世界观、价值观、人生观的不同，不同价值取向的人格之间，也存在着矛盾与冲突。马克思哲学认为，人之所以为人，就在于其社会属性，那么，人在社会化的过程中，人本身的自然人格与社会人格之间，也会导致冲突与对立。

一、 女性与男性之间的人格冲突

在《红楼梦》中，如果说宝玉是在女性的洗礼下，获得了人格的净化，那么，在大观园外，以男性为中心的世界中，他们仍是泥一般的存在。他们的人格也染上了一层泥的肮脏。在人格如水的女性与人格如泥的男性之间，矛盾、冲突在所难免。

（一）鸳鸯与贾赦之间的冲突

在《红楼梦》中，如果袭人、司棋等大丫头是"副小姐"的话，那么鸳鸯就是"副小姐"中的"小姐"。在封建社会中，主子权力的大小，直接决定了身边奴隶的权力地位。鸳鸯是贾母身边最得力的助手，如李纨所说："比如老太太屋里，要没那个鸳鸯如何使得。从太太起，那一个敢驳老太太的回，现在她敢驳回。偏老太太只听她一个人的话。"①连贾府中最有权势的贾母，都要听鸳鸯的话，鸳鸯在贾府中的权力和地位可见一斑了。

如果换作一般的奴才，拥有如此权势，恐怕要狐假虎威，恃强凌弱起来了。然而，鸳鸯却没有被权力所侵蚀，仍然保持了女孩儿如水般清正纯良的品质。如李纨所说："那孩子心也公道，虽然这样，倒常替人说好话儿，还倒不依势欺人的。"②因此，当她撞破司棋的恋情后，没有声张，也没有向统治者告发，而是以尊重他人，尊重情感的态度，以死立誓："我告诉一个人，立刻现死现报！"③鸳鸯正是在用自己的善良，维护着司棋。

贾赦作为封建男权的代表，他的人格却是污浊不堪的。"好色"和"猎货"是贾赦生活的重要组成部分。对于"好色"，不仅贾母对他颇有微词，认为他既剥夺了一个个青春少女的幸福，又荒废了祖宗的基业。连袭人都说："这个大老爷太好色了，略平头正脸的，他就不放手了。"④可见，贾赦是多么的贪恋肉欲之欢。至于"猎货"，贾赦为了得到石呆子的古扇，不择手段，就连他的亲儿子都说："为这点子小事，弄得人坑家败业"，⑤实在是过于卑劣了。贾赦在追逐女色和

---

①②③④⑤　曹雪芹著．无名氏续：《红楼梦》，中国艺术研究院红楼梦研究所校注，人民文学出版社，2008年第三版，第518页，第994页，第618页，第644页，第616页。

满足物欲的过程中，他所彰显的是作为男性、作为统治者的权威，而在这权威之下，泯灭的却是人性中的善，而强化了人性中的恶，贾赦的人格就如泥般肮脏。

当一个清正纯良的女婢，遇到了一个卑劣的主子时，他们之间必然会产生冲突。第四十六回，贾赦欲纳鸳鸯为妾。这对贾赦来说，是最正常不过的事情。作为主子，贾府内包括鸳鸯在内的女婢，都是他的私有财产，而女婢存在的价值就在于满足主子的各项需求。但是，对鸳鸯来说，这却是对女性人格最大的亵渎。

于是，这场冲突首先就在鸳鸯与代表着贾赦意见的邢夫人之间展开。贾赦派邢夫人去说媒："你这一进去了，进门就开了脸，就封你姨娘，又体面，又尊贵。……"，① "放着主子奶奶不作，倒愿意作丫头！三年二年，不过配上个小子，还是奴才。……过一年半载，生下个一男半女，你就和我并肩了。家里的人你要使唤谁，谁还不动？现成主子不做去，错过这个机会，后悔就迟了"。② 邢夫人是个被男权制和封建纲常侵蚀透了的人，在她的道德观念中，做妾是件体面、尊贵的事情，而且是丫头们最好的出路，也是主子对丫头们最大的恩典。但是，对于鸳鸯来说这却是个 "火坑"。从人类婚姻制度的演变来看，妾的出现，是男性满足其性欲的合理手段，"贤妻美妾" 就是对这种婚姻制度的总结。在封建伦理制度中，妾存在的另一意义是传宗接代，这就涉及到了嫡庶、继承权等家庭问题。因此，在中国古代，妻妾之间的争斗从未停止过。如果鸳鸯接受了邢夫人的意见，她所面临的不仅是男性对女性的玩弄，还有妻妾之间的争斗。生活在贾府这个大家族中，鸳鸯早已经看透了这一切，她不愿意沦为男性的玩物，失去为人的尊严，"别说大老爷要我做小老婆，就是太太这会子死了，他三媒六聘的娶我去作大老婆，我也不能去"。③ 更不愿意在妻妾的纷争中摧毁自己，所以，当她的嫂子来劝时，她将所有的怒火，都发泄在了这个本应该理解她的亲人身上："怪道成日家羡慕人家女儿做了小老婆了，一家子都仗着他横行霸道的，一家子都成了小老婆了！看的眼热了，也把我送到火坑里去。我若得脸呢，你们外头横行霸道，自己就封自己是舅爷了。我若不得脸败了时，你们把王八脖子一缩，生死由我。"④ 鸳鸯骂出的是世间的人情冷暖，更是做妾的悲哀，而又不无对亲人们 "哀其不幸，怒其不争" 的愤怒。从中折射出的是一个下层女子人性的觉醒，对人格尊严平等的渴望。

然而，鸳鸯的拒绝，触动的是贾赦作为男性的权威。从而激怒了贾赦，用更加狠毒的话语逼迫鸳鸯为妾：

---

① 曹雪芹著. 无名氏续：《红楼梦》，中国艺术研究院红楼梦研究所校注，人民文学出版社，2008 年第三版，第 518 页，第 994 页，第 618 页，第 644 页，第 616 页。

②③④ 曹雪芹著. 无名氏续：《红楼梦》，中国艺术研究院红楼梦研究所校注，人民文学出版社，2008 年第三版，第 616 页，第 617-618 页，第 619 页，第 623 页。

我这话告诉你，叫你女人向他说去，就说我的话：'自古嫦娥爱少年'，他必定嫌我老了，大约他恋着少爷们，多半是看上了宝玉，只怕也有贾琏。果有此心，叫他早早歇了心，我要他不来，此后谁还敢收？此是一件。第二件，想着老太太疼他，将来自然往外聘作正头夫妻去。叫他细想，凭他嫁到谁家去，也难出我的手心。除非他死了，或是终身不嫁男人，我就服了他！若不然时，叫他趁早回心转意，有多少好处。①

所谓"遇强则强"，贾赦越是以霸权相逼，越能激发鸳鸯反抗的斗志，大不了就是鱼死网破。于是，在贾母面前，鸳鸯发起了奋力地一击：

我是横了心的，当着众人在这里，我这一辈子……横竖不嫁人就完了！就是老太太逼着我，我一刀子抹死了，也不能从命！若有造化，我死在老太太之先；若没造化，该讨吃的命，服侍老太太归了西，我也不跟着我老子娘哥哥去，我或是寻死，或是剪了头发当尼姑去！若说我不是真心，暂且拿话来支吾，日后再图别的，天地鬼神，日头月亮照着嗓子，从嗓子里头长疔烂了出来，烂化成酱在这里！②

鸳鸯以生命和婚姻幸福为代价，摧毁了贾赦的不轨之心，捍卫了女性的人格尊严，是女性反抗男权制、等级制的一次小小的胜利。如王昆仑先生所说："这里始终有一个保持纯洁刚正的女人，你们的骄暴淫污的权威失败了！"③

(二) 尤三姐与贾珍、贾琏之间的冲突

在《红楼梦》中，尤三姐的笔墨不是很多，但是尤三姐"金玉一般"的品质却跃然于纸上。尤三姐高贵的人格品质主要体现在两个方面：第一，对爱情的忠贞与执着。在婚姻观念上，尤三姐从不在意封建礼法，也不在意金钱、政治地位等外在因素，直言"只要我拣一个素日可心如意的人方跟他去"，④尤三姐这种对婚姻自由的追求，毫无功利性的色彩，决定了她对爱情的忠贞。当她认定了柳湘莲的时候，便放下了以前的轻薄之态，断簪以明志，"真个竟非礼不动，非礼不言起来"，⑤并发出了"这人一年不来，他等一年；十年不来，等十年；若这人死了再不来了，他情愿剃了头当姑子去，吃长斋念佛，以了今生。"⑥的誓言尤三

---

① 曹雪芹著．无名氏续：《红楼梦》，中国艺术研究院红楼梦研究所校注，人民文学出版社，2008年第三版，第616页，第617-618页，第619页，第623页。

②④⑤⑥ 曹雪芹著．无名氏续：《红楼梦》，中国艺术研究院红楼梦研究所校注，人民文学出版社，2008年第三版，第623-624页，第911页，第918页，第923页，第1428页。

③ 王昆仑著：《红楼梦人物论》，岳麓书社，2010年，第78页。

姐以时间的长度来换取爱情的浓度，足见她对柳湘莲的痴情与忠贞。第二，尤三姐又是一个自尊自爱的女子。当柳湘莲悔婚之后，尤三姐深知是因为"嫌自己淫奔无耻之流，不屑为妻"。① 然而，这不过是尤三姐迫于处境的艰难选择，其内在品质仍是纯洁的。被他人误解还尚可不必在意，被所爱之人误解，是尤三姐最大的悲哀。于是，带着对爱情的无奈，对人格尊严的捍卫，尤三姐拔剑自刎以明其洁。

贾珍、贾琏等人都是寡廉鲜耻之徒。贾琏继承了父亲贾赦好色的本性，先后与多姑娘、鲍二家的偷情，后又纳尤二姐、秋桐为妾，其好色本性可见一斑。贾珍、贾蓉父子不但好色，而且仗势欺人，"强占良民妻女为妾，因其女不从凌逼致死"。②还不顾伦理道义，在热孝期间，以习射之名，聚众赌博嫖娼，以致招来抄家之祸。其卑劣无耻的下流品质昭然若现。

当"古今绝色"的尤三姐陷入到贾珍、贾蓉、贾琏的生活范围内，难以逃脱被他们轻薄的命运。但是，有着"金玉"般品质的尤三姐，绝对不允许他人玷污自己的人格。于是，第六十五回，尤三姐用以毒攻毒的方式，对贾琏、贾珍展开了猛烈的攻击：

> 尤三姐站在炕上，指贾琏笑道："你不用和我花马吊嘴的，清水下杂面，你吃我看见。见提着影戏人子上场，好歹别戳破这层纸儿。你别油蒙了心，打量我们不知道你府上的事。这会子花了几个臭钱，你们哥儿俩拿着我们姐儿两个权当粉头来取乐儿，你们就打错了算盘了。……喝酒怕什么，咱们就喝！"说着，自己绰起壶来斟了一杯，自己先喝了半杯，搂过贾琏的脖子来就灌，说："我和你哥哥已经吃过了，咱们来亲香亲香。"唬得贾琏酒都醒了。贾珍也不承望尤三姐这等无耻老辣。弟兄两个本是风月场中耍惯的，不想今日反被这闺女一席话说住。③

在这场暴风骤雨般的攻击中，尤三姐直击了贾琏、贾珍等男性，视女性为玩物的卑劣心理。而今天尤三姐就要以其人之道还治其人之身，让他们也体味一下被人玩弄的感觉。当男性丑陋的嘴脸一旦被揭穿，他们也就丧失了以往的凌厉与威严，而变得卑怯懦弱起来。这与尤三姐的刚烈比起来，他们人格的卑微一见而知。

虽然鸳鸯和尤三姐在与男性的人格战争中，都以高尚、纯洁的人格取得了胜

---

① ② 　曹雪芹著．无名氏续：《红楼梦》，中国艺术研究院红楼梦研究所校注，人民文学出版社，2008 年第三版，第 623-624 页，第 911 页，第 918 页，第 923 页，第 1428 页。

③ 　曹雪芹著．无名氏续：《红楼梦》，中国艺术研究院红楼梦研究所校注，人民文学出版社，2008 年第三版，第 908 页。

利。但是，这也是封建社会，有着如水般清澈人格的女性的悲哀。她们要想在男性世界中保持人格的高尚，要么如鸳鸯，以死捍卫；要么如尤三姐，以鱼死网破之态，揭露男性的虚伪。

二、 女性间的人格冲突

女性作为性别群体，在生理、心理等某些方面有同一性。作为个体，又都有其独特性的一面。受成长环境、文化背景等因素的影响，女性个体的价值观、人生观等亦有不同，其反映在人格上，亦然有人格的高低优劣之别。所以，在女性个体之间，仍然存在着人格的矛盾、冲突。

（一）王夫人与赵姨娘的矛盾

王夫人与赵姨娘，她们一个是封建礼教的卫道士，一个是被封建礼教扭曲了人性的女人。从审美的角度来说，与大观园中那些纯洁如水的女儿相比，她们都是《红楼梦》中的丑角。但是，把她们还原到封建时代场域中，单就人格的高低来衡量的话，王夫人的人格要比赵姨娘高尚得多。

贾母曾对王夫人有过这样的评价："不大说话，和木头似的。"的确，在《红楼梦》中，王夫人与他人间都是淡淡的，保持一定的距离。对于贾母无故的训斥，王夫人不敢反驳，"忙站起来，不敢还一言"。她与贾政之间，也没有过多的交流，更没有亲密的举止。与邢夫人妯娌间，也不大亲近，即便处在同一场景中，几乎都没有交流。

然而，这恰恰说明王夫人是个"守礼"之人。她秉承"孝道"而不敢忤逆婆婆，贾母说她是"极孝顺"的。她坚守"贤妻"的准则，与贾政"相敬如宾"。她与妯娌为善，与邢夫人保持距离。作为良母，对儿子无比疼爱。对待贾府内的侄女们，也关爱有加。如第二十八回，王夫人关心黛玉的病情，问道："大姑娘，你吃那鲍太医的药可好些?"① 迎春也曾自言，有幸在王夫人身边过了几年安生的日子。即便王夫人也曾赶杀过晴雯、金钏等，但从封建家长的角度而言，是为了家庭的稳定。由此来看，王夫人是一个遵守着封建女德，人格秉节持重的人。

赵姨娘作为妾，她不仅身份卑微，人格也是卑劣的。她争权夺势，心地歹毒。第二十五回，以"魇魔法"蓄意谋害宝玉和凤姐。她挑唆生事，纵子作恶。第六十回，"茉莉粉替去蔷薇硝"事件中，她挑唆贾环去找芳官算账，"依我，拿

---

① 曹雪芹著. 无名氏续：《红楼梦》，中国艺术研究院红楼梦研究所校注，人民文学出版社，2008年第三版，第375页，第820页，第337页。

了去照脸摔给他去，趁着这回子撞尸的撞尸去了，挺床的便挺床，吵一出子，大家别心净，也算是报仇。"① 她有失身份，同女婢厮打。第六十回，与芳官厮打在一起。她咒怨亲女，丧失母性。第一百回中，探春远嫁，赵姨娘居然希望探春的婚姻，如迎春那样不幸才好。可见，封建纳妾制度在泯灭赵姨娘人性的同时，也扭曲着她的人格。

王夫人与赵姨娘，不说她们作为妻妾关系的矛盾。仅就人格来说，一个秉节持重的人，与一个阴卑的人之间，其矛盾、冲突在所难免。第二十五回中，贾环故意烫伤了宝玉，凤姐有意提到赵姨娘，而引得王夫人痛骂赵姨娘，"养出这样不知道理下流黑心种子来，也不管管！几番几次我都不理论，你们倒得了意了，这不益发上来了！"② 王夫人的这段话，透露出两个信息：一是王夫人认为贾环如此行为，多是因赵姨娘管教无方所致。的确，赵姨娘常年对贾府的生活充满了积怨，时时以恶毒的语言发泄，贾环在这样的环境中，难免不会受到母亲卑劣人格的影响。二是贾环和赵姨娘已经不止一次，伤害宝玉或是王夫人，王夫人都忍了下来。王夫人作为封建女德的信奉者，妻妾和睦、家庭和睦是女性道德对她的要求，只要是事情不太严重，相信以她大家闺秀的风范，不屑于赵姨娘相争。即便是这次宝玉受到了如此严重的伤害，王夫人也只是数落赵姨娘几句，而再无其他惩罚。而在同一回中，赵姨娘以嫉妒、争夺之心，用"魇魔法"谋害宝玉和凤姐。心地如此歹毒，手段如此卑劣，与王夫人的大度相比，赵姨娘的人格过于卑劣了。

虽然从表面上看她们之间没有严重的冲突，但是常年累积的不满已经形成了不可调和的矛盾。她们不过是碍于封建礼教的约束，而没有正面的冲突。王夫人对赵姨娘的数落，赵姨娘对宝玉的毒害，都是这种矛盾的外在表现形式。而且，无论是王夫人的大度，还是赵姨娘的卑劣，都是在封建男权的束缚、压迫下所形成。这种人格之间的矛盾，其实质是男权制统治女性的一种手段。

（二）晴雯与袭人、坠儿之间的矛盾冲突

费孝通先生曾在《乡土中国》中指出，中国是一个以差序格局为基本结构的乡土社会，每个人都要扮演其固定的角色。在封建文化中，做奴婢的一定是俯首帖耳式地顺从于主子，而晴雯却是较为独特的一个。第五回，晴雯的判词中说"心比天高，身为下贱"，这不仅是对晴雯一生的总结，也是对她人格的诠释。她从不巴结、奉承主子，甚至还敢当面顶撞主子，如第三十一回，面对宝玉斥责，晴雯给予了尖锐的回击：

---

① ② 曹雪芹著．无名氏续：《红楼梦》，中国艺术研究院红楼梦研究所校注，人民文学出版社，2008 年第三版，第 375 页，第 820 页，第 337 页。

二爷近来气大得很，行动就给脸子瞧。前儿连袭人都打了，今儿又来寻我们的不是。要踢要打凭爷去。就是跌了扇子，也是平常的事。先时连那么样的玻璃缸、玛瑙碗不知弄坏了多少，也没见个大气儿，这会子一把扇子就这么着了。何苦来！要嫌我们就打发我们，再挑好的使。好离好散的，倒不好？①

晴雯的回击在向宝玉所代表的阶级表明：奴隶也是人，也需要他人的尊重。在她的身上丝毫看不到做女婢的卑躬屈膝，始终保持着人格尊严的傲骨。晴雯的独特性，在普遍"奴性"的奴婢群体中，必然被视为异端，而产生矛盾冲突。

与晴雯的不甘于做奴才的心态不同，袭人顺从于命运的安排。第三回中，作者对袭人的评价是："袭人亦有些痴处：服侍贾母时，心中眼中只有一个贾母，如今服侍宝玉，心中眼中又只有一个宝玉。"②忠诚本是一件美好的品质，但是放在主奴结构中，却是一种奴性的表现。对于做奴才，袭人从来不会像晴雯那样反抗、挣扎，而是在做奴才中，找到了快感。在怡红院中，袭人俨然一副女主人的样子。钱财归袭人掌管，如袭人不在，主子宝玉居然都不知道钱放在哪里。小丫头的去留也归袭人管，如对于坠儿去留的问题，平儿要等袭人回来定夺。甚至对宝玉，袭人都是可以管教的，如第十九回，袭人对宝玉的劝诫。鲁迅先生说："如果从奴隶生活中寻出美来，赞叹、抚摸、陶醉，那可简直是万劫不复的'奴才'了……"③ 袭人就是这一类的奴才。

晴雯和袭人，一个是追求人格尊严的女婢，一个是甘愿做奴才的奴才，她们二人之间必然各不相容。譬如说，第三十七回中，晴雯曾说："一样这屋里的人，难道谁又比谁高贵些？"④ 虽然晴雯是针对秋纹所说的，但是"这屋里的人"也囊括了袭人在内，而晴雯所批判的就是那些没有平等意识，沉醉于做奴才的快感中的人。

袭人也见不得晴雯做人的骄傲。譬如晴雯被逐后，宝玉以孔子、诸葛亮等人来喻晴雯，却遭到袭人一番嘲笑：

袭人听了这篇痴话，又可笑，又可叹，因笑道："真真的这话越发说上我的气来了。那晴雯是个什么东西，就费这样心思，比出这些正经人来！还有一说，他纵好，也灭不过我的次序去。便是这海棠，也该先来比我，也还

---

①② 曹雪芹著. 无名氏续：《红楼梦》，中国艺术研究院红楼梦研究所校注，人民文学出版社，2008 年第三版，第 418 页，第 52 页。

③ 鲁迅著：《漫与》，见《鲁迅全集》（第四卷），人民文学出版社，1981 年，第 453 页。

④ 曹雪芹著. 无名氏续：《红楼梦》，中国艺术研究院红楼梦研究所校注，人民文学出版社，2008 年第三版，第 495 页，第 1083 页。

轮不到他。想是我要死了。"①

同是一个屋里长大的姐妹，向来温柔和顺的袭人，没有太多的悲伤，没有同情，更说出如此一番绝情的话，想必平日里已对晴雯诸多不满了吧，不过是碍于宝玉而没有发泄而已。

不管是晴雯对袭人的嘲讽，抑或是袭人对晴雯的绝情，这都是由人格差异所引发的矛盾。

奴婢本来就生活在社会的最底层，无论其本质是好是坏，整体上都会被贴上卑贱的标签，因此有些人就开始自轻自贱起来。如第五十二回中，坠儿偷平儿手镯的行为。作为奴婢阶层中的一员，坠儿的个人行为代表着整个奴婢阶层，如此一来，更加深了他人对女婢的歧视。所以，晴雯听说此事后，顿时点燃了她"爆炭"的脾气：

> 晴雯便冷不防欠身一把将他的手抓住，向枕边取了一丈青，向他手上乱戳，口内骂道："要这爪子做什么？拈不得针，拿不动线，只会偷嘴吃。眼皮子又浅，爪子又轻，打嘴现世的，不如戳烂了！"坠儿疼的乱哭乱喊。②

纵然，晴雯对坠儿的惩罚略有些残酷，因此，有些评论者认为，这是封建思想中一种以大欺小的行为，晴雯的内心也沾染了封建阶级的恶习。③ 的确，对于一个没有受过教育，长期生活在阶级等级社会的女性，完全不被主流话语所腐蚀，是不大可能的事情。但是，从晴雯的行为和语言中，其所传达的是"怒其不争"的愤恨，她以身体上的惩罚告诫坠儿：做奴才并不可悲，可悲的是人格上的奴才。

三、 女性自身的人格矛盾

弗洛伊德的将人格分为本我、自我、超我三个层面。本我就是人天生的本能反应；自我是超越本能的自我约束；超我则是对社会规范的自觉执行。荣格认为，每个人都是有人格面具的，"是个人适应抑或他认为所该采用的方式以对付世界的体系"，④ 真正的自我人格被掩藏起来，而以展现出较为社会接受的人格。人既是自然中的人，又是社会中的人，其自然属性呈现出的是多样化的特征，而

---

① 曹雪芹著. 无名氏续：《红楼梦》，中国艺术研究院红楼梦研究所校注，人民文学出版社，2008 年第三版，第 495 页，第 1083 页。

② 曹雪芹著. 无名氏续：《红楼梦》，中国艺术研究院红楼梦研究所校注，人民文学出版社，2008 年第三版，第 712 页，第 37 页，第 26 页。

③ 参见陈大康的《古代小说及研究方法》（中华书局，2006 年）、李希凡的《红楼人物论》（文化艺术出版社，2006 年）。

④ 荣格著. 刘国彬等译：《荣格自传——回忆·梦·思考》，三联书店，2009 年，第 330 页。

社会属性则是同而为一的，二者对立统一在同一个人身上相互制约，而产生人自身的人格矛盾。

《红楼梦》中每个女性身上都体现了这种人格矛盾。率性、任情是黛玉自我人格的写照，然而，在世俗的生活中，也不免被各种规矩所约束。第三回中，黛玉刚进贾府之时，"步步留心，时时在意，不肯轻易多说一句话，多行一步路"，①固然这里有初到陌生环境中的紧张和局促，而真正的原因在于"外祖母家与别家不同"，②是一个"诗书礼赞之家"，③必然重视"礼"，其规矩也必然与那些小家小业有所不同，万一做了违背了规矩的事，"唯恐被人耻笑了他去"。④这不正是外在社会人格对自我人格的制约吗？

再如，在爱情婚姻中，黛玉自我人格与社会人格之间的矛盾更为清晰。黛玉将全部的生命都寄托在与宝玉的爱情中，但是，在第二十三回中，宝玉将自己比作《西厢记》中的张生，而林黛玉就是莺莺时，却惹恼了黛玉：

> 宝玉笑道："我就是个'多愁多病身'，你就是那'倾国倾城貌'。"林黛玉听了，不觉带腮连耳通红，登时直竖起两道似蹙非蹙的眉，瞪了两只似睁非睁的眼，微腮带怒，薄面含嗔，指宝玉道："你这该死的胡说！好好地把这淫词艳曲弄了来，还学了这些混话来欺负我。我告诉舅舅舅母去。"说到"欺负"两个字上，早又把眼睛圈儿红了，转身就走。⑤

实质上，无论从情感还是形貌上，宝玉的比喻都是贴切恰当的。但是，黛玉却认为这是"欺负"，岂不与其内心对宝玉的情感自相矛盾吗？试想一下，在一个耻于谈情的年代，宝玉的此番话语，无疑是对女性名誉的玷污，黛玉毕竟生活在封建社会，她也不可避免地要受到封建女性贞节观及婚姻观的约束。

再如，在婚姻问题上，黛玉总是将所有的希望都寄托在封建家长的身上。第八十二回，黛玉"深恨父母在时，何不早定了这头婚姻"。⑥第九十回，黛玉听说贾母为宝玉定亲的人选是大观园中的人，又是亲戚，"老太太的主意亲上加亲，又是园中住着的"。⑦原本病弱的身体也觉得清爽了很多。可见，就算是黛玉这样有着强烈自我人格的人，也不免被社会人格所制约。

在贾府中，王熙凤的性格、家庭地位都使她成为了一个封建社会的异类女子。她逞才好胜，从不掩饰对权力、金钱的向往，似乎并不被社会规范所累，而实际上，凤姐仍然也受到社会人格的制约。如在贾琏纳妾的问题上，从凤姐的内

---

①②③④ 曹雪芹著. 无名氏续：《红楼梦》，中国艺术研究院红楼梦研究所校注，人民文学出版社，2008年第三版，第712页，第37页，第37页，第26页。

⑤⑥⑦ 曹雪芹著. 无名氏续：《红楼梦》，中国艺术研究院红楼梦研究所校注，人民文学出版社，2008年第三版，第315页，第1158页，第1253页，第363页。

心来讲，她是十分忌讳的，妾不仅会争夺丈夫的爱，也会危及到自己的家庭地位。因此，凤姐才会计杀尤二姐，却允许贾琏收了平儿。这二者是矛盾的。原因就在于，在以男权制为基础的封建社会中，女性要服从于男性，因纳妾而引发女性的嫉妒，被列为休妻的"七出"之条中。所以，如兴儿所说的那样，凤姐既要博得贤惠的美名，又要防止贾琏纳妾。

宝钗是贾府中有名的"冷美人"，她不喜爱花儿粉儿，居所也如雪洞一般，吃的药也是冷香丸。但是，却天生有一股"热毒"，这股"热毒"就是少女自然的青春活力，驱动着她去感知生活的多姿多彩。滴翠亭中，宝钗被一双翩翩飞舞的蝴蝶所吸引：

> 宝钗意欲扑了来玩耍，遂向袖中取出扇子来，向草地下来扑。只见那一双蝴蝶忽起忽落，来来往往，穿花度柳，将欲过河去了。倒引的宝钗蹑手蹑脚地，一直跟到池中滴翠亭上，香汗淋漓，娇喘细细。[①]

少女的天真烂漫少有地出现在宝钗的身上，可见，宝钗不是对生活没有激情，也不是不爱那自然美好的事物，可是，主流社会的生活，逼迫她不得不放弃自然天性，放弃对自我的追求。就如她曾经向黛玉诉说的那样，小时候的自己也是淘气的，也爱看《西厢记》之类的杂书，不过是被大人们打压着，信奉了"女子无才便是德"信条。在这种打压之下，她开始自觉的压抑自我的情感，她爱宝玉，却不敢说，不能说，还要敬而远之，因为这有悖于封建淑女的要求。从人格的角度来说，"热毒"和"冷香丸"也就有了象征意义，前者象征着宝钗的自我人格，后者是象征着社会人格，为了顺应社会人格，她身体内的那股"热毒"，被视为一种病，需要"冷香丸"来压抑。因此，胡菊人先生说："这药丸可非同小可，是全书悲剧的大象征。"[②]

李纨这个从小接受女德教育的女子，年纪轻轻就成了寡妇，"一女不侍二夫"的女性贞节观，使她只能如"槁木死灰"般的生活。在封建家长面前，她总是静静的，强压着自己的情感及对生活的激情，从不像凤姐那样调笑打趣，也不像黛玉那样任情的哭泣，唯一的一次情感流露，也是在王夫人呼喊这贾珠的名字时，而动情落泪。不是因为她没有取乐的能力，也不是没有感知情感的能力，而是因为寡妇就要无情无欲。

然而，在她的内心深处，却隐藏着对生命、生活的激情。且看，她一旦进入到大观园中，就焕发出与以往不同的光彩。诗社成立，她自荐掌坛；评诗、论诗

---

① 曹雪芹著. 无名氏续：《红楼梦》，中国艺术研究院红楼梦研究所校注，人民文学出版社，2008 年第三版，第 315 页，第 1158 页，第 1253 页，第 363 页。

② 刘再复著：《红楼梦悟》，三联书店，2006 年，第 48 页。

有理有据，其所呈现出的是不同以往的主动、热情。那是，因为大观园是远离封建礼教的世外桃源，在这里，李纨不必努力地扮演着社会人格赋予她的"寡妇"身份，而是任性自由地释放自己的情绪、情感，还原自我的真实人格。李纨在大观园内外的鲜明对比，真实地反映了封建社会礼教下社会人格对自我人格的压抑，从而将一个个鲜活的生命，束缚一摊没有生机的死水。

女性就是这样在自我人格和社会人格的矛盾中，痛苦的煎熬着。然而，在人类文明的历程中，这种矛盾对立是在所难免的。只有当社会发展到一定高度，人类实现全面自由的发展，才可能消除自我人格的矛盾。

第二节　情感上的矛盾冲突

人非草木，孰能无情？《红楼梦》就是一部写情的大书，在开篇曹雪芹就表明了"大旨谈情"的主旨。情感的萌发是有指向性的，对象的不同，其情感体验亦不相同。在人类社会中，根据人际关系，情感的类型主要包括：亲情、友情、爱情等。"情"所表达的是一种愉悦的，美好的感受，但是，世间一切的事物都是在运动变化的，在各种外在与内在因素的影响下，原本美好的情感感受，也会变质，甚至会引发人与人之间的矛盾、冲突。

一、　亲情淡漠或缺失引发的矛盾冲突

父母与子女是有血缘关系的主体，有天然的亲密情感。但是，在宗法制家庭中，父母对子女来说，他们是权威、秩序的象征，也是教育、指引孩子走向社会的第一导师。子女在社会化的过程中，就是自然天性受制于社会规范的过程，自然天性与社会规范间的冲突不可避免，其第一反应形式就是子女与父母之间对立。长期紧张的对立关系，所带来的必定是内在亲情的淡漠。另一方面，在男权制"男尊女卑"的观念下，在生育观上，衍生出了"重男轻女"的观念，父母对女儿的忽视，使原本血浓于水的亲情逐渐的淡化，甚至是缺失。亲情的淡漠或缺失，在外在形式上，表现为父母与子女之间的矛盾冲突。

（一）探春与赵姨娘之间的矛盾冲突

在《红楼梦》中，探春和赵姨娘，这对母女之间的矛盾较为激烈。第二十七回，探春说赵姨娘："不过是那阴微鄙贱的见识。我只管认得老爷、太太两个人，别人我一概不管。"① 第一百回，探春远嫁，赵姨娘听了后，希望女儿的婚

---

① 　曹雪芹著. 无名氏续：《红楼梦》，中国艺术研究院红楼梦研究所校注，人民文学出版社，2008 年第三版，第 370 页，第 1347 页，第 51 页，第 752 页，第 1137 页。

姻"只愿他向迎丫头似的,我也称称愿"。① 她们母女间究竟有多么大的深仇大恨,能达到母女互不相认的地步?

其原因是复杂的,有封建嫡庶等级思想的影响,也有人格上的高劣之分,而情感上的疏离也是原因之一。女性的特有的生理机能和社会文化赋予了母亲养育子女的职责。但是,在封建社会中的贵族之家,女性更像是生育的工具。无论是正妻,还是地位低下的妾,她们的使命就是生下孩子,至于养与教的问题,都不必操心。譬如贾府中的小姐们,"每人除自幼乳母外,另有四个教引嬷嬷"。②乳母的职责,当然是提供生理上的需要,教引嬷嬷负责的是对她们礼仪、规矩等的教导。从外在形式上看,这种配置减轻了贵族妻妾养育孩子的负担,却也割裂了母亲与子女的亲密关系。探春从小就在贾母身边长大,失去了与赵姨娘亲密接触的机会。在客观上造成了,探春母女情感的疏离和淡漠,这种疏离和淡漠带来最大的影响,就是母女之间的不体谅、不理解,从而造成了外在的冲突。

第五十五回中,在赵国基的事情中,赵姨娘作为母亲,根本没有体谅探春的难处。此时,探春刚接手理家,正是树立威信之时。上有贾母、王夫人、凤姐的期待,下有吴登新家的等恶奴的刁难。赵国基这件事情,探春处理好了,自然会让上下信服。处理不好,则会让贾母等失望,让恶奴得意。而赵姨娘只想到,自己的女儿当了家,她终于可以扬眉吐气一回,也要沾沾女儿的光,得点好处,"太太疼你,你越发拉拉扯扯我们"。③

同样的,探春也没有足够的理解赵姨娘在贾府的处境。多年来,赵姨娘在贾府连奴才都不如,她是"熬"着过了这么多年。作为女儿,探春本应该给予母亲更多的关心。但是,探春没有想到赵姨娘多年的苦楚,她也只想着自己的难处。所以,当赵姨娘来理论的时候,她只是指责母亲:"如今因看重我,才叫我照管家务,还没有做一件好事,姨娘倒先来作践。"④在这场冲突中,母女两个都有自己的理由,也都有自己的难处,没有谁对谁错之分,如果她们之间能够多一些交流,多一些理解,更确切地说,她们能够彼此多一些母女亲情,何必闹到两不相认的地步呢?

(二)迎春与贾赦、贾母、邢夫人之间的矛盾

如果说探春和赵姨娘之间的矛盾冲突是显性的,那么迎春与贾赦、邢夫人、贾母之间的矛盾却隐性的。在第八十回中,迎春省亲时曾发出:"我不信我的命

---

① ② 曹雪芹著. 无名氏续:《红楼梦》,中国艺术研究院红楼梦研究所校注,人民文学出版社,2008 年第三版,第 370 页,第 1347 页,第 51 页,第 752 页,第 1137 页。

③ ④ 曹雪芹著. 无名氏续:《红楼梦》,中国艺术研究院红楼梦研究所校注,人民文学出版社,2008 年第三版,第 752 页,第 1137 页,第 614 页。

就这么不好!"① 的哀叹。从表面上看,迎春是对不幸的婚姻发出的哀叹,但是,内里却隐藏着亲对情缺失的抱怨,暴露了迎春与贾赦、邢夫人、贾母的矛盾。

迎春曾自言:"从小儿没了娘,幸而过婶子这边过了几年心净日子",② 母爱的缺失对于一个孩子来说,是一辈子都无法弥补的,纵使她在王夫人处过了几天安生日子,婶娘毕竟不是亲生母亲,不可能对她如亲生儿女一样关爱。而父亲贾赦又是一个只知"女色"和"猎货"的人。子女对他来说,根本不是关爱的对象,而是满足他享乐的工具。第四十八回,只因为贾琏没有为他夺得石呆子的古扇,并对父亲的行为颇有微词,而遭到了贾赦的痛打。儿子在贾赦的眼中尚且是满足其物欲的工具,庶出的迎春,也不过是他用来抵债的商品。

在整部《红楼梦》中,贾赦除了为迎春订了亲事外,几乎从没过问过迎春的生活。如果不是冷子兴的介绍,恐怕很难知晓他们的父女关系。他们就像是两个陌生人一样,没有任何的交集。所以,迎春幸福与否,不是贾赦关心的重点,重点在于迎春能否抵消他欠下的债。于是,贾赦不管孙耀祖品行多么的不端,依然把迎春嫁给他,为的就是抵下他欠下的五千两银子。纵然,在男权制下,女性是男性的私有财产,是物的存在。但是,毕竟父女有着血脉关系,如果贾赦对迎春还尚有一点父爱的话,也不会亲手将女儿推入火坑。

作为继母的邢夫人,也没有给予迎春关爱。邢夫人本身的性格,就是"禀性愚犟,只知承顺贾赦以自保,……儿女奴仆,一人不靠,一言不听的"。③况且在家庭结构中,继母与前任的子女没有任何的血缘关系,却要行母亲之职责。在心理上,就未必能够接受前任子女的存在。邢夫人就从未接受过迎春。在"累金凤"事件中,邢夫人不但不帮迎春出头,还指责迎春的懦弱。其原因就是"你又不是我养的",④ 邢夫人说的是多么的明确,她根本没有将迎春视为亲人,自己没有责任和义务去关心、帮助她。即便继母接受了继儿女,由于没有生儿育女的经验,很难把握与继子女间相处的分寸,继母们对继子女多不敢过于管束。如邢夫人所言:"但凡是我身上吊下来的,又有一话说——只好凭他们罢了。"⑤ 所以,邢夫人对迎春不仅没有亲情,更没有同情,哪怕迎春回家哭诉,她也无动于衷,"且说迎春归去之后,邢夫人像没有这事"。⑥

父爱、母爱的缺失,使迎春成为了一个被遗弃的"孤儿"。在血缘上,唯一能给予她关爱的似乎只有贾母了。但是,迎春平庸的资质,木讷的性格,并不讨贾母的欢心。元春贵为皇妃,贾母的宠爱自然不必说。探春性格爽利,决

---

① ② ③　曹雪芹著. 无名氏续:《红楼梦》,中国艺术研究院红楼梦研究所校注,人民文学出版社,2008年第三版,第752页,第1137页,第614页。

④ ⑤ ⑥　曹雪芹著. 无名氏续:《红楼梦》,中国艺术研究院红楼梦研究所校注,人民文学出版社,2008年第三版,第1012页,第1012页,第1139页。

事果断，才能出众，深得贾母的欢心。当刘姥姥夸赞惜春擅画时，贾母的脸上带有骄傲的微笑。唯独对迎春，贾母没有半点评价。可见，贾母对迎春也没有过多的关爱。在迎春的婚事上，贾母是唯一有能力否决贾赦的人，却因为她并不在意这个孙女，即便"心中却不十分称意"，也以"父母之命"为名任由贾赦处理。

如果贾母、贾赦、邢夫人他们哪怕有一个人愿意给迎春一点点的温情，迎春也不会落入如此凄惨的地步。当迎春带着对婚姻的不幸，而发出的那一声对命运的反抗，其中也包含着对贾母、贾赦、邢夫人等人的怨恨，指向的正是亲情的缺失，无形中形成了迎春与父母、祖母间的矛盾。

二、 爱情中的矛盾冲突

爱情是美妙的，却也伴随着苦涩的滋味。如瓦西列夫在《情爱论》中说："爱情既给人们带来明朗的欢乐，又给他们造成深沉的痛苦。"[①] 这种痛苦，一方面，来自爱情本身的排他性，产生的酸妒心理；另一方面，来自爱情的易变性，其是由社会文化、观念，以及恋爱双方性格等因素的影响下而产生的。情侣也会因这种痛苦，而引发情感上的矛盾冲突。

首先，由于爱情排他性引发的矛盾。第二十二回中，湘云说唱戏的小旦长得像黛玉，黛玉将脾气发在了前来看望的宝玉身上。如果说黛玉气的是湘云伤害了她贵族小姐的自尊，那么发脾气也要冲着湘云，何必为难宝玉呢？这是因为宝玉听了湘云的话，"忙把湘云瞅了一眼，使个眼色"，在一般人眼中，这个眼色无非是在告诉湘云说错了话。而在恋人之间，这个眼色无疑是不妥的，试想，有那个女孩子能够忍受，自己的爱人同其他女性眉来眼去。所以，黛玉道："再你为什么又和云儿使眼色？……你又怕他得罪了我，我恼他。我恼他，与你何干？他得罪了我，又与你何干？"[②] 显然，这才是黛玉生气的根源。

贾环也曾因彩霞（或彩云）与宝玉亲近，而产生了对彩云的不悦。第二十五回中，彩霞好心提醒贾环："你安些分罢，何苦讨这个厌那个厌的。"贾环不但不领情还说道："我也知道了，你别哄我。如今你和宝玉好，把我不搭理，我也看出来了。"[③]可见，在贾环的意识中，宝玉分享了，甚至剥夺了彩霞对他的关心，在嫉妒的心态下，对彩霞产生了抱怨，这是情侣间常见的情感矛盾。

爱情是男女之间强烈的情感依赖，它不允许任何人来剥夺彼此间的爱。因此，一旦爱情中的一方与他人亲近，而使另一方感受到了冷落，或自己的地位受

---

① ［保加利亚］瓦西列夫著：《情爱论》，三联书店，1984 年，第 1 页。
②③ 曹雪芹著. 无名氏续：《红楼梦》，中国艺术研究院红楼梦研究所校注，人民文学出版社，2008 年第三版，第 296 页，第 335-336 页，第 400 页，第 87 页，第 993 页。

到威胁时，造成了情感的剥离，酸妒的心理便会产生。这种酸妒心理被发泄到爱人身上，自然而然会产生情感的矛盾。

其次，爱情易变性引发的矛盾冲突。在第三十三回之前，宝玉和黛玉总是瞒起真心，以假意试探。第二十九回，从清虚观回来，宝玉探望病中黛玉，黛玉又不想宝玉担心，说道"你只管看你的戏去，在家里做什么？"① 两人本是彼此关心的，但说出来的话，却总是伤害彼此的心，宝玉"由不得立刻沉下脸来，说道：'我白认得了你。罢了，罢了！'"②宝玉的这句话无疑是对两人情感的否定，加深了黛玉对彼此感情的不确定性，说道："我也知道白认得了我，那里像人家有什么配得上呢。"③如果此时二人能互表衷肠，将内心中真实的想法说个明白，而不是彼此猜测，根本不会引发这场矛盾，这种试探是对爱情缺乏安全感的体现。黛玉寄人篱下的生活，本身就使她敏感，而宝玉虽然钟情于她，却"天分中生成一段痴情"，④注定了他对女性的"博爱"情怀，从表面上造成了宝玉多情的错觉。但是，更深层的因素在于，宝玉和黛玉即便有情，毕竟生活在封建时代，礼教的束缚，使他们这两个名门之后，不敢轻易地互表衷肠。正是对爱情的不笃定，才使他们要彼此试探，唯恐情感发生变化，从而造成了诸多的误会，而产生情感上的冲突。

在司棋与潘又安的爱情中，也曾因爱情的易变性，而产生了矛盾。第七十二回，当鸳鸯撞破了司棋与潘又安的约会之后，胆小懦弱的潘又安扔下司棋，一人逃走，司棋听了，气个倒仰，因思道："纵是闹了出来，也该死在一处。他自为是男人，先就走了，可见是个没情意的。"⑤在司棋看来，即便她们的自由爱情不被封建统治者或家长接受，只要她们之间有情有义，哪怕受到死的处罚，也无所畏惧，潘又安的出逃，无疑是对她们情感的背叛。而这种情感的背叛和矛盾，同宝玉和黛玉的相互试探一样，既有性格差异的因素，更是因封建礼教对自由爱情的扼杀所致。

三、 主仆之间的情感矛盾冲突

在封建社会，主仆之间是统治与被统治之间的关系，他们之间似乎很难产生情感。但是，长久生活在一起，也会产生亲密的情感。譬如贾府中贵族的小姐、少爷们，从小就有同龄的丫头、小厮贴身服侍。对主子而言，这些丫头、小厮们，既是照顾他们饮食起居的仆人，又是陪伴他们成长的小伙伴。对丫头、小厮们而言，主子则是他们在主家唯一的依靠。因此，在长期亲密的生活中，在某种

①②③④⑤ 曹雪芹著．无名氏续：《红楼梦》，中国艺术研究院红楼梦研究所校注，人民文学出版社，2008年第三版，第296页，第335-336页，第400页，第87页，第993页。

程度上超越统治与被统治的关系，形成了一种介于友情与亲情之间的感情。如宝玉与晴雯，他们互为知己，在晴雯死后，才有了那篇饱含着深沉悼念之情的《芙蓉诔》。又如，黛玉和紫鹃之间，二人虽为主仆，却更似姐妹。紫鹃可以为了黛玉，不顾后果的，私自试探宝玉的感情。黛玉也拿紫鹃当作自己的亲妹妹。但是，这种情感极容易被封建思想所摧毁，而造成主仆之间的矛盾。

（一）司棋与迎春间的矛盾

司棋是迎春的贴身丫头，主仆二人之间本有着深厚的感情。司棋被逐时，"迎春听了，含泪似有不舍之意"，① 又托绣桔递与司棋一个绢包做个想念，"司棋接了，不觉更哭起来了"。② "泪""哭"是人类遭遇痛苦时的表达方式，而只有情感亲密的人，在面对离别的时候才会感到痛苦。其主仆情深，清晰可见。

当司棋的恋情曝光之后，"司棋也曾求了迎春，实指望迎春能死保赦下的"，③ 这是司棋对自己与迎春情谊的信任。但是，迎春对此却表现出了绝情的模样。"我知道你干了什么大不是，我还十分说情留下，岂不连我也完了。"④迎春的绝情，固然有自私的成分，而更多的是因为司棋所犯之事"事关风化"。所以，迎春即便"数年之情难舍，亦无可如何了"。⑤只能眼睁睁看着司棋被逐。这对她们之间的感情，无疑是一次巨大的打击和破坏。以至于司棋哭道："姑娘好狠心！哄了我这两日，如今怎么连一句话也没有？"⑥这也就造成了迎春与司棋之间的矛盾。这种矛盾是在封建礼教压迫下，造成的情感背离而产生的。

在封建的礼法中，除了由"父母之命，媒妁之言"所肯定的男女婚姻关系外，男女之间的自由恋爱则被打入到色欲的层面。特别是对女性而言，封建的贞洁观，以"饿死事小，失节事大"来要求女性克制她们的情感，如有违背定会受到处罚。迎春作为贵族小姐，她同宝钗一样，信奉的是封建女德，因此，她绝对不可能违背封建女德，救下迎春。况且，迎春又是个"语言迟慢，耳软心活"的人，还是个不受宠的小姐，即便她能仗义执言，面对王夫人所代表的封建权威，恐怕也是有心无力。因为就连宝玉这样的宠儿，在晴雯被逐之时，对王夫人也"不敢多言一句，多动一步"。

其实司棋又何尝不知道迎春是做不了主的，也知道自己在统治阶级那里犯了不可饶恕的大错，留在贾府的可能性不大。司棋想要的不过是迎春能在危急时刻说句话，哪怕不起作用，也不枉多年的主仆之情。但是，迎春却因为封建礼教的束缚，而辜负了司棋的情谊。

---

①②③④⑤⑥ 曹雪芹著．无名氏续：《红楼梦》，中国艺术研究院红楼梦研究所校注，人民文学出版社，2008 年第三版，第 1077 页，第 1076 页。

（二）惜春与入画间的矛盾

入画是惜春的贴身丫头。抄检大观园时，入画因替哥哥保管财物，而被发现。这本是件可饶恕的小事，就连凤姐都说"这话若果真呢，也倒可恕"。① 可惜春却还不依不饶道："嫂子别饶他这次方可。这里人多，若不拿一个人作法，那些大的听见了，又不知怎样呢。嫂子若饶她，我也不依。"② 可见，惜春的绝情。与惜春的绝情相比，入画则对惜春充满了情感的寄托。入画在请求惜春宽恕时说："再不敢了。只求姑娘看从小儿的情常，好歹生死在一处罢。"③ 这不仅是入画对惜春忠诚的表达，也说明在入画的心中，她们之间有超越主仆的姐妹情谊。在绝情与姐妹情谊间，也就形成了一对情感的矛盾。

或许惜春的绝情，是因为其天生性格孤介所致，尤氏就曾说过惜春是个"心冷口冷心狠意狠的人"，④ 也或许如某些学者所说，惜春的绝情是指向了整个宁国府，对家族内部腐败的深恶痛绝。⑤ 而笔者认为，单就惜春和入画的情感矛盾而言，是惜春受封建等级观念所致。

"三纲五常"是中国传统伦理道德的重要组成部分，所谓"三纲"是指"君为臣纲，父为子纲，夫为妇纲"。这是在封建尊卑等级制度的基础上提出的，其延伸到主仆之间，即为"主为仆纲"。因此，在主仆之间，也就强调仆人对主子的忠诚。这种忠诚不仅包括顺从主子的意愿，对主子没有二心的要求。还包括不能因为自己的过失，致使主子蒙羞。入画的行为虽然可以饶恕，可是，在惜春看来，却实在是让自己丢脸，"这些姊妹，独我的丫头这样没脸，我如何去见人"，⑥ 什么样的情谊，都抵不过惜春的脸面，这是封建等级思想的另一种表现形式。

第三节　利益矛盾冲突

在中国传统的儒家文化中，道德是衡量一个人的重要标准。为了一己私利而违反了仁义礼智信的儒家道德标准，则被列入小人的行列。所谓"君子喻于义，小人喻于利"，从而忽略了个体的价值满足。但是，人是有需求、欲望和期望的动物，庞德曾指出："人们在群体或社群及其关系中努力实现自己的需求或欲望，或者……借助于群体或社群及其关系去努力实现自己的需求或愿望。"⑦ 这是一

---

①②③④⑥　曹雪芹著．无名氏续：《红楼梦》，中国艺术研究院红楼梦研究所校注，人民文学出版社，2008年第三版，第1033页，第1036页，第1036页，第1037页，第1035页。

⑤　李希凡著：《传神文笔足千秋——〈红楼梦〉人物论》，文化艺术出版社，2006年。

⑦　［美］庞德著．廖德宇译：《法理学》，法律出版社，2005年，第49页，第180页。

种正常的人性要求。荀子也曾经说过："今人之性，生而有好利焉。"① 虽然是从人性恶的角度，对利益的理解，却也承认了利益是自然的人性。

虽然庞德和荀子都承认了对利益的追求，是人性索然，却也看到了利益对人性善的威胁。庞德认为人类的内在本性是具有侵犯性的，因此，在满足个人需求的同时，也会忽略他人的需求，从而使"生存竞争和在满足期待与愿望过程中的竞争，在任何时候都是尖锐的"②。荀子也认为："然则从人之性，顺人之情，必出于争夺，合于犯分乱理而归于暴。"③ 可见，人对利益的追求，必然会导致人与人之间的矛盾冲突。

任何有关利益的矛盾冲突都有其发生的指向和场域。首先，人是社会中的一员。任何的社会群体、组织都有其共同的利益，个人利益和共同利益之间并不是一致性的，某时，共同利益会造成个人利益的缺失，而一味追求个人利益也会损害共同利益。于是，集体利益与个人利益之间就形成了最为主要的矛盾。

《红楼梦》是一部以家庭为中心的小说，女性的利益矛盾、冲突，都发生在家庭这个社会组织中。因此，《红楼梦》中，女性的利益矛盾、冲突主要表现为两个方面：一是家庭利益与个人利益间的矛盾；二是人与人之间的矛盾、冲突。

一、 家庭利益与个人利益之间的矛盾冲突

在中国古代封建社会，从经济形态上来说，自给自足的小农经济一直是主导。土地的耕种是获得了生活的必需品，维持了人的生存，而土地属于整个家庭的财产，又是不易移动和分割的，它决定了个人的生存必须依托于家庭。如某些学者所说："只有加入家庭集体，才能获得生存资源的活动并得到生活资源。……在无法从别处获得资源的情况下，家庭成员和家族成员也必须依靠自己的群体，这不仅仅是一种血缘关系，而且是一种生产方式。这种生产方式把一定的血缘亲族联系起来作为一种劳动组织形式，以获得基本的生存资源。"④ 因此，家族的繁荣昌盛要远远的高过个人的利益。当家族利益与个人利益发生冲突时，往往要牺牲个人利益，实现整个家族的利益。

元春就是以牺牲个人幸福为代价，成全了贾府的繁荣昌盛。在元春封妃之前，贾府的先辈们的虽因战功而颇有权势。但是，到了贾赦和贾政这一代，既无战功，也无实权，实际上，他们已经远离了封建皇权中心。元春封妃，与皇帝联姻，成为皇亲国戚的他们，直接拉近了与皇权中心的距离。贾府的势力在此时达到了鼎盛的状态。

---

①③ 《荀子》，文渊阁四库全书（695 册），台湾商务印书馆，1984 年，第 265 页，第 256 页。
② ［美］庞德著.廖德宇译：《法理学》，法律出版社，2005 年，第 49 页，第 180 页。
④ 王沪宁主编：《当代中国村落家族文化》，上海人民出版社，1991 年，第 108 页。

元春的封妃，带来了家族的繁荣，带给自己的却是深陷深宫的辛酸、苦楚。自古以来，后妃们的命运，直接与家族的命运相连，她们的失宠会直接导致整个家族的衰败。所以，后宫中的争斗远远不亚于朝廷之上的权力之争。按照封建后妃制度，皇帝只可有一名皇后为正妻，其他都作为嫔妃。无数的女子源源不断地涌入宫中，如何得到皇帝的宠爱，成为了她们毕生的功课。从戚夫人到萧淑妃，再到慈安太后，各朝各代，有多少女子死于争宠的斗争中。在后宫中，没有亲人陪伴，只能独自一人应付各种的尔虞我诈，生活之苦楚又有谁能知道呢。所以，当元春见到亲人时候，"满眼垂泪……满心里皆有许多话，只是俱说不出，只管呜咽对泪"，① 此时的元春又能说些什么呢，道尽宫中生活之苦，于家人未免担心，于皇室唯恐惹祸上身，只能以一句"送我到那不得见人的去处"，②发泄积郁已久的怨恨、心酸和无奈。

宝钗又何尝不是为了家庭利益，而牺牲了自己的婚姻幸福。对于宝、黛、钗三人的爱情、婚姻悲剧，学术界早已共识，认为封建不合理的婚姻制度是酿成悲剧的主要原因，并对宝、黛之间的爱情悲剧给予同情。但是，对宝钗的婚姻悲剧，则褒贬不一，有的学者认为宝钗是在待选不成功的情况下，退而求其次选择了宝二奶奶的位置。③ 甚至有的评论者认为，宝钗为了夺取宝二奶奶的位置，而不择手段。④ 还有部分学者持较为客观的态度，认为宝钗嫁给宝玉承受的是无尽的屈辱。⑤ 文学就是这样，每个人的阅读感受，决定着他对人物、事件的判断，我们无置可否。但是，从家族利益与个人利益的角度来说，笔者认为，薛宝钗是家族利益的牺牲品。

的确，宝钗对宝玉是有感情的。从成长环境来说，宝钗与宝玉二人有着耳鬓厮磨的亲近条件。从外在形象上而言，宝玉的风流、神韵，宝钗艳冠群芳，彼此有吸引产生情感的要素。因此，才有了宝钗下意识的绣鸳鸯，才有了第三十三回中，宝钗看望宝玉时的羞涩、痛惜之态。爱情毕竟是双方面的，缺乏任何一方都算不上爱情。当宝钗洞悉了宝玉与黛玉之间的感情后，宝钗以超然的姿态，退出了三人的感情漩涡。她对宝玉从此只是远远地观望，而不再有亲近之举，足见宝钗已经接受了宝黛二人的情感，甚至在某种程度上想要成全二人。

但是，此时的薛家、贾府都已经面临着坍塌之际。薛蟠的不断惹是生非，已经将薛家祖上的基业掏空。贾府因元妃的去世，外部的势力已经削弱，内部又有

①② 曹雪芹著. 无名氏续：《红楼梦》，中国艺术研究院红楼梦研究所校注，人民文学出版社，2008 年第三版，第 239 页。

③ 胡文彬著：《红楼梦人物谈》，文化艺术出版社，2005 年。

④ 王希廉回评，参见朱一玄主编：《红楼梦资料汇编》，南开大学出版社，2001 年。

⑤ 刘敬圻著：《薛宝钗一面观及五种困惑》，《红楼梦学刊》（第 1 辑），1999 年。

巨额的财政亏空。两家都急需相互扶持，以共度危机。宝钗、宝玉的联姻势在必行。但是，此时的宝玉，因通灵宝玉的丢失，失去了往日的灵性，变得痴痴呆呆的，再加上宝玉深爱着黛玉，有非黛玉不娶之势，封建统治者为了顺利完成这桩婚姻，使出了调包计。然而，一个女人嫁给不爱自己的人已经够痛苦的了，对方还是一个病人，这更是雪上加霜。又不能明媒正娶。对宝钗这个封建女德下的贤德女子而言，无疑是巨大的屈辱。而宝钗又没有反抗的权力，只能"始则低头不语，后来便自垂泪"。[①] 这泪是因为她预见了婚后的不幸，又不得不为家族的利益而放弃个人利益的痛苦表达。

二、 人与人之间的利益矛盾冲突

金钱、权力是人与人之间利益冲突的两个重要因素。在封建宗法制家庭中，男性是家庭经济的支柱，女性很少能掌控经济大权。那么，在女性之间，与金钱相关的利益冲突就少而又少，大部分都是围绕着家庭地位的权力之争。

但是，自古以来，钱、权二字就有着千丝万缕的联系。权力是生财的方式，金钱是获取权力的工具，二者相互依存。因此，在女性权力之争下，也隐藏着对金钱利益的争夺。在《红楼梦》中，根据权力内容的不同，女性间个人利益的矛盾冲突，可分为：妯娌之间的利益之争、继承权的争夺、下层奴婢间的利益之争。

（一）妯娌间的利益之争

在宗法制家族中，一般而言，顺承嫡长子继承的制度，家族中的长房长媳的地位和权力，都要高于次子之妻，掌管着家政大权。然而，在《红楼梦》中，贾府的家政大权却由次子之妻掌管。这必然要引发长房长妻与次子之妻之间的矛盾。

邢夫人是荣国府的长媳，但贾母却将家政大权交给了王夫人。如果说，邢夫人不能担此大任，是因为贾母的偏心，不如说是，其本身的愚昧无能，难成大器。邢夫人生性"禀性愚犟"，没有当机立断的主见。贾赦求鸳鸯为妾，邢夫人根本没有想过这其中的利害关系，一味地顺应丈夫，而遭到贾母的一顿训斥。贾府被抄，贾赦革职发配，凤姐病故，邢夫人竟然听信贾环、王仁等人的花言巧语，要把巧姐嫁给郡王做小妾。可见，邢夫人是多么的愚昧无能，只知道自保，这样的人怎么能处理好复杂的家务呢。而王夫人虽是次子之妻，但出身名门，如

---

① 曹雪芹著. 无名氏续：《红楼梦》，中国艺术研究院红楼梦研究所校注，人民文学出版社，2008 年第三版，第 1334 页。

刘姥姥所说从小就"着实响快，会待人，倒不拿大"，想必对大户人家的家务事早就了然于心，所以，贾母才让王夫人管家。

这必然会引发邢夫人心中的不满，虽然邢夫人从来没与王夫人有过正面的冲突，但是邢夫人常常指桑骂槐，以发泄心中的不满。如第六十五回，通过兴儿的口中得知，邢夫人曾埋怨过凤姐"雀儿拣着旺处飞，黑母鸡一窝儿，自家的事不管，倒替人家去瞎张罗"。① 从表面上看，邢夫人针对的是凤姐，而实质上，"黑母鸡一窝儿"已经将矛头指向了王夫人，因为凤姐与王夫人是姑侄的关系。

暗中的谩骂当然不足以发泄心头的愤懑。第七十四回，邢夫人借绣春囊事件，直接向王夫人示威。当傻大姐捡到绣春囊的时候，邢夫人没有交给最高权力者贾母，也没有交给实际掌权人凤姐，而是交给了已经不大管事的王夫人。她的目的是什么呢？笔者认为，邢夫人以此事责难王夫人，以发泄心中的不满。

首先，绣春囊是男女传情表意的信物，其上边两个妖精打架的图案，暗喻着男女的性爱之欢。在压抑人欲的封建社会，这无疑是有伤风化的不端行径。而在满是女子的大观园中，宝玉是唯一的男性，正常思维下，宝玉自然脱不了干系。王夫人作为宝玉的母亲，有失管教之责。其次，李纨其职责本就是"陪侍小姑等针黹诵读"。② 大观园中出现了这种不洁之事，李纨难辞其咎。王夫人作为李纨的婆婆有失监管之责。

如此一来，就将王夫人陷入进退两难的境地。如果王夫人彻查此事，必定会大张旗鼓，有损贾府的声誉。不查似乎又默认了是宝玉所为，李纨失职，而有袒护之嫌。着实可见，邢夫人是多么的怨恨王夫人，想借此让王夫人威信扫地。

《红楼梦》中妯娌间最激烈的一次冲突，出现在尤氏和凤姐之间。宁国府和荣国府虽然是一个宗族，但是毕竟是两个家庭，凤姐和尤氏之间似乎并无利益的矛盾。但是，贾琏偷娶尤二姐之后，则变得不同了。尤二姐的出现，已经破坏了凤姐的家庭，如果尤二姐诞下子嗣，更加威胁到凤姐的家庭地位。尤二姐又是尤氏的妹妹，她嫁给贾琏，必然经过尤氏的同意，间接的尤氏就有损了凤姐的利益。因此，凤姐大闹宁国府，直指尤氏：

> 这里凤姐儿带着贾蓉走来上房，尤氏正迎了出来，凤姐照脸一口吐沫啐道："你尤家的丫头没人要了，偷着只往贾家送！难道贾家的人都是好的，普天下死绝了男人了！……这会子被人家告我们，我又是个没脚蟹，连官场中都知道我利害吃醋，如今指名提我，要休我。我来了你家，干错了什么不

---

①② 曹雪芹著. 无名氏续：《红楼梦》，中国艺术研究院红楼梦研究所校注，人民文学出版社，2008 年第三版，第 912 页，第 56 页。

是，你这等害我？"①

贾琏偷娶尤二姐尤氏也是无奈的，无论是丈夫贾珍，继子贾蓉还是小叔贾琏，尤氏都是劝不动的，凤姐心中自然明白。凤姐之所以将矛头指向尤氏，一是她不方便闹大伯和侄儿；二是尤二姐乃尤氏的继妹，对尤氏的谩骂才能解心头之恨；三是尤氏没有相告，有负二人以往的情分。

（二）继承权的争夺

在中国古代宗法制家庭中，一夫一妻多妾的婚姻制度，确保了家族子嗣的延续，却也因子嗣众多而产生继承权的纷争。从周代礼法的确立以来，嫡长子继承制，成为了中国古代家庭的继承制度，目的就在于避免对继承权的争夺。从女性主义的角度来说，这种继承制度，实质上是男性联盟对女性继承权的彻底剥夺。但是，在历史的长河中，女性从未远离过继承权的斗争。女性作为女儿，在父家没有继承权的，不涉及对继承权的斗争中。作为夫家的媳妇，孩子的母亲，她们一方面，出于母爱的心理，都希望自己的儿子成为家族的继承人；另一方面，在母凭子贵的思想下，儿子获得继承权，会巩固母亲在家庭中的地位。因此，会不惜一切代价夺取继承者的位置。

贾府作为一个宗法制家庭，女性对继承权的争夺同样存在，赵姨娘就是其中的最显著的代表。赵姨娘作为妾侍，出身卑微，下人可以随便给她脸色，女儿与她也不亲近，儿子贾环是她改变家庭地位的唯一依靠。为了让贾环成为贾府的继承者，她不择手段的陷害宝玉。妄想着宝玉死后，贾环顺利升坐继承人的位置。

第三十三回，赵姨娘造谣声势，贾环诬告宝玉，致宝玉挨打。宝玉挨打的原因，一是因为结交蒋玉菡；二是因为贾环诬告宝玉逼死了金钏。前者虽令贾政生气，却不至于怒打宝玉。后者涉及个人道德品质问题，这才是宝玉真正挨打的原因。金钏之死，宝玉固然推卸不了责任，却不是逼死金钏的罪魁祸首。但是，这却成了他人造谣生事的把柄。贾环对贾政说："我母亲告诉我说，宝玉哥哥前日在太太屋里，拉着太太的丫头金钏儿强奸不遂，打了一顿。那金钏儿便赌气投井死了。"②赵姨娘就是抓住了这次机会，扭曲事实，散布谣言，即便贾环不说，流言蜚语也会传进贾政的耳朵里，贾环不过是碰巧遇到了这样一个契机而已。赵姨娘的目的就在于，污蔑宝玉的人格，损害他在众人心中的形象，从而将宝玉赶下继承人的位置。

---

①② 曹雪芹著．无名氏续：《红楼梦》，中国艺术研究院红楼梦研究所校注，人民文学出版社，2008 年第三版，第 945 页，第 442 页。

赵姨娘的所作所为，如探春所言是："阴微鄙贱的见识。"① 其实，赵姨娘无论怎么做，贾环都不会成为贾府的继承人。《公羊传·隐公元年》说："立迪（嫡）以长不以贤，立子以贵不以长。"② 明确规定了，能够继承宗嗣的是嫡夫人所生的长子，在没有长子的情况下，要选择地位尊贵的人继承。贾环是庶出，生的又"人物委琐，举止荒疏"。③而在其上不仅有宝玉，还有贾琏，他既不是长子，也不是贵子，没有一样符合做继承人的要求。赵姨娘所做的一切都是徒劳的。

封建宗法制家族，是有两个或两个以上的个体家庭构成的，除了对家族继承人的争夺外，在个体家庭间也有继承权的争夺。王熙凤对尤二姐的残害，就是个体家庭继承权争夺的例子。

在贾府中，无论从能力还是从娘家的势力上，王熙凤当家人的地位是无人撼动的。王熙凤唯一的缺憾就是儿子的缺失，而这一点，是尤二姐唯一能够胜过她的地方。尤二姐一旦生下儿子，就是贾琏的继承人，母凭子贵，在这个小家庭中，尤二姐迟早会取代凤姐的位置。凤姐必须将这种苗头扼杀在摇篮中。第六十九回，尤二姐被庸医所误，打下了一个成形的男婴，凤姐表面上极为惋惜心痛。一方面，烧香祷告为尤二姐祈福，"我或有病，只求尤氏妹子身体大愈，再得怀胎生一男子，我愿吃长斋念佛。"④；另一方面，又找人算卦说是秋桐冲犯了尤二姐。凤姐此举，是有意挑起尤二姐与秋桐间的矛盾，借秋桐之手铲除尤二姐。所以，凤姐不知是多么庆幸打掉了这个孩子。不仅消除了威胁自己地位的隐患，更为她彻底铲除尤二姐，提供了便利的机会。

由此可见，封建宗法制度下，继承权的争夺是多么的残酷，它将一个原本应该善良的女人，锻造成为了一个杀人犯，诽谤者。这一切都是因男权制度下，"尊卑贵贱"的等级制度而起，无论赵姨娘还是王熙凤，她们都是这不合理制度下，被损害、被扭曲的受害者。

（三）下层奴婢间的利益之争

中国封建社会等级森严，礼之核心为"秩"，统治阶级分官阶，奴才们分等级。之于贾府，奴才之间也分等级。有阶级就有压迫，有压迫就有斗争。奴才们之间的斗争，总归于利益之争，有邀宠以博主欢心，有谄媚以多吃偷懒。于是奴才之间也成社会，有欲寻统治地位以压迫他者，成为奴才中的主子，如房中的老妈子，同时，贾府虽有主子与奴才之分，但强势的奴才也侵辱主子，如邢岫烟忍

①③④ 曹雪芹著. 无名氏续:《红楼梦》，中国艺术研究院红楼梦研究所校注，人民文学出版社，2008年第三版，第370页，第310页，第959页。
② 《公羊传》，阮元校刻，《十三经注疏》，中华书局，1980年，第2197页。

受老妈子的气。

通常而言，主子的地位，决定了奴才的地位。《红楼梦》中地位较高的奴婢，当然是跟随在最有权势的主子身边，如贾母身边的鸳鸯，王熙凤、贾琏平日里也要敬让三分；凤姐身边的平儿，底下哪个管事婆子，也对她恭敬有加；贾府中，侍候小姐的丫头，更有"副小姐"之称，她们不仅不用做粗重的杂役，小丫头们更可为她们使唤。这些人虽为奴才，但位高权重，属于奴才中的主子，不仅奴才们不敢惹，就是主子们也要让三分。

下层奴婢间斗争最激烈的群体在于：阶级地位低下，经济基础薄弱。她们迫于生存的压力，使尽浑身解数，一方面邀宠以上位，同时又嫌防他人，唯恐动摇自己的地位。怡红院中丫头众多，等级森严，生的俏丽干净的小红惹人注目，但长期为人压抑，不得近宝玉，以至于宝玉都不认得她，还要反问道："你也是我这屋里的人么？"有着"三分容貌"的小红，又怎可能甘心如此处境，"心内着实妄想痴心地往上攀高"。好不容易，为宝玉倒了杯茶，终有机会接近宝玉，却招来了秋纹、碧痕的一顿恶骂：

> 秋纹听了，兜脸啐了一口，骂道："没脸的下流东西！正经叫你去催水去，你说有事故，倒叫我们去，你可等着做这个巧宗儿。一里一里的，这不上来了。难道我们倒跟不上你了？你也拿镜子照照，配递茶递水不配！"碧痕道："明儿我说给他们，凡要茶要水送东送西的事，咱们都别动，只叫他去便是了。"秋纹道："这么说，不如我们散了，单让他在这屋里呢。"①

秋纹与碧痕彼唱我喝，对小红一顿恶骂，既是强势者的耀武扬威，同时也是弱者自我保护的表现。她们的强在于：在怡红院中，她们的地位高于小红，小红还不配为宝玉倒水，而她们的弱则表现为二人也仅仅是为宝玉倒水而已，侍寝、侍餐的活计，她们还讨不到。她们嫌恶小红，是怕小红凭姿色取而代之，以阻碍她们进一步上升的脚步从而失去养尊处优的生活。这种恶骂是她们出于自卫性的反击。

在《红楼梦》中，还有一个群体斗争较为激烈，那就是管家婆子们。她们不同于年轻奴才，年轻奴才还有很大上升空间，或者凭借姿色更进一步，或者成为姨太改变命运，所以年轻奴才斗争的核心在于地位之争，在于邀宠以博主欢心，即绞尽脑汁接近主子。管家婆子们年老色衰，经过半生的摸爬滚打，已经具有一定的等级地位。她们通常而言管理几个年轻奴才，已经成为统治阶级的奴

---

① 曹雪芹著. 无名氏续：《红楼梦》，中国艺术研究院红楼梦研究所校注，人民文学出版社，2008年第三版，第331页。

才，因为年老，也不可能再有多少地位的上升空间，因此，她们之间的矛盾斗争，主要体现在谄媚以多吃偷懒，主要集中在经济领域。

柳家的主管厨房内的大小事物，官职不大，油水却也不小。秦显家的刚一接手厨房，就"悄悄地备了一篓炭，五百斤木柴，一担粳米"，送给林之孝家的。显然，这些都是从厨房的用度中拿来的，否则，在入主厨房前，就应该打点完毕了。如此看来，厨房管事，还真是个让人眼红的职位。柳家的因五儿被误认为贼，而受到牵连，给了那些觊觎者一次上位的机会，在未完全撤职前，秦显家的就迫不及待地取而代之，足见其诱惑力之大。

第五十八回，因朝中老太妃薨，贾府主子们多数入朝守制，两府的奴才们"无了正经头绪，也都偷安，或承隙结党，或权暂执事者窃弄威福。……且他们无知，或赚骗无节，或呈告无据，或举荐无音，种种不善"。① 藕官祭药官烧纸钱，老婆子仗势欺人，芳官洗头，干娘不公，惹得芳官大哭大闹，晴雯、麝月、老婆子、芳官、宝玉等一顿大吵，这一阵风波，以芳官干娘被怡红院看门的小丫头冷嘲热讽收场："我们到的地方儿，有你到的一半，还有你一半到不去的呢"，② 芳官干娘被撵出榈子，还被其他老婆子们嘲笑："嫂子也没用镜子照一照，就进去了"，③ 芳官干娘又恨又气，只得忍耐。

马斯洛曾指出，每个人至少有温饱、安全等需要，利益就是满足这些需要的能指。④ 然而，利益也是促使人性发展的一柄双刃剑，它既可以满足人性的本能要求，又可能将人性中的善推向恶的一方。《红楼梦》女性世界中的人与人之间的利益冲突，显示的就是利益对人性的冲击。这也在警示世人，既然利益是人性中合理的欲望成分，那么人类在利益的追逐过程中，就必须进行自我约束，有所节制，以避免对他人造成损害。

---

①②③　曹雪芹著. 无名氏续：《红楼梦》，中国艺术研究院红楼梦研究所校注，人民文学出版社，2008 年第三版，第 801 页，第 805 页，第 806 页。
④　[美] 马斯洛著. 许金生、刘峰等译：《自我实现的人》，三联书店，1987 年。

第七章

《红楼梦》女性世界的
思想局限

在中国古代小说史上，《红楼梦》无论是在艺术上，还是在思想上，都是一座难以超越的丰碑。如鲁迅先生所说："自有《红楼梦》出来以后，传统的思想和写法都打破了。"① 众多研究者对此做出详尽的阐释，取得了丰厚的成果。但是，曹雪芹毕竟生活在封建时代，几千年的封建思想、男权思想，不可能完全地、彻底地，在曹雪芹身上清肃。它们或多或少的在《红楼梦》中展现出来。

首先，在女性观上，曹雪芹虽然提出了"女儿是水做的"观念，打破了封建社会"男尊女卑"的传统观念。但是，"女儿崇拜"是其中心旨意，并非完全意义上的"女性崇拜"，割裂了女性个体到群体的完整性，从而流露出潜在的男权意识。在空间上，曹雪芹所描写的女性没有超越传统的家庭范畴，从而规避了女性的社会价值，这是难以跨越的时代鸿沟。在女性命运的描写上，曹雪芹以神话、谶语等形式预设了女性悲剧命运的结局，并将全部女性都推向了悲剧的结局，绝对的悲剧，展现出的是宿命论的味道。

其次，在婚恋观中，曹雪芹提倡自由恋爱，批判了封建社会"父母之命，媒妁之言"的婚恋观，并揭示了扭曲女性人性的妻妾制度。然而，从择偶标准来说，《红楼梦》呈现的还是才子佳人的模式。从宝黛的爱情命运来说，他们从未冲破封建家长制婚姻的阻力，为爱情的美好结局做出努力。从宝钗、黛玉对袭人的态度上来说，曹雪芹并未彻底摒除"贤妻美妾"的婚姻思想，对纳妾制度批判的还不够彻底。

---

① 鲁迅著：《中国小说的历史变迁》，见《鲁迅全集》（第九卷），人民文学出版社，1981 年，第 338 页。

第一节　女性观中的思想局限

在《红楼梦》开篇，曹雪芹就以"女娲补天"的神话故事，彰显了"女性崇拜"的思想。但是，从《红楼梦》的主体叙述来看，曹雪芹对女性的崇拜是片面的，侧重点在女儿身上，并非完全意义上的女性整体崇拜。从故事情节的展开场域来看，曹雪芹所塑造的女性主体，仍然没有脱离开家庭的束缚，从而规避了女性的社会价值。从女性整体命运来看，太虚幻境中女性悲剧结局的设定，带有宿命论的意味。

一、"女儿崇拜"与封建男权意识

《红楼梦》在颠覆封建传统"男尊女卑"观念的同时，也是对男权思想的批判和解构，呼唤着女性主体的回归。这在开篇的"女娲补天"神话就已经显现出来。"女娲补天"是原始先民在生殖崇拜的基础上，产生的"女神崇拜"，针对的是女性群体。但是，在《红楼梦》中，曹雪芹思想中的"女性崇拜"，并非对女性群体的崇拜，而是"女儿崇拜"。[①]

无论是宝玉的那句"女儿是水，男儿是泥"的名言，还是"原来天生人为万物之灵，凡山川日月之精秀，只钟于女儿"[②]的观点，抑或是女性三变的女性观，其中所传达出来的都是"女儿崇拜"。然而，女儿只是女性群体的一部分。从年龄层段上来讲，女儿指代的只是那些年轻的女子，而非中老年女性。从成长阶段来讲，女儿只是女性成长的初期，没有完全囊括整个成长阶段的女性。从身份上来说，女儿是家庭赋予女性的身份，而忽视了女性群体社会性别身份。这种思想不仅割裂女性个体与群体的关系，更割裂女性成长的完整性。所以，如某些学者所说，这种思想"很难逃脱父权制意识形态网络的羁绊"。[③]

从文本来说，宝玉对女儿和除了女儿之外的女性，其态度有着明显的差别。对于那些未出嫁的女儿们，无论身份地位、亲疏远近，宝玉是极尽体贴的。如第十五回，宝玉送秦可卿出殡的途中，对偶然遇到的素不相识的二丫头，也是极为尊重的。宝玉看到纺车，因没见过"便上来拧转作耍，自为有趣"。[④]纺车对于二丫头而言是生计的工具，生怕被别人弄坏了，也不顾宝玉的身份"跑了来乱嚷：

---

①　对此刘再复、余英时先生早有论断。参见刘再复的《骑士精神与〈红楼梦〉的女儿崇拜》（书屋，2008 年 2 月 6 日）、余英时的《红楼梦的两个世界》（上海社会科学院出版社，2002 年）。

②④　曹雪芹著．无名氏续：《红楼梦》，中国艺术研究院红楼梦研究所校注，人民文学出版社，2008 年第三版，第 274 页，第 193 页，第 124 页。

③　李之鼎著：《〈红楼梦〉男性想象世界支配的女性世界》，《社会科学战线》，1995 年，第 6 期。

'别动坏了！'"① 在"众小厮忙断喝拦阻"②之时，"宝玉忙丢开手，赔笑说道：'我因为没见过这个，所以试他一试。'"③小厮的拦阻和宝玉的"忙""陪笑"形成了鲜明的对比，小厮是以身份的高低贵贱做出的应激性反映，而宝玉则抛弃了等级意识，为自己的唐突道歉，体现的是他对女儿的尊重。

但是，宝玉对于他身边的那些老婆子、媳妇们，却展现出一副厌恶的表情。譬如宝玉常常因为其乳母——李嬷嬷，而大动肝火。第八回中，宝玉在薛姨妈处喝酒，李嬷嬷赶紧上前劝阻："你可仔细老爷今儿在家，提防问你的书！"④贾政、读书是宝玉最忌惮的话语，因为它们都代表着宝玉所厌恶的封建价值观，而李嬷嬷以此来压制宝玉，自然引得宝玉不大自在。从李嬷嬷的口气中，完全是一副家长的样子，凌驾在宝玉之上，从等级意识来说，其触动了宝玉主子的权威。接着，宝玉回到怡红院中，听说李嬷嬷喝了枫露茶而大动肝火：

> 茜雪道："我原是留着的，那会子李奶奶来了，他要尝尝，就给他吃了。"宝玉听了，将手中的茶杯只顺手往地下一掷，豁啷一声，打了个粉碎，泼了茜雪一裙子的茶。又跳起来问着茜雪道："他是你哪一门子的奶奶，你们这么孝敬他？不过是仗着我小时候吃过他几日奶罢了。如今逞的他比祖宗还大了。如今我又吃不着奶了，白白的养着祖宗作什么！撵了出去，大家干净！"说着便要去立刻回贾母，撵他乳母。⑤

宝玉过激的反应，不仅是先前积攒下的不痛快，展现出他思想中等级意识的一面。"哪一门子的奶奶"，"他比祖宗还大"，说明在宝玉的意识中，李嬷嬷虽然是自己的乳母，也只不过是个奴才，自己才是主子，奴大欺主显然是主子不能容忍的。

在第五十八回中，藕官烧纸，宝玉为她解围时，只见"宝玉忙把藕官拉住，用杖敲开那婆子的手"。⑥ "拉""敲"的这个动作，凸显了宝玉对女儿与老婆子不同态度。"拉"是一种保护动作，生怕老婆子伤害到女儿，这是对女儿的体贴。而"敲"表现出对老婆子厌恶，这也是主子对奴才的一种惩罚手段。其彰显的仍然是封建等级意识的一面。

第七十七回中，当宝玉目睹老婆子们是以怎样恶劣的态度，逐出了司棋，他发出了这样的感叹："奇怪，奇怪，怎么这些人只一嫁了汉子，染了男人的气味，就这样混账起来，比男人更可杀了！"⑦可见，宝玉认为老婆子们是荼害少女们的

---

① ② ③ ④ 曹雪芹著．无名氏续：《红楼梦》，中国艺术研究院红楼梦研究所校注，人民文学出版社，2008
年第三版，第274页，第193页，第193页，第124页。

⑤ ⑥ ⑦ 曹雪芹著．无名氏续：《红楼梦》，中国艺术研究院红楼梦研究所校注，人民文学出版社，2008 年
第三版，第127页，第801页，第1078页。

凶手，比男人更为可怕。尽管宝玉揭露的是男权制对女性人性的异化，但是在其潜意识中，却传递出传统男权制，视女性为祸水，为恶魔的观念。

正是出于厌女情结，宝玉不希望他身边的女儿们变成老婆子的样子。因为女儿一旦出嫁，不可避免进入到严酷的伦理体系，丧失个体生命的独立性，成为男性的附庸，所以他不愿意女儿出嫁，只愿意同女儿们相伴在大观园中，同生同死。但是，这却割裂女性个体成长的完整性，使女儿们停留在了女孩阶段。① 宝玉就像男权制中父亲的角色，在保护着女孩的同时，也把女儿当作了男性实现其人生价值和审美价值的客体。而大观园在某种意义上成为了另一座禁锢女性的牢笼，其中折射出的仍然是男权意识的残留。

二、 女性社会价值的回避与空白

在男权社会中，家庭阻断了女性与社会的联系，将她们排挤出社会公共事业之外，使她们失去了应有的社会价值。即便唐传奇中的女侠们，曾以"忠君护主"的模式，展现了女性的社会价值，却始终是在男性价值体系中进行的，不是真正意义上的女性主体社会价值的体现。虽然《红楼梦》揭示了女性的多元价值，却没有揭示女性的社会价值，呈现出回避和空白的状态。

《红楼梦》是一部反映 18 世纪中国女性主体生活的鸿篇巨制，其所描绘的对象一定是具有普遍意义和典型意义的女性群体。封建时代的女性，整体被禁锢在家庭之中，曹雪芹不可能跨越家庭，选择家庭之外的女性群体。也不可能跨越时代，让女性走出家庭，走向社会，其呈现出的必然是对女性的社会价值的回避与空白。但是，这并不等于说女性没有创造社会价值的可能。

首先，女性要想创造社会价值，就要与社会发生联系。封建社会，女性被禁锢在家中，似乎绝无可能与社会有所联系，但是，女性毕竟是社会中的一员，波伏娃曾经指出"家庭是女性与社会的唯一联系"。② 曹雪芹在对女性主体价值的探讨中，恰恰看到了女性是如何透过家庭，与社会产生联系的。

《红楼梦》曾两次描写王熙凤是如何利用家庭的势力，掌控他人的命运。第十五回中，王凤姐弄权铁槛寺，买通官府，害得金哥与张守备之子双双殉情；第六十八回，凤姐与官府相通，利用张华父子状告贾琏，以陷害尤二姐。在这两次的事件中，凤姐从来没有亲自出面过，第一次凤姐打的是贾琏的旗号，只是修书

---

① 波伏娃曾在《第二性》中指出，女孩阶段的女性就像她手中的布娃娃一样，接受着父亲的保护和塑造的同时，在他人对自我的夸赞中，来寻找自我的主体性。在自我存在与客观自我——"做他者"的冲突中，逐渐的否定主体，而变为被动的客体。(参见《第二性》，陶铁柱译，中国书籍出版社，1998年，第 324 页)

② [法] 波伏娃著. 陶铁柱译：《第二性》，中国书籍出版社，1998 年，第 514 页。

一封，就草菅人命。第二次则是利用娘家的势力，贿赂官员，虚张声势。从个人身份上来说，凤姐作为一个足不出户的女子，她个人没有能力和机会左右官府；从社会身份上来说，凤姐作为金陵四大家族中的一员，其背后的家族势力则足可以令官员们为她所用。凤姐的所作所为，足以说明她了解这个社会的游戏规则，她完全能在社会中生存，不过现实空间束缚了她而已，但她却借助家族的势力，完成了与社会的联系。

其次，女性要有创造社会价值的能力。第十四回中，曹雪芹通过王熙凤协理宁国府，展现了女性创造社会价值的可能性。对于凤姐的理家才能，曹雪芹评价道："金紫万千谁治国，裙钗一二可齐家。"① 脂砚斋赞叹道："五件事若能如法整理得当，岂独家庭，国家天下治之不难。"② 中国是个家国同构的社会，古人云："物格而后知至，知至而后意诚，意诚而后心正，心正而后身修，身修而后家齐，家齐而后国治，国治而后天下平。"③ 齐家是治国的前提条件，一个人有能力治理好一个家，必定也能治理好国，其道理是殊途同归的。王熙凤理家的能力，正是治理国家所必需的，如果她是个男子，相信一定会为国家的巩固，社会的稳定作出贡献。

探春的理家的才能，不在王熙凤之下。第五十六回，探春对大观园实行的经济改革。放大到国家的范围内，也不失为国家改良经济政策的一个好办法。譬如在 20 世纪 80 年代的中国，实施了土地承包制，其内在的意义内涵与探春的改革相一致。探春同凤姐一样，有创造社会价值的能力。

曹雪芹在肯定王熙凤和探春理家能力时，将这种能力提到了治国的高度，从侧面肯定了女性具有潜在的创造社会价值的能力。

最后，女性还要有创造社会价值的渴望。虽然凤姐和探春都有能力创造社会价值，但是探春有对走出家庭走向社会的渴望，而凤姐则完全沉浸在家庭权力之中。探春组建诗社的时候，就曾说过："孰谓莲社之雄才，独许须眉；直以东山之雅会，让余脂粉。"④ 以女性之才，欲与男性试比高的志向，足以说明，探春的意识中，男性能做的事情，女性同样可以做到，只不过女儿身束缚了她走出家庭的可能。于是，在第五十五回中，探春带着对母亲、家庭的失望，发出了隐藏在内心中的渴望，"我但凡是个男人，可以出得去，我必早走了，立一番事业，那时自有我一番道理"。⑤ 在探春的内心中是多么渴望走出家庭，到外面的世界闯

① 曹雪芹著. 无名氏续:《红楼梦》，中国艺术研究院红楼梦研究所校注，人民文学出版社，2008 年第三版，第 178 页。

② 朱一玄主编:《红楼梦资料汇编》，南开大学出版社，2001 年，第 235 页。

③ 《礼记·大学》，阮元校刻，《十三经注疏》，中华书局，1980 年，第 1673 页。

④⑤ 曹雪芹著、无名氏续:《红楼梦》，中国艺术研究院红楼梦研究所校注，人民文学出版社，2008 年第三版，第 486 页，第 752 页。

一闯。

虽然女性具备了创造社会价值的条件，但是在封建男权社会，即便作为男性，在社会中生存亦是难事。曹雪芹一生经历了繁华与衰败，作为男性的他在没有家庭的庇护下，其生活穷困潦倒，无可度日。正是有这样的生存体验，使曹雪芹意识到，原本就被男性所排斥的弱势女性，更难以在社会中有所出路。就如鲁迅先生在《娜拉的出走》中所指出的那样：她们最终只有两条路，不是堕落，就是归来。封建社会根本就不具备让女性创造社会价值的时代条件，而曹雪芹也无法超越他所属的时代，只能将她们限制在家庭中，从而回避了女性主体的社会价值。

三、 女性宿命观的流露

曹雪芹在《红楼梦》中塑造了数百名女性形象，她们或是青春正茂、豆蔻年华的少女；或是风光无限，令人艳羡的少妇；亦或是福寿双全，备受尊敬的老妇。然而，她们命运的最终结局都是悲剧性的，她们也曾抗争，却无力改变，从而陷入到了宿命论中。

在中国的古典小说中，其在整体结构框架内，多会安排一个带有因果循环的神话系统或带有宿命论的循环系统。① 《红楼梦》也继承了传统的古代小说的结构安排，且不说宝玉随一僧一道入世，又随一僧一道离世的情节。单就女性的命运而言，在第五回的太虚幻境中，就已经预设了包括贾府女性在内的，普天下所有女性的悲剧结局。"千红一哭"，"万艳同悲"是所有女性的命运写照，而"痴情司""结怨司""朝啼司""夜怨司""春感司""秋悲司""薄命司"，预示的是女性不幸命运的不同形态。金陵十二钗正、副册及红楼十二支曲则揭示了贾府各位女性具体的命运结局。在其后的故事情节的展开中，所有的女性又都按照预设的结局走完了其一生的路程。这就为女性的命运蒙上了一层神秘的色彩。

在文本中，《红楼梦》中的女性总能一语成谶，预知自己命运的不幸。第二十二回，制灯谜中，元春所做的是爆竹，"能使妖魔胆尽摧，身如束帛气如雷。一声震得人方恐，回首相看已化灰。"② 元春的一生就好似这爆竹般，在短暂的灿烂过后，早已经化为灰烬。虽迎春贵为侯门小姐，但自小就无人关爱，直到受虐而死，就好似她做的灯谜一样"有功无运也难逢"。③探春做的风筝，道出的是她远嫁的命运，探春就似风筝远飘他乡，归家无期，只能"莫向

---

① 譬如说《金瓶梅》《醒世姻缘传》中的两世循环论等。(参见鲁德才著：《〈红楼梦〉打破传统写法了吗？——读〈红楼梦〉断想录》，《红楼梦学刊》(第四辑)，2009 年)

②③ 曹雪芹著. 无名氏续：《红楼梦》，中国艺术研究院红楼梦研究所校注，人民文学出版社，2008 年第三版，第 303 页，第 304 页，第 305 页，第 970 页，第 971 页，第 973 页。

东风怨别离"。① 惜春做的佛前海灯，预示着她终将遁入空门的命运。宝钗做的便香，"焦首朝朝还暮暮，煎心日日复年年。光阴荏苒须当惜，风雨阴晴任变迁"，②预示着她以后孤凄寡居的生活。

在红楼女儿的诗词中，也暗喻着她们各自不幸的命运。譬如说黛玉的《葬花吟》不仅寄予着她身世的悲哀，同时也是她命运的诗谶。对于这一点，与曹雪芹同一时期的明义，在《题红楼梦》中就已经指出："伤心一首葬花吟，似谶成真自不如。安得反魂香一缕，起卿沉痼续红丝?"③ 再如第七十回中，红楼女儿们所作的《柳絮词》，就是她们各自命运的认领。湘云的"且住，且住! 莫放春光别去"，④隐喻着其短暂的美满婚姻。探春的"一任东西南北各分离"，⑤象征着其远嫁后，与父母亲人的离别之景。宝钗的"任他随聚随分"，⑥预示着她与宝玉的婚姻悲剧。

类似的谶语，不仅集中出现在女性的诗词、言语中，还散落在《红楼梦》的不同场景之中。如第七回和第八十七回，惜春同智能、妙玉下棋，预示着她未来归入空门的可能。第六十三回，宝玉过生日抽花签，麝月抽到了荼蘼花，题着"韶华胜极"四个字，旁边的诗是"开到荼蘼花事了"。注云："在席各饮三杯送春。"⑦ 其所象征不就是《红楼梦》中女性如花般开到极盛之时，便会衰败而终吗? 第七十回，探春放的凤凰风筝与一个喜字风筝纠缠在一起，漂泊远去，这不正是其远嫁的预演吗?

然而，面对不幸的命运，《红楼梦》中的女性也曾抗争过。鸳鸯为了逃离贾赦的魔掌，而以身殉主;尤三姐为了摆脱被男性玩弄的命运，不惜舍弃名节，以淫制淫，为向爱人表明自己的高洁，而以死明志;晴雯虽身为女婢，却一身傲骨，为争取人的尊严，付出生命的代价;迎春这个"二木头"也曾发出命运的悲叹;被人唾弃的赵姨娘，又何尝不是为了改变卑微的地位，不择手段的谋害宝玉，挑唆生事。但是，女性却被一股神秘、未知的力量牵引着，她们就像古希腊神话中的俄狄浦斯，无论怎样的抗争都逃脱不了命运的掌控，不过是由一个悲剧迈进另一个悲剧而已。

如果说女性不幸的命运是曹雪芹对社会现实的真实反映，那么未免有些太过于绝对了。毕竟在封建现实社会中，还有李纨那样完满的结局。在经历了丧夫、守节之后，李纨母凭子贵，"气昂昂头戴簪缨;光灿灿腰悬金印;威赫赫

①②④⑤⑥　曹雪芹著. 无名氏续:《红楼梦》，中国艺术研究院红楼梦研究所校注，人民文学出版社，2008年第三版，第 303 页，第 304 页，第 305 页，第 970 页，第 971 页，第 973 页。

③　一粟主编:《红楼梦资料汇编》，中华书局，1964 年，第 12 页。

⑦　曹雪芹著. 无名氏续:《红楼梦》，中国艺术研究院红楼梦研究所校注，人民文学出版社，2008 年第三版，第 871–872 页，第 85 页。

爵禄高登",① 如此显贵又怎能称得上是悲剧呢？原因就在于，曹雪芹以其男性的身份，已经洞见了男权社会中，女性的命运被掌控在男性的手中，她们出生的那一刻，命运就已经被定格了。命运的好与坏，也不是女性来评定的。这本身就是封建社会女性难以逃离的大悲剧。而对曹雪芹来说，受时代的局限性，他无法为其笔下的女子找到逃离命运的出口，那么，他只有将其所钟爱的女子们，全部纳入宿命论中，而获得一丝安慰而已。

第二节　婚恋观中的思想局限

《红楼梦》作为一部展现女性主体性的小说，自由爱情是其描写的重点。社会心理学家说："人的主体意识是一个不断觉醒的过程，这种觉醒首先通过爱情婚姻表现出来，意味着人们对终身伴侣的自由选择，对自我行为的自由支配。"② 在此基础上，进一步批判了封建社会扼杀人性的婚恋制度。但是，我们在肯定曹雪芹超越传统的时候，也要衡量他囿于传统的程度。从择偶标准上说，曹雪芹仍然没有脱离自唐传奇时代延留下来的"才子佳人"的模式；从宝玉、黛玉的爱情结局来说，仍然受制于传统的父母之命的封建思想；从黛玉对袭人的态度上来说，对妻妾制度的批判不够彻底。

一、　在择偶标准上亦有才子佳人成分的延续

自唐传奇开始，到明清的"才子佳人"小说，中国古典婚恋小说中，在男女配备的方式上，总是呈现着"才子佳人"的模式，或者换句话说"郎才女貌"的模式。如石头所言"至若才子佳人等书，则又千部共出一套，以致满纸潘安、子建、西子、文君"，③ 他们的爱情总是一见钟情式的，男为"女色"而倾倒，女为"男才"而痴迷。尽管《红楼梦》对才子佳人小说程式化的写作模式给予了中肯的批评，其现实主义与浪漫主义相结合的艺术方式，也超越了才子佳人小说的写作模式。但是，在择偶标准上，《红楼梦》仍然延续了才子佳人的模式。

从"女貌"的角度来说，才子佳人中的女子，多是才貌双全的女子，即便没有超人的才华，从容貌上来说，也是个绝代佳人。如贾母对才子佳人小说评判

---

① 曹雪芹著．无名氏续：《红楼梦》，中国艺术研究院红楼梦研究所校注，人民文学出版社，2008 年第三版，第 871-872 页，第 85 页。

② 白军芳著：《唐传奇中的女性美》，《陕西师范大学学报》，2000 年，第 1 期。

③ 曹雪芹著．无名氏续：《红楼梦》，中国艺术研究院红楼梦研究所校注，人民文学出版社，2008 年第三版，第 5 页，第 737 页，第 396 页，第 87 页，第 69 页，第 313 页。

的那样："这小姐必是通文知礼，无所不晓，竟是个绝代佳人。"① 在《红楼梦》中，男性的择偶标准，也是以女貌为主。贾母就曾说过，贾府媳妇的选择标准是："不管她根基富贵，只要模样配得上就好，来告诉我。……只是模样性格儿难得好的。"②如秦可卿、王熙凤二人皆天姿国色，一个是"生的袅娜纤巧，行事又温柔平和"，③可谓既有黛玉之形貌，又有宝钗之性格；另一个是"彩绣辉煌，恍若神妃仙子"。④宝玉与黛玉的爱情中，相信黛玉的风流袅娜，也是宝玉钟情的一个原因所在。贾芸钟情小红，也是相中了小红的"细巧干净"。可见，女貌仍然是曹雪芹择偶观中的一个重要标准，以美貌作为衡量女性获取爱情、婚姻的标准，实质上还是以男性为中心，对"女色"的要求。

从"男才"的角度来说，"才"从表面意义上，指向的当然是才华、才学，不管是唐传奇，还是才子佳人小说中，大部分的才子都满腹经纶、出口成章，如《霍小玉传》中的李生、《李娃传》中的荥阳生，哪一个不是诗词文采兼备。在《红楼梦》中，宝玉虽不似黛玉般才华横溢，也不似宝钗般博学多才，却也不失为一个才子。大观园题匾，宝玉的灵动俊逸，远远超出那些匠气的老儒生；第二十三回，宝玉所作的春夏秋冬四季的即事诗，或被人抄录称颂，或被人写在扇上吟哦赏赞，或"有人来寻诗觅字，情画求题"，⑤可见宝玉才华出众。就连贾政也不得不承认，宝玉天性聪敏，空灵隽逸。宝玉的才华不仅是吸引女性注意的因素，也是与黛玉精神相通的基础。从这一点上，也不乏是对"男才女貌"的继承。

在才子佳人小说中，男性的"才"最终指向的是金钱和地位。封建社会有"才"的男子其人生的道路必定与金钱和政治地位相关。如才子佳人小说中的才子，要想抱得美人归，必须高中状元，皇帝赐婚，才算圆满。而男"才"是他们通向这条路的必要条件。宝玉虽然不喜欢四书五经、八股文，这些仕途经济必需的学问，但是他一旦将才气都用到仕途经济上，其考取功名要比没才的人容易一些，如宝玉同贾兰一起参加乡试，不务正业的宝玉，居然中了第七名，而贾兰自小就为科举考试做准备，才中了第一百三十名。

贾府中的其他男性，虽不及宝玉有才华，但是却拥有金钱、政治地位，这也是变相的"男才"表现。如第七十五回中，贾赦所说的那样："想来咱们这样人家，原不比那起寒酸，定要'雪窗荧火'，一日蟾宫折桂，方得扬眉吐气。咱们的子弟都原该读些书，不过比别人略明白些，可以做得官时就跑不了一个官的。何必多费了工夫，反弄出书呆子来。"⑥贾府中的男性主子们，从出生那一刻起，

---

① ② ③ ④ ⑤ 曹雪芹著. 无名氏续：《红楼梦》，中国艺术研究院红楼梦研究所校注，人民文学出版社，2008年第三版，第5页，第737页，第396页，第87页，第69页，第313页。

⑥ 曹雪芹著. 无名氏续：《红楼梦》，中国艺术研究院红楼梦研究所校注，人民文学出版社，2008年第三版，第1055页。

在祖宗的庇护下，就已经获取了金钱和政治地位。

因此，女性选择他们作为钟情对象，想必也与他们背后的金钱、地位相关。譬如说尤二姐嫁给贾琏，一方面，为了脱离贾珍、贾蓉等人的淫爪；另一方面，贾琏的经济基础、政治地位，是她及母亲可以依靠的对象。再如，彩云（或彩霞）钟情于形象猥琐的贾环，而不钟情宝玉，实在有令人不解之处。其实，还原到文本中，宝玉整日都被晴雯、袭人这样出类拔萃的女子围绕着，彩云作为一个平庸的丫头，她无法与晴雯们争夺宝玉。而贾环不管多么卑劣、猥琐，他毕竟还是贾府的主子，所以，退而求其次选择了贾环。由此来看，曹雪芹在提倡自由恋爱的同时，在择偶观上，仍然延续了才子佳人中"男才女貌"的模式。

二、 在婚姻决定权上仍未脱父母之命窠臼

在中国古典小说和戏剧中，有很多歌颂自由爱情的篇章，男女主人公为了得到美满的爱情结局，而突破重重的阻碍，有的不惜以放弃整个家庭为代价，以私奔的形式实现对爱情的期望。例如《离魂记》中的倩娘，她的肉身虽然还停留在家中，但是灵魂已经跟随王宙而去了，也不失为私奔的一种特殊形式；元代白朴的《墙头马上》中的李千金，与裴少俊一见钟情后，隐藏在裴府的后院，同居七年。《红楼梦》中，宝黛二人，他们从来就没有如倩娘、李千金般，为爱情正面迎击封建家长的阻挠。

宝玉和黛玉从小一起长大，受到贾母的宠爱，即便两人已经生成了爱情的情愫，也被贾母等视作兄妹之情而忽视，在客观上促进了宝黛爱情的发展。当宝黛爱情被众人知晓后，贾母等人虽然没有如《离魂记》中的家长那样，疾言厉色的阻止双方的交往。但是，为宝玉说亲也提到了日程上来，如第八十四回，贾母提议给宝玉定亲，要求还是"模样性情好"就可以了。王夫人抄检大观园，实质上就是给予大观园中女子以警告，杜绝女子与宝玉的接触，以防"带坏了宝玉"。这一切都是在阻挠着宝黛之间的爱情。

宝玉和黛玉对于封建统治者的阻挠，他们是十分抵触的。但是，他们的抵触仅仅是以伤害、折磨自己的身体和精神为方式。如第二十九回，黛玉与宝玉怄气说道："张道士说亲，你怕阻了你的好姻缘。"[1] "那宝玉又听见他说'好姻缘'三个字，……便赌气向颈上抓下通灵宝玉，咬牙狠命往地下一摔。"[2]虽然宝玉摔玉，最根本的原因是黛玉不知其真心，但是"好姻缘"却是引子，足可见，宝玉对他人说亲是十分抵触的。

---

[1][2] 曹雪芹著．无名氏续：《红楼梦》，中国艺术研究院红楼梦研究所校注，人民文学出版社，2008年第三版，第401页，第402页，第1250页，第1253页。

第八十九回，黛玉听雪雁说宝玉已经定亲，"自此以后，有意糟蹋身子，茶饭无心，每日渐减下来。"① 对于黛玉而言，宝玉、爱情就是她生命的全部，宝玉定亲，就意味着爱情的结束，她在用自己生命最后的力量，抗拒着封建家长对她们爱情的阻碍。

从未见他们对封建家长们表明心意，或向司棋与潘又安那样，采取应对的办法。不仅如此，还天真地把爱情的希望寄托于封建家长的身上。第八十二回中，黛玉梦见自己被继母许配他人，而跪求贾母以留在贾府。中国有句俗语"日有所思，夜有所梦"，弗洛伊德也在《梦的解析》中，认为梦是人内心中的潜意识的反映。梦中黛玉恳求贾母为自己的婚事做主，不过是把与宝玉的爱情，寄托于贾母身上，希求贾母能够成全他们。

第九十回中，侍书说贾母心中的孙媳妇，就在大观园中，还是亲上加亲的人，黛玉听后"老太太的主意亲上作亲，又是园中住着的，非自己而谁？因此一想，阴极生阳，心神顿觉清爽很多"。② 如此更加印证了黛玉把自己的幸福完全寄托在了贾母的身上的事实。

在宝黛的意识中，他们从来没想过以私奔奋力一搏，延续他们的爱情。在封建社会，私奔是需要巨大勇气的。男女双方逃离原生家庭，就意味着他们放弃了赖以生存的空间，社会地位等，更要独自去面对生活中的一切。对宝玉、黛玉来说，贾府的政治、经济地位，保障了他们养尊处优的生活，一旦脱离贾府，他们根本没有生存的技能，他们所痛恨反对的东西，正是他们所依赖的，这就决定了他们只能将希望寄托于封建家长。

女性的贞洁观，使私奔的女子背负上了不洁的恶名，"聘则为妻，奔则为妾"③ 的婚姻观，使私奔的女子永远不会被社会和夫家所承认。黛玉向来就是一个孤高自洁的女子，"质本洁来还洁去"是她人生的座右铭，即便爱情是她生命中的唯一，但是，她绝对不容许自己被冠上不洁的恶名。

曹雪芹本身经历了家族从盛到衰的过程，其晚年生活的落魄，已经说明了，作为曾经的富家子弟，没有生存的技能，失去家庭的保障，必定面临生存的危机。或许，曹雪芹落魄之时，也会缅怀曾经的生活。正是受制于曾经的阶级，因此，宝玉和黛玉根本不可能私奔，把爱情希望寄托于贾母，是他们唯一的出路。

三、 从妻妾关系层面说纳妾制度批判的并不彻底

纳妾制度是中国封建婚姻的一种特殊的形态，其是为弥补一夫一妻制婚姻而

---

①② 曹雪芹著. 无名氏续：《红楼梦》，中国艺术研究院红楼梦研究所校注，人民文学出版社，2008 年第三版，第 401 页，第 402 页，第 1250 页，第 1253 页。

③ 《礼记·大学》，阮元校刻，《十三经注疏》，中华书局，1980 年，第 1471 页。

出现的。一男多女的婚姻模式，必定会造成女性间的钩心斗角，争风吃醋，甚至到了相互厮杀的境地。《红楼梦》中，曹雪芹以赵姨娘的所作所为，以王熙凤对尤二姐的态度，批判了纳妾制度对女性人格的扭曲，人性的悖离，揭示了纳妾制度的残酷和对女性造成的伤害。然而，"贤妻美妾"一直是封建社会男性的婚姻理想，身处在封建社会的曹雪芹能否彻底摒弃这种思想，还有待商榷。

《红楼梦》中的黛玉，本是一个爱情至上的人，她对宝玉的爱深刻地体现着爱情排他性的原则，在这一原则的指引下，黛玉才会对"金玉良缘"之说如此的敏感。例如，第二十九回，黛玉与宝玉之间的矛盾，就是由"金玉良缘"所引发的；再如，第十九回，黛玉对宝玉说："你有玉，人家就有金来配你；人家有'冷香'，你就没有'暖香'去配？"① 明确地表达了她对"金玉良缘"的嫉妒。热恋中的男女有如此"吃醋"的反映，是爱情中的正常现象。

黛玉不仅对"金玉之说"有所芥蒂，对宝钗也是有所顾忌的。第三十二回中，黛玉听到宝玉对湘云经济之说的责怪，感叹道："你既为我之知己，自然我亦可为你之知己矣；既你我为知己，则又何必有金玉之论哉；既有金玉之论，亦该你我有之，则又何必来一宝钗哉！"② 所以，在第四十五回之前，黛玉对宝钗是含有敌意的。

第八回中，宝钗劝宝玉把酒热热再喝，正巧雪雁来给黛玉送手炉，黛玉借此含沙射影地说道"我平日和你说的，全当耳旁风，怎么他说了你就依，比圣旨还快些！"③ 很显然，黛玉对宝玉与宝钗间亲密的互动是酸妒的，如脂砚斋批注所说："要知尤物方如此，莫作世俗中一味酸妒狮吼辈看去"，④ 她奚落的不仅是宝玉，更将矛头指向了宝钗。

第三十四回中，宝钗因宝玉挨打的事情，与薛蟠产生了冲突，而显憔悴，被黛玉误以为是心疼宝玉所致，因此，而讥讽道："姐姐也自保重些儿。就是哭出两缸眼泪来，也医不好棒疮！"⑤ 此时的黛玉已经知道宝玉心之所属，却故意如此奚落宝钗，似乎有一种胜利过后的骄傲之态，其潜在意识中，仍然将宝钗视为情敌。

黛玉之所以如此对待宝钗，原因无外乎是宝钗威胁到了她与宝玉之间的爱情。奇怪的是，对与宝玉有肌肤之亲的袭人，黛玉却保持着较温和的态度，至少没有把她当做是情敌而对待。

---

① ② ③　曹雪芹著．无名氏续：《红楼梦》，中国艺术研究院红楼梦研究所校注，人民文学出版社，2008 年第三版，第 401 页，第 433 页，第 124 页。

④　朱一玄主编：《红楼梦资料汇编》，南开大学出版社，2001 年，第 206 页。

⑤　曹雪芹著．无名氏续：《红楼梦》，中国艺术研究院红楼梦研究所校注，人民文学出版社，2008 年第三版，第 459 页，第 913 页，第 420 页。

第五回中，宝玉与袭人就已经通晓男女之事；第三十一回中，晴雯也曾半藏半露的说过此事，这已经不是一个秘密了，以宝玉和黛玉的亲近，黛玉应该是知晓此事的。如果说宝玉顾忌到黛玉的感情，而刻意隐瞒了此事，那么从贾府的习惯及袭人所处的位置来看，黛玉也应该很清楚地知道，袭人就是未来宝玉的妾。在第六十五回中，兴儿说过："我们家的规矩，凡爷们大了，未娶亲之先都先放两个人服侍的"，① 何为"服侍"，无非就是充当男性主子的性工具而已，是为纳妾做的准备。

以黛玉的性情和对宝玉的爱来说，这是她无法容忍的事情。但是，第三十一回，黛玉劝解袭人和晴雯的矛盾时，称袭人为"嫂子"，"你说你是丫头，我只拿你当嫂子待"。② 如果说这只是黛玉的戏言，戏言却也有出处根据，以黛玉的态度来说，她根本不排斥袭人，甚至是接受袭人的，也就意味着，黛玉不反对宝玉纳袭人为妾。第三十六回，黛玉听闻王夫人内定了袭人为宝玉的妾，还亲自到怡红院给袭人道喜，这种道喜不同于对宝钗的调侃和讥讽，而是心无芥蒂的真情实感。

黛玉对宝钗和袭人的态度，呈现出如此之大的反差，原因就在于，宝钗是可以与她争夺宝玉之妻的人，而袭人她只是个妾，永远没有能力走进宝玉之妻的行列，对黛玉根本构不成威胁。可见，黛玉并不反对、抗拒宝玉纳妾，其对纳妾制度是接受的。

再看尤氏与贾珍两个妾的关系。在《红楼梦》中，极少描写尤氏与妾之间的关系，只在第六十三回，作者以简单的笔墨做了描述：

> 可喜尤氏又带了佩凤偕鸳二妾过来游玩。这二妾亦是青年姣憨女子，不常过来的，今既入了这园，再遇见湘云、香菱、芳、蕊一干女子，所谓"方以类聚，物以群分"二语不错，只见他们说笑不了，也不管尤氏在那里，只凭丫鬟们去伏侍，且同众人一一的游玩。③

虽是寥寥数笔，却足可见尤氏与妾的关系，她们之间是比较和睦的。在《红楼梦》中，无论是凤姐与尤二姐，抑或王夫人与赵姨娘，都呈现出或紧张、对立，或冷漠的状态，凤姐也好王夫人也罢，她们绝对不可能带尤二姐或赵姨娘出去游玩。而尤氏能够以妻子之身份，带领佩凤、偕鸳二妾进入大观园，说明尤氏并不反感这两个妾，甚至她们之间还比较亲密。而且，这两个妾对尤氏也没有

---

①② 曹雪芹著. 无名氏续：《红楼梦》，中国艺术研究院红楼梦研究所校注，人民文学出版社，2008 年第三版，第 459 页，第 913 页，第 420 页。

③ 曹雪芹著. 无名氏续：《红楼梦》，中国艺术研究院红楼梦研究所校注，人民文学出版社，2008 年第三版，第 878-879 页。

敬、怕之感，而是什么也不管，任自己玩乐。这种和睦的妻妾关系能够形成的原因：一是尤氏本身就是个恪守妇道的妻子；二是出于对贾珍的顺从。但是，无论怎样对于这样妻妾和睦的场面，曹雪芹对此并不反感。

再看凤姐对待平儿和秋桐的态度。凤姐是十分反感纳妾的，所以，她对尤二姐痛下杀手，但是对待平儿与秋桐却是接受的。对于平儿的接受，如兴儿所说是为了贤惠的美名，而且平儿也不失为凤姐的一个好帮手。至于秋桐，凤姐一是利用她除掉尤二姐，再有由于秋桐是贾赦赏给贾琏的，作为儿媳妇，她不敢拒绝，以免担负不贤不孝的恶名。在封建社会，无论是谁都无法以一己之力对抗整个社会制度，只能无奈地接受。

从以上这三个例子中，所反映出的是：曹雪芹虽然批判纳妾制度，但是并不彻底。这有两方面的原因：一是封建社会的男性，追逐"女色"既是男性的权力，也是男性人性的弱点，曹雪芹作为男性，还无法彻底清除"贤妻美妾"的男性婚姻理想。二是封建社会，纳妾制度是合理合法的婚姻制度，曹雪芹虽然意识到其危害，却难免不会受其影响，而且他也无力改变这种制度，这是曹雪芹无法跨越的时代鸿沟。

参考文献

一、专著及文选类

[1]（明）李贽. 初潭集［M］. 北京：中华书局，1974.

[2]（明）李贽. 焚书［M］. 北京：中华书局，2011.

[3]（明）冯梦龙. 情史［M］. 杭州：浙江古籍出版社，2011.

[4]（清）唐甄. 吴泽民编校. 潜书［M］. 北京：中华书局，1955.

[5]（清）李渔. 杜书瀛评注. 闲情偶记［M］. 北京：中华书局，2007.

[6]（清）蓝鼎元. 女学. 沈云龙主编. 近代中国史料丛刊第二辑［M］. 台湾：文海出版社，1966.

[7]（清）王相笺注. 女四书·女孝经［M］. 北京：中国华侨出版社，2011.

[8]（清）辜鸿铭. 中国人的精神［M］. 北京：三联书店，2010.

[9]（清）康有为. 周振甫、方渊校点. 大同书［M］. 第2版. 北京：中华书局，2012.

[10] 胡适. 胡适文存［M］. 上海：亚东图书馆，1921.

[11] 冯友兰. 中国哲学史新编［M］. 北京：人民出版社，1980.

[12] 蔡元培. 中国伦理学史［M］. 上海：东方出版社，1996.

[13] 杨伯峻. 孟子译注［M］. 北京：中华书局，1960.

[14] 杨伯峻. 论语译注［M］. 北京：中华书局，2009.

[15] 陈鼓应. 庄子今注今译［M］. 北京：中华书局，1983.

[16] 李泽厚. 论语今读［M］. 北京：三联书店，2004.

[17] 李泽厚. 中国古代思想史［M］. 北京：三联书店，2008.

[18] 冯天瑜等. 中华文化史［M］. 上海：上海人民出版社，1990.

[19] 吕思勉. 中国通史［M］. 上海：上海古籍出版社，2009.

[20] 郭沫若. 十批判书［M］. 第三版. 北京：人民出版社，2012.

[21] 陈寅恪. 金明馆丛稿二编［M］. 北京：三联书店，2001.

[22] 费孝通. 生育制度 [M]. 北京：商务印书馆，1999.

[23] 费孝通. 乡土中国 [M]. 南京：江苏文艺出版社，2001.

[24] （英）罗素. 婚姻革命 [M]. 北京：东方出版社，1988.

[25] 孙晓. 中国婚姻小史 [M]. 北京：光明日报出版社，1988.

[26] 顾鉴塘，顾鸣塘. 中国历代婚姻与家庭 [M]. 北京：商务印书馆，1996.

[27] 陈鹏. 中国婚姻史稿 [M]. 北京：中华书局，1990.

[28] 陈东原. 中国妇女生活史 [M]. 北京：商务印书馆，1998.

[29] 常建华. 婚姻内外的古代女性 [M]. 北京：中华书局，2006.

[30] 闵家胤. 阳刚与阴柔的变奏——两性关系和社会模式 [M]. 北京：中国社会科学出版社，1995.

[31] 杜芳琴、王政. 中国历史中的妇女与性别 [M]. 天津：天津人民出版社，2004.

[32] 杜琴芳. 女性观念的转变 [M]. 郑州：河南人民出版社，1988.

[33] 赵维江. 熟悉的陌生人——传统文化中的女性审美 [M]. 石家庄：河北人民出版社，2001.

[34] 胡元翎. 拂去尘埃——传统女性角色的文化巡礼 [M]. 石家庄：河北人民出版社，2001.

[35] 鲁迅. 中国小说的历史变迁 [M]. 北京：人民文学出版社，1973.

[36] 鲁迅. 中国小说史略 [M]. 上海：上海古籍出版社，2006.

[37] 夏志清. 中国古典小说导论 [M]. 合肥：安徽文艺出版社，1988.

[38] 石昌渝. 中国古典小说源流论 [M]. 北京：三联书店，1994.

[39] 刘敬圻. 明清小说补论 [M]. 北京：三联书店，2004.

[40] 张锦池. 中国古典小说四大论稿 [M]. 北京：华艺出版社，1993.

[41] 关四平. 唐代小说文化意蕴探微 [M]. 北京：人民文学出版社，2012.

[42] 张宏生. 明清文学与性别研究 [M]. 南京：江苏古籍出版社，2002.

[43] 马钰珩. 中国古典小说女性形象源流考论 [M]. 南京：南京师范大学出版社，2006.

[44] 王引萍. 明清小说女性研究 [M]. 银川：宁夏人民出版社，2007.

[45] 楚爱华. 女性视野下的明清小说 [M]. 济南：齐鲁书社，2009.

[46] 郭豫适. 红楼梦研究小史稿 [M]. 上海：上海文艺出版社，1980.

[47] 郭豫适. 红楼梦研究小史续稿 [M]. 上海：上海文艺出版社，1980.

[48] 孙逊. 红楼梦脂评初探 [M]. 上海：上海古籍出版社，1981.

[49] 白盾. 红楼梦研究史论 [M]. 天津：天津人民出版社，1997.

［50］冯其庸. 重校八评批红楼梦［M］. 南昌：江西教育出版社，2000.

［51］陈维昭. 红学通史［M］. 上海：上海人民文学出版社，2005.

［52］陈维昭. 红学与二十世纪学术思想［M］. 北京：人民文学出版社，2000.

［53］胥惠民. 二十世纪红楼梦研究综述［M］. 沈阳：沈阳出版社，2008.

［54］吴恩裕. 曹雪芹佚著浅探［M］. 天津：天津人民出版社，1979.

［55］李广柏. 曹雪芹评传［M］. 南京：南京大学出版社，1998.

［56］一粟. 红楼梦资料汇编［M］. 北京：中华书局，1964.

［57］朱一玄. 红楼梦资料汇编［M］. 天津：南开大学出版社，2001.

［58］吕启祥，林东海. 红楼梦罕见资料汇编［M］. 北京：人民文学出版，2001.

［59］冯其庸，李希凡. 红楼梦大辞典［M］. 北京：文化艺术出版社，1990.

［60］宋淇. 红楼梦识要——宋淇红学论集［C］. 北京：中国书店出版社，2000.

［61］胡文彬，周雷. 台湾红学论文选［C］. 天津：百花文艺出版社，1981.

［62］胡文彬，周雷. 海外红学论集［C］. 上海：上海古籍出版社，1982.

［63］胡文彬，周雷. 香港红学论文选［C］. 天津：百花文艺出版社，1982.

［64］刘梦溪. 红学三十年论文选［C］. 天津：百花文艺出版社，1983.

［65］（清）王国维. 红楼梦评论［M］. 上海：上海古籍出版社，2011.

［66］何其芳. 论红楼梦［M］. 北京：人民文学出版社，1963.

［67］俞平伯. 红楼梦辨［M］. 北京：人民文学出版社，1973.

［68］蒋和森. 红楼梦概说［M］. 上海：上海古籍出版社，1979.

［69］蒋和森. 红楼梦论稿［M］. 北京：人民文学出版社，1981.

［70］张锦池. 红楼十二论［M］. 天津：百花文艺出版社，1982.

［71］张锦池. 红楼梦考论［M］. 哈尔滨：黑龙江教育出版社，1998.

［72］张毕来. 漫说红楼［M］. 北京：人民文学出版社，1980.

［73］张毕来. 谈红楼梦［M］. 北京：知识出版社，1985.

［74］冯其庸，李广柏. 红楼梦概论［M］. 北京：北京图书馆出版社，2002.

［75］冯其庸. 敝帚集［M］. 北京：文化艺术出版社，2004.

［76］吕启祥. 红楼梦寻味录［M］. 太原：山西人民出版社，2001.

［77］林冠夫. 红楼梦纵横谈［M］. 北京：文化艺术出版社，2003.

［78］余英时. 红楼梦的两个世界［M］. 上海：上海社会科学院出版社，2002.

［79］李希凡. 沉沙集［M］. 北京：文化艺术出版社，2005.

[80] 王蒙. 红楼启示录 [M]. 北京：三联书店，2005.

[81] 王蒙. 王蒙话说红楼梦 [M]. 北京：作家出版社，2005.

[82] 李希凡. 红楼梦艺术世界 [M]. 北京：文化艺术出版社，1997.

[83] 周汝昌. 红楼艺术的魅力 [M]. 北京：作家出版社，2006.

[84] 周思源. 红楼梦创作方法论 [M]. 北京：文化艺术出版社，2006.

[85] 唐富龄.《红楼梦》的悲剧意识与旋律美 [M]. 武汉：武汉大学出版社，2000.

[86] 丁维忠. 历史与美学的启思 [M]. 哈尔滨：黑龙江教育出版社，2007.

[87] 萨孟武. 红楼梦与中国旧家庭 [M]. 长沙：岳麓书社，1988.

[88] 周汝昌. 红楼梦与中华文化 [M]. 北京：中国工人出版社，1989.

[89] 李劼. 论《红楼梦》——历史文化的全息图像 [M]. 上海：东方出版中心，1995.

[90] 冯其庸. 论红楼梦思想 [M]. 哈尔滨：黑龙江教育出版社，2002.

[91] 蔡义江. 红楼梦诗词曲赋鉴赏 [M]. 北京：中华书局，2001.

[92] 刘再复. 红楼梦悟 [M]. 北京：三联书店，2006.

[93] 刘再复. 红楼哲学笔记 [M]. 北京：三联书店，2009.

[94] 饶庆道. 红楼梦的超前意识与现代阐释 [M]. 北京：北京图书馆出版社，2004.

[95] 周锡山. 红楼梦的人生智慧 [M]. 北京：海潮出版社，2006.

[96] 周锡山. 红楼梦的奴婢世界 [M]. 太原：北岳文艺出版社，2006.

[97] 徐乃为. 大旨谈情——《红楼梦》的情恋 [M]. 北京：北京图书馆出版社，2007.

[98] 王昆仑. 红楼梦人物论 [M]. 北京：北京出版社，2009.

[99] 王朝闻. 论凤姐 [M]. 天津：百花文艺出版社，1980.

[100] 梅苑. 红楼梦的重要女性 [M]. 台湾：台湾商务印书馆，1967.

[101] 胡文彬. 红楼梦人物谈——胡文彬论红楼梦 [M]. 北京：文化艺术出版社，2005.

[102] 李希凡. 传神文笔足千秋——红楼梦人物论 [M]. 北京：文化艺术出版社，2006.

[103] 张庆善等. 红楼梦中人 [M]. 北京：中华书局，2008.

[104] 刘再复. 红楼人三十种解读 [M]. 北京：三联书店，2009.

[105] 潘知常. 说《红楼》人物 [M]. 北京：中华书局，2005.

[106] 曹立波. 红楼十二钗评传 [M]. 北京：清华大学出版社，2007.

[107] 王意如. 花魂诗魂女儿心——林黛玉新论 [M]. 北京：中国社会科

学院出版社，2007.

［108］王意如. 趣说红楼人物［M］. 上海：上海人民出版社，2008.

［109］李鸿渊.《红楼梦》人物对比研究［M］. 杭州：浙江大学出版社，2011.

［110］（美）贝蒂·弗里丹著. 程锡麟，朱徽，王晓路译. 女性的奥秘［M］. 哈尔滨：北方文艺出版社，1999.

［111］（美）凯特·米利特著. 钟良明译. 性的政治［M］. 北京：社会科学文献出版社，1999.

［112］（法）西蒙娜·德·波伏娃著. 陶铁柱译. 第二性［M］. 北京：中国书籍出版社，1998.

［113］（英）伍尔夫. 一间自己的屋子［M］. 上海：上海人民出版社，2008.

［114］（美）雪儿·海蒂著. 李金梅译. 海蒂性报告学［M］. 海口：海南出版社，2002.

［115］张京媛. 当代女性主义文学批评［C］. 北京：北京大学出版社，1992.

［116］刘慧英. 走出男权传统的藩篱——文学中男权意识的批判［M］. 北京：三联书店，1995.

［117］李银河. 妇女：最漫长的革命：当代西方女权主义理论精选［C］. 北京：三联书店，1995.

［118］王政. 跨界：跨文化女权实践［M］. 天津：天津人民出版社，2004.

［119］盛英. 中国女性主义文学纵横谈［M］. 北京：九州出版社，2004.

［120］宗白华. 美学散步［M］. 上海：上海人民出版社，1981.

［121］李泽厚. 美的历程［M］. 北京：三联书店，2009.

［122］李泽厚. 华夏美学［M］. 北京：三联书店，2008.

［123］（英）爱·摩·福斯特著. 苏炳文译. 小说面面观［M］. 广州：花城出版社，1984.

［124］（德）黑格尔著. 朱光潜译. 美学［M］. 北京：商务印书馆，2013.

［125］（德）恩格斯. 家庭、私有制和国家的起源. 马克思恩格斯选集（第四卷）［C］. 北京：人民出版社，1972.

［126］（美）摩尔根. 古代社会［M］. 北京：商务印书馆，1972.

［127］（法）卢梭. 社会契约论［M］. 北京：商务印书馆，1980.

［128］（保加利亚）瓦西列夫著. 情爱论［M］. 北京：三联书店，1984.

［129］（美）马斯洛著. 林方译. 人性能达的境界［M］. 昆明：云南人民出

版社，1987.

[130]（法）霍尔巴赫. 自然的体系 [M]. 北京：商务印书馆，1999.

[131]（德）海德格尔业. 孙周兴译. 在通向语言的途中 [M]. 北京：商务印书馆，2004.

[132]（奥地利）弗洛伊德. 精神分析引论 [M]. 北京：商务印书馆，1986.

[133]（美）霍尔著. 荣格心理学入门 [M]. 北京：三联书店，1987.

二、论文期刊类

[1] 赵荣. 婚姻自由的呐喊，男女平等的讴歌——论《红楼梦》的主题思想兼评红学"四论" [J]. 贵阳师专学报，1982（1）.

[2] 胡世庆. 为受压迫妇女鸣不平——《红楼梦》是一部什么样的小说 [J]. 文学报，1983-6-23.

[3] 方克强. 原型题旨：《红楼梦》女神崇拜 [J]. 文艺争鸣，1990（1）.

[4] 胥惠民. 一曲女儿的热情颂歌——也论《红楼梦》主题思想 [J]. 1992中国国际红楼梦研讨会论文集.

[5] 汤龙发. 女权问题是《红楼梦》的主题 [J]. 湖南师范大学学报，1994（6）.

[6] 李之鼎.《红楼梦》男性想象力支配的女性世界 [J]. 社会科学战线，1995（6）.

[7] 俞皓明. 王熙凤形象的独特文化内涵初探 [J]. 红楼梦学刊，1995（3）.

[8] 李艳梅. 从中国男权制看《红楼梦》中大观园意义 [J]. 红楼梦学刊，1996（2）.

[9] 刘玮.《红楼梦》传统婚恋观管窥 [J]. 学术交流，1997（3）.

[10] 季学原.《五美吟》——林黛玉的历史指向 [J]. 红楼梦学刊，1997（3）.

[11] 关四平、陈墨. 论红楼之情的文化超越与人性深度 [J]. 红楼梦学刊，1998（2）.

[12] 王富鹏. 一种特殊的性格类型——论贾宝玉的双性化性格特征 [J]. 红楼梦学刊，1999（2）.

[13] 薛海燕.《红楼梦》女性观与明清女性文化 [J]. 红楼梦学刊，2000（2）.

[14] 吴南平. 对《红楼梦》的男性话语的结构 [J]. 广州师院，2000，（1）.

［15］（韩）韩惠京. 从女性主义观点看《红楼梦》［J］. 红楼梦学刊，2000（4）.

［16］（日）合山究·夏广兴译.《红楼梦》中的女人崇拜思想和它的源流［J］. 红楼梦学刊，2000（1）.

［17］黄莺. 宝玉形象新论［J］. 红楼梦学刊，2000（1）.

［18］徐定宝. 论贾母文化心态中的新质［J］. 红楼梦学刊，2000（2）.

［19］莫砺锋. 论红楼梦诗词的女性意识［J］. 明清小说研究，2001（2）.

［20］关四平. 论《红楼梦》真人的人生态度及其文化渊源［J］. 红楼梦学刊，2001（1）.

［21］王富鹏. 人类未来文化模式的思考——论曹雪芹的文化理想［J］. 红楼梦学刊，2001（3）.

［22］曹萌. 再论明末社会思潮对《红楼梦》的影响［J］. 北方论丛，2001（6）.

［23］张媛. 男性历劫和女性阉割的双重主题——试阐《红楼梦》的男性写作视角［J］. 明清小说研究，2001（2）.

［24］林骅. 贾宝玉——阶级与性别的双重叛逆者［J］. 红楼梦学刊，2002（1）.

［25］付丽.《红楼梦》女儿人格崇尚的价值解读［J］. 红楼梦学刊，2002（1）.

［26］詹丹. 论《红楼梦》的女性立场和儿童本位［J］. 红楼梦学刊，2002（2）.

［27］杜景华. 晚明文学思潮与《红楼梦》［J］. 红楼梦学刊，2002（3）.

［28］段江丽. 女正位乎内：论贾母、王熙凤在贾府中的地位［J］. 红楼梦学刊，2002（2）.

［29］郭延礼. 明清女性文学的繁荣及其主要特征［J］. 文学遗产，2002（6）.

［30］蔡禹锡. 王熙凤的社会伦理意识［J］. 红楼梦学刊，2002（4）.

［31］李艳梅."审美性"与"体贴"——论《红楼梦》的女性文化内涵［J］. 贵州大学学报，2003（3）.

［32］刘敬圻.《红楼梦》与女性话题［J］. 明清小说，2003（4）.

［33］王国健. 晚明个性解放思潮与小说人物性格［J］. 文学评论，2003（6）.

［34］关四平. 论《红楼梦》的"天乐"人生境界［J］. 红楼梦学刊，2004（3）.

[35] 翁礼明. 论《红楼梦》的女性主义价值诉求 [J]. 江西社会科学，2004（9）.

[36]（越南）陈氏琼香. 论《红楼梦》中的妻妾矛盾及其根源 [J]. 红楼梦学刊，2004（3）.

[37] 王志武. 林黛玉"悲剧性"的现代阐释 [J]. 明清小说研究，2004（2）.

[38] 周芷汀. 论《红楼梦》的后现代美学价值 [J]. 中国文学研究，2005（1）.

[39] 饶庆道.《红楼梦》与女性主义文学批评引论 [J]. 温州师范学院学报，2005，（3）.

[40] 袁文丽.《红楼梦》中女性守护者的三重构架 [J]. 湖南科技大学，2005，（10）.

[41] 傅守祥. 女性主义视角下的《红楼梦》人物——论王熙凤和贾宝玉的"双性气质"[J]. 红楼梦学刊，2005（1）.

[42] 穆薇. 论黛玉焚稿及其历史文化蕴涵 [J]. 红楼梦学刊，2005（3）.

[43] 杨树郁. 薛宝钗的存在意识剖析 [J]. 中国女性主义（夏季刊），2005.

[44] 王富鹏. 论王熙凤的阳性特质及其成因 [J]. 红楼梦学刊，2005（6）.

[45] 范凤仙.《红楼梦》中的三个世界及女性意识 [J]. 北京化工大学学报，2006（4）.

[46] 饶庆道.《红楼梦》中的"弃女"群像与"性政治"状况 [J]. 红楼梦学刊，2006（4）.

[47] 高娓娓. 试析《红楼梦》女性主义观点的确立和消解 [J]. 河南师范大学学报，2006（4）.

[48] 谢真元、沈艾娥. 枯枝中探出的绿芽——从妇女解放角度再论王熙凤 [J]. 西华师范大学学报，2006（1）.

[49] 赵云芳. "女娲补天"与《红楼梦》新解 [J]. 红楼梦学刊，2007（1）.

[50] 张再林.《红楼梦》——人类文化的一部新的《圣经》[J]. 西安交通大学学报，2007（5）.

[51] 张乃良. 贾宝玉罪感心理的文化分析 [J]. 南都学坛，2007（1）.

[52] 疏蕾. 贾宝玉性格中的女性主义意识分析 [J]. 合肥学院学报，2007（5）.

[53] 刘再复. 骑士精神与"女儿"崇拜——关于《红楼梦》女性立场的讨

论 [J]. 书屋，2008（2）.

[54] 关四平. 论《红楼梦》的人物出场艺术 [J]. 红楼梦学刊，2008（1）.

[55] 陈国学. 警幻仙姑与太虚幻境探源与分析 [J]. 学术交流，2008（9）.

[56] 李帆. 论《红楼梦》的女性视角 [J]. 西安电子科技大学学报，2005（3）.

[57] 崔晶晶.《红楼梦》性别视角辨析 [J]. 红楼梦学刊，2008（2）.

[58] 郭乙瑶.《红楼》里的疯女人——女性主义视域中的赵姨娘 [J]. 贵州大学学报，2008（2）.

[59] 霍有明. 略论《红楼梦》成书的女性主义创作方法 [J]. 西北大学学报，2009（4）.

[60] 吴瑞霞. 生命悲剧的启示录对《红楼梦》女性文化视野的解读 [J]. 湖北师范学院学报，2009（6）.

[61] 雷鸣. 贾母人生悲剧的女性视角探析 [J]. 红楼梦学刊，2010（3）.

[62] 陈松柏. 末世不容女强人：王熙凤悲剧的典型意义 [J]. 广州大学学报，2010（1）.

[63] 丁丽蓉. 论《红楼梦》中女性形象的自主意识 [J]. 社会科学战线，2010（9）.

[64] 程建忠. 论《红楼梦》的"女儿立场"——以贾宝玉和王熙凤形象塑造为例 [J]. 四川师范大学学报，2011（2）.

[65] 李鸿渊. 邢夫人与王夫人形象之女性主义批评 [J]. 红楼梦学刊，2011（1）.

[66] 刘展. 明清江南女性文化与《红楼梦》女性观解读 [J]. 江西社会科学，2012（4）.

三、硕士论文

[1] 范凤仙.《红楼梦》女性意识探析 [D]. 首都师范大学，2002.

[2] 陈远洋. 贾宝玉形象的女性化分析 [D]. 西北大学，2003.

[3] 王倩论《红楼梦》的女性观 [D]. 延边大学，2007.

[4] 李光明.《红楼梦》的"情""色"世界与"乱伦禁忌" [D]. 南昌大学，2009.

[5] 陈铭佳.《红楼梦》中的性政治研究 [D]. 湖南师范大学，2010.

[6] 杨芍. 论《红楼梦》的女性观 [D]. 东北师范大学，2011.

[7] 陶芸辉.《红楼梦》性别话语研究 [D]. 三峡大学，2011.

[8] 李梦圆.《红楼梦》人物"性别错位"研究 [D]. 山东师范大学，2013.

四、博士论文

［1］高小康. 中国近古文化与叙事［D］. 南京师范大学，1998.

［2］白军芳.《红楼梦》与《水浒传》的性别诗学研究［D］. 陕西师范大学，2005.

［3］丁峰山. 明清性爱小说的文学关照及文化阐释［D］. 福建师范大学，2005.

［4］孙爱玲.《红楼梦》人文之思辨［D］. 兰州大学，2006.

［5］楚爱华. 从明清到现代家族小说流变研究［D］. 曲阜师范大学，2007.

［6］孙伟科.《红楼梦》美学阐释［D］. 中国艺术研究院，2007.

后　记

　　博士毕业已五年有余，今日，小书在博士论文基础上缝缝补补而成。昔日，求学、著文之场景犹如昨日历历在目。回望过往，诸多的感慨哽咽在喉。还记得我拿到博士录取通知书的那一天，兴奋地彻夜难眠，但与此同时，我也清醒地知道，未来的求学之路将无比的艰难。中国古代小说，对于研究现当代文学的我来说，是陌生的，也是新鲜的。当我带着极大的热情，投入到中国古代小说研究时，却发现它离我是那么的遥远，我曾一度手足无措。幸得恩师关四平先生的细心指导，从中国古代小说基本的文本入手，一步步将我带入到中国古代小说的大门内。尔后在论文的选题、结构框架的定夺，到最后论文的撰写、修改过程中，关老师始终不厌其烦地给予我悉心的指导，帮助我拓展思路，倾入了老师大量的心血，师恩难忘、无以言表，只能真挚地道一声"谢谢"，同时愿老师、师母身体安康，诸事顺遂！

　　同时，还要感谢对我论文写作提出宝贵意见的张锦池老师、刘敬圻老师、邹尊兴老师、王洪军老师、李康老师、李永泉师兄；给予我授业的傅道彬老师、李洲良老师、杜桂萍老师；还有给予我诸多帮助的赵德鸿处长、阎咏萍老师。在您们的关怀下，使我不论在学业上，还是在生活上，都受益匪浅。

　　二十二载求学路，算不上艰难坎坷，却也不乏艰辛，是我亲爱的爸爸、妈妈，一路以来作为坚强的后盾，在生活和学业上支持着我，才有了我今日的稳定的生活和工作，谢谢您们，我亲爱的爸爸、妈妈！

　　从 2015 年毕业至今，转瞬五年已过，女儿述述也快两周岁了，我也完成了从学生到老师、从女儿到母亲的职业角色和人生角色的转换。或许再不会有少女般的天真烂漫，或许再没有求学时候的专注和执着，但是，我收获了与学生的师生情，与女儿的母女情，看着他们茁壮成长，是现在的我最幸福的事。同时，我也希望通过这本小书，能够让我的女儿看到妈妈曾经努力过的样子，坚定的走好自己人生的每一步，活出自己想要的样子，让自己的人生精彩绚烂。述述，妈妈期待着你的成长！

胡笑彬

2020.12